Zombies
were around

ゾンビがいた季節

須藤古都離

The Season when
Zombies
were around

KODANSHA

ゾンビよ、ゾンビ
ゾンビは「歩け」と言わなきゃ歩かない
ゾンビは「止まれ」と言わなきゃ止まらない
ゾンビは「回れ」と言わなきゃ回らない
ゾンビは「考えろ」と言わなきゃ考えない

まっすぐに行け、とやつらに言え
休みなし、職なし、感覚もない
殺しに行け、とやつらに言え
能なし、職なし、分別もない

殺しに行け！
死にに行け！
燃やしに行け！
補水しろ！
繰り返せ！
命令だ！

フェラ・クティ
〝ゾンビ〟

「今日が残りの人生の最初の日だ！」

ディガーズ

目次

MAP

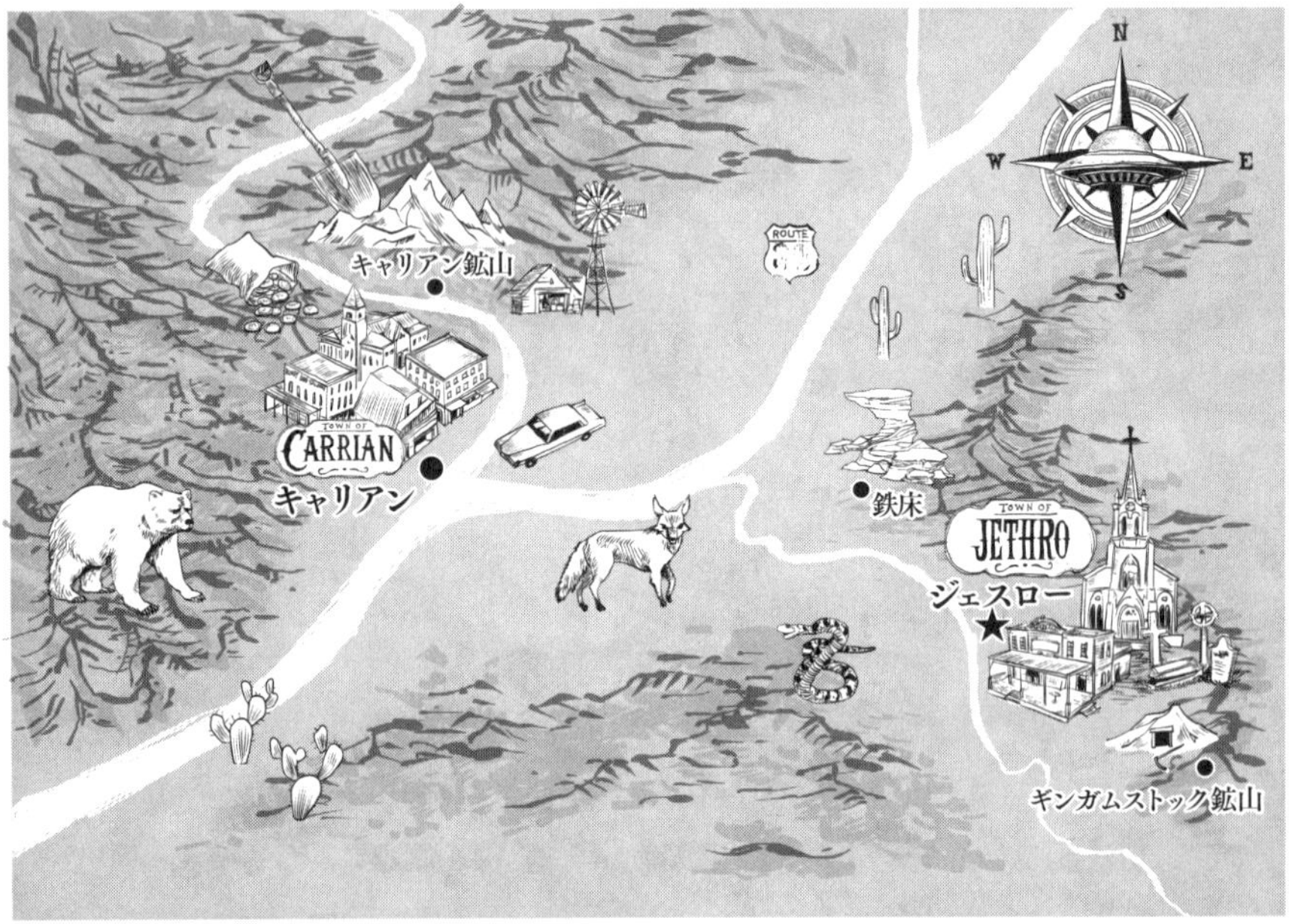
N
W
E
S
キャリアン鉱山
ROUTE
TOWN OF
CARRIAN
キャリアン
鉄床
TOWN OF
JETHRO
ジェスロー
ギンガムストック鉱山

メイソン郡
ネバダ州
NEVADA
シエラネバダ
エリア51
ラスベガス
WASHINGTON
OREGON
IDAHO
MONTANA
WYOMING
UTAH
CALIFORNIA
ARIZONA
COLORADO
NEW MEXICO
NORTH DAKOTA
SOUTH DAKOTA
NEBRASKA
KANSAS
OKLAHOMA
TEXAS
MINNESOTA
IOWA
MISSOURI
ARKANSAS
LOUISIANA
WISCONSIN
ILLINOIS
MICHIGAN
INDIANA
OHIO
KENTUCKY
TENNESSEE
MISSISSIPPI
ALABAMA
GEORGIA
FLORIDA
SOUTH CAROLINA
NORTH CAROLINA
VIRGINIA
WEST VIRGINIA
PENNSYLVANIA
NEW YORK
MAINE
UNITED STATES
AMERICA
E PLURIBUS UNUM

ゾンビがいた季節

——生ける屍《しかばね》が歩くとき、町に天使が再び現れる
光り輝く天使は、稲妻の如《ごと》く空を駆け
その炎が人々の罪を燃やし尽くすだろう——

私は、あとどれだけ生き長らえるのだろうか。どれだけ多くの朝を、この悪夢に怯《おび》えながら迎えなければならないのだろうか。

何もない荒野に一軒の家を建てた後、数年は穏《おだ》やかだった。私の他《ほか》に数世帯が肩を寄せ合って生きているだけの、小さな共同体。過酷な乾燥地帯を生き抜けるヤマヨモギとサボテンの他にこれといった植物はなく、ワタリガラスやロバウサギ、それにコヨーテが少しいるだけの雄大な荒野。カリフォルニアに向かう者がシエラネバダを越える前に一休みするぐらいのものだ。

しかしこの十年の間に、事態は急変した。近くの山で銀の鉱脈が見つかったのだ。銀山の経営で財を成したマーク・キャリアンの名を冠した町、キャリアンに次いで私たちの集落、ジェスローでも銀の採掘がはじまった。これほど急に発展するとは思わなかったが、集まってしまった人々に出ていけとはいえない。

最初から、この呪《のろ》われた場所に住むべきではなかったのだ。私の後悔は日増しに膨《ふく》らんでいく。私がこの地に家を建てたのは、天使による啓示を得たと思ったからだ。だが、あれは本当に天使だったのだろうか？　天使ではない、まったく別の何かだったのだと今は思っている。

特に夏の午後から夜にかけて、いわゆるワショーの西風が吹き荒れるときなど、ここが神の理《ことわり》に反する場所なのだと身をもって感じる。シエラネバダから激しい西風が吹くと、巻き上げられた砂

ぼこりを含む乾燥した空気が、やすりのように肌を削っていく。

私は毎夜、夢に見る。この町に恐ろしいことが起きる。黙示録に書かれた、神の裁きがここでなされる。この町は神の怒りで滅ぼされるのだ。

自分が狂っているのだと思いたい。何の意味もない悪夢だと、自分に言い聞かせ続けている。だが、確信は深まるばかりだ。いつか滅ぼされると、私だけが知っている町。新しい建物ができるたびに、町はあの悪夢の景色に近づいていく。

私は見た。町を埋め尽くす、人ならざる異形《いぎょう》の者たちの姿を。それはまさに、生ける屍。町を徘徊《はいかい》する屍たちは、互いの死肉を貪《むさぼ》り食《く》う。私は町に充満する腐肉の悪臭を夢の中で嗅《か》いだ。地獄の住人たちが、このジェスローを我が物顔で行き交う。神は怒り、天使を遣《つか》わす。その天使の怒りの激しさよ！

私を怯えさせるのは、生ける屍たちの宴《うたげ》ではない。空を駆け抜ける天使の姿である。それは白昼の空にあっても、なお眩《まばゆ》く輝き、稲妻の如き速度で町の上空に現れ、消える。天使の放つ炎は大地を焼き尽くす。その炎はこの世に終わりをもたらす激しさだ。町も、屍も消え、後に残るのは塵《ちり》と灰のみである。

どれほど許しを請《こ》おうとも、神は私たちの罪を、この町の罪を忘れてはくれないのだ。

もしもこれを読んでいる者が今もジェスローにいるなら、手遅れになる前に立ち去るのだ。

第一部　撮影前

1：トムとケイティ、そしてゾンビたち
〈一九六九年八月：ジェスロー、メイソン郡、ネバダ州〉

「つまり、こういうことか？」

トムは右手の親指と人差し指で目頭を押さえた。俺は疲れている、忙しい、それでもお前のために時間を割《さ》いているのだ、というポーズのつもりだが、実際には二日酔いの頭をしっかりさせる動作でもあった。

「ダンが君に、俺のところに行けと言った。行けば用事が分かると言ったんだな？」

「はい、そうです。あなたのところに行けばいいとだけ言われました」

自分のせいじゃない、ダンのせいだ、と言わんばかりの調子だ。

長い一日になりそうだ。テーブルを挟んで向かいに座った女の落ち着かない表情を見ながら、トムは思った。

ケイティと名乗った彼女は、まだ三十歳にもなっていないだろう。茶色の髪は艶《つや》やかだし、似合わない黒縁の眼鏡《めがね》を外せば、それなりに魅力的に見えるかもしれない。玄関の前で出迎えたときには、いい女が来たと思った。

軽く挨拶《あいさつ》と握手をしてリビングに招き入れた。コーヒーを淹《い》れてテーブルに着くと、わずかな時間で女の印象はガラリと変わった。何もできない無能のバカ女だ。

トムは大げさに天井を見上げてわざとらしくため息をついた。そのあとで相手をまっすぐに見つ

めて首を横に振ると、今度は腕を組んでから椅子《いす》の背もたれに体重をかけるようにして姿勢を崩した。

女は気まずそうに膝《ひざ》の上で両手を握りしめている。

「で、そう言われて君は何を考えてたんだ？　俺のところで何をするつもりだったんだ？　君は編集者でもないし、エージェントでもない。映画のプロデューサーでもない。一体、俺がどんな仕事を君に頼むと思ったんだ？」

「すみません。ダンからオショネシーさんのところに行けば分かるから、と言われたので、それをすっかり信じて来ました。ご存じのとおり、事務所からジェスローまでは距離がありますので、確認する時間がありませんでした。急がなきゃいけないと思ったんです」

「で、急いで来て、何をするつもりだったんだ？　君はエージェントじゃないだろ？　ダンのところで、何をしてるんだ？」

「それは……。今は主に事務作業をしてますが、将来的にはオショネシーさんのように才能のある作家のエージェントになりたいと思っています」

「将来的には、ね。良《い》い心がけだが、俺にはまったく関係のない話だ。それとも俺の『悪人』シリーズの出版のために何か特別な貢献でもしてくれてたのかな？」

「いえ、私の仕事は事務ですから」女はしょんぼりと俯《うつむ》いた。

今にも泣き出しそうな女の表情を眺《なが》め、トムは意地の悪い歓《よろこ》びを覚えた。弱い者いじめは嫌いではない。成功者のちょっとした嗜《たしな》みだ。

「まぁ、良いさ。ダンに確認すれば分かることだ。何の意味があって君を俺のところに送ったのか、電話してみるか」

「あ、ちょっと待ってください！」トムが立ち上がろうとした瞬間に、女は手をあげて止まるようにジェスチャーで示した。命令されたように感じて、トムは眉《まゆ》を顰《ひそ》めた。

「ダンが言ったんじゃないかも……。そう、事務所のベティから言われたんです。『オショネシーさんのところに行け』って。行けば分かるって、ベティに言われたんです」

「さっきと言ってることが違うじゃないか。まったく、なんなんだよ。とにかく、君の相手をしてる暇はないから、とりあえずダンに電話を……」

トムは椅子から立ち上がり、窓際に置かれた電話の受話器に手をかけた。しかし、それを持ち上げることはなかった。

不気味な呻《うめ》き声が聞こえたのだ。

窓際に立ったトムの視線は、何気なく外に向けられた。ジェスローの住人たちが通りを歩いている。いつもと同じ町の光景にすぎない。

だが、何かがトムの神経を逆撫《さかな》でした。

何が、と言葉にできない違和感に身体《からだ》の動きが止まった。

何かが間違っている。

恐ろしく間違っている。

外を歩いているジェスローの住人たちを、よく見ようと目を細めた。

ガソリンスタンドを経営しているレジーが、通りの向こうでバズに近づいている。バズはジェスローで唯一のサルーンの店主だ。至って普通の、この町のいつもどおりの光景に思えるが、何かが違う。そう思った瞬間に、バズは突然レジーを道に押し倒した。

「あいつら、何してるんだ?」トムは思わず声を漏らした。

バズは気性が荒く、喧嘩《けんか》っ早《ばや》いやつだが、出合い頭《がしら》に誰かを押し倒すのはおかしい。普通の喧嘩ならお互いに殴りあうだろう。

二人ともなんだか動きが鈍《にぶ》く、道路の上で組み合っている。倒れたレジーの上にバズが座りこむと、両腕で彼を押さえつけ、顔をレジーの腹に押し付けた。

それは奇妙な光景だった。子供同士の喧嘩のように、少し滑稽《こっけい》にも見えた。

だが、滑稽に見えたのはその一瞬だけだった。

次の瞬間、バズはレジーの右腕を引きちぎった。そしてバズが顔をあげると、その口は鮮血で染まっていた。レジーの腹からは内臓が飛び出ている。彼は痛みを感じていないのか、今度は逆にバズの首筋を嚙《か》みちぎった。恐ろしい光景に、トムの背筋が凍《こお》りついた。

砂ぼこりの舞う、乾いた道路に赤い染《し》みが広がっていく。

何が起こっているのか、まったく理解が追い付かなかった。トムは強烈な眩暈《めまい》と吐《は》き気《け》を覚えて、その場に膝をついた。

「大丈夫ですか？」女は椅子から立ち上がった。

「待て！」とっさにトムは言った。「こっちに来るな！」

トムは女に惨劇を見せないようにしたかったが、遅かった。

窓の外に視線を向けた女は、先ほどのトムと同じように目を細めた。バズとレジーはまだ、組み合っている。というより、お互いを貪りあっている。文字どおり、お互いの身体に歯を立て、肉を嚙みちぎっている。そのたびに大量の血が飛び散る。

それだけではない、家のすぐそばでもアリスがパトリシアの髪を引っ張って振り回した。パトリシアが倒れると、アリスはその上に跨《また》がった。アリスがパトリシアの腹に手を突っ込むと、内臓を引っ張り出して、ウィンナーか何かのように齧《かぶ》りついた。

外の地獄絵図を目にして、女の口から叫び声が漏れた。

「落ち着け！」トムは女の口を塞《ふさ》ごうと思ったが、遅かった。

女の叫び声を聞きつけて、外にいた町の連中が顔を一斉にこちらに向けた。死体のように青ざめた顔は、ところどころグロテスクに変形している。彼らはゆっくりとこちらに身体を向けて腕をまっすぐにのばし、歩き始めた。よろよろと、だが確実に近づいてくる彼らを見て、恐怖で鳥肌が立った。泣き叫ぶ女の肩を摑《つか》んで、震える足をなんとか動かした。

「逃げるぞ！　こっちに来い！」

女は腰が抜けてしまったのか、トムが引っ張ってやらないと動けなかった。

外の光景に釘付《くぎづ》けになっている女のブラウスの襟首を後ろから摑んで、トムは玄関まで歩いた。ドアを開けると、車止めにあるマスタングが見え、ポケットに突っ込んだままの鍵《かぎ》に手を伸ばした。

だが、次の瞬間にアリスとパトリシアが現れた。いつものようにメグとおしゃべりしに来た、というのではない。顔は青白く、目は血走っている。全身血まみれで、内臓が身体からこぼれおちている。二人とも両手を前に出して、唸《うな》り声をあげながら迫って来た。

「畜生！」トムはドアを叩《たた》きつける勢いで閉め、鍵をかけた。

表からは逃げられないが、裏にもサンダーバードを停《と》めてある。玄関横の壁から鍵を取った。女の手をとり、裏口まで引きずるようにつれていった。玄関のドアを強く叩く音と唸り声が背後から聞こえてくる。その恐ろしい音から逃げるように、裏口のドアを開けた。

裏口にメグの後ろ姿を見つけて、トムは若干の安心感を覚えた。花に水をやっているのか、メグはしゃがみ込んでいた。ブルーのコットンシャツに、ベルボトムのジーンズ。いつもどおりきれいに櫛《くし》を通した彼女の肩までのブロンドを見ると、いくらか落ち着くことができた。

「メグ、大変だ！」

ひどく震えている自分の声を聞きながら、トムはメグに近づいた。

「今すぐここから逃げ出すぞ！」

メグを振り向かせようとしたトムの手を、後ろにいた女が摑んで止めた。

「なんだよ！」トムは女の腕を振り払おうとしたが、女は驚くほど力強かった。

「ダメよ！」女はトムの腕を後ろに引っ張った。

「メグも連れて逃げないと――」トムはそこまで言って、メグの異変に気が付いた。

メグがゆっくりとこちらを振り返ると、彼女もアリスやパトリシアと同じように血まみれだった。

死体のように腐りかけている妻の顔を見て、トムはその場に尻《しり》もちをついた。

「そんな……。メグ……」

メグがのろのろと立ち上がると、彼女がなぜしゃがみ込んでいたのかが分かった。メグの背後にエリーの死体が見えたのだ。

「嘘《うそ》だ……、俺たちの娘だぞ……」

「逃げないと！」今度は女がトムを引っ張り上げた。

女に引っ張られて後ろに下がると、先ほどのアリスやパトリシアと同じように、メグが両手をあげてこちらに襲い掛かってきた。

鋭い恐怖がトムを貫《つらぬ》いた。逃げなきゃ殺される。トムはまた家の中に戻り、後ろ手にドアを閉めた。なんとか鍵を閉めたが、安心できる状況ではなかった。

リビングのガラスが割れる音が聞こえた。レジーとバズが窓から侵入しようとしている。

「地下だ、地下にシェルターがある」

トムは廊下に埋め込まれた上《あ》げ蓋《ぶた》を引きずりあげた。そこに現れた鉛の扉を持ち上げた。

「さっさと中に入れ！　死にたいのか！」

トムは女の背中を思いっきり突き飛ばした。彼女は叫び声をあげ、真っ暗闇《まくらやみ》の中に転げ落ちた。多少の怪我《けが》をしただろうが、知ったことではない。トムも彼女に続いて地下の階段を急いで降りた。

なによりもまず、この扉を閉めなくてはならない。

やつらが入ってくる前に。

鉛の扉は重く、閉めると息が詰まった。すぐに掛け金をかけると、やっと一息ついた。

懐中電灯を探す暇なんてなかったので、地下シェルターの中は真っ暗で何も見えなかった。だが、下まで降りれば手探りで電気のスイッチを探せる。

扉の向こう側をやつらが叩く音が聞こえて、心臓が恐怖で縮む。複数の足音と呻き声が聞こえる。

とにかく、ここにいれば安全だ。核攻撃にも耐えられるように造られた地下シェルターなのだから。そう自分に言い聞かせたが、やつらが動く音が聞こえる限り、安心はできない。

「大丈夫か？」

下で泣き続けている女に声をかけながら、ゆっくりと階段を降りた。彼女は泣き続けるだけで、会話ができる状態ではなかった。

階段の下まで降りると、トムは泣いている女を無視して壁伝いに歩き、スイッチをつけた。パッと部屋が明るくなると、少しだけ安心した。明かりが点《つ》くまでは、暗がりにやつらが潜んでいるんじゃないかと不安だった。

シェルターに入るのは久しぶりだったが、覚えているとおりだった。セメントが打ちっぱなしの四十平米。殺風景だが非常食も水も十分に備蓄してある。もともと家族三人で避難する想定で造った部屋なのだ、二人なら半年は生きていけるだろう。

「もう大丈夫だ。何が何だか分からんが、とにかくここにはやつらはいない。助けが来るまで待ってればいい」

トムは床にしゃがみ込んでいる女に近づくと、手を差し伸べて立たせた。

「さっきは無理やり突き飛ばして済まなかった。君があのまま突っ立ってたら、二人とも死んでただろうから、悪く思わないでくれ」

女は泣きながら頷《うなず》いた。

「怪我はないか？」

女は同じように頷く。

女の泣き声は苦手だ、イライラする。トムは彼女を泣きやませようと優しく接した。

「大丈夫だ。ここは核シェルターだから外からは開けられない。それに見て分かるとおり、ここにいるのは二人だけだ」

「でも、オショネシーさん。私、こんなに怖い思いをしたのは初めてです。なんで皆、私たちを襲って来たんですか？」

「さっぱり分からん」

「この町はあんな人たちばっかりなんですか？」

「バカなことを言うなよ。普通の田舎者《いなかもの》だよ。バカで下品な連中ばかりだが、人を襲ったりはしない。さっきのは、普段から仲良くしてるやつらだ。それに俺の妻と子供も……」

「じゃあ狂犬病かなんかですか？」

「いや、狂犬病なんかじゃない。顔色も動きもおかしかったから、何かの病気かもしれないが、普通の病気じゃない。見ただろ？　あいつら……、人を食ってやがった」

トムはそう言いながら、つい先ほど目の当《ま》たりにした光景を思い出した。

「皆、ゾンビになっちまった」

女は再び泣き始めた。

無理もない。疲れるまで泣かせておこう。

「大丈夫、いつか助けが来る」

トムは自分に言い聞かせるように呟《つぶや》いた。だが、娘を貪り食った妻の姿が目に焼き付いて離れなかった。

助けなんて、本当に来るのだろうか。

＊＊＊

「あの……。これは一体、何ですか？」

ケイティは手にした紙の束《たば》から目をあげると、まだタイプを続けているトムの背に向かって声を掛けた。

地下シェルターに降りてから、ずっと泣きっぱなしだったケイティを尻目《しりめ》に、トムはシェルターの備品を確認し始めた。水や食料などの必要なものは揃《そろ》っていたが、ゾンビと戦えそうな銃火器は皆無だった。意外だったのは、机の上にトムが何年も前に使っていたレミントンのタイプライターが置いてあったことだ。当たり前だが、トムは地下室では執筆をしたことがない。ゴミ箱には妻のメグがタイプした手紙が捨てられてあった。

メグはトムに別れ話を切り出すつもりだったようだ。途中で破り捨てられた手紙にはトムに対する積年の恨みが込められていた。そんな手紙を見つけるなんて思いもしなかったトムは気落ちした。自暴自棄な発言をするようになったトムの気を逸《そ》らそうとしたのか、ケイティはトムにタイプするように頼んだ。何を書いても構わない、無意味なものでもいい。ただ、上で呻き声をあげているゾンビたちがたてる音を聞いていたくない。タイプの音で気を紛《まぎ》らわせたい。

トムも上のゾンビが我慢ならなかった。とにかくタイプするだけなら、とトムはキーを叩き始めた。しかしケイティはトムの原稿を見るなり、嫌な顔をした。

「何ですかって、ことはないだろう」トムは椅子の向きを変えて、ケイティを振り返った。

「今まで起きたことをそのまま戯曲風にしただけだ。読めば分かるだろ？」

「そのままって、私はこんなこと言ってませんよ。バカにするような書き方をしなくてもいいじゃないですか」

「だから、戯曲風にしたって言っただろ？　セリフもそれっぽく大げさに書いてるんだ」

「それにしたって、『登場人物、クソ女』ってひどくないですか」

「だからさ、君のことを書いてるわけじゃない。今の極限の状態を、架空の人物に仮託して書いてるんだよ」

「いいえ、最初にケイティって名前が書いてあります」

「そうだっけ？　もう忘れたよ」トムはとぼけたように言った。

「どちらにせよ、なんでもいいから書いてくれって言ったのは君だぞ。文句を言うなら君が書けばいいじゃないか。タイプライターの音で気分が紛れるって言うなら、自分で書いたほうが気分転換になるぞ」

「それに、戯曲風にしたって言ってますけど、どんどん文体が変わっていってますし、最後なんてめちゃくちゃですよ」

「めちゃくちゃね。言うのは簡単だよ」トムは苦笑した。

「そりゃあ、即興で書いてるんだから、文体だって変わるさ。構想を練る時間すらないんだからな。君は将来的にはエージェントになりたいって言ってなかったか？　それなのに、文章を書くってことがどれほど大変なのか、ちっとも知らないみたいだな」

トムの言葉を聞いてケイティはため息をついた。

「もちろん、分かりません。文章を書くのがどれだけ難しいか。でも、それって忘れてしまった人の名前を思い出そうとするみたいなものですよね。長編を書くのは一万人の名前を思い出すようなものだって、誰かが言ってました」

トムはケイティの言葉を聞いて眉を顰めた。それはまさに自分が思っているとおりの例えだったからだ。

「そうだ、よく分かってるじゃないか」

「私には小説は書けません。あなたみたいに書く才能があれば、エージェントじゃなく作家を目指します。自分には書けないけど、小説が好きなんです。素晴らしい小説、物語に出会う喜びのためだけに生きてるようなもんです。それ以外に楽しいことなんて、何もありませんから。だからこそ、作家に寄り添うような仕事がしたいんです」

「そうかそうか、夢があっていいねえ」トムはわざとらしく拍手した。

「でもね、君がどう思ってるかなんて、俺にはこれっぽっちも興味ないんだよ」トムは親指と人差し指を限りなく近づけた。

「同情してほしいなんて、私は思ってません」ケイティは静かに言った。

「でも、私みたいな素人にバカにされても悔《くや》しくないんですか？」

トムは顔を真っ赤にして椅子から立ち上がった。その勢いで椅子が倒れて、大きな音が地下室に響いた。トムは何かを言おうとして、それでも何も言えなくて、ただその場に立ち尽くした。こちらを値踏みするような、まっすぐな視線を向けるケイティが気に食わなかった。だが、それよりも彼女に言われるまで、悔しいという思いを抱かなかった自分に腹が立った。罵声《ばせい》を浴びせようと思った。お前なんて助けなければ良かった。ゾンビに食われてしまえば良かった。だが何も言えず、ただ後ろを振り返り、机の上のタイプライターを見下ろした。バカにされて当然だと、自分の中で思っていたのだ。まともなものなんて書けないと、自分で諦《あきら》めていた。それはゾンビに襲われて動転していたからではない。妻が娘を殺したからではない。それよりもずっと前から、自分を内側から食《く》い潰《つぶ》すような虚無感に苛《さいな》まれていた。

俺にはもう、面白いものなんて書けない。そもそも、満足のいくものなんて書けたためしがない。たまたま書いたつまらないものが売れてしまっただけ。それで金が入ってきて、周りから作家として持ち上げられた。もはや自分が誰なのかすら分からなくなっていた。

初めはただの疑念にすぎなかった。書くことがつまらなくなった。書くことはパッとしない自分の唯一、得意だと思っていたことだった。書くことで自分の輪郭《りんかく》がはっきりする。世界が見えるようになる。吹く風から草花の匂《にお》いを感じ取り、足の下の地面の確かさから地球の大きさを想像できた。世界中の人々の思考を掬《すく》い取《と》り、それを色彩豊かなタペストリーのように紙の上の文字として飾ることができた。書くことでなんとか呼吸ができるようになっていたのだ。

最初は微《かす》かな不快感でしかなかったのに、いつの間にか拭《ぬぐ》い去《さ》ることのできない染みのように、自分の身体と魂を汚してしまった。なんとか自分を取り戻そうと、故郷のジェスローに戻ってきたのだ。自分を成功者のように取《と》り繕《つくろ》って、周りの住人を下に見ることで、この虚《むな》しさから目を逸らそうとしていた。だが、自分への疑念は膨らみ続けた。

いつしか自分の存在よりも、その不確かさのほうが遥《はる》かに大きくなってしまった。成功者であろうとすることが間違っていたのだ。そう考えたトムは、ギャンブルで自分を破壊することで、この名状しがたい不安も同時に潰そうとしていた。家庭を顧みず、自分を貶《おとし》める。逆説的に、そうすることで救われようとした。もちろん、これも失敗だった。自分の気持ちは軽くなったものの、命よりも大事だったはずの妻の気持ちが離れていってしまった。しかも先ほどまでそのことにまったく気が付いていなかった。

メグは地下室に籠《こも》って、トムへの手紙をしたためていた。離婚を切り出す手紙である。こんな状況でその手紙を見つけることになるとは思いもしなかった。

もちろん、すべては手遅れになってしまった。メグはすでにゾンビとなり、娘のはらわたを貪っていたのだから。もし、メグがもっと早く夫に愛想《あいそう》を尽かして町を出ていたら、こんなひどい結末を迎えることもなかったかもしれない。

彼女がこの手紙を書き終えてさえいれば！

早く自分を見限って、ジェスローから離れて実家に帰っていたら、彼女もエリーもまだ生きていたかもしれない。幸せな一生を送ることができたかもしれない。

トムは大きくため息をつくと、備品棚に近づきウィスキーの瓶《びん》を手に取った。消毒用にもなるからと、メグに言い聞かせてウィスキーをシェルターに用意した日が懐《なつ》かしく思えた。蓋を開けて一口飲むと、瓶をケイティに差し出した。

「君も飲むか？」

ケイティは無言のまま頷くと、トムの手から瓶を受け取った。彼女は口を瓶につけると、少しだけ飲んで咳込《せきこ》んだ。苦《にが》い表情のケイティから瓶を取り戻すと、トムは軽く笑ってもう一口飲んだ。

「少し座ろうか」トムは椅子でもベッドでもなく、ただシェルターの壁に背をつけて床に座った。ケイティもトムの隣に座った。上からゾンビの動き回る音と呻き声が聞こえてきたが、もう慣れてしまった。

もうどうでもいいのだ。

メグもエリーも死んでしまったのなら、自分が死ぬことなどなんでもない。もうとっくに死んでいるような生き方をしていたのだから。

「ケイティ、謝らせてくれ。君に対してひどい態度だった」

ケイティが同じように謝ろうと口を開いたのを見て、トムはそれを手で遮《さえぎ》った。

「それに、さっき書いたものも君が言ったとおり、めちゃくちゃだよ。自分でも分かってるんだ。もう俺には何も書けない。書けないいんだよ。分かるか？」

「ええ」ケイティはただ頷いた。

「いや、きっと分からないよ。書くことでしか生きられない人間にとって、書けないということがどういうことだか、分かるのは当人だけだよ。それは、そうだな……。砂漠で餓死するってことじゃなくて、食材屋の真ん中で餓死するってことだ。海で溺《おぼ》れるってことじゃない、自分の部屋で溺れるってことだ」

トムは独白するような調子で続けた。彼の眼《め》は天井に向けられていたが、何も見ていないか、もしくはすべてを見ているように虚《うつ》ろだった。

トムはウィスキーをまた一口、また一口と喉《のど》に流し込んだ。

「要するに、俺は存在もしない海で溺れてるんだ。ありもしない砂漠の熱で焼かれてる。俺の頭の中にしかない穴に落っこちて、寒さで震えてるんだ。そうしてるうちに、何も書けなくなっちまう。バカな話だろ？」

「そんなこと思いません。だって、それがお仕事じゃないですか。産みの苦しみ、なんて言ってしまえば月並みですが、それが次の作品を書くために必要なプロセスなんだと思います」

「違うんだよ、もうないんだよ。次の作品なんてない。君がさっき言ったとおりだよ。結局、めちゃくちゃなものしか書けないんだ。もう俺は涸《か》れちまったんだよ」

「あなたは涸れてなんていません。そう思ってるだけです。あなたが自分の想像力の中で溺れてしまっているなら、私が小舟を浮かべて助けます。砂漠で倒れているなら、水とラクダを用意します。穴に落ちてるならロープを投げおろします」

「結構なことを言ってくれるね」トムはケイティの言葉を笑い飛ばした。

「じゃあ、エージェント志望の君に助言を仰ぐとしようか。俺はどうすれば良い？　どうやったら次の作品が書けるって言うんだ？」

「めちゃくちゃなものしか書けないなら、めちゃくちゃなものを書けば良いんですよ。あなたが書きたいものを、書きたいように書いてください。私たちがそれを魅力的な商品にしてみせますから」

ケイティが自信満々に答えると、トムは涙が出るほど大笑いした。

「めちゃくちゃなものを書け、か。そりゃあ、今まで聞いた中で一番ひどいアドバイスだな」トムは目元の涙を指で拭いながら言った。

「やっぱり俺は作家になるべきじゃなかったんだ。作家になる前は大学の英語教員だったんだ。受け持ってた創作科は大学の中でも人気のコースだった。デカい教室に多くの学生が集まってた。俺は良い教師だった。まぁまぁの学生たちに毎年同じように文法を教えたり、ホイットマンを読ませたりしてさ。そんなことをしてるだけで学生に慕《した》われるってのも、良い人生だと思わないか？」

「あなたは想像の海に溺れるだけじゃなく、想像の生徒にも囲まれてたみたいですね。あなたの授業に生徒が多かったのは楽だったからですよ。真面目《まじめ》な生徒なんて数えるほどもいなかった」

「おいおい、ひどいこと言うなよ。俺は本当に良い教師だったよ。まぁ、カジノに入り浸ってギャンブル漬けの俺からは想像できないかもしれないけどな。その場にいなきゃ分からないことってのもあるさ」

いましたよ、その場に」

「なんだって？」

「私、あなたの創作科コースに出席してたんです。戯曲のクラスもとってましたよ。テネシー・ウィリアムズと彼の姉についてのレポートを提出してB＋の評価でした。自分では良いものが書けたと思ってましたけど」

「ああ、レポートか。あれは上から順にA、B＋、B、Cって適当に評価をつけて終わりにしてたよ」

トムは鼻で笑ったが、咎《とが》めるようなケイティのまなざしに気が付くと表情を引き締めた。

「やっぱり、良い教師じゃなかったみたいだな」トムが言うとケイティが頷いた。

「正直に言わせてもらいますが、ひどい教師でした」

二人は視線を合わせると微笑《ほほえ》んだ。

自分はどん底にいる、トムはそう感じた。

愛する家族を失い、命からがら地下室に逃げ、この状況がいつまで続くか分からない。

すべてを失ったのだ。だが、不思議と身軽な気分だった。

この気分のまま死ねるなら、それも悪くない。

「いっそ、このまま上に出て、死んでみるか」

トムは胸ポケットから煙草《たばこ》のケースを取り出し、一本口に咥《くわ》えると、ケイティにも差し出した。

彼女がそれを身振りで断ると、トムは煙草に火を点けた。

煙が天井までゆっくりと上ると、カラカラと弱い音を立てていた換気扇がそれを外に吐き出す。

地下に降りて来たときから息苦しさを感じていたが、換気扇がしっかり働いているのを確認すると、なんだか気分も良くなってきた。

こんなところでも、風はちゃんと通っているのだ。

「私も、なんか疲れちゃいました。どんなに仕事を頑張っても、エージェントになれるのは結局、男たちなんです。私よりも後に入ってきて、文学のことを何も知らないような連中がエージェントになってる。もう嫌になってきました」

「それは残念だな。まぁ、他人のことは悪く言えないな。俺も同罪だ。ダメなやつだと決めつけてたからな。君のことを誤解してた」

「ダンが、いえ、ベティがオショネシーさんのところに行けって言ってくれたときは、私、とにかく嬉《うれ》しくて。あなたが私のことを覚えていてくれたか、もしくはダンが私のことを認めてくれたんだって。舞い上がっちゃったんです。仕事のことなんて何も考えないで、こっちに来ました。ただ、『夜の闇こそ我が歌声』が掲載されたテイルズ誌を鞄《かばん》に入れることは忘れませんでした」

「あれを持ってるのか？」トムは眉を顰めた。

「あれは失敗だったな。自分では気にいってたんだが、反応が悪かった。おかげで、その後は執筆の依頼はなかったたな」

「そんなことないですよ。私はオショネシーさんの作品の中でこの短編が一番好きです。キャラクターの内省的な性格に、意識の流れを感じる文体がマッチしてて。人間が誰しも持っている脆《もろ》い部分が魅力的に描かれてますよね。女性の持つ繊細な感情の揺らぎが、驚くほどリアルに、詩的に感じられました。逆に、『悪人』シリーズはシンプルな文体とマチズモ感が人気なんでしょうけど、正直なところ、『夜の闇』のほうがずっと個性的だと思います」

「だろうな、俺もそう思うよ。だが売れなきゃしょうがない。そうだろ？」

「そうですね……。でも、私はもっとオショネシーさんに『夜の闇』みたいなものを書いてほしいと思ってます」

ケイティからの思わぬ言葉にトムは口を閉じた。

二人が黙ってしまうと、またしても上からゾンビの唸り声が聞こえてきた。

「うるせーな！　こっちは大事な話をしてんだ、黙ってろよ」トムが天井に向かって怒鳴《どな》り声をあげると、驚いたことにゾンビは急に静かになった。

トムとケイティは再び視線をあわせると、声に出して笑った。

「なんだ？　あいつら言ってることが分かるのか？」

「単なる偶然でしょ？」ケイティはそう言って立ち上がると、シェルターの階段の前までゆっくり歩いた。

「おい、どうした？」トムが声を掛ける。

「どうしたって、上に行くんですよね？　もう私は死んでもいい。どうせ生きていたって、良いことなんてないんです。ほら、行きましょうよ」ケイティはそう言ってトムにも来るように手を差し出した。

「そうか、そうだったな」トムは煙草を床に擦《こす》り付けてから立ち上がったが、その場を離れなかった。

「どうしたんですか？」

「いや、もう一本吸ってからにしようかな、って」

トムは煙草を取り出そうとした。だが指先が震えて、煙草をうまく摑めなかった。

「もしかして怖くなったんですか？」

「そんなわけないだろ！　でも、ちょっと考えてるんだ」

「今さら何を考えてるんですか？」

「いや、死ぬのはいつでもできるってことだ。まだ死ななくてもいい」

「でも、いつまでもここで助けを待ってるのも嫌じゃないですか？」

「ただ死ぬのを待つのは俺も御免《ごめん》だ。でも、俺たちにできることもある。君はエージェントになりたいんだろ？　俺は今、君の言葉を聞いて、また書いてみたくなったんだ。今なら売れるかどうかなんて気にする必要はない。俺たち二人が満足できるものを作れればいいんだ。必要なものは全部揃ってる。どうだ？　死ぬ前に君の夢を叶《かな》えるってのは？」

　ケイティは喜びと驚きで、自分の手を口に当てた。言葉がでない、という様子だった。彼女の目に涙が見えた気がした。

「本当ですか？　私、なんて言っていいか分かりません」

「何も言わなくて良いよ。めちゃくちゃなものしか書けないなら、めちゃくちゃなものを書けば良い。俺が書きたいことを書いて、それを君が魅力的なものに仕上げる。そうだったな？」

　ケイティが何度も頷くのを見ると、トムは机に向かった。さっきまで書いていた紙をくしゃくしゃに丸めてゴミ箱に捨てると、新しい紙をタイプライターにセットした。ケイティがその後ろに立って見守る。

「これからは私たち、二人の作業ですね。私は言いたいことは正直に言うんで、あなたもそうしてください」

「分かった」

「じゃあ、正直に答えてください。本当は死ぬ気なんてなかったんでしょ？」

「当たり前だろ？　君が扉を開けると思ったら怖くて小便ちびっちまったよ。死んでも構わないと思ったが、やっぱり生きていたい。俺は死にたくないから書く、良いだろ？」

「ええ」ケイティが笑った。

「無駄死にしなくてもいいように、二人で物語を作りましょう。改めて、これからよろしくお願いします、オショネシーさん」

「トムだよ。トムでいい」

トムはタイプライターを叩き始めた。ガラスでカバーされたキーを勢いよく叩くと、それぞれに接続されたハンマーがバッタの足のようにタイプライターの躯体《くたい》から飛び出して紙を叩く。

何も考えない。ただ、文字を打ち続ける。書くことはすでに決まっている。

メグが離婚を切り出そうとして、タイプライターを打ち始める。まさにこの地下シェルターで話は始まる。彼女はもう荷造りを済ませてある。あとは彼女の夫、つまり自分にあてた置手紙《おきてがみ》を残すだけだ。だが彼女の心はまだ決まっていない。夫と出会ったころを思い出しては、気持ちが揺らぐ。

果たして彼女は手紙を書き終えることができるのか。夫から離れることができるのか。

そして、ゾンビの襲撃にあう前にこの町を離れることができるのか。

まだ分からない。タイプを打つ手が止まるころには分かるだろう。

やがてトムの視界から邪魔なものは消えていった。売れるかどうか、自分の書いたものがどう読まれるか、そんなことを考える必要はなかった。

ゾンビの呻き声も、歩き回る彼らの足音も遠ざかっていく。

後ろに立っているケイティのこともすぐに忘れてしまった。

新しい物語が見えてくる。主人公の、メグの声が聞こえてくる。

それは今まで自分が見ようとしなかった姿、聞こうとしなかった声に他ならなかった。

＊＊＊

どのくらいの時間が経《た》っただろうか。

すでに一日が過ぎたような感じだが、同時に数時間しか経っていないような気もする。ゾンビから逃げて来た恐ろしい体験のせいか、もしくはこの部屋に充満している創造的な熱気からか、興奮が冷めやらず疲れを感じない。

タイプライターがバチバチと鳴り続ける音と、上を徘徊するゾンビの足音だけが聞こえている。

ケイティはシェルターに備え付けられたベッドに座り、トムが書き終えたものを読んでいる。

最初に書いた戯曲紛《まが》いの下手な作品とはまったく違う。今まで読んだ彼のどんな作風とも異なる、新しい物語が生まれようとしていた。ところどころタイプミスがあるが、彼はそんなことを気にすることもなく、書き進めている。今のところ、ケイティは所々に修正すべきポイントを書き加えているだけだ。

授業では口を酸っぱくして「時制に気をつけろ」と言っていたはずのトムだが、原稿にはいくつもミスがあった。気になるところを修正しながら読み進めていくうちに、それらが間違いではないことに気が付いた。主人公の回想と白昼夢、現実の時間が複雑に絡み合っている。すべてのイメージは別の概念と結びつき、それを自分の経験した何かとして昇華する。主人公は庭の手入れをしているだけなのだが、まるで星に手を伸ばして星座を形作っているようだ。家は宇宙のように果てしない広がりを持ち、太陽でさえも彼女の指先で弾《はじ》かれて回り始める。自我が世界を遥かに凌《りょう》駕《が》し、歴史や文化も彼女の性質や所作に内包されてしまう。捉《とら》えどころのない表現が多いが、不思議と読みづらくはない。

トムが意識の流れを書いている。それも、古臭くない、洗練された現代的な文脈で。

新しい古典の誕生の瞬間なのではないかと、ケイティの胸の内は騒《ざわ》めいた。

初めて受け取った原稿に興奮を抑えられなかったが、これが素晴らしいものになるという確信はそれとは関係がない。単に自分の期待が高まっているということではないのだろう。トムの想像力の飛躍が、文章の端々《はしばし》に見えた。

なにより驚かされたのが、トムの色彩感覚の豊かさだ。『悪人』シリーズはノワール小説を意識しているのか、それとも男の世界だからなのか、すべてが灰色なのである。街はギラギラとしたネオンで眩く、女性キャラクターの服や化粧は派手で、そしてたまに飛び散る血の真っ赤な色が目立つくらいである。

それに対して、メグの視点で描かれた今作は自然で豊かな色彩が溢《あふ》れている。彼女が大切に育てている裏庭の植物、そして彼女が選ぶ服や、娘エリーの遊び道具ですら、生き生きとした躍動感をもっている。家の中の小物はすべて彼女の過去や感情と結びついており、愛に溢れている。食卓に並ぶ料理も、素朴なものながら幸せな香りと温かさを感じさせる。

その一方で不穏な空気が、時おり文章に影を差す。この先に待ち構えている破局を静かに予感させる幕開きだ。

トムはたまに立ち上がって軽い運動をしたり、保存食を食べたりする。それは指を休めるためであって、思考は止まっていない。彼は無駄口を叩かず、視線も合わせない。なにかぶつぶつ小声で喋《しゃべ》りながら、シェルターの中をぐるぐる歩き回る。

そしてまた椅子に座ると、メグが書いた手紙をじっと見つめ、やがてタイプを再開する。ケイティはそれに合わせて原稿の順番が狂わないようにまとめ、ページ数を書き込んでは読み終わった分をトムの手元に戻す。

地下シェルターに閉じこもっているのにもかかわらず、ケイティはトムの文章を通して外の世界に足を延ばしていた。この地下室の上に確かに存在するトムの家が物語の中心である。メグの視点からその家を眺め、掃除し、料理を用意し、エリーと遊ぶ。ジェスローは一年を通して乾燥している、静かな町だ。都会と違って刺激的なものはないが、ご近所さんとの家族ぐるみの付き合いが、日々の生活に潤《うるお》いを与えてくれる。

ケイティはタイプされたばかりの原稿を読みながら、先ほどトムが話してくれたことを思い出した。

トムは存在もしない海で溺れ、ありもしない砂漠の熱で焼かれ、穴に落ちて寒さに震えていると言っていた。この原稿からはそれとは違うものが感じられる。柔らかく、温かく、穏やかなもの。繊細だが力強く、美しいもの。これもトムが常日頃から幻視していた世界の一つなのかもしれない。だからこそ停滞することなく、タイプし続けられるのではないだろうか。

この原稿の上にあるのは、幸せなものだけではない。そこには人間の姿をしたモンスターが顔をだす。トム自身だ。自分自身をゾンビのように描くトムの心中を想像することはケイティにはできない。もしかしたら、常日頃からそう感じていたのかもしれない。自分がメグにとって邪悪な存在であると。生きているようで死んだ存在なのだと。

そのように感じていたとしたら、なんて哀《かな》しい人なのだろう。ケイティはこの先の原稿を読むのが楽しみでもありながら、避けられない運命を恐ろしくも感じていた。

トムが書けないと言っていたのは、まさにこのことなのではないだろうか。自分の愚かさ、自分勝手な部分を認めつつ、それを直視し、外に吐き出すのは容易ではないだろう。

こんな状況でメグのタイプされた手紙を見て、彼女が離婚を切り出そうとしていたことを知ったトムが憐《あわ》れだと思った。だが、きっとそれ以前に彼には分かっていたのだろう。

今のトムを突き動かしているものは、自分への怒りだろうか。もう戻れない過去への憧憬《しょうけい》だろうか。ゾンビとなってしまったメグへの哀悼だろうか。

一旦《いったん》書き始めたトムは、人間離れした集中力で書き続けていた。ケイティは途中で仮眠をとったが、トムは机に向かったままだった。彼が「書けない」と言っていたことがケイティには信じられなかった。

だが、やがてタイプライターを叩くリズムが崩れ始めた。指が止まったわけではない。スピードが速すぎて、タイプライターのハンマーがジャムを起こし始めたのだ。同時に別のキーをタイプすれば、ハンマー同士がぶつかり合い、タイプが止まる。そのたびにトムは「クソ！」とか「畜生！」などと悪態《あくたい》をついてからハンマーを戻す。疲れで集中力が切れたのだろう。トムは原稿を何度も読み直しているケイティの隣まで来ると、ベッドに倒れこんだ。

ケイティは立ち上がって、トムの様子をうかがう。彼はうつ伏せのまま、寝入ってしまった。

この原稿を世に出すことができるなら。世界中の読者に届けることができるなら。

地下室から出られるかどうかすら分からない状況にもかかわらず、ケイティはそう思わずにはいられなかった。売ることを考えずに書けば良いと言ったものの、こんな原稿を手にしてしまえば、欲がでてしまう。

だが、まだ上ではゾンビが徘徊している音が聞こえる。

ジェスローはもうダメだ。この国の別の場所はどうなのだろう。

世界にはまだ安全な場所があるだろうか？

いつの間にかケイティは床の上で寝ていた。

誰かの声が聞こえる。夢を見ているのだろうか。

シェルターの扉を力強く叩く音でケイティとトムは目を覚ました。

「トム！　ケイティ！　生きてるか？」ダンの声だった。

トムとケイティは目を見合わせ、同時に声を張り上げた。

2：メグとエリック、そしてジェスローの住人たち〈一九六八年冬〜一九六九年夏：ジェスロー、メイソン郡、ネバダ州〉

メグがサルーンのスイングドアを押し開けると、ギシギシと耳慣れたバネの呻き声が聞こえた。いつものようにカウンターで飲んでいる男たちが振り返った。レジーとウィル、それにカウンターの向こう側にいるのがオーナーのバズだ。期待していなかったものの、やはり捜していたトムはいなかった。

木造のサルーンは町が銀山で賑《にぎ》わっていた時代に建てられたものである。もちろん、かなりの部分を改築しているが、西部劇で見るような、二階建ての構造は外から見ると美しい。トムと結婚して、最初にこの町を見たときは、映画のセットのようだと感じられたものだ。店内には大きな吹き抜けがあるので、一階席も開放感がある。

「みんなお揃いね。今日も抵抗集会なの？」

「まあね。俺たちは真のレジスタンスだから」ウィルが皮肉な笑みを浮かべた。

ジェスローの町は新しい州間高速道路建設のために立ち退き要請を受けている。だが、それに従う者はいない。町を愛しているからではない。立ち退きの条件を少しでも良くするためだ。

とはいえ、立ち退きの条件が良くなることなどないと、みな理解していた。反対運動を行うような力はジェスローにはない。それは住人が少ないからだけではない。しっかりした地方自治体であれば、抗議活動を組織的に行えるだろう。だが、ジェスローは非法人地域であり、町に議会はなく、国勢調査のための便宜上の区分にすぎない。メイソン郡内部の、自治体のない空白地帯。住民と、町を更地にしたい人たち以外から忘れられた土地なのだ。

「メグ！　良いところに来てくれた！」レジーが椅子から立ち上がり、嬉しそうに近寄って来る。何事かと思ったが、ラジオから聞こえてきたオルガンとベースのサウンドを聞いて納得した。一緒に踊れ、ということなのだ。

「ファイア！　お前の築き上げたものを破壊するのさ。ファイア！　お前はもう終わりだ。お前が燃えるのが分かるぞ」

レジーが調子っぱずれに歌い出す。メグは仕方なく彼の手を取った。二人がステップを踏むたびに床板がギシギシ鳴る。

町にまだ人がいたころ、つまり第二次大戦の前でトムたちがまだ子供だったころには、床におが屑《くず》が撒《ま》かれていたらしい。曰《いわ》くアイルランド式で、そうしておくとビールを溢《こぼ》しても、後片付けが楽なのだ。ジェスローが一番栄えていた時代、坑夫としてアイルランド系が多くいたことの名残《なごり》だ。今ではサルーンに顔を出すのは限られた町の住人だけだ。もしビールを溢しても、バズに一言声をかけて、店の奥にあるモップで一拭《ひとふ》きするだけだ。

二階席もあるが、使われることはない。二階の窓からは遥か遠くの山並みまで見えるので、メグは好きだった。だが住民たちにとっては見飽きている景色で、わざわざビールを持って階段を上がる者はいないし、もちろんバズが二階まで料理を運ぶことはない。いまでは物置になってしまっている。あちこちに蜘蛛《くも》が巣を張り巡らせ、綿埃《わたぼこり》以外の何かが引っかかるのを待ち構えている。

一九六八年、クレイジー・ワールド・オブ・アーサー・ブラウンのヒット曲、ファイアーは何よりもショッキングだった。もちろん、トムが出版社から受け取ったはずの印税を持ってどこかに消えてしまったことを除けばの話だが。

トムは優秀な作家であり、最悪の浪費家でもあった。家にいるときは良い人だったが、お金が入るたびに、ふらりといなくなってしまう困った人でもあった。

大学で出会ったばかりのときは謙虚で優しい青年だった。他の粗暴な男たちとは違って、感受性豊かな作家志望だった。それまで体育会系の男とばかり付き合っていたメグだったが、詩情溢れる手紙をこっそり渡してくれるトムにいつの間にか心惹《ひ》かれていた。

トムは夢想家で、卒業後にどんな仕事に就いてもすぐに解雇された。いつも文学について考えているばかりで、簡単な仕事さえろくにできない男だった。メグは彼を支えるために仕事を掛け持ちしなければならなかった。メグが化粧品の販売に出歩いている間、彼は白昼夢をみるように狭い家でボーッとして、彼女がダイナーでウェイトレスをするころ、彼はタイプライターを叩き始める。

だが娘のエリーを妊娠すると、そんな生活も難しくなった。トムも作家の夢を諦める寸前だった。そんなときに彼の書いた短編小説『夜の闇こそ我が歌声』が「テイルズ・フロム・ザ・ダークネス」誌に掲載され、少しばかりだが収入の足しになった。とはいえ、満足な稼ぎには程遠かった。

エリーが一歳になるころには、近くの大学で英語教師をしながら作品を書いていた。彼が情熱を傾ける文学的作品はまったく評価されず、雑誌に掲載されるのは娯楽小説のみだった。生活は依然苦しいままだった。

そんなときにトムはブロンズドーム・エージェンシーのダン・ウェイクマンに出会った。彼のアドバイスで書いたハードボイルド小説、『悪人の道楽』がトリプルデイ出版に売れ、今までとは桁《けた》違《ちが》いの収入になった。カジノを舞台にしたノワール小説だった『悪人の道楽』は、映画化もされ、シリーズは新刊を出すたびにヒットした。

彼は教職を辞め、故郷のジェスローに家を買った。故郷に錦《にしき》を飾る彼の姿は誇らしげで、メグは彼を支えてきて良かったと心から思った。

だが取材のためカジノに出向き、派手な街に入り浸るようになると、彼は変わってしまった。ギャンブルにのめり込み、印税が入っても借金の返済で消えてしまう。

彼の尊大な態度は町の住人から煙たがられた。派手なサンダーバードを乗り回し、周りを見下すような言動を繰り返していたトムは『悪人』シリーズの四作目にジェスローをモデルにした田舎町を出した。住人それぞれをモチーフとしたキャラクターを登場させ、バカにしたのだ。

もちろん、町の住人以外にはそれは分からなかったはずだが、余りにも露骨な書き方だった。レジーに似せたキャラは守銭奴、ウィルは好色に描かれていた。最悪だったのはクーパー神父で、小学校で大便を漏らしたエピソードを暴露されていた。メグは恥知らずの夫に代わって町の皆に謝って回った。トムの態度に皆は腹を立てていたが、不思議なことにそれでも彼はジェスローの町に認められていた。トムが有名人だったからではない、ジェスローの町が変人に優しかったのだ。

トムに連れられてジェスローに初めて来たときには、奇妙な町だと思った。隣町のキャリアンから距離があり、他の町から孤立している。他の町の人間とは違う進化の道を辿《たど》ったように、誰も彼もが一癖《ひとくせ》ある住民ばかりで、ガラパゴスを最初に訪れたダーウィンの気分だった。最初こそ戸惑いを覚えたものの、メグはいつの間にかジェスローの町が好きになっていた。大きな町と違って洗練されていないし、不便なところはあるが、居心地が良かった。

サルーンのオーナーであるバズは、髪が薄くなってきた四年前からスキンヘッドにしている。白いシャツにジーンズ、バーテンダーというにはラフな格好なのだが、どうせ顔見知りしか来ないので問題ない。カウンターの奥でグラスを拭きながら、ウィルと話をしている。ウィルは販売の仕事で外に出ていることが多い。フライパンや寝具、百科事典に金融商品など、その時々で売っているものがまったく違う。彼は長い間、西海岸にいたからか、他の町の住人と違ってお洒落《しゃれ》だ。町で最初にビートルズみたいなキューバンヒールのブーツを履きだしたのも彼だ。いつも鮮やかな色のシャツを着ていて、たまにスカーフを首に巻いたりする。それに対してレジーが着ているのは着古したオーバーオールばかりで、彼のガソリンスタンドの臭《にお》いがする。トムは普段から堅苦しいジャケットを着るので、いつも一緒にいる四人だが、集まるとどこか統一感がない。

　彼らはいい大人だが、幼馴染《おさななじみ》だからだろうか、四人集まると子供に戻ってしまう。バズはボス猿のように威張り始めるし、ウィルは礼儀正しさを、トムは教養を失う。レジーはいつにもまして卑屈になって、みんなから揶揄《からか》われる。何年か前に四人がサルーンのテーブルでポーカーをやっていたとき、レジーが独《ひと》り勝《が》ちしたことがあった。彼が調子に乗り始め、逆に三人の機嫌が悪くなっていた。レジーが勝ち誇って金をかき集めようとすると、他の三人は文句を言いだした。彼が珍しく罵声を浴びせたので、ナンシーと一緒に別のテーブルで静かに飲んでいたメグも驚いた。「レジーが怒ったぞ！」「レジーはこんな声を出さない！　レジーに悪霊が憑《と》りついたんだ！」「悪霊だ！逃げろ！」三人はそんな風に大声で笑いながら、テーブルに置かれたカードを上に放り投げると、一目散にサルーンから外に出ていった。バズもサルーンの仕事を放り出して外に出ていってしまったので、仕方なくナンシーがカウンターの中に入ることになった。その夜は誰もレジーに金を出さなかった。レジーを憐れに思ったナンシーは、バズが戻ってくるまでビールをタダで出し続けた。ジェスローの男たちはいつもそんな感じなのだ。

「小さな町の小娘みたいにお前は暮らしてた」レジーは歌い続ける。

「お前のちっぽけな頭でも、自分が本当は何も知らないって分かってたんだろ。お前は燃えてなくなるのさ！　ファイア！」

　やがて曲が終わり、レジーの踊りから解放されると、メグはウィルの隣に座った。

「ほら、踊ってくれたお礼だよ」レジーはバズに合図をして、ビールをメグに渡した。

「ありがとう。私で良ければ、いつでも踊りの相手になるわよ」

「メグ、次は俺と踊ってくれよ」ウィルがビール瓶を前に差し出したのに合わせて、メグが瓶を軽くぶつけて乾杯の合図をした。

「良いわよ、このビールが終わったらね。ウィルは久しぶりじゃない？　景気はどう？」

「ああ、さっき帰ってきたばかりだよ。景気はまあ、いつもと変わらないかな」

「ところで、トムがどこにいるか、誰か知らない？」メグが訊《たず》ねると、三人とも渋《しぶ》い表情をした。

「いや、どこにいるかは知らんな。でも今朝うちで満タンにしてったから、キャリアンじゃないだろうな。どうせ今ごろはリノかベガスだろう」レジーが言うと、皆がメグを憐れむように見た。

「そうよね、やっぱり。聞くまでもないよね」メグがため息をつく。

「あいつは本当にひどいやつだよ。まぁ、突然金持ちになったから、人が変わっちまったんだな。君みたいな良い女を放っておくなんて、本当に許せない野郎さ」

「ありがとう、レジー。ギャンブルの癖がなければいい人なんだけどね」メグの言葉を聞くと三人が一斉に笑った。

「いやいや、あいつはギャンブルがなくても問題が山積みさ。君がいつまでもトムに愛想をつかさないのはジェスローで最大の謎《なぞ》だよ」

「そう言わないでよ、ウィル。彼にも良いところがあるのよ」

「どうかな。トムがした良いことなんて、君をジェスローに連れてきたことくらいだな」バズが鼻で笑った。

　彼らは口を開けばトムを悪く言うが、それでも普段からトムと付き合っている。トムも自分が嫌われていることなどお構いなしで、彼らの輪に入っていく。それがメグには不思議でならなかった。トムも町にいるときは彼らと一緒にこのサルーンでラジオを聞きながらビールを飲むのだ。

「なぁ、トムのことなんだけどさぁ。君が金を管理するわけにはいかないのかい？　あいつは金が入ったらすぐにカジノで使い切っちまうからさ」レジーが毛の少なくなってきた頭をかいた。

「それができれば一番なんだけどね。エージェントのダンにも相談したけど、やっぱりトムが認めないからダメなのよ」

「そうか。なんとかならないもんかね。このままじゃ君とエリーが不憫《ふびん》だよ」

「本当にそうだ」バズがレジーに相槌《あいづち》を打つ。

「あいつは一度痛い目に遭わないとダメだな」

「どうかしら。家に帰ってくるたびに『もうギャンブルには手を出さない』なんて言うくらいだから。もう大人なんだし、簡単に性格は変えられないわよ」

ラジオからビッグ・ブラザー・アンド・ザ・ホールディング・カンパニーのダウン・オン・ミーが流れ始め、ウィルが軽く舌打ちした。キャッチーな歌い出しが印象的な歌で、メグも大好きな曲だが、バズのサルーンで聞くとなるとまったく別の話だ。

「畜生！　またこの曲かよ！　こんな下手クソなバンドの曲をラジオで流すなんて、迷惑もいいところだぜ」

バズは無類のロック好きだが、許せないバンドがいくつかある。ビッグ・ブラザーの他はグレイトフル・デッド、ジェファーソン・エアプレイン、クイックシルバー・メッセンジャー・サービスで、昨年のモンタレー・ポップ・フェスティバルで有名になったバンドばかりだ。共通点はどのバンドも全国区で有名になる前に、キャリアンの有名なブラッディ・ドッグ・サルーンで演奏していたバンドだということだ。

「まったくだ。ボーカルの女の子は凄《すご》かったけど、バンドはたいしたことなかったよ」ウィルがバズを慰めるように言う。バズがいないときに聞く話とは大違いであることを、メグは知っていた。

ジェスローの住人は多かれ少なかれ、キャリアンに対して複雑な感情を抱《かか》えている。そんな中でもバズは特に強い劣等感を覚えているようだ。車で行ける距離の大きな町。ジェスローはキャリアンの成功のおこぼれに与《あずか》っているともいえる。実際に移住していった者たちも少なくない。ジェスローの住人はキャリアンのことを腐肉《キャリオン》と罵《のの》ったりするが、実際に腐りかけているのがどちらなのか、考えるまでもない。

バズのサルーンが、キャリアンのブラッディ・ドッグ・サルーンに劣《おと》っている点は一つもない。それでもキャリアンは住人が多いから、店はいつも満員だし、演奏するバンドは人気になっていく。トムも、よくウィルやレジーと連れ立ってキャリアンにバンドを聴きに行く。

やがてラジオの音楽が止まり、ニュース番組に変わると男たちは議論に熱を出し始めた。次期大統領に選ばれたニクソンがどうやって戦争を止めるつもりなのか、ロバート・ケネディの暗殺に関する陰謀論、ソ連に負けている宇宙進出と月の裏側を回ってくるというアポロ八号について。

メグは少しばかりの居心地の悪さを感じた。ビールを飲み終わると三人に声をかけてサルーンを後にした。

＊＊＊

「力になれなくてすまんな」ダンはポケットからハンカチを取り出して額の汗を拭いた。

ブロンズドーム・エージェンシーの事務所は冷えていたので、メグはトレンチコートを脱げなかった。事務所の他の職員も同様で、建物の中なのに厚着をしている。それでもダンはワイシャツ一枚にネクタイをしているだけだ。そのワイシャツもお腹《なか》周りの肉でパンパンに膨れ上がっており、ボタンが今にもはじけ飛びそうだった。彼のシャツを見ると、メグは決壊寸前のダムのような印象を受ける。

　彼はエージェントとして優秀なだけでなく、人としても素晴らしい。トムはダンに会わなければ作家として成功していなかっただろう。優しく、ユーモアに溢れ、気さくな人だ。そんな彼の唯一の欠点は、甘いものに目がないことだった。事務所は彼のためにドーナツとコーヒーを切らすことがない。最初に出会ったときはすらりとした好青年だったが、会うたびに体重が増えていく。今では二重あごが首を隠してしまったし、かつては魅力的だった顔はシナモンロールのように油っぽく、まん丸になってしまった。

　トムの『悪人』シリーズの成功を皮切りに、彼は人気作家を何人も抱えるようになった。小さかった事務所も大所帯になった。ブロンズドームの事務所が寒いのは冬だけではない。夏は夏でダンが冷房をガンガンに効かせるので冷蔵庫の中にいるような気分になる。職場が凍《こご》えるように寒くても、彼を慕う他の若いエージェントは離れようとしない。

「前にも言ったとおり、トムの了解を得ない限り、印税を君に渡すわけにはいかないんだよ。で、トムはあのとおりの性格だから、了解するわけがない。それになぁ……」ダンはテーブルの上のドーナツに手を伸ばして一口頬張《ほおば》った。そのあとでメグにもドーナツを食べるように身振りで勧めたが、彼女は軽く断った。

「印税があったって言っても、たいした額じゃない。もう何年も新作を書いてないからね。ちょこっと増刷されただけだよ。トムに困っているのは君だけじゃない。僕らも早く新作を書いてほしいんだ。何度も言ってるんだが、全然書いてないみたいだからね」

　ダンは早くも二個目のドーナツを摑んだ。

「映画化されたのだって、最初の一冊目だけだ。もっと新作を書いて話題になれば、続編も作られるんだろうけどな。で、映画化が続けばシリーズもまた売れるようになる。そうやって売って、作って、また売って、そういうサイクルを繰り返さないと飽きられちゃうからね。文学を書いているんじゃない、娯楽小説だからね。読者を飽きさせたら終わりだよ」

「なんとか無理やり書かせられないかな？」

「無理やりって？」

「ホテルに監禁するとか、銃を突き付けて」

「冗談だろ？」

「私は本気よ。あなたがなんとかやってくれるなら、私は協力するから」

「勘弁してくれよ！　そんなことできるわけないだろ？」

「でも彼が書いてくれないと、もう生活にも困っちゃうような状態なの。私が働けば良いだけなんだけどさ、彼は見栄《みえ》っ張《ぱ》りだから。ちゃんと働かないくせに、私が働くのは嫌なんだって。『お前が働いたら、家が貧乏だと笑われちまう』なんて言うの。実際、貧乏なのに、分かってないのが問題なのよ」

「メグ、君が困っているのは分かる。でもトムの性格だと、無理強《むりじ》いしても書いてくれないだろうな。頑固なやつだから、書けと言えば言うほど書かなくなる」

「じゃあ、どうすれば良いの？」

「さあな。なにかインスピレーションでも湧《わ》けば書く気になるのかな」

「彼のためにミューズになるような女の子でも用意しろってこと？」ダンの無責任な発言にメグは苛立《いらだ》った。

「そうは言ってないだろ」

「彼のエージェントはあなたでしょ？　真剣に考えてよ」

「そうだな……、君には黙っておこうと思ってたんだけど、実はトムはもう『悪人』シリーズを書くつもりがないらしい。と言っても、新しいアイデアもない。俺がなにかを提案しても書く努力をしない。それで俺は聞いたんだ。『一体、お前はどうしたら書くつもりになるんだ?』って。そしたら、なんて答えたと思う?」

ダンに聞かれて、メグはさっぱり分からないというように肩をすくめた。

「『世界が終わる日が来たら書くかもな』って言ったんだ。悪いことは言わないけど、彼が書く気になるまでは、俺たちにできることはないよ」

「じゃあ、世界を終わらせれば良いのよ」

「は?」ダンはメグの言葉に眉を顰めた。

「世界が終わるって思わせれば良いのよ。核戦争が起きると思わせて、地下シェルターに彼を閉じ込めるの。そうしたら書くんじゃない?」

「本気じゃないよな?」

「私は本気よ。キューバ危機のときに、家の地下室を核シェルターに造り変えたの。あそこなら何ヵ月でも籠ってられるし。監禁ってことじゃなくて、彼が勝手に勘違いしたってことにできるんじゃない? 世界が終わる日が来れば書くんでしょ? それなら、世界の終わりを彼のために作ってあげればいいじゃない?」

ダンは黙ってドーナツを食べながらしばらく考え込んだ。

「確かに、それなら彼も書くかもしれないな。インスピレーションとしては、これ以上ないぐらいだろう。でも、やっぱり本気で騙《だま》すのは難しいかな。俺たちが『核戦争が始まる!』って騒いでも信じないだろう。地下に籠るにしても、ラジオやテレビの報道を見て、町の他の人の反応をうかがってからだろう。一人の作家を騙すために、そんな大げさなことはできないよ」

「でもね、町の人は協力してくれるはずよ。みんなトムのことが嫌いだし、彼を騙すことができるなら、喜んで協力してくれると思う。彼が働けば、町の皆からの借金も返せるし」

「そうなのか、それは心強いな。うーん、でも核戦争を現実だと思わせるのはちょっと難しいな」

「じゃあ、どうやって世界の終わりだと思わせる？　どうすれば彼が自分から地下室に逃げ込むかしら？」

「地下室、地下室。地下室に逃げ込む……」

ダンは椅子から立ち上がって部屋の中をぐるぐる歩き回った。彼が動くたびにキャビネットのガラス戸がカタカタ音を立てた。

「待て、良いアイデアを思い付いたぞ。君は『ナイト・オブ・ザ・リビングデッド』を見たかい？」

「ゾンビの映画？　噂《うわさ》には聞いたけど、怖いのは苦手だから」

「あの映画ではゾンビが町に溢れて、地下室に逃げ込むんだ。何が起こっているか分からない状態で、でも地下に逃げるしかない。あの状況を作り出せば良い。町の人たちが手伝ってくれるなら、これは核戦争よりも騙すのが楽だろう。君が地下に誘導すればいいんだ」

「地下に誘導するだけなら私でもできるけど、作品を書かせるのはちょっとね。彼が何か書いても、私にはそれが良いか悪いか分からないもの」

「俺が一緒に地下にいられれば良いんだが、他の仕事もあるから無理だしな。待てよ。今、事務所に若手のエージェントがいるから、そいつに任せよう」

トムを騙す作戦を練るのは、いたずらをするようで楽しかった。

メグはいつの間にかダンと一緒になってドーナツを食べながら、いろいろと話し合った。

本気だとは言ったものの、メグはもちろん冗談だった。愚痴《ぐち》を聞いてほしかっただけなのだ。トムが新作を書いてくれないと家の借金は大変なことになってしまう。トムだって本当はそれを分かっているはずだ。彼が本気になるまで待つしかない、そう思いながらメグは帰路についた。

トムに新作を書いてほしいと心から思っていたのはメグだけではなかった。ダンはメグとの秘密の計画を実行に移すべく、別の人物に相談した。面白いと思ったものを形にしなければ気が済まない性分こそ、ダンがエージェントとして優れている所以《ゆえん》だった。

メグが部屋を出た後、ダンはすぐにエリック・ブラッドに電話をかけた。エリックはトムの『悪人の道楽』を映画化した映画監督だ。ゾンビ映画を作る気はないか、と言われたエリックはすっかりその気になり、その日のうちに脚本を書き上げた。

即座に大手スタジオに企画を売り込み始めたエリックだったが、なかなか買い手はつかなかった。理由は単純で、エリックが皆から嫌われていたからだ。

『悪人の道楽』が大成功を収めたのち、エリックはすっかり調子にのっていた。監督の依頼が舞い込んだものの、大抵の企画はその場で断った。

「俺を誰だと思ってる！　こんなギャラで仕事を引き受けるとでも思ったら大間違いだ！」とスタジオに対して威圧的な態度をとった。

彼は莫大《ばくだい》な予算をかけた冒険映画『最果ての川』を監督したが、これが失敗に終わった。というのも、まったく無名の監督が低予算で作ったホラー映画が大ヒットしていたために、話題を奪われてしまったのだ。周りをコケにするような言動を繰り返していた挙句、ひどい失敗作を作ってしまったエリックは業界から見放された。

もちろん、ダンはそんな状況を知っているからこそ彼に声をかけたのだ。少し前のエリックであれば、こんな企画を提案しても罵倒《ばとう》されて終わりだっただろう。だが、今の彼は映画を作りたくてウズウズしている反面、資金を集められないでいる。一発逆転を狙《ねら》うためには、低予算でも成功する可能性があるホラー映画に賭《か》けるしかない。ここでエリックに恩を売っておけば、『悪人』シリーズの続編を製作してもらえるだろうという打算もあった。

＊＊＊

「三十万ドルだとさ！　この俺が監督兼プロデューサーをやるって言ってんのに、三十万しか出さないんだぞ！　これが信じられるか？」

エリックは、ダンとメグに向かって怒鳴り声をあげた。エリックがダンのオフィスで地団太《じだんだ》を踏むように歩き回ると、やはりキャビネットのガラス戸がガタガタ鳴った。

監禁計画の話をした一週間後に、メグはダンに呼び戻された。計画を進めるために重要な人物を見つけた、と言われたのだ。エリックは約束の時間を一時間以上遅刻してきたかと思えば、挨拶もそこそこにすぐさま文句を言い始めた。呆《あき》れたように天井を見上げるたびに、茶色の髪の毛がふわふわと揺れ動く。黒のタートルネックセーターと黒のスリムなパンツ。ビートニク気取りなのだろうか。細長い手足に、いちいち大きな動作。頬はこけているし、目の下に濃い隈《くま》もあって、神経質そうな印象を受けた。

「ひどい話だな。君がいなけりゃ『悪人の道楽』のヒットもなかっただろうに」ダンは同調するように声をかけたが、正直なところ三十万ドルも集められたことのほうが驚きだった。

「ハリウッドももう終わりだな。皆が言うようにこれからはテレビの時代なんだ。やつらは分かってないんだ。金がなけりゃあ、映画なんて作れない。映画は金でできてるんだ。スタジオのバカどもにも困ったもんだが、投資家ってやつもやたら偉そうで気に食わんな」

「まぁまぁ、そう言うなって。三十万でも君なら最高のものを作ってくれると俺は信じてるよ。前に電話で話したとおり、良い条件が揃ってるんだ。メグのことは覚えてるね？　『悪人』の原作者トム・オショネシーの妻だ」ダンはエリックにメグのことを思い出させるように言った。

「ああ、覚えてるよ。あのとき、撮影の最中に邪魔しに来た女だな」エリックはメグと握手を交《か》わしながら言った。

「その節はお世話になった。大事なショットの前に、緊張感をぶち壊してくれてありがとうよ。君のおかげでフィルムをかなり無駄にしたよ」エリックの皮肉な口調を聞いて、彼が業界から干されている理由をメグはすぐに理解した。

「まぁまぁ、そう言うなって。ドーナツ食べるか？」エリックはダンに言われるなり、テーブルの上のお菓子をむしゃむしゃ食べ始めた。

「電話でも話したとおり、映画撮影に向いてる条件が揃ってるから君に声をかけたんだ。ジェスローは人口五十人以下の小さな町だ。キャリアンという大きな町が車で三十分ほどの距離にある。とはいえ、距離があるから映画撮影の邪魔になることもないだろう。それに、住人は映画撮影に協力するって合意がとれてるらしい。そうだよな、メグ？」

「ええ。私が頼んだら町の皆は協力してくれるって」

「だそうだ。こちらとしてはトムが執筆に集中できる環境を整えたい。そのためにトムが地下室に逃げ込むように誘導したいんだ。ちょうど、あの映画『ナイト・オブ・ザ・リビングデッド』みたいに——」ダンがそう言うと、エリックが急に立ち上がった。

「俺の前でその映画の話をするな！　あのクソッタレ映画め！　あれがなければ俺の映画はちゃんと売れてたはずだ！　アメリカ中が俺の映画の話をしてるはずだったんだ！」口の中のドーナツが噴《ふ》き出《だ》すのも気にせずにエリックは怒鳴り始めた。

「だいたい、誰なんだよ、ロメロってのは。そんなやつ、俺は聞いたことないぞ。クソッタレ素人のクソッタレ映画が！」

「まぁまぁ、そう言うなって」ダンが眉を下げながら、決まり文句のようにエリックをなだめる。もう何度この言葉を聞いたかとメグは思った。エリックが落ち着いてソファーに座りなおすとダンが優しい声で話し始めた。相手の機嫌をうかがいながら、自分の望む方向に動かそうとするような話し方、ちょうどメグが娘のエリーに話すような口調だ。

「あの映画のことを気にすることはない。君がこれから作る映画のほうが面白くなるだろ？　だったら問題ないじゃないか。この映画を成功させて、スタジオのお偉方たちをギャフンといわせてやればいいんだ」

「そりゃあ、そうだ。だがな、その映画を作るための金がないんだ。たったの三十万だぞ。そんなはした金でどうしろってんだよ」

「でも、聞いた話だとロメロは十一万ドルであの映画を作ったって。その三倍はあるんだから――」メグが口を挟んだ。

「俺の前でそいつの話をするな！」エリックがソファーの前のテーブルに拳《こぶし》を叩きつけて、また立ち上がった。

「ファッキン・ジョージ、ファッキン・A、ファッキン・ロメロ！　Aはケツの穴《アスホール》の略か？」

「まぁまぁ、そう言うなって」今度はダンだけでなくメグも同時にエリックをなだめた。

「あなたは脚本を書いたんでしょ？　どんな話なのか、聞かせてくれないかしら？」

「気になるか？　しょうがないな。話してやるよ。俺の映画は、あんなクソ映画の百倍は面白くなるぞ」エリックはメグが興味を示したからか、気を良くして座りなおした。めんどうだが、扱いやすいタイプの男だとメグは思った。

「いいか、若い男女のカップルが主人公なんだ。彼らは銀行強盗をして逃走する。で、逃げた先の田舎町でゾンビに囲まれてしまうんだ。絶体絶命のピンチに陥《おちい》った彼らはなんとか町から逃げだす。だが奪った金はゾンビのいる町に置いてきちまうんだ」

エリックは「どうだ！」と言わんばかりの笑みを顔に浮かべている。

それじゃあ『ボニー＆クライド＆ゾンビ』じゃないか、メグはそう思ったが、なんとか素直な感想を心に押しとどめた。プライドの塊《かたまり》のようなエリックをバカにするようなことは言わないほうが賢明だ。

「凄いわね！　それはきっと面白くなるわ！」メグはエリックを喜ばせようと明るい声を出した。わざとらしく聞こえてないか不安だったが、彼は嬉しそうな表情をしていた。単純な男だ。

「大ヒット間違いなしだな！　やはり君は天才だよ」ダンは何度も頷くような素振りをした。

「だろ？　絶対に面白くなるはずなんだよ。本当だったら少なくとも五百万ドルは欲しいところなんだが、スタジオの連中はクソみたいな映画に金を出して失敗する能無しばかりだ。『最果ての川』では二千万ドルも予算が出たのによ。それが今じゃあ三十万だ。もう映画業界は終わりだよ」

エリックはため息をついた。

クソみたいな映画を作って大金を水に流したのは自分自身じゃないか。メグは思わず笑いそうになったが、なんとか堪《こら》えた。隣のダンに視線を移すと、彼はエリックに同情を寄せるような表情をしていた。だが、内心では同じことを考えているに違いない。

「まぁ、いいさ。手元のカードでなんとかするしかない。脚本さえ良ければ、と言っても俺が書いたんだから良いに決まってるが、なんとかなるさ」

「その意気だ！　そうと決まれば、早速本題に入ろう」ダンが手に持ったドーナツを一気に食べると、話を始めた。

「まずはトムを監禁する地下シェルターだが、彼に怪しまれないように備品を補充してくれ。日用品だけじゃなくタイプライターとインク、紙をたっぷりな。トムとうちの若いエージェントの二人が少なくとも一ヵ月は生きていられるようにしてくれよ」

「分かった。日用品はもう揃ってるし、執筆に必要なものは……」メグは一瞬だけ躊躇《ためら》ってから続けた。「執筆に必要なものはもう揃ってるわ」

「あとは町の見取り図と君の家の間取りが必要だ」エリックが真剣な表情で言った。

「あんたの亭主を地下に誘導するために、ゾンビを配置しておかなきゃならないからな」

「分かった、町と家の間取りね。これも大丈夫。なんとかするわ」

「住人の合意が取れてるって話だったが、本番の前に皆に説明をしておきたい。素人だからって甘やかせないからな。何と言っても予算が少なすぎる。つまり無駄にできるフィルムがないってことだ。みんなが俺の言うとおりに従って動いてくれないと困る。リハーサルは入念にやっておきたい。トムにバレないように、住人全員に特殊メイクをするだけでも大変だろうからな」

「分かったわ。それもなんとかする」

「よし、いいぞ。順調に進みそうじゃないか。じゃあ、こっちの役者を紹介しておこう。ケイシー、ちょっとこっちに来てくれ」ダンは細身の若い男を部屋の中に連れてきた。

「紹介しよう、ケイシーだ。今回、俺の代わりにトムに付きっきりで地下に籠ることになる」

「ケイシー・バイフィールドです、よろしくお願いします」眼鏡をかけた若い男がメグに手を差し伸べた。

「よろしくね。彼は命令されると怒るから、遠回しに書くように勧めないと書かないわよ」

「ケイシーはもうトムとも何度か会ってるし、彼の扱い方も説明してある。若いけど根性があるし、大丈夫だ」ダンがケイシーの痩せた背中をバンと叩いた。

3：レミーとノーム、そしてボリス〈一九六九年五月：ブルックリン、ニューヨーク市、ニューヨーク州〉

アゴスティネッリに乗り込むから来い。そう聞かされたときには久々に血沸き肉躍る心地がした。タドリーニの武闘派と言えば自分のことだと自負していたレミーだったが、もう何年もラスベガスのレストラン運営を任されているだけだ。

「お前の料理は最高だ」とボスに褒《ほ》められたときは嬉しかったが、店を任せられることになるとは思っていなかった。だからこそアゴスティネッリ家に乗り込むと聞いたときに、死を覚悟した。

だが結局のところ、今回はただの話し合いにすぎない。ラスベガスからの上納金が減っていることに対して、ボスたちが痺《しび》れを切らしていた。カジノの収益は爆発的に伸びているはずなのに、裏に流れて来る金額の増加はそれに比例していない。運び役を任されているアゴスティネッリ家のエウフェミオに対して不満の声があがっていた。取り返しがつかない騒動になる前になんとかしろ、タドリーニ家のボスがアゴスティネッリ家のボスであるグリエルモにその一言を伝えるだけの場だ。

時代は変わったのだ。血で血を洗う戦争の時代は終わりを告げ、ビジネスマンの時代になった。ラスベガスのカジノに共同出資して、全員が利益を配分するシステムのおかげで、マフィアはかつてない安定を得た。抗争は終わり、共存を目指すことになった。レミーが若かったとき、ファミリーは特別だった。今では会社勤めと変わらない。昔なら、エウフェミオをぶち殺して終わりだ。安定なんてものが欲しければ、豚の世話でもしていればいい。

タドリーニからはレミーがシェフとして一品出し、アゴスティネッリからもシェフが一品振る舞う。そんなバカげた趣向を提案してきたのはアゴスティネッリのボス、グリエルモだった。全米から恐れられているイタリア系ファミリーのトップ同士が、楽しそうに談笑しているのを目撃して、レミーは屈辱を覚えた。こんな世界に憧《あこが》れたわけではない。こんな慣れあいのために命を張っていたわけではない。

レミーはプライドを傷つけられた。ボスの顔を立てるために、自分は道化にされたのだ。

「タドリーニの武闘派だった君が料理人になったとはな」

アゴスティネッリのにやけ顔を見た瞬間に、包丁を投げつけようかと思ったがなんとか堪えた。用を足すと言ってその場を離れ、トイレの洗面台で顔を洗うと、鏡に映った自分の顔は老《ふ》け込《こ》んでいた。

このままじゃダメだ。

俺がアゴスティネッリをぶち殺せば、あっちのファミリーは崩壊する。二人の息子たちは互いに憎みあっているから、頭を潰せば組織を立て直すのに時間がかかる。今なら、どちらもボスとシェフの二人だけ。あっちのシェフはどう見ても殺しができるような男じゃない。俺一人だけでも、二人を殺せる。

そして、はたと気が付いた。ボスがそれに気が付いていないはずがない。

これは話し合いの場じゃない。やはり俺はアゴスティネッリを潰すために呼ばれたのだ。

いつだってそうだった。ボスは口にしない。俺がやるだけ。そうやって二十年以上も修羅場を乗り越えてきたのだ。レミーは心を決め、鏡に映る自分自身を睨《にら》みつけてみた。俺はまだいける。トイレを出た後は若いころの無敵の自分に戻っていた。

アゴスティネッリを潰せば、カジノの取り分も多くなる。抗争は御法度《ごはっと》だが、そもそもエウフェミオが招いた事態なのだから、他のボスも納得するはずだ。

怖いものなんてない、やってやる。

キッチンに戻ったら、玉無しシェフの口を塞いで首を掻《か》っ切《き》る。叫び声を上げる間もなく殺してやる。その次にアゴスティネッリのクソ親父《おやじ》も後ろから一刺ししてやる。そのあとで火を放ってやろう。

そう思っていたレミーだったが、トイレから戻る途中、廊下の棚に飾ってあった卵形のオブジェに目を奪われ、瞬時にすべてを忘れた。

ガチョウの卵ほどの大きさだが、表面は赤いガラスでコーティングされており、細かい宝石が美しい曲線を描くように配置されている。金の細工を施した台座が卵を支える脚のように伸びており、これから月に行くと言われているアポロ十一号の着陸船のようにも見えた。

棚には様々なオブジェが飾られており、それらの一つ一つが博物館に展示されるような価値のあるものだということは美術に興味のないレミーでも分かった。展示物の上には照明が眩い光を投げかけており、まるでどこかの王家の宝物庫だ。

レミーはその卵にそっと手を伸ばし、ジャケットの内ポケットに入れた。ほんの出来心、といえばそのとおりなのだが、その結果がどういうことになるのか、はっきり分かっていた。今回の話し合いが御破算《ごはさん》になるだけでなく、自分は殺されるだろう。すべてがどうでもいいことに思えた。

話し合いは無事に終わった。グリエルモがその場でエウフェミオに電話をして、釘を刺した。最後には料理を褒めあい、男たちは和やかな空気の中で軽く抱き合って、その場を離れた。

「お前ならやってくれると思ってたんだがな」帰りの車の中でボスがぼそりと呟いた。

「そうなんですか？　そうならそうと事前に言ってくれないと困りますよ」レミーは嘯《うそぶ》いた。

「言わなくても分かると思ってた。これ以上のチャンスはもうないだろう」

ハンドルを切るたびにポケットの中の卵が腹にあたって、レミーは笑いを堪えるのに苦労した。

「そうですね。とはいえ、時代は変わったんですから、あとは若者に任せましょう」

その晩は誰もが静かに眠った。

夜が明けると、事態は急変した。アゴスティネッリの長男ルーベンが襲撃に来て、トニーとファビオがやられた。抗争が始まった理由を知る者はレミー以外にいなかった。

戦争の発端となった卵を家で静かに眺めるたびに、レミーはその美しさにため息を漏らした。その卵の鮮やかな赤は、大量に流された血を思わせる。

戦争がこの卵を輝かせるのだ。まだまだ血が流される。そして卵はもっと輝くだろう。

遅かれ早かれ、卵のことはバレるはずだ。その前に卵を安全な場所に隠さなければ。

レミーは卵を小さな木箱に詰め込むと、「登録のない銃を取りに行く」と言い、実際にそうした。もちろん、そのついでにジェスローという町の外れにある地下倉庫に卵を隠した。ファミリーの誰にも教えていない秘密の場所だ。かねてより使用した銃を隠すのに使っていたので、間違いなく誰にも見つからないだろう。

ほとぼりが冷めたら回収する。そうすれば、卵はずっと俺のものだ。


戦争を期待していたレミーだったが、他の誰もそれを望んでいなかった。警察に注目されるような派手な殺し合いは避けるべきだというのだ。ボスはアゴスティネッリ家の重役の暗殺をノームに依頼することに決めた。ノームは特別な殺し屋である。通常どのファミリーも、マーダーインクと呼ばれる組織に所属する殺し屋を使うが、タドリーニはノームの存在を隠し、独占していた。

レミーはノームに連絡をしてから、ニューヨークまで向かった。マンハッタンを行き交う人々の騒音に、どこか懐かしさを覚えた。レストランの運営を任されてから、ラスベガスで過ごす時間のほうが多くなっていたが、どうもあの町を好きになれなかった。乾燥しきった空気と、卒倒しそうになるほどの酷暑。どう考えても、人が住む場所ではない。もちろん、そんな地獄のような場所だからこそ、他の町では許されないことが黙認されているのだが。

行き交う人々を観察するようにして歩いていると、ロックフェラーセンターを過ぎたあたりで、帽子を目深に被《かぶ》った男とすれ違った。中肉中背、黒い髪は短い。茶色のスラックスに白いシャツ、黒い運動靴。これと言って特徴のない、目立たない男だ。事前に連絡をとっていなければ、ノームだと気が付かなかっただろう。彼は向きを変えてレミーの少し後ろを歩いているはずだが、つけられているような気配はない。

ノームの存在を知っているのはタドリーニ家の中でも、ごく少数に限られている。殺人は簡単ではない。肉体だけでなく精神も危険にさらされる。長く続けられるやつは多くない。ノームのような男のどこに殺人を続けられるエネルギーがあるのか、レミーには不思議でならない。

「仕事だ」レミーは後ろを振り返らずに、そのままのペースで歩きながら言った。

「ホッファか？」ノームは静かだが、少年のように弾んだ声で返した。彼は話すたびに違う声色を使う。自分の特徴を摑ませないためだろうが、レミーは毎回、違和感を覚える。

「いや。時間の問題だがやつにはまだ働いてもらう。というよりも、やつはまだ檻《おり》の中だ。お前だって知ってるだろ？」レミーは言ったが、ノームは応《こた》えない。足音もほとんど聞こえないので、まだ後ろにいるのかどうか、振り返って確かめたい気持ちを抑えるのは難しい。

「アゴスティネッリが悪ふざけを始めやがった。やつらの幹部を消してほしい」

「具体的には誰だ？」さっきとは違う、しわがれた老人の声が返ってきた。

「ボスのグリエルモにアンダーボスのルーベン。エウフェミオとブルーノ、それからコジモだ。できるか？」

一度に五人の依頼など初めてだ。しかも誰もがアゴスティネッリ家の幹部。こんな依頼をするボスの心境も信じられなかったが、レミーとしてはノームがどう反応するか楽しみでもあった。

「分かった。いつもどおり一週間で終わらせる」今度は少年の声に戻っていた。

すんなり依頼を受け付けたノームにレミーは驚いて後ろを振り返った。だが、そこにはノームはいなかった。彼は雑踏の中に消えていた。気味の悪い男だ。

ノームが知られていないとはいえ、タドリーニが正体不明の殺し屋を飼っていることは界隈《かいわい》では有名な話で、その存在は〈ロード〉と呼ばれていた。タドリーニの道《ロード》を阻《はば》む者はどんな権力者であれ、都合よく不可解な死を遂げる。そんなときに限って、ボスは「主の御業《みわざ》は時に不可解だ」と呟くからである。

そして、確かにノームの御業は不可解であった。普通の殺し屋とは根本的に違う。必ず他の誰かが犯人として逮捕されるのである。ある政治家が消されたときは、その妻が逮捕された。近隣住人が数時間にわたる夫婦の口喧嘩を聞いていたのである。不可解なのは、その夫婦喧嘩が夫の死亡推定時刻を挟んで行われていた点である。妻は第一発見者であったが、死体と喧嘩していたことになる。そんな些細《ささい》な点を警察は気にしない。

不動産売買のトラブルで裁判沙汰《ざた》になった際も、相手側の弁護士が消された。夜中に事務所で死体を発見した男は、「パラリーガルが事務所に残っていた。あいつがやったんだ」と主張したが、そのパラリーガルは犯行時間には妻子と食事をしていたことが確認された。もちろん、第一発見者の男が逮捕された。男が下手な嘘をついていただけだと思われ、警察はマフィアがからんでいるなんて疑うこともなかった。

だが、今回は事情が違う。マフィアの幹部が五人殺されるのだ。どう考えても警察に目をつけられるし、メディアで大騒ぎになる。ノームがどう奇跡を起こすつもりなのか、レミーにはまったく見当がつかなかった。

ノームはロウワー・イーストサイドの出身だと聞いた。十四歳で孤児だった彼は、ボスに拾われた。当時のロウワー・イーストサイドはいくつものストリートギャングが群雄割拠する最悪の場所だった。少しでも余裕のある白人は郊外に逃げ出した。インナーシティーを闊歩《かっぽ》していたのは、プエルトリコ系や黒人、そして底辺の白人だ。それぞれが人種ごとに徒党を組み、縄張り争いをしていた。ストリートで名声を得て、マフィアの仲間入りをしたものも少なくない。

体格に秀《ひい》でているわけでもない、狂った暴力性もないノームがどうやってボスの目に留《と》まったのかは謎だ。レミーには幼少期のノームがロウワー・イーストサイドを生き延びたということが信じられない。ノームに子供時代があったことも想像できない。それだけでなく友人や恋人と一緒にいるところや、何かを楽しんでいるノームも想像できない。

過去もない。感情も持たない、まるっきり空っぽの人間。ノームはそういう男に見える。とはいえ、仕事をミスしたことはない。

主の御業は時に不可解だ。そう言いたくなるボスの気持ちも分かるような気がした。

ノームの言葉どおり、それから一週間と経たないうちにアゴスティネッリ家が突然崩壊し、世間を騒がせた。ボスの息子同士が権力争いを始め、どちらかが実の父を殺し、ファミリーは二分された。そしてお互いに潰しあい、五人の幹部が命を落とした。若手が名乗りを上げ、何とかファミリーを存続させているが、マフィアのシンジケートでの影響力を失った。少なくとも警察とメディアはそのように伝えていた。

この件はレミーが考えたとおり、他のボスもベガスの取り分が増えたことで納得した。そしてアゴスティネッリのエウフェミオに代わり、レミーの息子であるデニスがカジノからの運び役を務めることとなった。万事が良い方向に進んだのだ。

もうアゴスティネッリの影に怯える理由はない。もう少し時間を空けたら卵を回収しに行こう。レミーはそう思っていたが、ボリスと名乗るロシア系の男が現れたことで、そうはいかなくなった。

アゴスティネッリが所有していた美術品を捜している。そう語るボリスの冷たい目を見れば、彼が単なる美術商ではないことなど誰でも分かる。ボリスはボスの前でソファーに座りながら、美術商のビジネスについて語ったが、それが嘘であることは明らかだ。二メートル以上ありそうな大柄《おおがら》な男だが、動作は猫のように滑《なめ》らかだった。タドリーニ家の敷地《しきち》を跨いだそのときから、一瞬も隙《すき》を見せようとしない。売りさばいた美術品よりも、殺した人間のほうが多いことは間違いないだろう。

他人と同じ部屋にいるとき、レミーが警戒を解くことはない。どうやって相手を殺すか、逃げる場合はどうすればいいかを常に考えて行動する。だがボリスを前にして、レミーはどちらにも答えを見いだせずにいた。この男を殺すことはできないし、逃げることもできない。

レミーは今まで感じたことのない恐怖を覚え、全身に汗をかいていた。汗を拭くことすら、ボリスに牽制《けんせい》されている気がする。ポケットからハンカチを出す一瞬の動作でさえ、命取りになりかねない。こちらがボリスの背後に立っているのにもかかわらず、そう感じるほどなのだ。

ボスの机の引き出しには弾が込められた銃が用意してある。ボスは年老いているが、多くの修羅場を潜《くぐ》り抜《ぬ》けてきただけあって、撃つべきときを見誤ることはない。ソファーに座っているボリスはリラックスしているように見える。その後ろにレミーが、そしてドアの前には、まだ若いリッカルドが控《ひか》えている。圧倒的に有利な位置にいるはずなのに、部屋全体がボリスに掌握されているような気がして、息が詰まる。

「すまんが、うちは昔から一度も美術品を扱ったことがない。インペリアル・イースターエッグなんて、聞いてもまったくピンとこないな」ボスは普段どおりの落ち着いた口調で話した。さすがに肝が据わっている。ボリスと視線があったのは一瞬だったが、レミーはあの男と正面から会話をすることを想像するだけで背筋が凍った。

「あんたの話を聞いてると良いビジネスみたいだな。だが私は見たとおり、無学な男でね。美術品なんて高尚なものは難しそうだ」

「いえいえ、私は美しいものが好きなだけですよ。どんな人でもきれいなものは好きですから。それを商売にできるのですから、幸せなことです」男は柔らかい物腰で話す。

「あんたもアゴスティネッリが身内の紛争で崩壊したことはニュースで見ただろ？　そんな高価な美術品があるとしたら、誰かが隠し持ってるんだろうな。わざわざ来てもらって悪いが、うちにはないよ」

「そうですか。こちらこそ、ありがとうございました。それはそうと、先ほどお話ししたとおり、美術品の取引も面白いですよ。私のビジネスカードを置いていきますので、もし何かありましたら、いつでもご連絡ください」

　ボリスがソファーから立ち上がると、熊《くま》が目の前に現れたかのような迫力だった。ボリスが屋敷《やしき》を出るまでリッカルドと一緒に見送ったが、生きた心地がしなかった。

「レミー、あの男のことをどう思う？」

　部屋に戻るとボスは仏頂面で葉巻を吸っていた。

「まず、あの男は信用できないですね。そして、危険です。どんな組織とつながっているか調べたほうが良いでしょう。ですが、あの男自身が相当な切れ者だろうという印象です」

「そうだな。やつがそうしようと思えば、俺たちは全員やられてただろうな」

「何を言ってんですか?」リッカルドが息巻いて言った。「あんな図体《ずうたい》がデカいだけの相手にビビることないですよ。あいつが余計な動きをしたら、俺が後ろから撃ち殺してましたよ」

「リッカルド、お前は黙ってろ。もう少し相手を観察しないと、すぐに死ぬことになるぞ。それからレミーと二人で話をするから、お前は部屋を出ていけ」

ボスにどやされ、リッカルドは納得できない様子で部屋を出た。

「あいつは危険だ。もしまたファミリーの誰かに接触することがあれば、ノームにあたらせる」

「俺は……」レミーは口ごもった。

「ボスも知ってるとおり、俺はファミリーのために、今まで何度も死ぬ気で身体を張ってきました。ですが、今日は本当にヤバイって思いましたよ。ノームはアゴスティネッリを潰しました。あいつを疑っているわけじゃないですが、ボリスよりも上だと思いますか?」

「ノームはガキのころから殺しを生業《なりわい》にしてきたやつだ。やつにとって生きるってことは殺すってことだ。やつよりも信頼できる殺し屋はいない」ボスの口調は確信に満ちたものだった。これほどボスの信頼を勝ち得ていることが、羨《うらや》ましくもあった。

「俺があいつのことを信頼しているのはだな――」レミーの胸の内を見透かしたかのようにボスは言葉を続けた。

「あいつは殺し以外のことは何も知らないからだ。だから、裏切るってことがない」

レミーはボスの視線に疑念を感じ取った。視線を逸らすことができなかった。

ボリスは明らかに知っていた。抗争の元になったのが卵であることを。ボリスの態度を見て、ボスもレミーに疑いを持ったかもしれない。

ボスに気づかれないように、ボリスともう一度会わなければならない。だが、それを考えただけで吐き気を催すほど、ボリスは底の知れない男だった。

＊＊＊

〈一九六九年八月：ラスベガス〉

レミーがレストランの裏口から出て煙草に火を点けると、ぽつりぽつりと雨が降り出した。ベガスで雨は珍しい。空気中を漂っていた土埃《つちぼこり》が雨に撃ち落とされて、地面を汚す。これで少しは涼しくなるならいいのだが、どうせそれほど降るわけではない。

「クソ、まったく嫌な天気だぜ」

裏通りに並べられたビール瓶のケースを見て、空《から》のものを一つ手に取った。雨が避けられる場所まで持っていくと、その上にドスッと腰を下ろした。

その瞬間、レミーは言葉にならない不安に襲われた。

誰かに見られている。そう思って振り返ると、奥のゴミ捨て場から黒い猫が一匹こちらを睨みつけていた。

「なんだよ、てめえ。文句でもあんのか？」

レミーは低い声を出して凄んでみたが、猫はピクリとも動かなかった。ふてぶてしい態度が気に入らない。持っている煙草を投げつけてやろうかと思ったが、もう少し吸ってからにしようと考え直し、煙を吸い込んだ。

「こんにちは。ビールはいつものところで良いですか？」

酒屋の兄ちゃんが表にトラックを停めてレミーに声をかけた。いつもどおりの、ランチ営業が終わった後の休憩時間だ。黒猫に睨まれていること以外に変わったことはない。

だが、なんだか嫌な予感がした。チクチクとした妙な刺激を腹に感じる。

レミーはなんだか落ち着かずに、ベルトのバックルを一旦外して締めなおした。

「ああ。いつもどおり、適当に置いておいてくれ」レミーは黒猫から目を離さずに、返事した。

「あいよ。嫌な雨だね」酒屋がビールのケースを背負いながら言った。

「まったく、おふくろの膀胱《ぼうこう》みたいに緩《ゆる》い天気だぜ。チョロチョロと流れっぱなしで、止まりやしねえ」

「はは、まったくそのとおりだねえ」

酒屋の笑い声に少し気を良くして、レミーは振り向いた。

その瞬間、ピストルの銃口が自分の額にピタリと当てられたことに気が付いた。

クソ、やられた。

全身から血の気が引いた。自分の手には煙草があるだけで、しかも丁寧に深々と座っている。反撃のチャンスなんてない。

酒屋はビールケースなど担いでいなかった。いつもの酒屋ですらなかった。

目の前にいるのはノームだった。

だが、いつもの酒屋の男だとレミーは銃を向けられるまで信じて疑わなかった。声色もしゃべり方も、歩き方の癖だっていつもの酒屋とまったく一緒だった。

「なんだ、あんたか。びっくりさせんなよ」

レミーは自分が助かる方法を一瞬のうちに考えようとしたが、その前にノームが口を開いた。

「ボスから伝言を預かってる」地中深くから響いてくるような低い声だった。

『レミー、お前にはガッカリだ』

ノームの口から出てきた声に驚いた。それは間違いなくボスの声だった。この男の声帯はレコーディングスタジオでできているのだろうか。

『お前がアゴスティネッリ相手に下手を打ったのは気づいていた。やり直すチャンスとしてデニスに重要な役目を与えたのに、お前たちは期待を裏切った。前よりもアガリが減ったんだ。俺の顔に泥を塗りやがって！』

「すんません！　あいつには厳しく言ったんですが、運び屋が変わったからか、舐《な》められちまったんです」レミーは思わずボスと会話しているつもりになってしまった。ノームに言い訳してもしょうがない。こうなったら、買収するだけだ。こっちで大人しくしていれば、東部を離れないボスにバレることなどない。

「ノーム。もうデニスを殺《や》ったのか？　だったら、あいつから聞いただろう。俺は〈卵〉を持ってる。ボリスが〈赤いやつ《レッドワン》〉って呼んでる美術品だ。ボリスは少なくとも八百万ドル出す気があるらしい。ここから四百マイルほど北西に行ったジェスローって田舎町に隠してるんだ。どうだ、山分けしないか？」

レミーがそう言った瞬間、通りでクラクションの音がした。ノームはその騒音に合わせるように、素早くレミーに鉛玉をぶち込んだ。頭に一発、心臓に二発。

発砲音に驚いた猫が通りの奥に逃げ、それから数秒後にレミーの身体が崩れ落ちた。

「ジェスロー、四百マイル北西」ノームはそう繰り返しながら、車に戻った。助手席に置いてあるコカインが詰まったケースをチラッと見る。デニスがカジノの金を使って買ったものだ。自分でビジネスを始めるつもりだったのだろう。ボスからはデニスとレミーの殺害の他に、可能なら金を取り返してこいとも言われていた。

あとはタドリーニの元までこのケースを届ければ、今回の仕事は終わりだ。だが、コカインの量を見る限り、減った金の分には到底足りない。まだ時間は残っている。〈レッドワン〉の回収もできれば、ボスも喜ぶだろう。

ノームはそのまま北西に車を走らせた。

＊＊＊

レミーのレストランに近づくと、ボリスは異変に気が付いた。店の前にパトカーが三台も停まっている。何か事件でもあったのだろうか。どんな状況であれ、警察の前に姿を見せるのは得策ではない。ブルーのジーンズにTシャツという地味な格好をしているが、二メートル以上の巨躯《きょく》のボリスは嫌でも目立つ。昼の明るい日差しのもとでは隠れようがない。ボリスはレストランの前をそのまま通り過ぎた。

タドリーニのやつらがどうなろうが、ボリスの知ったことではない。だが、レミーとは取引の最中であった。祖国の至宝であるインペリアル・イースターエッグの一つ、通称〈レッドワン〉の隠し場所を知っているのはレミーだけだ。

どうやったのか知らないが、レミーはアゴスティネッリ家が所持していたはずの〈レッドワン〉を手に入れた。それも、タドリーニ家の他のやつらの手を借りずに、だ。だからこそ〈レッドワン〉はタドリーニ家に知られていない。レミーが単独でボリスに交渉してきたから、それは確かだ。

もしかしたらアゴスティネッリ家から狙われていたのかもしれないが、タイミング良くやつらは崩壊した。噂ではタドリーニ家の〈ロード〉と呼ばれる殺し屋が単独でした仕事らしい。たった一人で幹部五人を消すなんて、そんなバカな話があるはずない。一人でアゴスティネッリを殲滅《せんめつ》させろなんて無茶苦茶な依頼があったとして、どんなに高額でも受けなかっただろう。俺にできないことをできるやつがいるとは思えない。要するに、そんな噂が独り歩きするほど、アゴスティネッリは落ちぶれていたということだ。

ボリスは二ブロックほど歩くと、ネルソンのクリーニング屋に入った。入り口を開けるとドアに吊《つ》るされていた鈴が鳴り、カウンター奥にいたネルソンが「いらっしゃいませ」と声をかけた。カウンターから視線をあげ、ボリスの姿を確認した瞬間に彼の表情は硬くなった。

「話せるか？」ボリスの声を聞くなり、彼はカウンター端のスイングドアから素早く出てきて、ドアに下がっていた「営業中」のサインを裏返して鍵を閉めた。

「奥に」ネルソンはそれだけ言うと、ボリスに背を向けて奥の部屋に入った。天井のレールから吊るされている、洗い立てのシャツやコートをかき分けて、ボリスはネルソンの後について行った。

店の奥は工場になっており、入り口近くでは多くの従業員がアイロンがけをしている。奥には洗浄のコーナーがあり、むせ返るような洗剤の香りが部屋いっぱいに漂っていた。

「何の用だ？」事務所に入ったネルソンは窓のブラインドを下げた。彼は自分のデスクに腰かけて、ボリスにも手前の椅子に座るように身振りをした。

「レミーのレストランの件だ。何か知ってるか？」ボリスは立ったまま聞いた。

「ああ、レミーが殺された。殺されたのはレミーだけで、死体が発見されたのが昨日の夕方だ。店の裏で三発ぶち込まれたらしい」

「殺したのは誰だ？」

「取引のある酒屋が逮捕されたって話だぜ」ネルソンが目を伏せたのをボリスは見逃さなかった。その話が事実ではないと知っているのだろう。椅子に座って落ち着いているように見えるが、いつでも銃に手が伸ばせるように用意しているに違いない。

「で、実際のところは？」

「さあな。ただ、レミーの息子のデニスが取引で舐めたマネしたって聞いたぜ。バカ息子が親父に泣きついて、両方とも殺されたってところか？」

「あのクソガキが。じゃあ、デニスもやられたのか？」

「多分な。今ごろどっかの海で魚とねんねしてるだろうよ」

レミーが殺されたとなれば、〈レッドワン〉の場所は分からない。隠し場所をメモするほどバカでもないだろう。知っているとすれば息子のデニスだった。となれば、やつが隠したというジェスローに行って自力で捜す他ない。

「ところで、ジェスローって町は知ってるか？」

「ジェスロー？」ネルソンは眉を顰めた。予想外のことを聞かれたので訝《いぶか》しんでいるのだろう。

「悪いな、聞いたことない」

「そうか、邪魔したな」

ネルソンの反応に怪しいところはなかった。やはりレミーは〈レッドワン〉のことを誰にも話していない。

「ジェスローってところに何かあるのかい？」

ボリスが事務所のドアに手をかけるとネルソンが後ろから聞いた。

「あんたもデニスみたいに魚とねんねしたいのか？」ボリスが振り向きざまに聞くと、ネルソンは両手をあげて首を横に振った。

ボリスはクリーニング屋を出ると、自分の部屋に戻ることにした。ジェスローはずっと北西にある小さな町で、キャリアンの外れにあると聞いていた。その町に行けば、誰か〈レッドワン〉のことを知っているやつがいるかもしれない。

アパートの自分の部屋にたどり着き、ドアが開けられていることに気が付いたボリスは、自分が帰ったことを客に知らせるためにドアをノックしてから入った。中にいるのが誰であれ、鍵を閉めなおす手間を省いたことを考えると、自分を殺すつもりではないらしい。もしくはとんでもなくアホな殺し屋の可能性もあるが、そんな素人に足を掬《すく》われるはずがない。

リビングにいたのは見たこともない男だった。ボリスほどではないが大柄で、短く切った髪は灰色、ダークブルーのスーツを涼し気に着ている。男はドアを見張れるようにダイニングテーブルの椅子に腰かけ、リラックスした表情でボリスのウォッカを飲んでいる。

「すまんな。待っている間に飲ませてもらったよ。君も飲むか?」男はまるで顔なじみのように話し、使っていないグラスを手に持った。

ボリスは返事をせずに男の正面に座り、ウォッカの瓶を手に取ると、そのままラッパ飲みした。男はボリスの態度を咎めるように首を横に振った。

「〈レッドワン〉が手に入ると聞いて、ジリノフスキー氏はとても楽しみにしてる。今は機嫌が良いが、彼の気が短いのはお前も知ってるだろ?」

「何が言いたいんだ?」ボリスは時間稼ぎのために、答えが明確に分かっている質問をした。レミーが死んでしまったからといって、手に入らないなんて言えない。レミーの死を正直に言ったほうが良いのか、それとも隠すか。逡巡《しゅんじゅん》を悟られないように、口元を引き締めた。

「いつ取引ができるか確認したいだけだ。いつまでに用意できる?」

「二週間だ」本当は半年と言いたいところだが、ジリノフスキーがそれ以上待ってくれるとは思えない。

「分かった。二週間で用意できなかったら、どうなるか言う必要はないよな？」男は頬をわずかに緩めた。

「ドアがどこにあるか言う必要はないよな？」ボリスは男に帰るように言ってウォッカをもう一口飲んだ。

「今日は良い話ができて良かったよ。ジリノフスキー氏も喜ぶだろう」男は立ち上がって、ドアに向かった。男に無防備な背後を見せるのは気に食わなかったが、振り返るつもりはなかった。男がドアのノブを回した音が聞こえたが、開ける気配がない。

「そういえば」男はわざとらしく言った。

「君の取引相手は殺されたらしいな。どうやって二週間で手に入れるつもりか、楽しみにしてるよ」男は微かに笑いながらドアを閉めた。小さな部屋に響いたドアの音でボリスは二週間後に自分が死ぬことを悟った。

なんとしても〈レッドワン〉を見つけなければならない。無駄にする時間は少しもないが、今急いでも仕方ない。部屋を飛び出す姿をあの男に見られるくらいなら、今この場で死んだほうがマシだ。

ボリスはゆっくりウォッカを飲み、少しだけパンを齧《かじ》ると、表に停めてあるジープのピックアップトラックに乗った。

4：ホフマン大佐とレディング中尉、そしてウィリアム・コールリッジ
〈一九六九年八月：キャリアン、メイソン郡、ネバダ州〉

「ここが例の牛舎ですか？」

プロジェクト・ブルーボードから派遣された男が、額の汗を拭いながら言うと、牧場主が頷いた。

牛舎に近づくのも嫌だという表情の牧場主が、しぶしぶ木製の扉を開ける。中から牛の呑気《のんき》な鳴き声が聞こえ、レディングは隣のホフマン大佐に目を向けた。彼は口を真一文字に閉じたままで、牧場主に挨拶をしてから無言を貫いている。牧場を照らす日差しはきつく、大佐の目は細められているが、彼の胸の内は手に取るように分かった。

こんなところにいても時間の無駄だ。自分たちの出番ではない。あとはブルーボードの男に任せておけばいい。とはいえ、そんなことはここに来るまでもなく分かっていたことだ。

ホフマンがこちらの視線に気が付いたようなので、レディングは眉を少しだけ動かして牧場主への不信感を表した。ホフマンが軽く頷いたので、レディングはブルーボードの男、ラチェットだかプラチェッロだか、そんな名前だったと思うが、の肩に手を置いた。男が飛び上がって驚いたので、レディングは舌打ちをした。

「あとは任せます。報告書がまとまり次第、提出してください。もし重要な案件だと思われるようでしたら、早めの連絡をお願いします」

レディングとホフマンは男の返事を聞く前に、牧場主に別れの挨拶をして車に向かった。太陽の熱でグリルのようになっていた車に乗り込むと、すぐにエアコンを全開にした。レディングは悪態の一つでもつきたい気分だったが、ホフマンが隣にいるので躊躇われる。彼は西部の男気取りなのか、涼しい顔をしていた。

「キャリアン署に向かいます」レディングはそう言って車を発進させた。

キャリアン署の署長はホフマン大佐の弟であるジョージ・ホフマンで、二人は双子のようにそっくりだ。二人が育ったのはウェストヴァージニア州。ホフマン大佐は若いときには自動車販売会社で経理の仕事をしながら、州兵に所属しており、第二次大戦の際には陸軍州兵航空隊として従軍した。州兵時代の功績が認められ、大戦後に空軍に移籍した。とはいえ、戦時中の活躍が上の目に留まったというわけではない。

弟のジョージは地元のウェストヴァージニアで警察官をしていた。キャリアン署からジョージに署長のポジションの打診があったとき、彼は悩んだそうだ。署長という肩書は良いが、田舎のキャリアンに魅力を感じなかったのである。ジョージの住んでいたチャールストンは三本の州間高速道路の建設が決まっていた。議論が白熱し、正式なルートは決まっていなかったものの、町の発展は約束されているようなものだ。最終的にはキャリアン署の待遇が決め手となり、引き受けることにした。

今回、キャリアンまで大佐が同行することにしたのは、弟に会いに行く口実だろう。そうでなければ、こんなくだらない案件に大佐が来る必要はない。いや、レディングが動く理由もなかった。大佐の家族の事情に振り回された、自分は大佐の足代わりにされたのだと思うと、腹がたった。

「それで、レディング。さっきの話はどう思った」

助手席のホフマン大佐はまっすぐ前を見ている。道路の先には何も見えないが、それでも彼は何かを見ている。雲一つない広大な空を見ているようだ。椅子を後ろに少し倒すなり、リラックスすればいいものを、背筋もまっすぐだ。農場に来るまでの四時間も、同じ姿勢だった。堅苦しくてしかたない。

「正直なところ、真面目に捉える必要はないように思います。目撃者の男は牧場経営に多大なストレスを抱えていたようですから、精神的に参っていたのでしょう。あとはブルーボードの男が適当にあしらってくれますよ」

牧場主が怪異を目撃したのは一週間前の静かな夜だった。彼と妻が寝ていると、牛舎から物音が聞こえ、牛が騒ぎ出した。牛泥棒でも現れたか。男はそう思って懐中電灯と散弾銃を手に牛舎に向かった。彼が見たのは三メートル以上の怪物が牛をレイプしている現場だったというのだ。彼はその場で気を失い、朝になって目が覚めた。異星人が牛を襲っていたのだと警察に通報して、嘲《ちょう》笑《しょう》された。その後でブルーボードに連絡があり、ブルーボードの仕事を引き継ぐことになっているレディングたちにも話がきたというわけだ。

「私も同意だ」ホフマンは分かり切ったことを言った。

「だがな。ここがキャリアンであるということは無視できない。私はこの場所をずっと注視してきた。正確にはキャリアンではなく、ジェスローだがな」

「ジェスロー？　この近くの町ですか？」

レディングが訊ねると、ホフマン大佐は車に置いていたブリーフケースの中から書類を取り出した。

「運転を代わるから、この報告書を読め」

大佐の指示に従い、レディングは車を停め、席を代わった。

〈コールリッジ文書：特別機密〉とファイルの表紙に大きく書かれていた。

レディングはファイルに目を通し始めた。

ホフマン率いる空軍の秘密組織〈ダークスト・チェンバー〉に所属することになったレディングの最初の仕事は、同じ空軍に所属している、ブルーボードを秘密裏に潰すことであった。プロジェクト・ブルーボードは、全国から寄せられる未確認飛行物体の目撃情報を収集し、科学的に解析する組織である。

未確認飛行物体、UFOという現象そのものは、国家安全保障上の脅威となり得る。だが、未確認飛行物体という言葉に異星人のイメージが重なったことで、問題が複雑になった。ハリウッドが作り上げた異星人のイメージと、現実の区別をつけられない人間が多すぎるのだ。プロジェクト・ブルーボードは外部との情報連携を重視し、科学的な手法を求めた。もちろん、予算も人手もまったく足りず、プロジェクトが暗礁に乗り上げることは、最初から分かっていたことであった。問題はそれだけではなかった。

UFOを科学的に検証するブルーボードの方針自体は間違っていなかったが、大衆の理解が追い付かなかった。人々は、自分たちが見たと思ったものを信じたがる。政府が事実を隠している、と声高に主張する人は増え続けた。知性に見放された人間が多いことは問題だが、結局のところ、黙っていてくれればいい。

レディングが描いた計画はこうだ。未確認飛行物体の目撃例が多すぎるので、この研究を空軍だけで行うことには無理がある――この点は事実だ。そこで科学的な研究を、外部の研究施設に委託する。そして、未確認飛行物体を宇宙からの訪問者だと考える人々を、科学的根拠で以《もっ》て完膚《かんぷ》なきまでに叩きつぶす。

大衆は政府を批判したがるが、自分がバカにされることは嫌う。空に光る謎の物体を見て、それを異星人だと思う。そんな短絡的な思考を徹底的にこき下ろせば、UFOを見ただの、異星人がどうのと主張する者は減るはずだ。

レディングは懇意にしていたコロラド大学のコンラッド教授と手を組んで、計画を進めた。空軍はコロラド大学と提携し、UFOの科学的調査を依頼した。一九六八年、コンラッド教授を中心とした公聴会を開き、さらに翌六九年一月に研究をまとめたレポートが発表された。「コンラッドレポート」と呼ばれたこの報告書は、ペーパーバック版として市販されることになり、九百ページを超えるボリュームにもかかわらず爆発的に売れた。

コンラッドはこのレポートで、UFOの研究によって何らかの科学的成果が得られることはないと断言した。この結果を受け、プロジェクト・ブルーボードの終了が決定された。

こうしてUFO／エイリアンに関する研究を、外部に漏らすことなくダークケスト・チェンバーで独占することが可能となった。ネバダの砂漠にある秘密基地エリア51の地下深く、誰にも知られることのない場所に、すべての重要な情報は隠されることとなった。

レディングの読みどおり、陰謀論を説く者も減った。全米航空現象調査協会と呼ばれる民間のUFO調査団体は、ピーク時の一万五千人から、五千人へと会員数が一気に減った。大げさに騒ぐ大衆が減ることほど、好ましいことはない。レディングはこの件でホフマンの信頼を勝ち得た。

信じられないものを多く見てきたレディングだったが、コールリッジ文書と題されたファイルは判断に困る代物だった。

西部開拓時代にジェスローの礎《いしずえ》を築いた、ウィリアム・コールリッジという人物が書いた日記である。どうやらこの人物はジェスローの町が呪われていると考えており、いつの日か天使がこの町を焼き尽くすという妄想に憑りつかれている。まるで旧約聖書だ。なぜこんな文章が機密文書扱いされているのか。

「どうだ？」ホフマン大佐がレディングに声をかけた。まったく車の往来のない、どこまでも一本の道である。目を閉じていても運転できるにもかかわらず、ホフマン大佐は相変わらずまっすぐ前を向いている。

「そうですね。できの悪いラヴクラフトみたいな文章だ、という印象です。テイルズ・フロム・ザ・ダークネス誌の読者なら喜ぶかもしれませんが、何が特別なのか分かりません」

「できの悪いラヴクラフト？　まるで、できの良いラヴクラフトなんてものがあるような言い方だな。まぁいい。文章を読んでても、分からんだろう。ファイルの後ろに挟んである絵を見てみろ」

ホフマンに言われるとおり、レディングはファイルの中から絵を探した。

それはペンで書かれた、何でもない町の風景画だった。見るからに西部劇の舞台という町並みで、町の通りに車が停めてある。キャリアンにそっくりだったが、それよりもよっぽど田舎臭い感じがする。特筆することは何もない。それが十九世紀の後半に描かれたものだ、ということを除けば。

「ちょっと待ってください。絵の端に一八七五年と書かれていますが、何かの間違いですよね？」

「紙もインクも、ラボで何度も調べた。十九世紀の終わりごろに描かれたもので間違いない」

ホフマンの表情は一ミリも変わらない。レディングはもう一度、絵に視線を戻した。絵に描かれている車は、間違いなく現代の物である。コールリッジが生きていた時代にも自動車はあっただろう。しかしそれは馬車のデザインに大きく影響を受けていたもので、御者《ぎょしゃ》の席に車輪がついたようなもののはずだ。タイヤが車体の下に隠れるようなモダンなデザインは、少なくとも一九三〇年代まで存在しなかった。

「しかし、この車のデザインは……」レディングは言葉を失った。

「ああ、分かっている。もっとよく見てみろ。それよりも決定的なものが見つかるはずだ」

ホフマンに促《うなが》され、絵をつぶさに見なおした。電信柱や電線の存在は決定的なものではないはずだ。絵の中にあるのは、サルーン、教会、そしてガソリンスタンド。

「な、なんだこれ……」

レディングは自分の目が信じられなかった。車やガソリンスタンドのデザインがモダンで正確な描写であることは驚きである。だが、それはまだ解釈のしようがあるかもしれない。しかし、ガソリンスタンドの看板に星のマークがあしらわれているのは説明のしようがない。

「これはどう見てもテキサコのマークですよね？」

「念のため補足するが、テキサコの前身となるテキサス燃料会社が誕生するのが一九〇二年だ」

レディングは眩暈を覚えて、思わず目を瞑《つぶ》って頭を抱えてしまった。

「ということは、この絵が正確であるから、妄想的な文章にも何らかの信憑性《しんぴょうせい》があるとお考えなのですか？」

「そうだ。少なくとも、大量のゴミクズみたいな目撃情報に比べれば、かなり信用できる」

「ですが、コールリッジが書いているのは、ほぼ黙示録ですよ。我々の仕事とどう関係があるんですか？」

「いいか。今の連中はハリウッドが作ったイメージでＵＦＯを認識している。空に浮かぶ光を見れば、それがＵＦＯで異星人の乗り物だと考える。だが、コールリッジが生きていた時代を考えてみろ。空を飛ぶ光があれば、それは天使か悪魔だろう。なんといっても、飛行機の開発の前だからな」

「なるほど。このコールリッジの書いている天使をＵＦＯだと考えると、確かに面白いですね。この男は西部開拓時代にこの近くでＵＦＯを見て、それを天使だと思った。それを良い兆候だと考えたからそこに住むことにした。しかし悪夢を見始め、天使ではないと確信するに至ったと。それでは、いつかジェスローにＵＦＯが来るとお考えということですか？」

「ああ。可能性はあると思っている。だからジェスロー、キャリアン周辺の情報は特に慎重に扱うことにしているってわけだ」

弟に会うためにここまで来たというわけではないのか。レディングの抱いていた苛立ちは収まった。

「そのために、ジョージにここにいてもらっているんだからな」

「どういうことですか？」

「ジョージがキャリアン署の署長になったのは偶然だと思うか？」

ホフマン大佐はやっとこちらに視線を向けた。その目が事情を語っていた。弟がキャリアンの署長になるように、裏で手を回していたというわけか。

「なるほど。分かりました。ジェスローは、そこまで重要な地域なのですね。ですが、コールリッジの文章に繰り返し現れる表現があります。『生ける屍が歩くとき、町に天使が再び現れる。光り輝く天使は、稲妻の如く空を駆け、その炎が人々の罪を燃やし尽くすだろう』これについてはどうお考えですか？」

ホフマンは一瞬だけ答えに詰まった。

「個人的には、生ける屍というのは比喩的《ひゆてき》な表現だと思う。が、少なくともコールリッジは文字どおりの意味で使っているつもりのようだ。他の絵も見てみろ」

ファイルの中にコールリッジの絵は何枚もあった。ほとんどは同じような町の景色だが、町が燃えている絵も何枚かあった。そして最後の絵はもはや地獄絵図だった。死人のように見える町の住人が、お互いを貪りあっているのである。

「これではまるでＢ級ホラー映画ですね」

「ああ、よく探せばヴィンセント・プライスが見つかりそうなもんだ」

「では、大佐はこのような状況が起こりえるとお考えですか？」

「いや、そうは思っていない。生ける屍というのは、カニバリズムの象徴だ。報告書を読めば、コールリッジが何を恐れていたか分かる」

レディングは報告書を読み直した。

＊＊＊

ミセス・ジェファーソンから助けを求める手紙を受け取ったとき、私、ウィリアム・コールリッジはすぐに牛と荷車を用意して、彼女のもとに向かった。家、と呼べるほどのものではなかったが、厳しい自然の猛威を乗り切れる場所はできていた。彼女と五人の子供を迎え入れる余裕などない。これから訪れるだろう冬を乗り切るだけの貯《たくわ》えもなかった。薪《まき》や食料など、どれほど必要になるか分からない。いずれ自分の約束の地となる場所を離れるのは少し奇妙な感じもした。それでも、彼女を迎えに行くのが先だ。

もしもタイミングを逃してシエラネバダに雪が降ってきたら、彼女たちを助けるどころではない。今後の生活に必要になるものは、カリフォルニアで買いそろえれば良い。去年、金が発見されてから、カリフォルニアの人口は一気に増えているようだ。私もその道中に居を構えているので、旅人たちから噂は聞いていた。

家を長い間空けることになるのはすこし気がひけるが、どうすることもできない。取られて困るようなものはないし、旅人が一晩侵入して寝床にするくらいなら問題ではない。ここに住みつくようなもの好きはいないだろう。家を解体して木材を盗んでいく者がいないとも限らないが、そうなったらまた家を建てるしかない。自分はこの地を見捨てるわけにはいかないのだ。

大きな荷車に少しばかりの荷物を載せて、二頭の牛を連れて歩くのは、何とも言えない虚無感があった。前回、カリフォルニアを目指したときには三十人を超える移民団で、荷車の中は幌《ほろ》が膨れ上がるまで荷物がぎっしり詰まっていた。移住とはそういうものだ。今回は救助活動のようなものだから、帰りはまた荷物でいっぱいになるのだろう。

私はカリフォルニアに着いてから、人づてにミセス・ジェファーソンの居場所を確認し、なんとか再会を果たした。彼女はカリフォルニア・トレイルを抜けて、すぐ近くの町にいた。彼女が手紙を出してからすでに二ヵ月が経っていた。ミセス・ジェファーソンは、私の助けを心待ちにしていたはずだ。しかし、再会に期待していたような喜びはなかった。

彼女も、子供たちも、すっかり変わっていた。食料や家畜を買い、帰路についても彼女たちの表情に安堵《あんど》の色はなかった。帰りにはジェファーソン家だけでなく、ミセス・スミスと彼女の六人の子供もついて来た。予想外の大所帯になってしまったが、今後のことを考えれば多いほうがいい。スミス家のために、ミセス・ジェファーソンが牛と荷車を購入してくれた。

私は牛を曳《ひ》きながら、たびたび後ろを振り返った。子供たちはだいたいの時間、お互いの手をとりあったまま黙って歩いた。ゆっくりとした牛の歩みにあわせながら、その顔に一筋の喜びが輝くことすらない。完全に塞ぎこんでしまっている。二年前に一緒に旅をしていたときには、困難が多かったものの、もっと子供らしい素直さが残っていたのだが。

カリフォルニアを出て数日経ったある夜、焚火《たきび》を起こして牛の肉を焼いていると、ミセス・スミスの末っ子であるミニーが木の枝で地面に絵を描いていた。子供たちにようやく、年相応の遊び心が戻ってきたのが喜ばしかった。きっと、これからすぐに笑顔を見せてくれるようになるだろう。

それがなによりも私を喜ばせた。僻地《へきち》に住むことにしたからといって、人が嫌いなわけではない。

親密な交流に飢えていたのだと、私は今さらながら気が付いた。

「上手だね。熊の絵かな？」

「うん。熊だよ。私たち、熊を食べたことあるのよ」

ミニーがそう言うと、ミセス・スミスが突然泣き始めた。彼女は大声で喚《わめ》いたが、私にはどうすることもできなかった。彼女が動揺した理由も分からなかったし、何か気の利いたことを言って落ち着けることさえできなかった。ミニーも母親につられて泣き出した。彼女の子供たちがミセス・スミスを優しく抱きしめ、テントの中に戻っていった。

ミセス・ジェファーソンもそれに驚いたのか、嗚咽《おえつ》を漏らし、食事をとらずに寝ることにした。その場に残った小さい子供たちと牛の肉を分けて食べ、残りを大事にとっておいた。皆が寝静まったあと、私は自分の非力さに打ちひしがれた。自分は彼女たちを助けることができるのだろうか。いや、自分にそんな力はない。だがきっと、自分が町をつくると決めたあの特別な土地なら、彼女たちを癒《いや》すことができるだろう。決して暮らしやすい場所ではない。それでも、あの場所には神聖な力がある。天使の加護がある。私はそう強く信じていた。


「ミスター・コールリッジ。あなたはパイユートの青年を覚えてらして？」

牛を曳きながらゆっくり歩く私の隣で、ミセス・ジェファーソンが訊ねた。彼女の顔には思い詰めたような緊張感があった。大きな鉄の車輪が地面を転がるカタカタという音が懐かしい。まるで二年前のあのときに戻ったようだった。とはいえ、今ではカリフォルニアを背にして歩いているし、ミセス・ジェファーソンの顔には疲労とも加齢とも違う陰《かげ》りが差している。

「ええ。もちろん。どうして彼のことを忘れられるでしょうか。彼がいなければ私たちは、誰一人生きていなかったでしょうね。彼と出会えたことを神に感謝しない日はありません」

私はノースプラット川を渡った後でジェファーソン隊に加わることにした。その前に一緒にいたリンカーン隊の連中とはそりが合わず、喧嘩を繰り返すのに飽き飽きしていた。ジェファーソン隊はジェファーソン家とスミス家を中心とした移民集団だったが、ミスター・ジェファーソンはとても人好きのする男で、その前にも一度だけすれ違ったことがあった。ノースプラット川の手前で再会したときに、人手が欲しいと言っていたので、すぐに彼らと行動をともにすることにした。

それからの旅路は困難を極めたが、それでもジェファーソン家とスミス家の絆《きずな》は強く、どんな障害もなんとか乗り切った。とはいえ、フォーティーマイル砂漠を越える際は、何度も終わりだと思った。昼は地獄の暑さで歩くことはままならなかった。太陽から隠れるために全員が荷車の下に寝ころび、日が暮れてから進む。水は底をつき、酷暑と食料不足で実際に死ぬ寸前だった。

命運尽き果てたと思ったそのとき、パイユート族の若者に出会った。一目で我々が危険な状態にあると見て取ったのだろう、彼は水と食料を分けてくれた。その後で牛と馬を盗まれたが、与えられたもののほうが遥かに大きかった。

「彼は面白いお話を聞かせてくれましたね」ミセス・ジェファーソンの声は鳥のさえずりのように心地よかった。「パイユート族の伝説。あなたと一緒に聞いたあの話を、最近よく思い出すんです」

「あのときは彼自身が神の使いのように思えました。彼の話す伝説も、不思議と本当のことのように思えましたね」

今よりもずっと昔の話、パイユート族の首長の妻が若くして亡くなった。首長は彼女のことを忘れられずに、死者の国へと旅立った。地下の王国に至る長く険《けわ》しい道を通り抜け、首長はそこの神であるシンアウオーヴの娘たちに出迎えられた。妻を取り戻したければ、妻を待ち続け、彼女が目の前に現れたら、一緒に地上に帰ればいいと言われる。ただし、地上にたどり着くまで、決して振り返ってはいけない。首長は妻と再会を果たすが、素晴らしい精霊の国をもう一度だけ見ようと地上に出る寸前に振り返ってしまう。その瞬間に美しかった妻の姿は消えたというのだ。

「本当にそうね。あなたは興奮して、その伝説が創世記のソドムの話に似ていると言っていましたね」

「あなたはギリシャ神話にも似た話があると仰《おっしゃ》ってました。振り返ってはいけない、後ろをみてはいけないというのは文化を超えた人類共通のタブーなのではないかと。面白かったので、よく覚えています」

私はミセス・ジェファーソンの顔色を窺った。彼女は何かに怯えているように俯いたままだった。こんなに親密な時間は久しぶりだった。それなのに、彼女はこちらを向いてさえいない。そのことが密《ひそ》かに燃え立っていた心に水を差した。

彼女は最愛の夫を亡くし、無法者たちの町となったカリフォルニアで暮らせなくなっただけなのだ。別に自分じゃなくても、手を差し伸べてくれる者があれば、どこへでも行っただろう。ミセス・ジェファーソンに勝手な期待を抱いていた自分に気が付くと、私は自己嫌悪に陥った。あくまで紳士として振る舞うんだ、と自分に言い聞かせた。

「私は今、まるで自分がロトの妻になったように感じます」

彼女の言葉に驚いて、思わず足を止めてしまった。そのままのスピードで歩き続ける牛に引っ張られて、思わず転びそうになった。やはり彼女の心は自分とは違う場所にいる。彼女はとんでもなく遠い場所にいるのだと思い知った。

「それはどういう意味ですか？　貴方《あなた》がカリフォルニアから逃れたから、ということですか？」

ロトの妻はソドムから逃げ出す際に「決して町を振り返ってはいけない」という言いつけを破ってしまう。滅びゆく町を見たロトの妻は塩の柱になってしまった。

「それほどまでにカリフォルニアはひどい場所だというのですか？　神に滅ぼされるべき、堕落した町だと?」

「違います。もちろん、寡婦《かふ》に優しい場所とは言えませんでしたが。そうではなくて、私にはロトの妻のことが分かるような気がするんです」

相変わらずミセス・ジェファーソンは視線をあわせようとしなかった。まっすぐ前を向いたかと思うと、ぐるりと周囲を見渡した。子供たちが近くにいないのを確認したのだろうと思った。

「ロトの妻は、神の言いつけを無視したから塩の柱になってしまったのだと思っていました。でも、私は違うのではないかと思い始めています。ロトの妻もソドムの住人だったのですから、滅びていく自分の町を見て心が壊れてしまったのではないでしょうか。親しくしていた友人もいたでしょう。自分の世界が滅びるのを見るなんて、人間にはとても耐えられませんもの。そう思いませんか?」

「どうでしょう。私には分かりません」

「あなたが隊を抜けてから、状況はどんどん悪くなりました。あの年は雪が早くて。全員無事にシエラネバダを越えるなんて不可能だって、みんな分かってました。どんどん雪が積もって、牛に車を曳かせられなかった。食料もなくなって。でもあんなことになるなんて……。もしかしたら、あのときにみんな死んでしまったほうが良かったのかもしれない」

私の心は引き裂かれんばかりだった。せっかく、自分がこうして手を差し伸べているというのに、彼女は死んだほうがマシだというのだ。

「そんなこと、言わないでください。あなたはロトの妻ではありません。塩の柱にもなってませんし、こうして私と一緒に歩いています。子供たちにも未来があります。どんなに辛《つら》い過去を背負っていたとしても、神は救いの道を授けてくださいます」

「でも、私は、私たちは自分たちの世界が滅びるのを見たのです。雪に閉ざされた山の中で、人間の文明から切り離され、尊厳を失いました。神からも見放されたのです」

彼女は信仰を捨ててしまったのだろうか。信じられない言葉を口にしながらも、その表情は先ほどと変わらなかった。一粒の涙でも零《こぼ》れていたら、人間らしさを感じられただろう。

彼女は魂を失ってしまったのだろうか。彼女にかける言葉が見つからなかった。こんなことなら、聖書を熟読しておけばよかった。聖職者と仲良くしておくべきだった。彼らの言葉を心に刻んで、彼女の信仰心を取り戻せるようにしておくのだった。

「ドナー隊のことは、お聞きになりまして？」

「ええ、もちろん。彼らのことは――」

その瞬間、荒野を鋭い閃光《せんこう》が走った。

すぐ目の前に雷が落ちたように感じられた。

それはただの勘違いで、ちょっとした眩暈だった。しかし、彼女たちのことを自分が見誤っていたことに気が付いた。彼女たちはカリフォルニアから逃げて来たのではない、自分たちの過去から逃げて来たのだ。同情と蔑《さげす》みと、好奇の目でみられただろう。人間の道を踏み外した獣の群れ。だが、それを咎められるものは一人もいない。

私はいつかの夜にミニーが描いた熊の絵を思い出した。「私たち、熊を食べたことあるのよ」と言っていた。彼女たちが食べたのは、熊ではなかったのだ。

そして、ミセス・ジェファーソンが涙を流さない理由を知った。砂漠に水がないように、彼女にはもう流す涙など残っていないのだ。

彼女は疲れてしまった、とだけ言い残して荷車の後ろのほうに戻った。彼女に何も言えなかった。誰が彼女にものを言えるだろう。どんな言葉も気休めにしかならない。

ミスター・ジェファーソンが亡くなったのは知っていたが、どうして亡くなったのかは聞いていなかった。カリフォルニアの荒くれ者に殺されでもしたかと思っていたが、それ以上に過酷ないきさつだったのだ。

もしも自分がジェファーソン隊を離れなかったら、事態は違っただろうか。もともとは自分もカリフォルニアを目指していたのだが、目的地にたどり着く前に、「ここだ！」と確信を抱く場所を見つけてしまったのだ。あのときはミセス・ジェファーソンと離れたくないという気持ちと共に、彼女とは一緒にいられないとも思っていた。彼女に心惹かれる自分に気づいてしまったからこそ、隊を離れたいと思ったのかもしれない。

シエラネバダで雪に埋もれる。それはカリフォルニアを目指した誰もが抱いていた、共通した悪夢だった。そこに自分一人いたとして、状況は変わらなかっただろう。とにかく、過ぎてしまったことを考えてもなにも始まらない。パイユートの伝承やロトの話が伝えるとおり、振り返ってはいけない、後ろを見てはいけないのだ。私は初めて彼女たちのことを理解した。

カリフォルニアを出て二週間ほどで、自分の家に戻ってきた。最初に私が目をつけたその場所は、正式にはアメリカではなくメキシコの土地だった。しばらくしてメキシコとの戦争に勝つと、ユタ準州という位置づけになった。

荒野にポツンと佇《たたず》む家と納屋を見たミセス・ジェファーソンの顔には、やはり喜びも失望もなかった。待ち構えているものを完璧《かんぺき》に把握していたか、それとも興味がないのか。ちょっと一休みするだけだと言わんばかりに、ただ足を止めて汗を拭った。

もうすでに冬の訪れが間近であることが肌で感じられる。夜が深まれば、背筋が冷えるほどだ。冬までにもう一棟の家を建てるのは無理だ。納屋と家で二家族が暮らすしかない。年が明けて春がきたらもう一棟、増やそう。私はみなにそう話した。もちろん、誰からも反対の声はあがらなかった。

早速、二台の荷車から家財道具を下ろして、家の中に運ぶ。移動中に何度も利用したダッチオーブンや調理器具、残った小麦粉や塩、薬類、寝具、服。牛を牛舎に連れて行き、無事に旅を終えた牛たちを労《いたわ》った。

今はこんな寂《さび》しい場所だが、一棟、また一棟と家を増やしていくのだ。この寂しい景色が豊かな町に変わるのを知っていた。いつの日か、自分が夢見た光景が広がる。世界中の人がこの町を知ることになるのだ。

「なぜここを選ばれたのですか？」

一仕事終えて、家の前で火を起こすと、クッキーを焼きながらミセス・ジェファーソンが訊ねた。なぜ自分たちを捨ててここに留《とど》まることにしたのかと、私にはそう聞こえた。彼女にそんなつもりがないと分かっていながら、責められている気がする。

「あなたに嘘をつきたくないので、正直に話しましょう。でも私を笑わないと約束してくれますか？」

「ええ。あなたを笑ったりなどしませんわ」

「実は、不思議なものを見たんです。白昼夢というのか、幻というのか。あなたたちとカリフォルニアを目指していた途中、ここで一休みしました。そのときに、天使を見たんです。天使が空を飛んでいました。昼の空でも眩いほどに、後光が差していました。そして、この荒野の真ん中に大きな、町が見えたんです。ただの町ではありません。その町は……燃えていました」

「火事だったってこと？」

「それが、不思議なんです。炎が燃え盛っているのですが、助けを求めている人はいません。そして、火は衰えることがありません。天使の炎は、消えない火なんです」

「まるでモーゼが見た燃える茨《いばら》の茂みのように？」

「あなたが何を考えているか、分かります。疲れていて幻覚を見ただけでしょう。私はモーゼではありません。何かを主張するつもりも、受け取ったメッセージもありません。私が見たものに意味なんてないと思っています。でもとても不思議な幻でした」

「不思議ですね。でも、あなたが見たと言うのなら、私も信じます」

ミセス・ジェファーソンに笑われなかったことが嬉しく、自分が見たものを話したくてたまらなくなった。

「本当に不思議なんです。町が燃えてるんですが、それだけではなくて、それを世界中の人が見ているのが分かったんです。多くの人がそれを見物しているようでした。まるで舞台でも見ているかのように、大勢の人が劇場のような場所にぎっしり詰めかけているんです。それで、燃えてるその町を見ているんです、変でしょう？」

「町が劇場の中にあるの？　大きな舞台装置みたいに？」

「いいえ。どうも、それは写真のようでした。写真なんですが、動いているんです。その町が燃えるのを、世界中の人が劇場で見るんです」

「写真が、役者みたいに動くの？　それは恐ろしいことではないのですか？」

「これも不思議なことに、人々はそれを楽しんでいるようでした。だから、私はここに町をつくることにしたんです」

「こんなところに町を？　私たちが住むだけじゃなくて？」ミセス・ジェファーソンは質問を続けて、眉を顰めた。

「私が町をつくるというわけではないんです。私たちがここに住んでいれば、きっと人が集まって来る。なんでだか、そんな気がするんです」

「以前から思っていたんだけど、あなたって不思議な方ね。途方もないことを言っているのに、なんだか本当にそうなってしまう気がします」

ミセス・ジェファーソンはそう言いながら笑った。彼女の笑顔を久しぶりに見た。私は思わず顔を赤らめながら、肩をすくめた。ミセス・ジェファーソンも気まずく思ったのか、二人同時に視線を逸らした。

「町の名前はどうなさるの？」

「実は良い名前を考えてあるんです。ジェスローです」

「モーゼの義父の名前ね。モーゼが彼の羊を追っている最中に燃える茨の茂みを見つけたから、ってことかしら。私も良いと思います。きっと素敵な町になることでしょう」

少しの間、二人は黙って暮れていく空を見つめていた。やがてダッチオーブンから良い薫りが漂い始め、みんなで一緒にクッキーを食べることにした。

ジェスローはいい町になる。いや、いい町にするのだ。

人が人を貪り食うような地獄は、あの冬のシエラネバダで終わりだ。


私とジェファーソン家、そしてスミス家は厳しい冬を何とか乗り切った。そして春が来ると新たに家を建て始めた。カリフォルニアに向かう旅人たちと交流をし、物々交換を行った。早めの冬が訪れてシエラネバダを越えられなくなった者たちが、一冬を共に過ごすこともあった。ミセス・ジェファーソンは次第に私に心を開くようになり、再婚した。やがて、一軒一軒、近くに家が建ち始めた。町というほどではないが、その一帯の人々は自分たちの土地をジェスローと呼ぶようになった。子供たちも大きくなり、仕事を求めてカリフォルニアに移住する者と、ジェスローに残るものに分かれた。

転機は十年ほどで訪れた。近くで銀が発見されたのである。一昔前に人々が大挙してカリフォルニアの金を目指したように、銀で財を成そうと男たちが集まった。マーク・キャリアンがジェスロー近くの土地を買い占め、銀を掘り当てた。キャリアン鉱山をあてたマークは、生産量をあげるためにインフラ整備に力を注いだ。マークの名を冠した町、キャリアンは一気に大都市になった。ジェスローもキャリアンの栄華にあやかり、人口が増えた。日用品店だけでなく郵便局やホテル、学校に病院も建てられた。ジェスローでも銀の採掘が試みられたが、結局のところ、たいした鉱脈は見つからなかった。

キャリアンの隆盛は鉱脈発見の一夜にしてなされたものだったが、同時に衰えるのも早かった。急速に進めた採掘で、銀はすぐに枯渇したと思われたのだ。人口の増加は十年と続かず、栄光に陰りが差し始めた。一八七〇年には人口がピークにさしかかり、七五年の大火災の被害がキャリアンの発展を止めることとなった。炎は周囲一平方マイルに及び、多くの坑夫が家を失った。

「あなたの言ったとおりになりましたね」

かつてのミセス・ジェファーソン、いまのミセス・コールリッジにそう言われたとき、私にはピンとこなかった。

「大都市が消えない炎に包まれるのを幻視したと言ってたではありませんか。それを多くの人が知ることになるって。忘れてしまったの?」

「ああ。そのことか。そうだったな。やっぱり僕が正しかった」

私はキャリアンの火災を報じる新聞を読みながら、妻に返事をした。

私も妻も六十を超えていて、もう自分たちの時間は長くないだろうと悟っていた。わざわざ自分の幻視を蒸《む》し返《かえ》して、うだうだと答えのない問題に頭を抱える理由もなかった。

もちろん、納得していなかった。私が幻視したのはキャリアンの火災ではない、ジェスローの火災なのだ。町の景色も、炎の激しさも違う。それに、人々が劇場で炎を目撃していた。あれは一体なんだったのだろうか。

それを幻視したのは一度だけではなかった。夕暮れ時に町が真っ赤に染まるのを見ているうちに、炎の揺らめきだけでなく、激しく身を焦《こ》がす熱波を感じられるようなこともあった。そして、すべてをなぎ倒してしまう爆風。そう、それはただの炎ではなく、爆発だった。ソドムとゴモラを滅ぼした地獄の炎と硫黄《いおう》ですら、ここまで圧倒的な破壊力を持たなかったのではないかと思えるほどの爆発。

極めつけは町の教会である。ジェスローに神父が訪れて、教会を建てられたのは、一八六一年のことだった。教会のシンボルとなる尖塔《せんとう》と、その上に据え付けられた十字架を見たときに、身体の震えが止まらなかった。それは幻視で見た燃える教会とまったく同じものだったのだ。

私が悪夢を見始めたのは、教会が建てられてからだった。それまでは町が燃える幻想を深く考えることはなかった。しかし、考え始めるとその幻想が徐々に恐ろしいものに姿を変えていった。毎夜、生ける屍が町を徘徊する悪夢を見るようになったのだ。

＊＊＊

コールリッジは死ぬまで悪夢を記録し続けた。彼の死後、その手記を発見した妻は恐ろしくなり、神父に相談した。こうして手記はジェスローの聖パトリック教会が密かに保存することとなったのである。どんな経緯かは謎だが、プロジェクト・ブルーボードはこの文書を入手していた。だが山のような他の資料と一緒になっていた。この資料の特異さに気が付いたのは、ホフマンと共にダークスト・チェンバーの創設メンバーとなったスタインバーグ博士だ。ホフマンとスタインバーグはこの文書をブルーボードから持ち出し、それ以来ジェスローとキャリアンを重視するようになった。

「これを読む限り、生ける屍はカニバリズムの象徴という大佐の指摘は正しいと思われます。ドナー隊のように死んだ仲間の肉を食べた妻たちの罪を忘れることができなくなった。教会が建設されたことが、逆に彼の恐怖や罪の意識を揺さぶることになったのでしょう」

レディングが資料から視線をあげると、すでに車はキャリアンの町中に入っていた。

「だとすれば、また人肉を食べざるを得ない状況にジェスローが陥る。そのときにUFOが町に訪れて、何らかの攻撃を加える。そうお考えなのでしょうか？」

「さあな。分かっていることなど、ないに等しい。何かしらの天災でジェスローが孤立することは考えられる。だが、人肉を食わなければならないほどに飢えるというのは、今のアメリカでは考えづらい。そうならないことを願っているが、もしも仮にそんなことが起きたとしたら、そのときは私たちの出番かもしれない」

ホフマン大佐は意味ありげな視線をレディングに向けた。ダークスト・チェンバーの存在意義はUFOや異星人の研究だけではない。もしもUFOが国防上の脅威となった場合に、戦闘の指揮をとるのはホフマン大佐になるのだ。有事特例指揮権により、大統領や他の軍上層部よりも命令系統の上流となる。このような特殊な組織が生まれることになった経緯には、ホフマン大佐のフラットウッズでの功績と、それに先立つワシントンUFO乱舞事件でのトルーマン大統領の失敗が関係している。

ダークスト・チェンバーの拠点である秘密基地エリア51はネバダ州内にある。この立地もジェスローを重視したホフマンの提言によるものであるかもしれないと、レディングは思った。

「さぁ、キャリアン署に着いた。君はもう一度、ブルーボードのプラチェッロに会ってきてくれ。

例の牛舎の報告を受け取ってほしいのと、念のため、周囲でＵＦＯの目撃情報が他にないか確認しておいてくれ。私はジョージと釣りに出かける」

「釣りですか？」

またあの牛舎の話を聞くのかと思うと気分が萎《な》えるが、コールリッジ文書のことを考えれば、手を抜くわけにはいかない。とはいえ、自分に仕事を押し付けておいて、大佐は弟と釣りに行くというのは、どこか納得いかない。

「誰もいないところで親密な話をするには、釣りが一番だからな」

ホフマン大佐はそう言い残して、キャリアン署に入っていった。レディングは先ほどの牧場に向かう前に、キャリアンのダイナーに寄った。壁を背にして、誰にも手元を覗《のぞ》かれない場所を確保すると、コーヒーを飲みながらコールリッジ文書をもう一度読み直した。

5：映画撮影説明会
〈一九六九年八月：ジェスロー、メイソン郡、ネバダ州〉

ダンの事務所でエリックとメグが打ち合わせをした一ヵ月後、今度はジェスローの住人を交えた説明会が行われることになった。トムには雑誌のインタビューがあると言って、ブロンズドーム・エージェンシーの事務所まで行かせることにした。

「本当に何もないところだな。君たちはなんでこんなところに住んでるわけ？　引っ越し代も払えないの？」

ジェスローに着き、車を降りるなりエリックは憐れむようにメグに言った。

「住んでみれば、意外に悪くないわよ」

「ガラガラヘビだって、自分の寝床は君らより慎重に選ぶぜ」エリックはそう言うと、所々穴の開いた道路に痰《たん》を吐き捨てた。

「まぁまぁ、そう言うなって」ダンがいつものようにエリックをなだめる。

まったくこの男は、とメグが思っていると、車の助手席から若い女が出てきた。エリックにあわせているのか、こちらもビートニク風の黒いシャツと白いパンツに、濃紺のベレー帽を被っている。大きなサングラスの上で輝くストレートのブロンドが眩《まぶ》しい。

「初めまして」メグは女と握手を交わした。

「そいつはリンダ。今回のヒロイン役だ。でも気を使わなくてもいい。俺のアシスタントみたいなもんだから」エリックが町を見回しながらぶっきらぼうに言う。

「こんな町、俺ならどんなに金を積まれたって住む気にはならないな。まぁ、これだけ廃《すた》れてると、逆に絵的には面白いよ」

町の全体を見ておきたいというエリックに応えて、メグが町を案内することになった。

ジェスローはキャリアンに続く道から少し逸れた場所に位置しており、三本のストリートがあるだけの町だ。それぞれの道もせいぜい歩いて五分くらいの長さしかない。ジェスローの入り口からストリートが分かれる前にレジーのガソリンスタンドがあり、町民全員が共有する郵便ポストがある。

ジェスローにないものは多い。郵便局がないのでジェスロー宛《あて》の郵便は一旦、キャリアンに届けられる。キャリアンの郵便局員が週に一度ジェスローを訪れて、手紙などの軽い物はポストに、小包などは隣の郵便物用の納屋に入れていくのだ。

ストリートに沿って建物が並んでいるが、廃屋も少なくない。かつての病院や学校、食堂、服屋などが、看板を残したまま埃まみれになっている。ジェスローの景色に慣れてしまったメグも、エリックを案内していると、やはり町の寂れた部分に目がいった。かつてのギンガムストック鉱山の廃坑もそのまま残されている。

とはいえ中央のストリートに隙間《すきま》なく並んだ古い建物と、その入り口をつないでいる木製の遊歩道は歴史を感じさせる。どの建物も二階建てで、バルコニーが遊歩道の上に張り出しており、日中は遊歩道に日陰《ひかげ》を投げかけるようになっている。

「うん、意外と悪くない」エリックは歩きながら呟いた。

やがてバズのサルーンの手前で立ち止まると、ゆっくりと中を覗き込んだ。少ししてから「ひどい冗談だな」と目を細めて首を横に振った。

一瞬なんのことか分からなかったが、サルーンの店名のことを言っているのだと理解した。バズが前の店主から店を引き継いだのは十年前で、そのときに改装をしたものの、〈坑夫連盟《マイナー・リーグ》〉という店名は変えなかった。開店当時は笑える冗談だったのかもしれない。店の経緯を説明するのもめんどうだったので、メグはただ肩をすくめた。

「あれはなんだ?」エリックが町の中心部にある教会を指さした。

「あれは教会よ。どう? こんな町にも立派な建物はあるのよ」メグは誇らしげに言った。

「バカにするなよ、教会くらい分かるさ。しかし、確かに驚くほど立派だな」

ジェスローの聖パトリック教会は古く、煉瓦《れんが》造りのゴシック様式で、中央の尖塔の上に十字架が掲げられている。ネバダ州で最初に建てられたカトリックの教会であり、この町のシンボルだ。坑夫としてアイルランド系の住人が多く流入してきたので、アイルランドの聖人である聖パトリックの名が冠されることとなった。

エリックは早歩きで教会に向かった。メグは彼が素直に教会を褒めたことに驚きながら後を追った。

「良いよ、この教会。気にいった。素晴らしいな」エリックが満足そうに笑みを浮かべた。

「そう言ってもらえると嬉しいわ」メグがエリックに笑いかけた。嫌なやつだと思っていたが、美しいものに感動する心はあるらしい。

「うん、完璧だ。こいつは是非とも燃やしたいな……」

「え? 何か言った?」エリックの呟きが聞こえなかったのでメグは訊ねた。

「いや、ワクワクしてきたって言ったんだ」エリックが苦《くる》し紛《まぎ》れに言いなおした。

「町の人たちには午後に教会に集まってもらう予定になってるの。これからクーパー神父を紹介するわ」メグはエリックたちを教会の前まで案内した。

「やぁやぁ、遠いところからわざわざジェスローまで来てくださってありがとうございます」入り口前で待っていたクーパー神父は挨拶を交わすと、いつもの穏やかな笑顔をエリックに向けた。エリックはクーパー神父と握手したその手を、すぐに教会の壁にかざした。

「田舎町だと思って期待していませんでした。まさかこんな立派な教会があるとは。いや、素晴らしい建造物です」さすがのエリックも神父に対しては丁寧な口調だった。

クーパー神父は眼鏡の奥の目を細めて、笑みを浮かべた。黒いローブを着ていると、ことさら暑いだろうと毎回思うのだが、彼はいつでも穏やかな物腰を崩さない。

「ありがとうございます。そう言ってもらえると嬉しい限りです。有名な映画監督さんに町を撮っていただける機会なんてありませんからね、なんでも言ってください。ところで、詳しく聞いてないんですが、どんな映画を撮るおつもりなんですか？」

「後で説明するつもりですがね、主人公たちが知らない町で怪物に襲われる話です」

「なるほど。ちなみにどんな怪物なんですか？　狼男《おおかみおとこ》とか、ミイラ、宇宙人のようなものでしょうか？」

「ゾンビです」

エリックが軽く答えると、神父はその瞬間に目の色を変えた。

「ええ！　ゾンビ？」神父が素《す》っ頓狂《とんきょう》な声をあげた。

「ゾンビというと、つまり、その……、生きる屍、のことですか？」

「ええ、そうですね。生きる屍、グール、ゾンビ、そんな感じです」

神父の驚きように眉を顰めながら、エリックが答えた。

「ゾンビですか……」

神父は押し黙ってしまい、困惑顔で空を見上げた。その様子が意味ありげだったので、エリックたちも神父の視線の先を確認するように、同様に天を仰いだ。もちろん、見るべきものなどない。青い空が広がっているだけだ。

「え〜と、ゾンビに何か問題がありますか？」エリックが神父に確認する。

「いいえ、別になんでもありません。少し、思うところがあったもので」神父は首を軽く横に振った。

「話の腰を折ってしまい、すみませんでした。それで、主人公たちはゾンビに出会ってどうするんですか？」

「ゾンビたちから逃げて終わりです」

「そのあとはどうなるんですか？」クーパー神父は質問を重ねた。

「そのあと？　逃げたらそれでおしまいですよ」エリックはぶっきらぼうに答えた。

「でも、町にゾンビは残されているわけですよね？　そのゾンビが他の町に移動してしまったら、別の人たちも危険にさらされることになりませんか？」

「まぁ、そうですね。そのあとどうなるかは神のみぞ知る、ということですよ」エリックが、あろうことか神父に向かって皮肉な物言いをしたので、メグは気が気ではなかった。

「どうせなら、退治したほうが良いんじゃないですか？」

「退治できちゃったらホラー映画にならないんですよ。人を怖がらせるのがホラー映画なんですから。とにかく、映画作りはプロに任せておいてもらえますか？」エリックがピリピリし始めた。

「そうですか。残念ですね。信仰の力でゾンビを退けられたら良いのですが」

クーパー神父の言葉をエリックが鼻で笑った。

「というのも映画というのは、新しい人たちにメッセージを伝える良い媒体になると思ってましたので。もし、キリストの力で邪悪なものを倒すような映画でしたら、資金提供をしてもいいなと思っていたのです」

資金提供、の一言を聞いてエリックの目が鋭く光った。

「なるほど！　まったく、神父様の仰るとおりですな。これには気が付きませんでした」エリックは掌《てのひら》を返すように、神父に調子を合わせ始めた。

「キリストの力でゾンビを倒す、素晴らしい筋書きですね。ちなみにどの程度の資金提供を考えておられますか？」

「そうですね。五万ドルくらいはなんとか工面できると思います」

「素晴らしい！　実に、素晴らしい！　新しいアイデアが湧いてきましたよ。ラストで主人公たちの信仰心でゾンビを退けましょう。十字架と祈禱文《きとうぶん》で戦う。ハレルヤ！　早速、シナリオを書き直します。神父様も五万ドルの小切手を用意しておいてください！」エリックは神父の手を改めて握りなおした。

「それは良いですね。信仰を取り戻してくれる方が増えることを期待しております」

神父はそう言うと、教会の中に戻っていった。

「チャリーン！　五万ドルゲットだぜ！」エリックは嬉しそうに右手を挙げて、隣に立っているダンとハイタッチした。

「いいのか？　ラストを変えるなんて」ダンが心配そうに言った。

「何言ってんだよ、俺が脚本を変えるはずないだろ？　要するに、神父にそう思わせておけば良いだけだ。金だけもらって、あとはどうなっても知らんよ」

高笑いするエリックを見て、これからの映画撮影がうまくいくかメグは不安になった。

「でもさ……」

ずっと静かにしていたリンダが自分から話し始めて、周りの三人の視線を集めた。

「悪くないんじゃない？　神父が邪悪なものと戦うって、ちょっと面白そうじゃん」

「だからお前はダメなんだよ」エリックは諭《さと》すように言った。

「良いか？　今さらそんな映画、誰も観《み》たがらないんだよ。宗教臭い映画なんて流行《はや》らないに決まってる」

エリックに頭ごなしに否定されたが、リンダは納得しない。

「たとえばさ、悪魔に憑りつかれた女の子がいてさ。病院とかに行っても、誰も何もできないわけ。で、神父さんが来て悪魔祓《ばら》いするの。どうかな？」

リンダが弱気にアイデアを語ると、エリックがため息をついた。

「お前の良いところは、その可愛《かわい》い顔だけなんだから、無理して映画作りしようなんて思わないほうがいいぞ。そんなクソつまらない映画があるかよ。だいたい、クライマックスはどうなる？　どこかの神父が十字架を掲げたり、聖水を女の子に振りかけるだけか？　『キリストの力がお前を服従させる！』とか言うわけ？　映画は面白い映像にならないとダメなんだよ」エリックはリンダの頭をポンポンと叩いた。

「そうそう。教会が燃えるような、面白い映像がないとな」エリックは教会の尖塔を見上げた。

「五万ドルはいらないから、この教会を燃やすっていうのはダメかな？」

ダンは苦い顔で首を横に振ってエリックに答えた。メグとダンは不安そうに視線を合わせた。

＊＊＊

「要するに、『ナイト・オブ・ザ・リビングデッド』をパクるってことだろ？」

教会に集まったジェスローの住人たちはエリックから映画撮影の話を聞いていたが、一番前の列に座っていたバズが茶々を入れた。普段の礼拝のときはクーパー神父の説教を静かに聞いているだけだが、今日は皆が浮かれた気分で、バズの一言が周囲の笑いを誘った。

鮮やかなステンドグラスから零れる光は柔らかく、エリックの後ろには荘厳な祭壇が飾られている。大きなシャンデリアの下で、エリックの尊大な態度は住民の顰蹙《ひんしゅく》を買った。観光客すら訪れることのない町の住民たちは、よそ者の態度に敏感だ。

「バカなことを言うな！　あんなクソ映画とは一緒にするな！」エリックが壇上から怒鳴った。神の家では言葉を慎《つつし》むように、とクーパー神父が慌てて口にしたがエリックは聞いていなかった。

「じゃあ、何が違うんだよ。ゾンビに襲われるんだろ？」

「俺の映画の主人公は銀行強盗をして知らない町に逃げ込むんだ。ただ墓参りしてただけのボンクラたちとは違うんだよ」

「よく分かった。じゃあ『ボニー&クライド&ゾンビ』ってことだ」バズのジョークに大きな笑い声が起きた。メグはエリックに説明させる前に、自分がちゃんとみんなにお願いするべきだったと反省した。誰も真面目に考えてない、ただの冗談だと思っている。

「てめえ、このクソ野郎！　いい気になりやがって。てめえみてえなアホには分からないだろうがな、俺が撮る映画は多層的で奥が深いんだよ」

クーパー神父がエリックに近寄り、汚い言葉を使わないようにと伝えたが、彼は聞く耳を持たなかった。

「ホラー映画に多層的な意味があるって？　人を怖がらせて終わりだろ？　そんなに言うなら教えてくれよ、どれだけ深い意味があるんだ？」

エリックはバズに言い返そうとして、一瞬躊躇った。

「インディアンの墓場だ」エリックはその場で思いついたように言った。

その言葉に誰もが首を傾《かし》げた。礼拝堂の壁に飾られている、磔刑《たっけい》にされたキリストの痛みを訴える声が聞こえてくるのではないかというほどに静まり返った。

「この映画のゾンビってのは、インディアンの墓場に残された怨念《おんねん》で蘇《よみがえ》った死体なんだ」

「ですが、この近くにはそんなものはありませんよ」クーパー神父が困惑顔で言った。

「事実とは関係ないですよ。映画の設定の話ですから」エリックは言い返した。

「墓場の怨念で死体が生き返る？　なんで？　ちょっと安直すぎじゃないか？」バズが苦言を呈した。

「これが安直だったら、蜘蛛に嚙まれたからスパイダーマンになるのだって安直だろ？　いちいちうるせえな」

「それで、インディアンの墓場のどこが多層的なんだ？」バズの後ろに座っていたレジーが小さく手をあげて言った。

「分からないのか？　この映画でゾンビってのはアメリカが墓場に葬り去って忘れようとしてる歴史そのものなんだよ。銀行強盗する主人公たちは今のこの国のメタファーだ。国民から奪うだけ奪って、自分たちの罪から逃げようとしてる。そういう政府を批判する、風刺映画でもあるんだよ。分かったか？」

　エリックは勝ち誇ったように言った。

「そうね、今のベトナムの状況を考えればそのとおり。どれだけ若者を戦地に送れば気が済むのかしらね」パトリシアがエリックを援護すると、彼は嬉しそうに胸を張った。

「でも、もしそうだったら主人公たちが逃げられたらダメじゃないの？」

「え？」エリックは素っ頓狂な声をあげた。

「だって主人公が連邦政府だって言うなら逃がしちゃダメじゃない。犯した罪を罰さないとダメよ」

「だけど、主人公が死んじゃったら映画としてつまらないだろ？」エリックは心細そうに言った。

「ちょっと待ってください。ゾンビはキリストの力で退治するんですよね？　今のお話でいくと、教会の立ち位置はどうなるのでしょうか？」クーパー神父が困惑顔で言った。

「いや、そこは善対悪という二項対立というか、最後は宗教の力で乗り越えるということです」まだ小切手を書いてくれていないクーパー神父のために、エリックは丁寧に返事した。

「なんだよ、中途半端《ちゅうとはんぱ》だなぁ。奥が深いんだか、ただの娯楽映画なのか。それとも宗教映画なのか。はっきりしたほうが良いんじゃないの？」バズが苦い顔をした。

「ああ、今はっきり決めた。あとでお前のケツを蹴《け》り上《あ》げてやる」

「まぁまぁ。映画の説明はそれくらいにして」ダンが仲裁に入った。「主演が誰だか教えてやったらどうだ？」

「ああ、主演はマイルズ・モートンだ」

エリックがマイルズの名を出すと、教会は水を打ったように静まり返った。

「マイルズ・モートンって、あのマイルズ？」バズの妻であるナンシーが聞いた。

「ああ、あのマイルズだ」

マイルズを起用するのはエリックのアイデアではなかった。三十万ドルの出資者であるジャンニーノがつけた条件だった。ジャンニーノは没落したアゴスティネッリ家の生き残りである。悪名高い「幹部皆殺し事件」の際に麻薬取引の疑いで留置場に入れられていたために、偶然助かったのだ。まだまだ若く、一人前と認められていなかったジャンニーノが初めて一家の役に立ったのが懇意にしていた警官の身代わりとして刑務所に入ったことだった。シャバに戻ったジャンニーノは幹部が総入れ替えになったファミリーを抜け、残された金で映画業界への投資を始めた。

一家崩壊の悲劇から立ち直ったジャンニーノに運は味方した。もともとラスベガスの開発に多額の投資をしていたアゴスティネッリ家はショービジネスの重役や俳優たちに顔がきいた。さらに故郷の親戚《しんせき》とのコネで西部劇をイタリアで製作することに成功し、一気に業界のトップに躍り出た。エリックの映画に出資したのも、金持ちの道楽的な余裕があったからこそだった。そのジャンニーノの恋人がマイルズに熱をあげているらしく、主演を彼にする条件がついたのだ。

マイルズは輝く笑顔とそれに反するような憂《うれ》いを秘めた瞳《ひとみ》で全米の女性の人気を摑み、ロマンス映画に引っ張りだこだった。だが、もともと舞台俳優なこともあり、自分の演技に拘《こだわ》りがあるめんどうな役者でもあった。ただただ大人しく笑顔を振りまいていれば女性は満足なのにもかかわらず、演出や脚本にまで口出しをしてくるということで業界では厄介な存在として有名だった。

めんどうな俳優を何よりも嫌っていたエリックだったが、ジャンニーノの条件を二つ返事で承諾した。マイルズがホラー映画に出演したがるはずがないと踏んでいたからだ。「本人に断られたからしょうがないんですよ」とジャンニーノに言えば済む話だと思っていたが、意外なことにマイルズが出演を熱望したのである。

マイルズはマイルズで、恋愛映画の依頼ばかりなことに飽き飽きしていたようだった。自分の演技の幅を広げたいのに、用意されるのは甘ったるいセリフばかり。銀行強盗犯という役柄《やくがら》に、自分の殻を破る可能性をみたようだった。そしてエリックはしぶしぶマイルズを起用することになった。

だが、エリックの意図に反して、ジェスローの集会場でマイルズ・モートンの名前がもつ意味は大きかった。トムが書いた『悪人』シリーズを映画化した監督だと知っていたが、それでも誰もエリックに対する敬意など持ち合わせていなかった。エリックと違いマイルズは誰もが知っている、今をときめく俳優である。そのマイルズが主演を務めると聞いて、住人の誰もがどう反応していいか分からなかった。

　メグから映画の撮影と聞いていたが、どうせトムをビックリさせるだけのちょっとしたお祭りなのだろうと思っていた。しかし、マイルズ・モートンが来るということは、ジェスローにとっては未《いま》だかつてない大事件になるはずだ。ゾンビ役とはいえ、国民的スターと同じ映画に出演する心の準備など誰にもできていなかった。

「マイルズが……、マイルズがここに来るの？」ナンシーの声は震えていた。

「どうしよう？　どうしよう？　そんなの、聞いてない！」ナンシーは不安そうに立ち上がって、両手を口元に持っていった。

「落ち着けよ。別に有名人が来たからって、お前がもてなすわけじゃないんだから」バズは隣の妻をなだめようとしたが、ナンシーは過呼吸を起こして夫の腕の中で意識を失ってしまった。突然の騒動でエリックは喋るタイミングを逃してしまった。

　エリックはダンと相談して、説明会はお開きにすることにした。あとは必要なことをメグの口から伝えてもらえばいい。どうせ小さな町だし、マイルズの名前を聞いた後のみなの反応を見る限り、住民の承諾を得るのも簡単なように思えた。マイルズの名前を出すだけで住民は縮こまってしまった。これからはエリックに対して住民が文句を言ってくることはないだろう。

　しばらく長椅子で寝ていたナンシーが自分で立ち上がれるようになると、住民たちは落ち着いて教会を後にした。

「どう？　うまくいくと思う？」

　いつの間にか壇上に登って隣に来ていたリンダがエリックに訊ねた。

「うまくいくに決まってんだろ？　こんな田舎者の集団なんていちいち気にしてられるかよ。撮影が始まったら、マイルズにだって文句は言わせないさ」

そうは言ったものの、バズにしつこく言われたことがエリックの頭から消えることはなかった。認めたくないが『ナイト・オブ・ザ・リビングデッド』は悔しいほど良い映画だった。今回の脚本は自分が書いたのだから、絶対の自信はある。果たしてマイルズに自分の期待に応えてくれるだけの才能があるだろうか？

何かが必要だ。

ロメロのクソッタレ野郎を超えるには、まだ何かが必要だ。

観客の度肝を抜いて、偉そうな批評家連中を黙らせる何か。

美しくも恐ろしい、一度見たら忘れられないような映像が欲しい。

この教会を燃やすことができれば、そんな映像が作れるかもしれない。

エリックは帰路につく住民たちを壇上から見ながら、この荘厳な教会が真っ赤に燃え上がる瞬間を想像した。

しばらくすると、クーパー神父が戻ってきた。

「そう言えば、さっき聞こうと思っていたのですが、キャリアン警察署には撮影の件はお話ししてますでしょうか？」

「ええ、もちろん。許可をいただいておりますので、問題ありません」

エリックはそう言いながらリンダに意味ありげな視線を送った。リンダはエリックの心の声を正確に聞き取ることができた。

こんな低予算映画のために、そんなめんどうなことができるかよ。

ゲリラ撮影になることは、二人の間では暗黙の了解だった。

他の誰もこの点について理解していなかった。

＊＊＊

エリックが教会から出ると、日差しの鋭さに思わず呻き声が漏れた。すぐにサングラスをかけたが、紫外線はシャツを貫いて身体を刺すようだ。乾燥した風には土埃が混ざっている。こんな町で暮らしていたら、鼻から入り込む土埃で生き埋めになりそうだ。

常識のある人間ならこんなところに住まない。檻の鍵が開いているのに、監獄で暮らす囚人みたいだ。エリックはどこかで聞いた象の話を思い出した。象は小さいころに鎖でつないでおけば、大きくなっても逃げることはない。大事なのは、逃げられないという思い込みを抱かせることだ。巨大な象を拘束する強固な檻も鎖も必要ない。ここの人間も、きっとそうなのだろう。

そんなことを考えていると、この町の住人にしては珍しくきれいにスーツを着こなしている男に話しかけられた。身長も高く、なかなかいい顔つきをしている。他の住人とは違う、都会の男の雰囲気を漂わせている。エリックはウィルと名乗る男と握手を交わした。

教会から出た住民たちの多くはまだ外で立ち話をしていた。教会の前に停めてある古い車のエンジンがかかり、死ぬ間際の老人のむせび泣きのような不快な音を立て始めた。

「『悪人の道楽』、何度も観たよ。トムの小説よりもずっと面白かった。バズの言うことは気にするなよ。あいつはいつも人を食ったような冗談ばかり言うんだ」

こいつはちゃんと分かってるやつだ、さっきの文句たれ野郎とは違う。

「ありがとう。あと、こっちがリンダ。今回の映画のヒロインで、俺のアシスタントだ」

「よろしく。ヒロイン兼アシスタントって、忙しそうだね」

「アシスタントって言っても、単純なことをたくさんやるだけだから」リンダは少し照れくさそうに言った。

「そんなことないだろう。ギャラは二人分でるのかい？」

「一人分もでない。監督がケチだから」リンダがエリックを睨みつけた。

「何言ってんだよ。スターに駆け上がるためのステップを用意してやってるんだから、ギャラよりも重要だろ？　金が欲しければウェイトレスでもやれよ」エリックは肩をすくめた。

「それにしてもあんたはこの町の他の人と随分と違う印象だな。田舎臭さがない」エリックが言うとウィルは笑った。

「まぁね。生まれたのはこの町だけど、大学のときに西海岸まで出たんだ。それからセールスでいろんな町を回ってるから。ジェスローは少し……、なんと言えば良いかなぁ。他の町とはちょっと違うよね」

「洟垂《はなた》れ小僧がそのまま禿《は》げて中年になったようなやつらばっかりだ」

「まぁ、そう言うなよ。みんな、根は良いやつらなんだ」ウィルは苦笑いした。

「そういえば、カメラマンとか他のスタッフはもう決まってるのかい？」

「そりゃあ、もう手配済みだよ。こっちもプロだからね、何も問題ない。あとは町の皆がゾンビ役をしっかりやってくれればいいだけさ」

「そうか、なら良いんだ。実はこの町にプロのカメラマンがいてさ。それなりに有名な映画でも仕事をしてたから紹介しようかと思ったんだけど、余計なお世話かな？」

「有名な映画って？」

めんどうなことになりそうだと思った。こちらが映画監督だと分かると、何かを売り込もうとする輩《やから》はいる。ウィルは信頼できそうだと思ったが、こういう話は適当にはぐらかすに限る。

「ああ、『ホーガスの帰還』とか『小さな町のジョイボーイ』で撮影をしてたショーン・ロニガンってカメラマンなんだけど、知ってる？」

「なんだって？　本当か？」エリックは目を丸くした。それなりに有名な映画なんてもんじゃない。どちらも興行的には成功とは言えなかったものの、名作に間違いなかった。特に、カメラワークは斬新《ざんしん》で驚くべきものがあった。

「『ホーガスの帰還』を撮ったやつがここにいるのか？」

「ああ、さっき教会にもいたよ。まだどこかその辺にいるはずだよ」

ウィルはあたりを見回し、フェドーラ帽を被った男を見つけると声をかけてから足早に近づいた。

「ショーン、こちら映画監督のエリック・ブラッドさん。エリック、こちらがさっき話したカメラマンのショーン・ロニガンだ」

ウィルが紹介した男は、身長が低く、腹が出ている。頬には月のクレーターを思わせる吹き出物の痕《あと》が目立つ。なんとなくジャガイモみたいな顔の男だ。

「あんた、『ホーガスの帰還』を撮影したって本当か？」

「ああ。レーヴィットの作品は『ジョイボーイ』までは俺が撮ってる」ショーンはぶっきらぼうに言った。

「アシスタントとかじゃなく？　だったらなんでこんなところにいる？　本当にアレを撮ったのなら、ハリウッドでは引っ張りだこだろう？」エリックは矢継ぎ早に質問を重ねた。

「正直、ハリウッドに嫌気が差したってところだ。ブルジョワどものゲームに付き合うほど暇じゃない。俺はもっと重要な仕事をしてるんだ」

「そいつは奇遇だな。俺もハリウッドにはイラついてるんだ。スタジオのクソ野郎どもとは縁を切った。今回の映画は個人の投資家からの金で、俺が監督兼プロデューサーで動いてるんだ。で、もっと重要な仕事ってのは何だ？」

「俺は娯楽のためじゃなく、人々のための映像を撮ってる。主に労働組合のストとかだ」ショーンは自信たっぷり、というよりもどこか不貞腐《ふてくさ》れているような態度で言った。

「あー、なるほどな。そういうことか」エリックは鼻で笑った。「それでハリウッドから離れたってことね」

「ああ、今のあんたみたいな態度が気に入らないから、ハリウッドを離れたんだ」

「まぁ待て、誤解するなよ。あんたが本当にレーヴィットの撮影をしたんだったら、あんたは天才だ。俺はあんたの思想なんて気にしないぜ」

「とにかく、もうくだらない映像を撮る気はないんだ。すまないな」

ショーンは吐き捨てるように言うと、そのまま背を向けて歩いて行った。

「おい！　初めからあんたに頼もうなんて思っちゃいねえよ。頼んでもないのに断るなよ。あんたこそ俺をバカにしてるんじゃないか？」

エリックは声を荒らげたが、ショーンは何の反応も示さなかった。

「すまんね。なんて言うか、ショーンはちょっと気難しいところがあってね。気を悪くしないでくれ」ウィルが浮かぬ顔で言った。

「しょうがないさ。あんたが謝ることじゃない。それにしてもなんで共産主義者ってのは、揃いも揃って偉そうなんだ？　本当はそういうところが嫌われてるんじゃないか？」

「根は良い人なんだけどね」ウィルは肩をすくめた。

「まぁ、つまらない善人よりはデキるクソ野郎のほうがマシだと俺は思うけどね。なんにせよ、俺には関係のないことさ。とりあえず、あんたと話せて良かったよ」

「こちらこそ。俺はこれから町を離れるけど、撮影のときにはまた戻ってくるから、そのときはよろしく頼むよ」

二人は軽く握手を交わした。

「みんなが君みたいな大人なら、撮影も問題なく進むと思うけどな」

「大丈夫だよ。なんたって——」

その瞬間、銃声のような激しい音が町中に響いた。みなが驚いて視線を向けたが、ただの車のバックファイヤーだった。砂ぼこりで汚れた車がのろのろと走っているのを一瞬だけ見ると、それぞれが落ち着きを取り戻し、友人たちとの会話に戻った。だが、一人だけパニックを起こした者がいた。

「敵襲だ！　みんな、逃げろ！　やつらはどこにでも隠れてやがる！」

汚いシャツを着た男が、大慌てで通りを走り始めた。ジェスローの住人はその男に一瞬目を留めたが、すぐに無視した。

「あいつ、大丈夫なのか？」エリックがウィルに訊ねた。

「ああ、ケビンなら問題ない。いや、問題ないってことはないか。でもいつもどおりだよ。ケビンはベトナム帰還兵で、心が壊れちまったんだ。今みたいに大きな音を聞くと、戦場に戻ったと勘違いしちまうらしい」

ケビンは道路の真ん中で足を滑《すべ》らせ、そのままうつ伏せに倒れこんだ。両腕で頭を守るようにして身体を丸めている様子は、銃撃を受けて塹壕《ざんごう》に飛び込んだ兵士そのもののように見えた。彼の言葉にならない悲痛な叫び声はまだ聞こえていた。

バックファイヤーを起こした車は、なんでもないことのようにケビンを避けて通った。ケビンは小さな子供のように泣きじゃくっている。そんな彼をセルマ、ノーラ、ドロシーのイーグルトン三姉妹が取り囲んだ。

「ベトコンが来るぞ！」

「人殺しのくせに、なに怖がってんのよ！」

「あんたは拷問されるんだよ！　拷問！　拷問！」

少女たちはケビンを囲んで囃《はや》し立《た》てた。

「まったく、ひどい子たちだ」ウィルはため息をつくと、ケビンのほうに歩き出した。エリックとリンダもそのあとについて行く。

「てめえら、父さんをバカにするな！」一人の男の子が少女たちの中に突っ込んでいった。

「父さんは国のために戦ったんだ」

男の子は少女たちを突き飛ばそうと必死に手を伸ばした。まだ小さい男の子は逆に三姉妹に遊ばれている。

「めんどうなことになったな」ウィルはケビンのもとに走っていった。

「こら、セルマ、ノーラ、ドロシー！　ケビンとアランに構うんじゃない！」ウィルが叫ぶと少女たちは笑いながらどこかに走り去った。

「お父さん、もう大丈夫だよ。敵はもう逃げていったよ」まだ道路に倒れこんでいる父親の背中を、男の子は優しく撫でた。

「そうだ、ケビン。もう大丈夫だぞ。アランもよくやった。偉いぞ」ウィルはケビンの隣に膝をつくと、肩を貸すようにして立ち上がらせた。エリックも彼が歩けるように手をかした。

「アラン、お父さんは俺が送っていくよ。君も乗っていくかい？」ウィルの言葉にアランは頷いた。

エリックはケビンをウィルの車まで運ぶ手伝いをした。ケビンはなんとか足を前に進めることができたが、ふらついて一人では歩けない状態だった。ケビンはだらしなく口を開けたまま上を向き、はなを啜《すす》った。

「みんな死んだんだ……、あいつらはどこにでもいた……」

ウィルは助手席にケビンを座らせると、エリックに挨拶をして車を出した。

「まったく、この町はどうかしてるぜ。俺の足を引っ張るやつがいなけりゃいいんだが」エリックは砂ぼこりの中に消えていくウィルの車を見ながら言った。

「でもさ、なんか、あの人、凄いね」リンダが言葉に詰まりながら口にした。

「そうだな、少なくともウィルはまともそうだな」

「そうじゃなくて、ケビンって呼ばれてた人。国のために戦って、傷ついて、帰ってきても苦しみ続けて。この国の本当の姿って感じ」

「この国の姿？」エリックが鼻で笑った。

「彼を見てると、なんかいい映画になりそうな気がしない？　彼は戦場から帰ってきたけど、彼の中でまだ戦争は終わってないの。国に帰ってきても、ただ疎《うと》まれる存在。優しいお父さんだったはずなのに、兵士にされちゃって。そういう人たちがいっぱいいるはずよね？」

「リンダ、さっきも言っただろう？」エリックは首を振った。

「お前はセンスがないから映画製作なんかしないほうがいいぞ。『彼の中でまだ戦争は終わってない』って、なぁ。じゃあ、なんだ？　帰還兵が主役の映画を作るのか？　で、田舎町で戦争をおっぱじめるとか？　で、本物の軍人が暴《あば》れてるから、警察じゃあ対応できなくて、そいつを止めるためだけに軍隊が出動するなんてのはどうだ？　そんなバカな話はないだろう。賭けても良いが、そんな映画は誰も観たがらないね」

エリックはリンダを頭ごなしに否定した。

「でもお前は可愛いから、いつかスターになれるよ。俺が保証する」エリックはいつものようにリンダの頭を撫でた。そうすると、リンダは機嫌を直したようで、最高の笑顔を見せてくれた。

頭が空っぽでスターを夢見る女の子。リンダはエリックのお気に入りだった。

＊＊＊

パトリシアは教会を出ると、すぐ近くにアリスとレジーの後ろ姿を見つけて近づいた。アリスが偶然あのイヤリングを着けていることに、パトリシアは気が付いていた。アリスはパトリシアの一列前に座っていた。彼女の白髪が多くなってきたショートヘアの間から、輝かしい赤い石が見えたのだ。

「こんにちは」パトリシアはアリスの後ろから声をかけて、振り返った彼女に微笑んだ。

「映画撮影どうなるかしらね。楽しみじゃない？」

「どうかな？」アリスは肩をすくめ、不満げに口を歪《ゆが》めた。

「あんな神経質そうな男に『ああしろ、こうしろ』って指図されたら気が滅入《めい》りそう。お金がもらえるって言うなら私だって嬉しいけどさ、ノーギャラってのはケチ臭いよね。いかにも業界の人って感じ。私たちのことを下に見てるんじゃない？」と、アリスはいつもどおりの態度だ。

夫のレジーと同じように、普段から着ているオーバーオールはガソリンスタンドの臭いがする。

二人で同じ服を着ているのかと最初は思ったが、そんなはずはない。アリスの胴回りはレジーの二倍はありそうだった。

せっかく、この町でなにか面白いことがあるかもしれないというのに。アリスは何に対しても文句しか言わない。嬉しいことがあっても斜に構えて皮肉を言う。彼女の頬の肉はブルドッグのように垂れ下がるばかりで、喜びで口角が上がることはあまりない。あるとしたら、誰かの不幸を楽しむときか、陰口《かげぐち》を言うときだけだ。

実際のところ、この映画撮影はジェスローにとって、ここ何十年で一番の大きなイベントだ。そう思っているのは二年前に越してきたばかりのパトリシアだけではなく、多くの町の古い住人たちだ。

「要は私たちに出演してほしい、ってことだよね？　それなのに、人にものを頼む態度じゃないよ。田舎者は映画に出られたら嬉しいだろうって、決めつけてんのよね。私たちにだって生活があるのにさ。私は静かな生活がしたくてここに住んでるの。映画撮影なんて、迷惑なだけ」

パトリシアはアリスのネガティブな態度に辟易《へきえき》した。静かな生活がしたくてここに住んでる？　外に出るのが怖いだけの田舎者じゃないか。だが、自分も彼女に頼みごとをする立場にあることを思い出して、パトリシアはその思いをぐっと呑《の》み込《こ》んだ。

「本当。マイルズの名前を出せば何とでもなると思ってるのかしらね」パトリシアは同調するように言ったが、実際に彼の名前だけでなんとかなってしまっているのだ。パトリシア自身はマイルズと面識もあるし、何とも思っていない。だが、ナンシーや他のジェスローの住人にとっては大ごとだ。

「そうそう。たかが役者の一人くらいでのぼせちゃって。ナンシーのせいでこっちまで同レベルだと思われちゃう。恥ずかしいわよ、シナトラでもあるまいし」

「本当にあなたの言うとおり」パトリシアが調子をあわせると、アリスは鼻息を荒くした。アリスの敵意がエリックに向かっているのは良い傾向だ。パトリシアは共通の敵を持つ仲間だと言わんばかりに微笑んだ。

「ところで、あなたに貸したそのイヤリングだけど、」パトリシアはアリスの耳元にぶら下がっているルビーのイヤリングを指さして言った。「そろそろ返してくれないかしら？　実はそれ、もともと私の姉のものなの。姉がいらないって言ってたから私が持ってたんだけど、姉が急に返せって言ってきたのよ。祖母がアメリカに渡って来たときに持ってきたもので、大切な家宝なの」

パトリシアが言うと、アリスは首を傾げた。あなたが何を言っているか分からない、そう言いたげな表情だが、彼女の瞳が不敵に輝いたのをパトリシアは見逃さなかった。

アリスから返してもらえるなんて考えた私がバカだった。パトリシアは後悔した。

「あなたから借りた？　このイヤリングを？　それは違うわ。はっきり覚えてるもの。これはあなたからもらったのよ。忘れたの？　あのとき、あなたがなんて言ったか、私、一字一句覚えてるのよ」アリスは勝ち誇ったように言った。アリスはこの瞬間をずっと待っていたに違いない。

「そうね。確かにあのときはあなたにあげるって言った。でも、あなただってそんなこと信じてたわけじゃないでしょ？」パトリシアは自分の中の怒りを抑えながら、なんとか理性的に話した。

「いいえ。私はあなたのことを信じてた。今でも信じてるの。あなたは私たちみたいな貧しい人間じゃないもの。すべての人と愛でつながりあえるんでしょ？」

「あのときとは状況が違うの」

「違わないわ。あなたは今でも素晴らしい人間よ。あなたがこのイヤリングをくれたときに驚いたもの。私にはとてもできないことだったから。あなたは信念に生きる強い女性よ。素晴らしい人だわ」アリスがわざとらしく浮かべる笑みを見ながら、パトリシアは歯を食いしばった。

アリスはイヤリングが気に入っているのではない、私を困らせたいだけなのだ。これ以上食い下がっても意味がないし、アリスを喜ばせるだけだ。

パトリシアはなんとか笑顔を浮かべると、何も言い返さずにアリスに背を向けて歩き出した。アリスがあのイヤリングをしているのを見たのは久しぶりだった。これからは毎日のようにあれを着けて私の前に現れるだろう。ただ私を困らせたいがために。

「そりゃあ、アリスが返してくれるわけないさ。君だってそんなこと分かってただろ？」

寝室の窓を開けながらウィルが言った。夜の風が吹き込み、ベッドの端に座ったパトリシアのネグリジェを撫でた。

「こんなこと言いたくないけど、あれをあげちゃった君が悪いよ。だって大切なものだったんだろ？」

「今さらあれを返せって言いだすエイブリーがいけないのよ。『私は結婚なんてしないから、あなたがもらって』って言ってたのに」

「じゃあ、返せないって言えば良いじゃないか。私がもらったから私のものだって」

「そういうわけにもいかないの。結婚式で着けたいから、そのときだけ貸してくれ、って言うに決まってるから。そう言われたら断れないじゃない？」パトリシアはそう言ってベッドに横になった。思わずため息が漏れてしまう。

「確かにそうだな。困ったね。アリスに買い戻したいって言ってみれば？」

「それは見込みないかな。アリスは私を困らせたいだけだから。法外な値段を吹っかけてくるよ」

「彼女ならそうだろうな。この際、諦めるしかないんじゃないか？　アリスは梃子《てこ》でも動かないから」ウィルはパトリシアの横に寝そべり、なだめるように言った。

「本当にそう。なんでアリスってあんなに嫌なやつなんだろう。レジーってよくあの人と一緒にいられるわね」

「レジーも俺たちと一緒にいるときはずっとアリスの文句ばかり言ってるけどな。でもレジーがガソリンスタンドを開くときに出資したのはアリスの親父さんだし、いまでも金の管理はアリスがやってるから、頭があがらないんだろうな。あれはあれでうまくいってるんだよ、きっと」

「分からないな。なんであんなに頑固で嫌味な人と結婚したんだろ？」

「夫婦のことはお互いにしか分からない、昔からそういうもんさ。でもさ、レジーもレジーで優柔不断というか頼りない部分があるから、アリスみたいなどっしりした人と一緒にいると案外落ち着くのかもよ？　だって考えてみろよ、たとえばレジーがナンシーとくっついたりするところを考えられるか？　ナンシーは優しいいし気立てが良いけど、彼女も弱々しいところがある。もし二人が一緒だったら、ちょっと不安な気がしないか？」

「そうかなぁ。アリスよりもナンシーと一緒のほうが幸せになれるような気がするけど」

「どうかな。レジーはああやってアリスの尻に敷かれてるのが、意外に気楽なんじゃないか？　なにかあったらすぐに吹き飛ばされちゃう紙切れの上にペーパーウェイトが載ってる、って感じの夫婦じゃない？　俺はあの夫婦を見るといつもそんな風に思うんだ」

　ウィルの言葉にパトリシアは思わず笑ってしまった。確かに痩せぎすで頼りないレジーと大柄なアリスは、紙とその上の重りのようだ。

「ちょっと、真面目な話をしてるのよ。茶化《ちゃか》さないでよ」

「ごめんごめん。でも、どうしようもないんじゃないか？　最初に戻るけど、やっぱり君があげちゃったのが悪いよ」

「でも、あのときの話は何度もしたでしょ。ヘイトアシュベリーから帰ってきたばかりだったの。あなただってあのとき、あの場所にいたんだから、私の気持ちは分かるでしょ？」

「まあね。君の気持ちは分かるよ。でも、あのときの新しい世界と価値観がジェスローとは相容《あいい》れないってことは君だって分かってただろ？」

「悔しくないの？　あのとき、私たちが信じてたものが、こんなに簡単に消えてしまうなんて思わなかった。世界が変わると思ってた。人も社会も変わっていくんだって思ってた。あのときの自分たちの生き方を否定したくないのよ」

「分かるよ。でも、夢ってやつはいつか終わっちゃうもんだよ。世界なんて、そんな簡単に変わるもんじゃない」

あれは夢でしかなかったのだろうか。パトリシアは未だに考え込んでしまうことがある。世界が変わらなかったことなんて、どうでもいい。だが、あのとき一緒に同じ信念を持っていたはずの人たちが、それをすぐに捨て去ってしまったことが悲しかった。そして、自分も同じ道を辿らざるを得なかったことが何よりも悔しかった。

「ヘイトアシュベリーの時代が終わったのは、俺だって寂しいよ。でも、少なくとも俺たちは未だに一緒だし、こうやって不自由なく幸せに暮らしてる。それだけでも満足しないとな。それに、マイルズが来るんだよ。久しぶりに会ったら、思い出話で盛り上がれるぞ」

ウィルはそう言ってパトリシアを抱き寄せた。彼は軽くキスをしてからサイドボードの上のランプを消した。涼しい風が窓のカーテンを揺らす。

今夜はなかなか寝付けないだろうという気がした。どうしてもアリスの憎たらしい笑みを思い出してしまう。それに、アリスにイヤリングをあげてしまった私が悪いのだと言うウィルの言葉も。

パトリシアは目を閉じると、アリスではなくヘイトアシュベリーを思い出そうと努《つと》めた。ウィルやマイルズと出会った場所のこと、通りを歩けばいつでも会えた、奇妙で愛すべき人たちのことを。

「君はスウェーデンボルグを読むべきだ。誰もがみな、一度は読むべきだ」

サイケデリックショップで出会ったレイシーという長い顎《あご》ひげの男は、会うたびに同じことを繰り返した。レイシーはインドの修験者みたいで、通りや公園の片隅《かたすみ》でたびたびすれ違った。裸足《はだし》で芥子色《からしいろ》の袈裟《けさ》を羽織《はお》っていて、長くなったドレッドヘアはかなりキツイ臭いがした。出会うたびに同じ本を読めと言われたので、パトリシアはマイルズにスウェーデンボルグの本を買ってくるように頼んだ。

当時のヘイトアシュベリーにいたのはオルタナティブなライフスタイルを求める人たちだった。アメリカで主流のものでなければ、なんでもありだった。ありとあらゆる神秘主義、東洋の精神文化が積極的に受容された。

「スウェーデンの本を持ってきたよ」

マイルズがアパートに来たとき、パトリシアはベッドの上でウィルとマリファナを吸っていた。マイルズもすぐに服を脱ぐと、子供のように二人の間に飛び込んだ。ウィルが彼にジョイントを渡した。裸のまま一緒にマリファナを吹かしていると、三人が四人に、四人が五人にと、仲間が徐々に増えていき、夜にはパーティーさながらの状態だった。

次の日、レイシーに会ったときもやはりスウェーデンボルグを読んだかと聞かれた。読んだことは覚えていたが、内容をまったく思い出せなかったので、そう伝えるとレイシーは笑った。

「そのほうがずっと良い。本は読むものじゃない。体験するためのものだ。読んだものは忘れて消えていく。体験したものは、たとえ言葉にならなくても身体と精神に残っているものだ」彼は顎ひげを嬉しそうに撫でていた。

何を読んだか覚えていなかったものの、そう言われてみれば、ぼんやりと頭の中にイメージがあった。それは氷に閉ざされた土地と、海を渡る勇壮な男たち。嵐《あらし》が吹き荒れて、鎧《よろい》を着た男たちは鬨《とき》の声《こえ》をあげていた。パトリシアがそう言うと、レイシーは鼻息を荒くした。

「それだけか？　他にも何か見たか？」

パトリシアは頭を捻《ひね》った。あとは空に浮かぶ王冠、そして二頭の光り輝くライオンを見た気がした。

「それは幻視だ！　素晴らしい体験をしたな！」

アパートメントに帰ってみると、コーヒーテーブルの上にあったのはスウェーデンボルグの本ではなくて、『スウェーデンの歴史』というタイトルの本だった。本を買ってきたマイルズはスウェーデンボルグを知らなかったし、パトリシアもウィルも、そのときはかなりハイだった。多分、本を開くこともしなかったのだろう。本の表紙にはスウェーデンの氷河と、海を渡るヴァイキングのイラストが大きく描かれていた。そしてスウェーデンの国章である王冠と二頭のライオンも表紙の上に小さく載せられていた。

あのとき、あの場所ではなんでも許された。誰もが笑ってマリファナを吸い、平和と愛について語り合った。新しい精神の時代を迎えるための集会、ヒューマン・ビーインでは、強面《こわもて》の地獄の天使《ヘルズエンジェル》たちが、親とはぐれた子供たちの子守をしていた。私たちを区別する性別も人種も階級もなかった。誰もが歓迎され、尊重された。

私たちは、世間が言うようなだらしない若者たちではなかった。ウィルもそうだが、いい大学で勉強し、社会を変えようと必死に議論を交わす者も少なくなかった。皆がそれぞれに着飾り、没個性な者は一人もいなかった。皆が芸術家で、革命家で、活動家だった。

私たちは愛し合うことに真剣だったのだ。私たちの理念に共感する者が全米から集まっていた。親や世間、学校などの小さな枠組みに馴染《なじ》めない若者たち、自分の居場所を見つけられない若者たちも、ヘイトアシュベリーに来れば誰とでも仲良くなれた。

保守的な人たちは、私たちのことを理解できず、悪態をついた。注目され、メディアで連日取り上げられ、人が押し寄せた。

運動の裏で活躍していたのは、ディガーズと呼ばれる地元の役者集団だった。資本主義に反対し、誰でも楽しめるストリートシアターを開催し、炊《た》き出《だ》しや無料の診療所を開いた。彼らはヘイトアシュベリーの自治体に働きかけていた。夏休みに入れば、ヘイトアシュベリーに流れて来る人数は莫大に増えるはずだ。それにあわせて公衆トイレを増やすべきだし、生活に必要なものがみないきわたるようにしなければならない。運動が悲劇に終わらないように、何度も話し合った。

結果的に、自治体の協力は得られなかった。私たちが無責任だったのではない。古い世界が新しい私たちを見捨てたのだ。

パトリシアは悔《くや》し涙《なみだ》を流し、何度も寝返りを打った。やはり安らかな眠りは訪れなかった。

＊＊＊

「アリス、アリス？　大丈夫か？」

レジーに優しく身体を揺すられ、アリスは目覚めた。レジーが手を止めたが、アリスの身体は揺れ動いたままだった。激しい動悸《どうき》が、彼女の大柄な身体を動かし続けていた。汗でパジャマが肌にピッタリと張りついている。

またあの悪夢だ。もうすっかり忘れたと思っていたのに。

あの男の冷たい手の感触が肌に残っているような気がして震えた。窓から吹き込む風が不気味にカーテンを揺らした。

レジーが起こしてくれて良かった。彼が隣にいてくれるだけで心が休まる。もちろん、そんなことを言えば彼が調子にのるだけなので、絶対に口には出さない。

「大丈夫に決まってるでしょ。気持ちよく寝てたのに、起こさないでよ」そう言って、寝返りを打って反対側を向いた。レジーに涙を見せたくなかったので、いかにも眠いのだというように枕《まくら》に顔を押し付けて拭う。

「そうか。それならいいんだけど、またうなされてるみたいだったから」

「そんなわけないでしょ」アリスは強がってみせる。もしかしたら、眠っている間に涙を見られたかもしれない。あのときみたいにレジーが不安にならないように、私は強い女じゃないといけない。またすぐに寝転がって、レジーのほうを見る。暗くてぼんやりとしか見えないが、彼の眉毛がだらしなく下がっているような気がする。

「私はこれ以上ないほど幸せよ。なんでか分かる？」

「分かってるよ。パトリシアがイヤリングを返せって言ったからだろ？」

「あのバカ女、いい気味だわ」アリスが笑うと、レジーは呆れたようにため息をついた。

「そんな風に言うなよ。パトリシアとウィルはお隣さんだろ？　ウィルはどこでも仕事ができるんだから、ジェスローに帰ってくる必要もなかったのに、わざわざ戻ってきてくれたんだ。町を離れて行った他の大勢と違って、俺たちを見捨てなかったんだよ。トムだってそうだ。もっと近所づきあいを大事にしなきゃダメだ」

「なにが近所づきあいよ。バカにバカって言って悪いことはないでしょ。パトリシアは意地張っちゃってさ。あのときの話、聞かせたっけ？」

「もう何十回も聞いたよ」

「『私たちは何でも共有するの』」アリスがパトリシアの真似《まね》を始めると、レジーはもうたくさんだと言わんばかりに反対側を向いて聞いてないふりをした。

「『誰かが欲しがったら、大事なものでもあげるし、私ももらう。私たちは何でも共有するの。遠慮なんてしない。銀行みたいな信用調査も必要ない。だって、お互いに会ったことがなくても、私たちは大きな家族なのよ』あの女はそんなこと言ったのよ。だから私、言ってやったわ。じゃあ、あなたのイヤリングを頂戴《ちょうだい》よって。あの女が大事そうに毎日着けてるのを知ってたから。そしたら、嫌そうな顔したのよ。なんでも分け合うんじゃなかったの？　って聞いたら、強がってイヤリングを差し出したのよ。本当にバカよね。今さら返してくれだなんて。あのときとは状況が違うって。パトリシアの顔ったらなかったよ。本当に思い出すだけで笑っちゃうわ」

アリスが笑い始めるとレジーは枕を耳に当てて無言の抗議をした。

パトリシアの狼狽《うろた》え方を思い出すと、自分が強い女だと思えるようになった。

悪夢を追い出すために、鉤爪《かぎづめ》の男のことを忘れるために、アリスはいつまでもパトリシアのことを考えていた。

明日から、毎日あのイヤリングを着けよう。きっと楽しい。パトリシアの家に遊びに行っても良いかもしれない。そう考えるとワクワクしてきた。パイでも焼いて持っていこうか。いや、あの女が嫌いなマカロニアンドチーズにしよう。

「マカロニアンドチーズが嫌いなんて、本当に変な人。他人とは違う自分を演じてるつもりなのかしらね。だから普通の人が皆好きなものを嫌いって言うのよ。本当に気取った女。嫌ねえ」わざわざ声に出して言ったが、レジーは返事をせずに寝たふりを続けている。

パトリシアの気に入らないところを考えていると、いくらでもあげられる気がした。

誰よりも自分が偉いと思っているところ。誰よりも自分が美人だと思っているところ。誰からも好かれているふりをするところ。誰とでも仲良くできるふりをしているところ。シャツのボタンを無駄に開けて胸を見せようとするところ。なによりも、ピルを飲んでると公言して憚《はばか》らないところ。本当に気に食わない。

パトリシアの嫌なところを考えているうちに、アリスはいつの間にか眠りに戻っていた。今度は悪夢ではなく、いい夢を見た。ジェスローの女性たちが皆、私のイヤリングを見て羨ましがるのだ。誰もが欲しがる、明るく輝く大粒のルビー。どんなにせがまれても、大金を積まれても、誰にも渡さない。

誰がなんと言おうと、あれは私のイヤリングだ。

＊＊＊

朝食にトーストを三枚焼き、皿にスクランブルエッグを添えると、アランは弟のジェイクにテーブルの上に皿を並べるように言いつけた。ジェイクがテレビから視線を離して台所に来たのを確認してから、アランは父さんの部屋のドアをノックした。どうせ返事はないと分かっているが、絶対にノックをしなければダメだと思っている。ノックをしないで部屋に入るなんて、父さんを無視するようで嫌なのだ。ジェイクは昔のことを覚えていないが、アランは戦争に行く前の父さんを覚えていた。優しくもなかったし、好きでもなかった。どちらかというと少し乱暴で、怖かったことを覚えている。

戦争から帰ってきた父さんは子供のようになっていた。自分では何もできない。働くことはもちろん、家事をすることも忘れてしまっている。時々思い出したように外を散歩するが、自分が世話をしないとダメなのだ。最初は何をするのも嫌だったが、ベッドに寝そべりながら窓の外を眺めているばかりの父さんを見ているうちに、アランは変わった。父さんは国のために戦った英雄で、尊敬すべき存在なのだと思うようになった。

今朝もノックに返事がなかったので、「父さん、朝だよ」と声をかけて部屋に入った。父さんはまだベッドの中で寝ていた。瞼《まぶた》をきつく閉じており、眉間《みけん》にしわが寄っている。頬に汗とも涙とも分からない跡が残されていた。

アランがカーテンを開けると、部屋に明かりが差し込み、空気中を舞っている微細な埃が輝いて見えた。壁に飾られた南部の旗と、部屋の端に置いてあるラックに掛けられたギターが汚れてしまっているのを見ながら、アランはため息をついた。たまに部屋を掃除するが、父さんが特に大切にしていた旗とギターに自分が触れるのは間違っているような気がするのだ。

戦争に行く前、遊んでくれる時間なんてほとんどなかった。印象に残っているのは母さんと一緒にポーチに座ってギターを弾《ひ》いていた父さんの姿だ。気分が良いときは母さんと一緒にピーター・ポール＆マリーの曲を歌ったりしていた。軍服を着て家を出ていくとき、帰ってきたら「朝日のあたる家」の弾き方を教えると約束してくれた。今となっては、ギターの弾き方を教えてくれるどころか、ギターを手にとることすらない。

そして、棚の上の写真。ベトナムから持って帰ってきた、同じ部隊の仲間の写真。一番背が高いのがカーマイケルで、彼の足と腕は教会の柱のように太い。その隣にいるジェンコは小柄で、カーマイケルの隣にいるとひげを生《は》やした子供みたいだ。父さんはジェンコと肩を組んでいる。彼の満面の笑みを見ると、それが本当に父さんなのか、アランは分からなくなる。こんなに楽しそうな父さんを、アランは見たことがなかった。きっと、軍隊にいるときのほうが、家にいるときよりも楽しかったのだろう。

「メイベル？　どこにいる？」父さんが目を覚ましたのか、怯えたような声をだした。

「お父さん、おはよう。母さんはキャリアンまで買い物に出かけたよ」アランはいつもどおり嘘をつく。父さんはパニックを起こすとすべて忘れてしまう。酒に酔った勢いで母さんをひどく殴ったことも、そのせいで離婚したことも。母さんは僕らを置いて、どこかに行ってしまった。

「そうか。嫌な夢を見たんだ。またあいつらに捕まったかと思った」

「もう朝ごはんを用意したよ。食べたくなったら起きて来て」アランはそう言うと、父さんの部屋から出た。

「嫌な夢を見たんだ」父さんが繰り返し呟くのをアランは廊下で聞いた。

自分の言葉が届いているのか、アランは時々不安になる。父さんがずっと窓の外を眺めながら静かに涙を流すのを見ていると、自分のことや弟のジェイクのことをすっかり忘れてしまったんじゃないかと思う。

父さんにとって家族はもう存在しないのかもしれない。ただ寝て、起きて、用意されているご飯を食べて、寝る。そして嫌な夢を見る。たまに外に出ても、何かのきっかけでベトナムのことを思い出すことがあるようで、パニックを起こしてしまう。そんな父さんを見るのは胸が張り裂ける思いがした。

父さんが自分やジェイクに無関心なことを、アランはなんとも思っていない。しかたがないことなのだ。不思議なことに、戦争に行く前よりも、今の父さんのほうが大事な存在になっている。父さんを見ていると、ただ生きていることよりも大事なことがあると思える。命や心を賭《と》してまで守らなければならないものがあるのだと思える。父さんにとってそれは国だけではなく、家族も同じだったのではないかとアランは思っている。父さんは自分の心を壊してまで、家族を守ってくれたのだと。

だからこそ、こんな状態の父さんをバカにするやつらが許せなかった。戦争に反対するのはかまわない、国の考えに反対するのだって勝手にすればいい。だが、父さんや国に仕えた人たちを個人的に責めることだけは許せなかった。

昨日は教会の前で車のバックファイヤーに驚いた父さんがパニックを起こした。セルマ、ノーラ、ドロシーのイーグルトン三姉妹たちがそれを笑ったのを思い出して、アランは悔しくなった。

ダイニングテーブルに皿や牛乳の入ったコップを並べて待っていたジェイクを見て、アランは決意を固めた。ジェイクは五歳になったばかりだ。まだ十歳とはいえ、自分が家族を守らなければならない。ジェイクと父さんを世話して、自分が家族を守っていかなければならない。だがそれだけじゃない。父さんが守ろうとしたこの国も守らなければいけない。

どうすれば良いのかなんて分からない。それでも、自分は戦わなければならないのだ。周りが遊んでいるときだって、いつ始まるか分からない戦いに備えなければいけないのだ。

＊＊＊

リッチーはキャリアンの目抜き通りにある家からバイクを走らせ、ジェスローの近くで停まった。道路の脇《わき》にバイクを停めてヘルメットを脱ぐと、どうしたものかと天を見上げた。あたりは何もない荒野で、等間隔で並ぶ電柱からぶら下がった、果てしなく延びている電線と電話線を除けば空を遮るものはない。その電話線をなんとかしなければならないのだ。

ジェスローがある土地には、今後、州間高速道路が建設される予定だ。もちろん、ケチな住人たち（つまり全員だ）は立ち退きに反対している。

「あんなネズミの巣に住んでるジジイたちをビビらせてやるんだよ」

キャリアン最大の暴走族、〈ヘル・パトロール〉のフレッドは、リッチーにそう言った。田舎の不便さを思い知らせるために、まずは電話線を切るのがいいだろう。それがフレッドに仕事を依頼した連中の考えで、実行するのがリッチーのようなゴロツキということだ。

電柱を登って電話線を直接切れば良いだろうかと考えたが、感電する危険を冒すのは得策ではない。電柱を倒せば電話線も電気も切れるだろう。だが、切り倒すのは大変だ。車で牽引《けんいん》するのは楽そうだが、そんなパワーのある車を持っておらず、人から借りれば足がついてしまう。

電柱を燃やしてしまえば良いのだ、と気が付いたがポケットにある火力の弱いライターでは簡単に燃やせないだろう。ガソリンを撒く必要がある。バイクのタンクからガソリンを抜いて撒けばいいんだ。そう思った瞬間、こちらに向かって来るパトカーが見えた。

パトカーはゆっくりと近づいてきて、リッチーの前で停車した。窓からコリンズ巡査の顔が見えて、リッチーは舌打ちした。タイミングが良すぎる。わざわざ町から追いかけてきたのだろうか。

「よう、リッチー。こんなところで何してる？」コリンズ巡査が親し気に声をかけてきた。

俺たちは友達だろと言わんばかりの軽い口調だが、表情は真剣だ。こちらが犯罪者であると決めつけているかのような態度に腹がたった。パトカーが来るのがあと一分遅かったら実際に電柱を燃やしていただろうが、まだしていないのだから、腹をたてる権利はあるはずだ。

理由は分からないが、コリンズ巡査は俺に目をつけてる。リッチーはそう思った。サングラスの奥の目は見えないが、きっと俺を睨みつけてる。気に食わない。

「なにもしてねえよ。ただ空を見てるだけさ。この町じゃあ、空を見るのも犯罪なのか？」

「いや、問題ないさ。好きなだけ見てろよ。実は今朝、ケーラマンさんの家の郵便受けが壊されていたんだが、何か知らないか？」コリンズ巡査の疑うような口調が気に食わない。

「なんで俺がケーラマンさんの郵便受けのことなんか知ってると思うんだよ？」

リッチーはコリンズ巡査の質問に質問で返した。昨晩、ジャイブズと歩いているときに持っていたバットでぶち壊したのはもちろん覚えている。嘘をつくのは嫌いだから、煙《けむ》に巻《ま》く。

「たまたま会ったから聞いてみただけさ。すまんな、それが俺の仕事なんだよ」

「町の若者を疑うのがあんたの仕事なのか？」

「いや、町と住民を守ることが俺の仕事さ」そう言ってから、コリンズ巡査はサングラスを外した。こちらを見つめるコリンズ巡査の表情には失望の色があった。

「それにしても、リッチー。お前はいつからそんな生意気な口をきくようになったんだ？　ジェシカと一緒にいたときは、そんなんじゃなかっただろ？」

「あんたには関係ねえだろ！」リッチーは思わず声を張り上げた。パトカーを蹴りつけたいと思ったが、そうしないだけの理性は残っていた。胸中は穏やかではなかった。一泡《ひとあわ》吹かせてやりたい。

「本当に町と住民を守りたいなら、自分が誰の下で働いてるのか、よく考えたほうがいいぜ？　あんたは自分のボスを本当に分かってんのか？」リッチーが不敵な笑みを浮かべて言うと、コリンズ巡査は目の色を変えた。

「お前、何を言ってるんだ？　ことによっては冗談じゃ済まないぞ」

「怪しいやつを捜してるんだろ？　〈鉄床《アンヴィル》〉まで行ってみろよ。俺よりよっぽど怪しいやつがいるぜ。今から行って確かめて来いよ」リッチーはコリンズ巡査にけしかけた。

「ふざけた冗談だったら、承知しないからな。覚悟しておけよ」コリンズ巡査はそう言うと、すぐに車をUターンさせた。

邪魔者は消えたが、今ここで電柱を燃やしたりしたら、コリンズ巡査に一発でバレてしまう。自分はすでに目をつけられているのだ。厄介ごとは起こせない。別の日にやればいいだけだ。リッチーは再びバイクに乗り、キャリアンに戻ろうとした。だが、コリンズ巡査に言われたことをつい思い出してしまった。

ジェシカとはずっと一緒に居られると思っていた。ジェスローみたいに小さい町では、同い年の子供がいるだけでありがたい。彼女とは自然と一番仲の良い親友になっていた。リッチーの親が仕事を求めてキャリアンに引っ越すことにしたのは、二人が十三歳のときだった。

ジェスローには学校がないので、小学生のときからバスでキャリアンの学校まで行っていた。キャリアンに引っ越したからといって通う学校は変わらない。彼女と会えなくなるわけではなかった。

キャリアンの友人と、自分たちはどこか違っていた。何が、とうまく言い表せないが、自分とジェシカの間にだけ、何か通じあうものがあった。心の形が似ているのだ、とリッチーは思っていた。ジェシカも同じように感じていたはずだ。だからこそ二人はいつも一緒だった。

高校に通うようになってからも、彼女とはキャリアンで会っていた。放課後には二人で公園を散歩して、人目を盗んではキスをして、触れ合った。どこにでもいる普通の高校生だった。

だが彼女の父親であるバズは、ジェシカがリッチーと付き合っていることをよく思っていなかった。いつでも腹をたてている、ムカつく親父だった。ジェシカと一緒にいると、バズは決まって機嫌が悪かった。親とはそういうものなのだろう。

二人の関係を終わらせたのは、バズの思い付きだ。リッチーと別れて大人しく勉強するなら、州外の大学に入学してもいいという許可をだしたのだ。ジェシカはＵＣＬＡに入るために、リッチーと別れることを決めた。

「大人になればいつでもまた会えるじゃない。大学を出たら親には口出しをさせないから」

そんな風に簡単に、自分のことを捨てたジェシカを恨んだ。だがそれよりも、思い描ける将来があるジェシカが羨ましかった。ジェシカと違って優秀な生徒でもないし、裕福な家庭の出身でもないリッチーにとって、将来なんてものは負けることが分かっているギャンブルと同じだ。さいころを振れば振るだけ、傷つくことになる。多くを望めば、何も手に残らなくなる。夢を見ることがどれだけ愚かなことか、鉱業で栄えた町に住む者はみな知っている。

金や銀を求めて、人生を棒に振った男たちの話を聞かされて育ったのだ。財産を抛《なげう》って鉱脈をいくつも手に入れた末に、採掘作業ができず、所持金が底を尽き、生きるために二束三文で鉱脈を売ることになる。そして、鉱物を精製する工場などで働く底辺の作業員になる。少なくとも、リッチーの祖父はそうだった。身《み》の丈《たけ》にあわない何かを求めてしまうと、すべてがダメになる。

リッチーにとって、ジェシカは自分が持ち得たすべてだった。女なんて他にいくらでもいる、そういう言葉をどれだけ周りから聞かされたことか。でも、そんなことを言う連中は分かっていない。ジェシカは自分の手から零れ落ちてしまった。彼女と同じように素晴らしい女を手に入れるためには、自分も同じように素晴らしい男でなければならない。リッチーは自分の限界を知っている。だからこそ、同じように自分の限界を知っている連中と付き合っているのだ。

そのことで他人にとやかく言われる筋合いはない。コリンズ巡査の言葉で苛立ったのは、誰よりも自分がそのことを知っていたからだ。彼女が去ってからのリッチーは惨《みじ》めだった。ジェスローの電話線を切れと言われたとき、リッチーはバズへの仕返しのつもりで引き受けた。そんなつまらない小悪党に変わってしまった自分が情けなかった。

リッチーはもう一度空を仰ぎ、ため息をついた。泣きたい気分だった。

＊＊＊

釣りは芸術だ。生きる糧《かて》を得るための技術であり、競い合うためのスポーツでもあり、その行為は祈りにも似ている。クリスとジョージのホフマン兄弟にとっての釣りは、お互いが素直になるための息抜きだった。釣《つ》り竿《ざお》とビール、それにゆっくり座れる場所だけあれば他に何もいらない。川も海も、魚さえも必要なかった。

本当であれば二人が育った故郷のように豊かな渓流で釣りを楽しみたいところだが、ジョージがスーザンと一緒に住むことに決めたのは乾いた荒野だった。クリスの策略に気づかずに、ジョージがキャリアン警察署の署長になってもう何年も経った。久しぶりに訪れたキャリアンは今まで以上に暑苦しい場所だと感じた。乾燥した空気がピリピリと肌に皺《しわ》を刻む音が聞こえるような気がした。

二人はキャリアンの中心地から荒野をドライブし、ジョージが〈鉄床〉と呼んでいる場所で腰を下ろした。どんな乾燥地帯にでも生えるヤマヨモギ以外、何も無い荒野に大きな岩が高く隆起しており、ちょうど鍛冶屋《かじや》が金属を叩くときに載せる作業台のように見えるのだった。二人は乾いた岩の上に座り込み、灼熱《しゃくねつ》の太陽の下に釣り糸を垂らした。時々吹き寄せる風が針も付いていない糸を揺らした。大きなビーチパラソルを広げて日陰を作ると、クーラーボックスからビールを取り出し、静かに飲み始めた。

もちろん、タホ湖まで足を運べば、活《い》きのいいマスが釣れるだろう。だが、自分もジョージもそこまで暇ではない。それに実際に魚が釣れるとなれば、お互いに競争心が生まれてしまうので、心休まる時間にはならないのだ。

かつての父親そっくりになった弟を横目で見ながら、クリスはリールを巻いて魚が食いついていないことを確かめた。

「ここで釣りをするのは三度目か？　相変わらず食いつきが悪いな。まったく、お前の町はたいした釣り場だよ」

「いい釣り師は場所の文句なんか言わないんだよ。兄さんはまだまだ甘ったれの素人だな」

まるで父さんみたいだな、弟の喋り方を聞いているとそう思わずにいられない。二人はいつまで経っても父から小さい子供みたいに扱われたし、父の前では実際に子供のように感じられたものだった。

「ザックは今ごろ何してるだろうか」ジョージはベトナムに行った息子を心配してため息を漏らした。

「さあな。だがザックはマンシーニの部隊にいるから大丈夫だ。それに、あいつも立派なホフマン家の男だ。お前の背中を見て育ってるんだから、なにも心配いらないさ」

「だといいけどな。俺は最近、よく思い出すんだ。兄さんが軍に入るって言ったときの父さんの目を。あの瞬間まで、俺は父さんが俺たちに軍に入ることを期待してると思ってた。だけど違った」
「ああ。あのときのこと、俺も忘れられないよ。喜んでくれると思ってた。いつもみたいに、『それでこそホフマンだ！』って言ってくれると思ってたよ」

クリスは軍に入るつもりだったが、当然だと思っていた父親の賛同を得られなかった。父に反対されると、不思議と軍に入りたいという気持ちは萎縮《いしゅく》した。結局のところ、父親から認められたかっただけなのだ。だが軍に入りたいと言った手前、何もしないのは気が引けた。州兵に所属することで、有事のときのみ召集される予備役となり、普段は自動車販売会社の経理として働くことにした。フラットウッズでの一件がなければ、普通の会社員としての人生を歩むことだっただろう。
「ああ、あのときは父さんのことがよく分からなかった。でも今になると分かる気がする」
「そうだな」クリスはため息交じりに応え、再度釣り糸を荒野に放った。

ジョージがザックを心配するのはもっともだ。ベトナムでは常に死と隣り合わせだ。だが、軍に所属するということはそれだけではない。命を預けあった戦友との絆は、かけがえのない宝物だ。国や仲間、家族のために命を賭すという経験はどんな行為よりも尊く、人に力を与えてくれる。戦争はきれいごとではないが、地獄の中でしか咲かない花というものもあるのだ。

もちろん、そんなことを弟に言う必要はない。だからこそ、ただ釣り糸を垂らしながらビールを飲んでいる。言葉は必要ない。いや、むしろ言葉は邪魔になる。クリスは空軍の大佐に、ジョージはキャリアンの警察署長にと、それぞれが別の組織で重要な立場に就いた。ジョージがキャリアンの署長になるように手を回したのはクリスだが、そのポジションに見合う働きをして、周りから敬意を集めているのはジョージの弛《たゆ》みない努力の賜物《たまもの》だ。考え方の違いは大きく、それをぶつけあっても仕方がない。二人並んでリラックスしている時間だけが、お互いの苦労を癒せるのだ。それを理解するまでには、多くの衝突といがみ合いがあった。

キャリアンは平和だ。もちろん、大きな町だからある程度の治安の悪さはある。だが、それはどこでも一緒だ。

乾いた風が砂ぼこりを巻き起こし、クリスは帽子が飛ばされないように手でおさえた。やがて遠くから一本の道をまっすぐに走って来る車にクリスは気が付いた。

「パトカーがこっちに向かって来る。どうやらお前の部下はちゃんと働いてるらしいな」クリスの言葉を聞くと、ジョージは目を細めて車を見ようとした。

「相変わらず、良い目だな。俺にはあれが車かダチョウかの区別もつかないよ」

パトカーは〈鉄床〉の目の前で停まったようだが、岩陰に隠れていたので見えなかった。しばらくすると、緊張した面持ちのコリンズ巡査が現れた。川どころか水一滴もない荒野で、良い大人が二人して釣り糸を垂らしているのを見たからだろう、コリンズ巡査は困惑の表情を浮かべた。

「そら見ろ！　でかい魚が現れたぞ！　待ってた甲斐《かい》があったな！」ジョージはクリスを軽く小突いて大声で笑った。釣り竿を大きく振り上げたジョージだったが、コリンズ巡査は眉を顰めただけだった。

「あの、これは一体……」

「ダメだな、ジョージ。父さんがいつも言ってただろ？　タイミングを見定めないと。ちゃんと魚の引きを待ってから……」クリスはそう言いながらコリンズ巡査に目配せした。

「焦らずゆっくりと引き付けて……」クリスは右手を釣り竿から離すと、人差し指を鉤づめのように曲げて、何かに引っ掛けるジェスチャーをした。コリンズ巡査は小さく微笑むと、同じように人差し指を曲げて、自分の口に引っ掛けた。

「ほら、食いついた！　今だ！」クリスが勢い良く釣り竿を引き上げたのを合図に、コリンズ巡査は二人のもとまで駆けてきた。

「クリス、キャリアン警察署で一番真面目なコリンズ巡査だ。コリンズ巡査、私の兄に会うのは初めてかな?」

「いえ、一度お会いしてます」

「すまんな、遊びにつき合わせてしまって」キャンピングチェアから立ち上がったクリスはコリンズ巡査に右手を差し出した。

「いえいえ、楽しんでいただけたなら幸いです。ホフマン大佐」コリンズ巡査はクリスの手を握りながら応えた。

「私は楽しくないぞ」ジョージがぶっきらぼうに言った。「君は私の獲物だった」

「すみません。次はちゃんと署長に釣られるようにします」コリンズ巡査が頭を下げるとクリスとジョージは高らかに笑った。

「な、真面目な男だろ?」ジョージがコリンズ巡査の背中をポンと叩いた。

「ところで、何か私たちに用でもあるのかな? それとも君も釣りをしに来たのか?」

「いえ、用事はありません。ケーラマンさんの郵便受けの件でリッチーに話を聞いてみたら、『鉄床に怪しいやつがいる』なんて抜かしたもので……」

「ああ、さっきのあの子か。私たちが釣りを始める前に、彼がここで昼寝をしてたんだ。場所を譲ってもらったんだよ。三十分ほど一緒に釣りもした。ありゃあ見どころのある男になりそうだ」クリスがそう言うと、コリンズ巡査が眉を顰めた。

「いえ、あんなのただのゴロツキですよ」

「そんなことないさ。あれくらいの年の子には田舎町は狭すぎるんだよ。エネルギーが有り余って、くだらない暴走をするくらいしかない。軍で鍛《きた》え上《あ》げれば、骨のある本物の男になる」

「そういうもんですかね」

「そういうもんさ。私はね、常々思ってるんだ。この国のすべての若者を叩きなおせれば、どれだけ良いかってな」

　そう呟きながら、その言葉をジョージやコリンズ巡査がどう受け取るか、クリスは考えた。たとえ血を分けた兄弟でも世界の見え方は違う。こうして三人の男が集まっていながら、立場の違いで国や世界の捉え方が違うのだ。

　キャリアン警察署長のジョージは、この町を守ることを至上の命として生きている。巡査はその手足だ。対して自分は町よりももっと大きなもの、この国を見なければならない。

　そして、自分はただの軍人とも違う。この国の中枢でもごく一部の人間しか知らない、秘密の任務を負っている。それはこの国のみならず、地球の、世界の秩序を守る仕事なのだ。

「ところで、君も釣りをしていくかね？　ビールもあるぞ。君の上司も今日くらいは大目に見てくれるだろう。そうだろ？」クリスが弟に視線を送ると、ジョージも笑って頷いた。

「いえ、私は釣りには詳しくありません。遠慮しておきます。それに見たところ、ここで魚を釣るには糸が少々短すぎるようです」

「釣り糸が短い？　長ければここでも魚が釣れるとでもいうのか？」

「もちろんここは荒野です。ですが、地層の下には化石水とも呼ばれる、非常に古い地下水があります。たとえばデスバレーはこの世界で一番暑く、乾いた場所ですが、デビルズ・ホール・パプフィッシュと呼ばれる小さな魚が泳いでいます。ここの地下にも、ひっそりと暮らしている魚がいるかもしれません」

　コリンズ巡査の面白くもないジョークにホフマン兄弟は愛想笑いをした。

　彼がパトカーで走り去るのを見守った後、兄弟の時間を邪魔するものは現れなかった。

＊＊＊

「で、俺が言ってやったわけだ。『てめえみてえなクソジジイの出番はもうねえよ。クトゥルフでさえ、お前のことを〈古《いにしえ》のもの〉って呼んでたぜ』ってな。もう周りは大爆笑。ウォルデンのやつ、もうあの店に顔だせねえぜ」

「はは、そりゃあ良かったな」ダンは愛想笑いをして、隣にいるノーマン・キャシディの肩を叩いた。

「でも良いのか？　ウォルデンは仲間なのかと思ってたが」

「あいつは権威主義者だ。UFO研究の仲間のトップにいるつもりでいやがる。民間の研究者が減っている今こそ、横のつながりを大事にしなきゃいけないんだ。あいつみたいに頭が固いやつと付き合ってるのは時間の無駄さ」

キャシディはオカルトや陰謀論を得意分野とした作家だ。一応ノンフィクション作家として売り出しているのだが、何かしらの資料をもとに適当な物語をでっちあげるのが彼のスタイルだ。「フィクションとノンフィクションの間を行く」と豪語してやまない彼の作品を真剣に読むのは特定のファンだけだった。だが、UFOに関する「ノンフィクション」本を出したところ、想定外の売り上げを叩きだした。UFOの目撃情報が取りざたされるたびに部数を伸ばすので、なかなか良い調子で読者を摑むことができた。

ダンはキャシディと取材のために、ネバダ州に来ていた。UFOの目撃情報が多い、軍が秘密にしている基地がある、などの情報が確かなスジ（ただのオカルト仲間だ）から寄せられているらしい。もちろん広大な砂漠を無暗《むやみ》に散策したり、じっと空を見上げているわけではない。車を走らせながら、適当な町でバーを探して酒を飲んでいるのだ。キャシディがデカい声でUFOがどうのこうのと話をしていれば、そういう話をしたい輩が寄ってくるのである。宇宙人に攫《さら》われたとか、UFOを見た年には作物が不作だったとか、種無《たねな》しのじいさんに子供ができただのと、与太話が一晩にいくつも収穫できる。こうして、キャシディは次の作品を書くのである。

今回仕入れた中で大きなネタは、牧場の牛が巨大な宇宙人にレイプされているのを目撃したという男の話だ。夜中に異常な鳴き声を聞きつけた男は、散弾銃を持って牛舎に駆け付けた。三メートル以上はあるだろう宇宙人が、自分の腰を牛の臀部《でんぶ》にあてがっているのを見たそうだ。ただの牛泥棒だと思っていた男は驚きの余り気を失ってしまい、気がついたら朝になっていたというのだ。

聞くに堪えない話を聞かされ、ダンは気分が悪くなった。対してキャシディは目を輝かせて、細部にわたり質問をした。

「レイプしてたってことは、宇宙人のそこに生殖器があるのを見たのかい？　どんな形をしてた？　牛の膣《ちつ》に挿入したのか、それとも尻か？　次の日、牛はどうだった？」

「さあな。俺は話を聞いただけだよ。本人に聞きたいなら、あいつの連絡先を教えてやるよ」

勘弁してくれよ、とダンは思ってビールを飲んでいたのだが、キャシディは楽しそうだった。何人か集まって来た酔っぱらいたちも、笑ったりせずに真剣な顔で話を聞いていた。

「三メートルの宇宙人ということは、フラットウッズ・モンスターとの関連性もあるかもな。フラットウッズ・モンスターは、胴体は金属製と思われる服で覆《おお》われてたが、レイプしてたってことは、服を脱いでたってことだな。これは新しいぞ」キャシディは手に持っていたメモ帳に何かを書き足した。

「フラットウッズ・モンスター？　なんだそれは？」と近くで話を聞いていた男が訊ねた。

「フラットウッズ・モンスターを知らないのか！　ウェストヴァージニアで観察された宇宙人のこ

とだよ」

　また始まった、とダンは思った。オカルト好きにはよくあることだが、キャシディは同じ話を何度繰り返しても飽きないらしい。特にフラットウッズ・モンスターとロニー・ザモラ事件が彼のお気に入りだった。ダンはこの取材旅行のうちに何度も話を聞かされたものだから、すっかり話を覚えてしまった。

「あれは一九五二年九月十二日のこと、ウェストヴァージニア州ブラクストンのフラットウッズって町で起きた話さ。夕方に小学校で遊んでた子供たちが、燃える物体が空を横切ってるのに気が付いたんだ。それが近くの農場のほうに落ちて行った。子供は親と近所の子供たちを連れて、一緒に見に行くことにした。それから森の中で見たものが、彼らの人生を変えちまうことになるとも知らずにな」キャシディのドラマチックな喋り方は堂に入っている。

　ダンはもう何度も聞いた話にうんざりして、新しくビールを頼んだ。

　翌日には牛を宇宙人にレイプされた男の牧場を訪ねることになった。キャシディが書く気になっているのは嬉しいが、自分が関《かか》わる必要はあるのだろうか、とダンは頭を痛めた。

　明日のことを考えると憂鬱《ゆううつ》だった。めんどうなことは避けるに限る。次からキャシディの取材には別の誰かを担当させよう。

　そう思ったときに、別のことを思い出した。

　トム・オショネシーのビックリ・ゾンビ大作戦だ。ケイシーには詳しい話を聞かせてあったが、決行日時が変更になったことを知らせていなかった。というのも、エリックに一ヵ月ほど日程を間違えて伝えられていたからである。ダンが確認の電話をして、エリックは初めて間違いに気が付いたのだ。

　キャシディと共に宇宙人捜索旅行に出かけてから、曜日の感覚を失っていた。今すぐケイシーに電話しないと間に合わないかもしれない。

　ダンはキャシディに席を外すと伝えると、バーの電話を借りた。幸いなことに、オフィスにはまだベティが残っていた。

「ベティ！　君が残っていてくれてよかった！　済まないが、ケイシーはまだオフィスにいるかな？　いたら、トム・オショネシーの家にすぐに向かってほしいと伝えてくれ。うん、そう言えば何の話か分かるから。よろしく頼むよ！」

　バーは騒がしく、ジュークボックスからはクリーデンス・クリアウォーター・リヴァイヴァルの曲が聞こえていた。今夜は悪い月が昇るから外に出ないほうがいい、命を落とすことになるよ、とジョン・フォガティが歌っている。

　ベティの声はあまりよく聞こえなかった。だが、なんとか要件を伝えられたことにダンは安心した。ベティのほうもダンの声がよく聞こえていなかったことに、彼が気づくことはなかった。

　ベティはケイシーではなく、まだオフィスに残っていたケイティにトム・オショネシーの家に行くように伝えた。ケイティはその言葉に歓び、一も二もなくジェスローに向かった。

　そんなことになっているとはつゆ知らず、ダンが一安心してキャシディのもとに戻ると、彼はまだフラットウッズ・モンスターの話をしていた。

「モンスターを見たのは森に入っていった七人だけじゃない。同じ日、近場で似た怪物を見たって証言が他にいくつもあるんだ。あそこで何かが起きたのは間違いない。だが、この話で大事なのは、宇宙人を見たって証言だけじゃないんだ。宇宙船とみられる何かが着陸して、草が倒されていた痕跡《こんせき》や、近くの木の枝が折れていたのも分かってる。でもそれだけじゃない。七人が宇宙人に遭遇した後で、森に入っていったやつがいる。当時、フラットウッズで暮らしていたクリス・ホフマンと、医者のスタインバーグだ。彼らは何の異状も発見することはなかったと報告している」

キャシディが勿体《もったい》ぶって言葉を止める。

「で、その二人がなんだってんだよ。何も見つからなかったんだろ?」酔っぱらいが質問をすると、嬉しそうにキャシディが続けた。

「そのクリス・ホフマンとスタインバーグが異例の出世をしたのが分かってる。ホフマンは州兵にすぎなかったが空軍に編入されて、今では大佐だ。スタインバーグに至っては、ただの田舎の町医者にすぎなかったんだ。森で宇宙人に遭遇した七人が体調不良を訴えて診療した医者さ。スタインバーグはマスタードガス等《とう》の神経ガスに似た症状だとホフマンに話していて、ホフマンはスタインバーグを調査に連れて行った。スタインバーグはその後、空軍に所属する研究員になった。やつは一体、何を研究してるんだと思う? もちろん、UFOと宇宙人、彼らに関する研究さ。ということは、何か重大なものを見つけたってことさ。もしかしたら、モンスターを捕獲したのかもしれない。これは確かなスジの情報だが、ホフマンとスタインバーグが中心となって秘密組織〈ダークスト・チェンバー〉を設立したそうだ。これは宇宙人の調査と、侵略に対抗する組織で、その存在を知るのはこの国の中枢の一部だけさ。宇宙人に関することについては、大統領よりも大きな権限を持ってるって噂だ」

「大統領より上だって? 流石《さすが》にそんな話はないだろ」話を聞いていた男の一人が言った。

「違うんだ。このフラットウッズ・モンスターの事件が起こったのは一九五二年の九月だが、その二ヵ月前にはあの有名なワシントンUFO乱舞事件が起きている。あのときにはトルーマン大統領が、UFOを撃墜せよと命令を下したんだ。このときに政府は悟ったんだ。こういうUFO関連の命令を大統領にさせてはいけないってね。なぜなら大統領がすべてを知っているわけじゃないんだ。わざと国のトップに隠しているんだよ。トップが間違って声明を出してしまったらマズいからな。だからこそ、UFOの情報を管理して、エイリアンと対抗する組織が必要になった。で、問題は誰をトップに置くかってことだ。その問題に直面していたちょうどそのとき、ホフマンとスタインバーグがフラットウッズ・モンスター事件で何かを摑んだ。それで彼らに白羽の矢が立ったわけだ」

キャシディは極秘情報だと言わんばかりに、声を低くして言った。よくあることだが、一部の人間しか知らないと言われていることが、噂として広がるということはどういうことなのだろうとダンは首を傾げたくなった。眉唾《まゆつば》だというつもりはない。キャシディが面白く脚色して本が売れれば、こちらは満足だ。

ダンが静かに飲んでいると、キャシディの話はロニー・ザモラ事件に移っていた。

「ロニー・ザモラ事件こそ、宇宙人が地球に来てることを示す一番確かな証拠さ。なんていったって、目撃したのが地元で信頼されてる警官だったんだからな。ニューメキシコに住んでた俺のダチも、すぐに現場に行ったらしいけど、やっぱりそこでもホフマンとスタインバーグを見たって言ってたぜ。政府はうまく隠せてるつもりらしいが、分かってるやつには分かってるんだよ。もう何年も経たないうちに隠しきれなくなるだろうよ。問題はこっちの仲間が減ってることだな。あのクソッタレなコンラッドレポートのせいで仲間の数は三分の一にまで減っちまった。コンラッドレポートも公聴会も、たいした茶番だよ。ＵＦＯ、エイリアンの情報を隠すための陰謀に違いない。というのも、科学的といいながら、まったく科学的じゃなくて——」

もうたくさんだ！　キャシディの陰謀論を聞き続けるのは、最初に考えていたよりも、よっぽど大変だった。

「キャシディ、すまんが事務所に電話したらちょっとした問題があったみたいでさ。俺が戻らないといけないことになってしまった。すまんが、これからの取材は一人で行けるか？　経費はあとで請求してくれ」

「おいおい、そりゃあねえよ。車はどうすんだよ？」

「車はそのまま使っててくれていい。俺は明日の朝に町まで出るバスで帰るさ」

半《なか》ば無理やり車のキーをキャシディに押し付けて、ダンはバーを出た。

ダンは道路を挟んで向かい側のモーテルまで歩くと、建物に入る前に胸いっぱい深呼吸した。乾燥した風が心地よい。陰謀論とUFOの与太話を聞きすぎて、疲れてしまった。自分の中の良識を抑えつけておくのは、骨が折れる。夜風に当たっていると、少しずつ頭が落ち着いていく気がする。だが頭上に煌《きら》めく星空を見ていると、胸くそ悪い話を思い出してしまった。

ダンは自分の部屋に戻ると、残しておいたドーナツを口にした。牛をレイプした化け物の夢を見ないように祈ってから、ベッドに身を投げた。自分の巨体を受け止めたベッドが苦しそうに軋《きし》む音を聞き、ダンはすぐに寝入った。

夢の中で、すべてはダンの理想どおりに進んだ。キャシディは無事に取材を終えて、一気に本を書きあげる。ジェスローの町ではゾンビから逃げたトムが、ケイシーと手を取り合って新作に着手する。そしてダンは稼いだ金でドーナツ屋を開き、死ぬまでドーナツに困ることはない。なんて素晴らしいのだろう。

ダンは目の前に並べられた数えきれないほどのドーナツをむしゃむしゃと頬張った。一つ、二つ、三つ。ドーナツは減ることがない。次のドーナツに手を伸ばそうとしたその瞬間、無数のドーナツは空に浮かび上がり、赤く光り出した。ドーナツが編隊を組んで空を飛んでいく。燃え上がるドーナツ軍団は、まるで新しい太陽のように大地を照らし出す。

なんて素晴らしい光景なのだろう。ドーナツは地上に顕現《けんげん》した奇跡に他ならない。

だが、やがて米軍が現れてドーナツを撃ち落とし、そしてドーナツの存在を秘匿する。

大統領がテレビ中継で国民に説明する。「ドーナツなんてものは存在しない。穴が開いたパンケーキ、もしくはマグカップを見間違えたのだろう」

なんて恐ろしいことだろう！　ダンは冷や汗をかいて目を覚ました。

嫌な予感がする。何か、良くないことが起きそうな気がする。

そんな気がしたが、どうすることもできない。とにかく毎日を精一杯過ごす以外、自分にできることはない。ダンはまたすぐに眠りについた。

＊＊＊

ジェスローに向かう車の中で、マイルズは複雑な思いに駆られていた。その町に向かうことはずっと前から考えていた。映画撮影の話よりも前からだ。

ウィルと、それからパトリシアが暮らしている町。どれだけ彼らに会いたいと思っても、自分から話を切り出すことはできず、ジェスローのような田舎町だと「ついでに寄った」という言い訳ができない。偶然を装っても、わざわざ会いに来たのだと思われてしまう。それはできれば避けたかった。

パトリシアはウィルと結婚した。正しい判断だったとマイルズでさえ思う。俳優としてのキャリアを一番に考えた自分は彼女を大切にしなかった。自分に何ができるのか、それが一番の関心ごとだった。結果として人気俳優の仲間入りを果たしたが、それは自分が望んでいたものとはかけ離れていた。ヘイトアシュベリーにいたころの、ウィルやパトリシア、ディガーズの連中と一緒だったころの、呼吸さえ忘れてしまいそうな煌めく瞬間は、もう見つからなくなってしまった。

アメリカに渡って来た祖父はイギリスで俳優をしていた。アメリカでもシェイクスピアを演じたが、やがてそれらはアメリカ人の好みからズレていった。父はそんな祖父の没落を見ていたから、積極的にアメリカ人の戯曲を演じた。それらは粗野で、即物的で、まがい物にすぎないと感じられた。セリフも筋も二流、時代を超えて愛されるものとはなり得なかった。それは誰が見ても明らかで、父はやがて演劇から離れ、建設現場で働くようになった。

アーサー・ミラーやテネシー・ウィリアムズといった新しい感覚の劇作家が現れるようになったが、それでもマイルズにとって演劇の極北はシェイクスピアに違いなかった。

時を超えて受け継がれた完璧なものを、どうやって自分のものにするのか。それがマイルズの一番の関心だった。それを変えてくれたのはヘイトアシュベリーだった。

とはいえ、ヘイトアシュベリーはもう過去のものになってしまった。

自分たちが愛した新しい世界は、芽吹く前に古い世界に踏みつぶされてしまった。

もはや追憶の中でしか存在しない。それが存在していたことさえ、忘れてしまいそうになる。マイルズにはウィルとパトリシアが必要だった。あのときを思い出すために。

ウィルたちはあのときをどう記憶しているだろうか。夢のような時間、すべての人間が溶け合い、正しく愛し合った日々を。

もちろん、堕落に身を窶《やつ》した者も少なくなかった。ドラッグが蔓延《まんえん》し、まだ五、六歳の子供がLSDをやっていた。

そしてシャロンが殺された。

もう素直に人を信用することも、愛することもできない。

何が間違っていたのだろうか。考えたところでどうなることでもない。

何もない荒野を走り続けるうちに、マイルズの心は沈んでいった。もちろん、人の前に出るときは、いつもの俳優のマイルズに戻らなければならない。

だが、今だけは過去を振り返って涙を流してもいいだろう。

第二部　撮影開始

一九六九年八月十四日〈撮影前日〉

映画の撮影が始まるということで、いつになく浮足立っていたジェスローの住人たちだったが、エリックがトラック一台だけで来ると疑惑の目を向けた。大勢のクルーや役者用のトレーラーが町に活気を与えてくれると誰もが思っていたのだ。

「おいおい、車はこれだけじゃないよな？」レジーが隣のアリスに不満げに言った。

「だから、こんな映画撮影に期待なんてしちゃだめなのよ。バカにされてるだけじゃない」アリスはそう言うと、そのままガソリンスタンドの奥に引っ込んでいった。

もちろん、それが期待外れだという点ではエリックの落胆はジェスローの住人たちとは比べ物にならなかった。撮影前日だというのに、どうしても乗り気になれなかった。というのも、すべてにおいて自分の望むものが得られなかったからだ。

シーンを盛り上げるために爆発シーンは必ず欲しかったが、どうしても予算が少なすぎた。派手なアクションシーンを撮りたいが、スタントを雇うのも金がかかる。その点はマイルズに身体を張ってもらうしかない。カラーフィルムを使うことだけは譲れなかったが、そのためにスタッフを減らす必要があった。なにをするにしても、最小限でやるしかない。

「よう、久しぶりだな。撮影のスタッフってのはあんたたちだけじゃないんだろ？」

エリックがトラックの助手席から降りると、バズが眉を顰めながら声を掛けた。

「もちろん、まだ来るさ。すぐに二十人のスタッフが着くはずだ。どうやら俺たちが一番乗りのようだな」エリックはバズに応えると、指を鳴らした。「さあ、トラックの荷台に必要な道具が載ってるから、さっさと下ろしてくれ」

「俺に言ってんのか？　御免だね。そんな雑用までやる気はないよ」バズが肩をすくめた。

「そうだった、あんたに特別なプレゼントがあるんだった。これを見てくれよ」

エリックがトラックの荷台を覆っていた緑色のシートを捲《めく》ると、その下を見てバズたちが呻き声を漏らした。そこに載せられていたのは十数体のマネキンだった。

スクリーンいっぱいに地獄絵図を映したいとはいえ、美術に予算を割くわけにはいかなかった。低予算で死体を演出するために、リンダが処分されるはずだったマネキンをたくさん集めたのだ。彼女が古着を着せたマネキンは、確かに不気味だった。それを事前に知らされずに突然見せられたバズたちが驚くのは当然だった。

「どうだ、気に入ったか？　ちなみに、俺のお気に入りはコイツだよ」

エリックはそう言うと、トラックの荷台の一番後ろに積まれていたマネキンの頭を取り外して、高く掲げた。まるで戦場で敵将の頭を落としたみたいだ。

「畜生！　なんなんだよ、これ！」

素っ頓狂な声をあげたのはバズである。そのマネキンの顔はバズそっくりに作られていたのである。

「これだけは特注で作ったんだぜ。嬉しいサプライズだろ」

エリックにとってはただの悪い冗談のつもりだったのだろう。バズそっくりの生首はジェスローの住人には気色が悪い、という程度のものではなかった。まるで、本当にバズが死んでしまったみたいで、その場にいたレジーとウィルはお互い視線をあわせて息を呑んだ。

「こりゃあ、ひどいな」ウィルは反応に困りながらも口を開いた。

「思っていた以上に不気味だな。まさにホラー映画の撮影現場って感じだ」

「ああ、マジでキモイな」レジーの口元は歪んでいた。

「マジでキモイ？　レジー、そういうことじゃないだろ！」バズが口角泡を飛ばした。

「これはどう見ても俺だろ？　名誉棄損とか、そういう感じじゃないのか？」

「いや、でも映画のエキストラで出るし、そもそも死ぬ役として決まってたんだからしょうがないんじゃないか？」ウィルがバズを宥《なだ》めようとする。

「それに、映画にドアップで出るってことだろ？　他のエキストラよりも注目されるじゃないか。そう考えたら、ちょっと羨ましい気もするよ」

「羨ましい？　映画で殺されることの、どこが羨ましいんだよ？」バズの怒りは当分収まりそうもなかった。

　エリックは腕時計をチラッとみると、表情を曇らせた。

「それにしても、朝一で撮影準備をしておけって言ったのに。いくらなんでも遅いな。誰か、電話を貸してくれるか？」エリックが周りの顔色を窺った。

「俺のサルーンに電話があるが、お前だけはお断りだ。店に一歩でも入ったらお前の顔をグリルで焼いてやるからな」バズはエリックに警告した。

「こっちに来いよ。うちのスタンドの電話を貸してやるから」レジーがエリックを引き連れてスタンドに入っていった。スタンドの前に飾ってある、テキサコの星形の看板が風に吹かれてギシギシと不快な音を立てていた。

「なぁ、あんなムカつくやつと一緒にいて嫌な気分にならないか？」バズはその場に残ったリンダに話しかけた。

「別に。だって誰といてもムカつくのは同じだし」リンダは肩をすくめた。

「そんなことないだろ。もう少し探せばもっと君に優しくしてくれる、まともな男がいるんじゃないか？」

「心配してくれてありがとう。でも、あなたのそういう気遣《きづか》いって気持ち悪いよ」リンダが静かに言うと、バズは顔をしかめた。

「あーそうかよ、勝手にしな。ったく、なんなんだよ。可愛げがねーな」

「まぁまぁ。俺たちとはいろいろと感覚が違うんだよ、バズ」ウィルはバズの肩を軽く叩いた。

レジーのガソリンスタンドからエリックが出てきた。遠くからでも彼の表情が怒りに燃えているのが分かった。

「最悪だ。あいつら、撮影の開始日を勘違いしてやがった。来月まで空いてねえとか抜かしやがる。しょうがないから来月出直しだよ。こんなことスタジオの仕事じゃああり得ないよ。インディペンデントだからって、舐めやがって！」

「え？　来月出直しって、そんなの無理だよ！」リンダが声を荒らげた。

「そう言っても、機材もスタッフもいないんだから、どうしようもないだろ」

「だって、マイルズは今日来るんだよ。マイルズを来月もおさえるなんて無理だよ」

リンダの言葉を聞いて、エリックは頭を抱えた。

「おい、スタッフが来ないってマジかよ！　あんたらが二十人もスタッフを呼ぶって言ってたから、うちは食材をその分多めに仕入れたんだぞ！　それに二階を片付けるのがどれだけ大変だったと思ってるんだ！」バズが怒鳴り声をあげた。

「うるせーな、黙ってろよ。こっちはそれどころじゃないんだよ」

「それどころじゃないだと？　ふざけるのもいい加減にしろ！　こっちは大損じゃねーか！」

「分かったから大声出すなよ。その話は後で聞いてやるから、邪魔しないでちょっと黙っててくれ」

バズはエリックに中指を立て、すぐにサルーンに向かって歩み去っていった。

「畜生、マズったな。リンダ、マイルズが本当に今日来るのか確認してくれないか？」

「確認も何も、私が連絡したんだから、日にちなんて間違えないよ」

「いいから、電話して確認してこい！」

エリックに怒鳴られて、リンダはしぶしぶガソリンスタンドに入っていった。

「あいつら、舐めやがって……」

顔を真っ赤にしているエリックを前にして、レジーもウィルもかける言葉がなかった。

「本当だったら、こんなことは俺がするようなことじゃない。他のやつが調整するんだ。金さえあれば、めんどうなことは全部他人に押し付けられるんだがな。スタジオのクソ野郎どもと縁を切ったらこのざまだよ」エリックはトラックにもたれかかると親指の爪を噛み始めた。

「そう言うことか」レジーは憐れむように言った。製作スタッフの勘違いなどではなく、エリックが日程を間違えたのだ。

「あんたも大変だな」ウィルはエリックの隣に立って言った。「作品のことだけ考えてりゃイイってもんじゃない。作品に関わる全部の事柄を把握して調整しなきゃならない。でもそれって、凄いことじゃないか。それさえできればスタジオに振り回されることなく作品作りができるってことだろ？」

「余計なことに頭を使うのは嫌なんだよ。クリエイティブなことに自分の能力を集中したい。あんたらには分からないだろうがな」

「そうだ。あんたの苦労は俺たちには分からない。でもさ、そういうつまらない作業ってのは、一旦慣れちまえば頭を悩ませるようなものじゃないんだよ。逆に言えば、スタジオと付き合うのだって同じようにめんどうなことはあるんだろ？　同じめんどうなことをするなら、それで自分の自由が摑めるならむしろメリットもあるじゃないか」

ウィルの言葉を聞きながら、エリックは天を仰いだ。

「確かにな。スタジオのやつらに作品を歪められることくらい腹が立つものもないからな」

「そうだ。あんたならこれくらいの逆境は乗り越えられるだろ？　よく言うだろ、ピンチのときこそ、本当のチャンスなんだってさ」

「だが、機材もスタッフもないんだ。これぱっかりはどうすることもできない」エリックは腹立ちまぎれに足元の石を蹴り飛ばした。

「いや、もしかしたら……」エリックは何かを思いついたように目を見開いた。

「あんたが前に紹介してくれた『ホーガスの帰還』を撮ったカメラマンがいるな。ストを撮影に行くって言ってたぐらいだ、自分の機材を持ってるだろう。フィルムさえ十分にあれば、撮れないこともないか。マイルズが出るシーンだけでも撮れれば良いんだ」

エリックはトラックの周りをぐるぐると歩きながら何やらぶつぶつ呟き始めた。

「持っていても十六ミリか。さすがにカラーは諦めるとしても、十六ミリか。シネマヴェリテの手法でいけるのか？　地味な画《え》になるが、特殊効果に凝《こ》る必要はなくなるな。見栄えを諦めて、リアリティ重視でいくか？　そうなると演出は全部考え直しだ。いや、しかし、結局のところ……」エリックは頭をかきむしって言った。

「結局のところ、カメラマンの腕次第ってことだ」

「ショーンなら、きっと町にいる。丁寧に頼めば引き受けてくれると思うよ」

エリックが目を瞑って考え事をしていると、ガソリンスタンドからリンダが戻ってきた。マイルズは、夕方までにジェスローに着くらしい。今回は別の撮影で訪れていた西海岸から一人で来るとのことだった。

「クソ！　マイルズが来るってことは、今じゃなきゃダメだ。でもどうする？　カメラをその男に頼めたとして、美術はどうしても必要になる。こっちにあるのはマネキンだけだ。小道具すらないんだ。このままじゃ、ダメだ。ロメロを越えることなんてできやしない」

エリックが悲嘆に暮れていると、彼の背中に何かがぶつかった。それは生卵だった。殻が割れて、中身がドロリとシャツの上に垂れた。

「このクソ野郎が！　映画撮影なんてやめて、さっさと町から出ていきやがれ！」

サルーンから戻ってきたバズが、二個目の卵を投げると、それはエリックの頭に直撃した。エリックが思わず喚き声をあげる。

「そこのクソ女も出ていけ！」

バズは牛肉のパテを投げ、それがリンダの顔に命中した。ベチャッと不快な音を立てたかと思うと、生肉が彼女の右頬に張り付いた。

「バズ！　いくら何でもやりすぎだぞ！」ウィルとレジーがバズを止めようとした。

「やりすぎだと？　あいつは俺の死体を用意してバカにしただけじゃないんだぞ！」

リンダは頬に張り付いた牛肉のパテを右手で払い落とした。

「こっちがどれだけ無駄な仕入れをしたと思ってるんだ！」

バズが怒鳴り声をあげ、エリックに殴りかかろうとしたが、ウィルとレジーがなんとか彼を押さえつけた。

混乱のさなかにありながらも、エリックはまだ何かを考えていた。

リンダが顔を拭く様子を、じっと見ている。

「待て！」

エリックはリンダの足元にしゃがみ込むと、彼女が払い落とした牛肉を拾い始めた。すでに土埃にまみれて汚れた肉を、エリックは丁寧に両手に集めた。

エリックの不可解な行動に、一同の視線は釘付けになった。

バズも怒りを忘れたように動きを止めて、彼を見つめた。

「これだ。リンダ、動くなよ」エリックは汚れたパテを再びリンダの顔に近づけた。

「ちょっと、何すんのよ！」

「動くなって言ってんだろ！」エリックは無理やり、リンダの顔に牛肉を塗りたくった。

「これだ……、完璧だ」汚れた生肉でボテボテになったリンダの顔を見て、エリックは震えながら言った。エリックが言っている意味が分からず、三人は彼の説明を待った。

「バズ、今までのことはすべて謝る。俺が悪かった。無駄な仕入れだって言ってたな？　全部、俺たちが買い取る」

「あ？　ああ、もちろん良いけど。どうしたんだ？」

「これを見て分からないのか？」リンダを指さしてエリックは狂ったように笑い出した。

「パテを身体に塗りつければ、腐った死体のでき上がりだ！　パテだけじゃなく、ケチャップもあるな？　なら血の演出もできるし、ソーセージをつなげれば腸に見えるだろう。やっぱり、イケるぞ。そんな子供だましの特殊効果はカラーのフィルムじゃあ通用しないが、十六ミリのモノクロなら問題ない」

「そりゃあ……、良かったな」怒る理由を失ったバズは、少し困ったような顔で言った。

「ほらな、ピンチのときこそチャンスなんだよ」ウィルがエリックの肩を叩いた。

「ああ、すまんが、カメラマンの男をもう一度紹介してくれ。なんだか、今回の映画は良いものになる予感がしてきた」

「もちろん。今すぐ行こう」

「ねえ、私はもうこの牛肉落として良いよね」

リンダが不機嫌そうに言うと、エリックがシャツからハンカチを出して丁寧に牛肉を拭きとった。

＊＊＊

「前にも断ると言っただろ」ショーン・ロニガンはエリックからの頼みをすげなく断った。

「この前は済まなかった。俺の態度が悪かった。あんたの力を貸してほしいんだ」エリックは彼にしては珍しく頭を下げた。

「だから、俺は娯楽映画なんて撮るつもりはないんだ。俺の映像技術は芸術のため、人類のための記録に使うんだ。ガキどもがドライブインで騒ぐためのものじゃない」

「分かってるさ。俺だって認めるよ。あんたの映像は最高だったよ。『ホーガス』だって、『ジョイボーイ』だって、あんたがいなければくだらない映画だっただろうよ。でもあんたの映像があれば、文化になる、芸術になる。あんたの力が必要なんだよ」

「断る。映画産業には最悪な思い出しかない」

「あんたは知らないかもしれないが、時代は変わり始めてる。五〇年代の思想狩りはもう終わったし、あのときに離れていったやつらも徐々に現場に戻ってきてる。あんたの名誉も守られていいはずだ。あんたみたいなカメラマンは他にいない。まさに芸術だと思うよ。それにプロダクションコードだって、もうなくなる。あのクソッタレ倫理規定が終わるんだ。去年の十月からレイティング制に変わった。まだ実際のところどうなるか分からないが、頭の固い連中からくだらない非難を突き付けられることは減ると信じたい」

「そうなのか。時代は変わってるんだな。だが、俺は変わらない。すまんな」

玄関ドアを閉めようとするショーンを止めたのは、ずっと後ろで聞いていたウィルだった。

「ショーン、あんた頑固すぎるよ。彼がどんな思いで頭を下げてるか分からないのか？」

「ウィル、お前には関係ない話だろ？」

「大ありだね。この町の皆が楽しみにしてるんだ。あんたが自分の考えを大事にしてるのは分かるけど、もう少しじっくり考えてみたらどうなんだ？」

「どんなに時間をかけて考えても、俺の考えは変わらんさ。いつも周りに媚《こ》び売って、へらへらしながら商売してるあんたとは違うんだよ」

「そうかい？　あんたがその気なら、こっちにも考えってもんがある」

ウィルはそう言うと、ショーンの脇をすり抜けて、家の中に入っていった。

「ミセス・ロニガン、お久しぶりです。ウィルです。お元気ですか？」

「バカ、勝手に入るな！」ショーンがウィルの後を追う。

エリックたちは突然のことに茫然《ぼうぜん》とドアの外で立ち尽くした。

「ミセス・ロニガン！　良い話ですよ！」階段をバタバタと上る音が聞こえた。「ショーンに映画の仕事が決まりました！　ちゃんとまとまったギャラが入る良い仕事ですよ！」

「バカ！　黙ってろ！」

ウィルとショーンの大声が外まで聞こえ、エリックたちは取り残されたまま、二人の声を聞くしかなかった。

「ウィルなの？　久しぶりね。ちょっとこっちに来て、顔を見せてよ。ショーンに仕事があるって本当なの？」

今度はショーンの母親と思われる女の大声が、家の外まで漏れてきた。

「ええ、本当です。この町で映画の撮影があるんです。主演はなんと、あのマイルズ・モートン！」

「ママ！　俺はやらないよ！　資本主義の歯車になる気はないって、いつも言ってるだろ？」

「いつまでもバカなこと言ってないで、仕事しなさいよ！　なんのためにカメラを買ってやったと思うの！　家をスタジオみたいに変えて、仕事をするのかと思ったら、いつもお金にならないことばっかりして！」

「でも、ママ！　俺は労働者たちのために働いてるんだよ。ブルジョワに支配されたこの国で、人々を守るための仕事なんだよ」

「何がブルジョワに支配された国よ。ママたちが共産主義者だったら、カメラも機材も買ってあげられなかった。あんただって、いつまでもカメラで遊んでるわけにはいかないのよ。そんなに労働者が好きだったら、あんたも外に出て労働してきたらどうなの！」

しばらく家の中で怒鳴りあいが続いていたが、やがてウィルとショーンが出てきた。

「ちょっと考えてみたんだが、今回は協力してやってもいいぞ」

ショーンが静かな声で言うのを、ウィルが勝ち誇った顔で見ていた。

「それは……、助かる」エリックはショーンから視線を逸らし、なんとか笑いを堪えて返事をした。

「家に機材があるのか？」

「ああ、現像も編集もできる。なんだったらその日のうちに、ある程度のラッシュ映像を見せることも可能だ」ショーンは先ほどまでの自信を取り戻したように言った。その姿は余計に滑稽に見えた。

「それは……、助かる」

エリックも今度は耐えられず、目に涙を浮かべて笑った。ショーンは顔を真っ赤にすると、ドアをバタンと閉めた。
＊＊＊

マイルズは夕方には来るとのことなので、ジェスローの住人たちは彼が来る前に一仕事終わらせなければならなかった。今回の映画撮影の発端にもなった、トムを地下シェルターに閉じ込める作業である。

メグはトムが家で休んでいることを確認すると、それをエリックたちに伝えた。トムにバレないように、念のためガソリンスタンドからブロンズドーム・エージェンシーに連絡をすると、電話に出たベティという女性が社員を向かわせたと確認してくれた。

撮影のリハーサルということで、エリックがバズ、レジー、パトリシア、アリス、そしてメグの五人に演技の指導を行った。

「君たちはゾンビだ。動きは鈍いが、確実に人を追い詰める。歩くときは腕を前に突き出して、足は引きずるように。行進するみたいに足を高くあげちゃダメだ。それから、唸り声は低く、叫び声はあげない。ゾンビは生きてる死人だからな。あんまり元気に見えちゃダメだぞ」

それぞれが動きの練習をしていると、なんだか子供のお遊戯会《ゆうぎかい》のようで自然と笑いがこぼれた。

「本番では絶対に笑っちゃダメだぞ」

リンダがそれぞれの顔を青白くメイクし、その上にバズが一度火入れして固めた牛肉のパテを麻《あさ》紐《ひも》で括《くく》りつける。近くで見るとバカらしいが、少し離れると不気味に崩れた顔に見えなくもない。

ケチャップを水で薄めたものを小分けにし、袋を服の中に仕込んだ。これを破いたときに血に見えるように、五人とも白いシャツを着た。そして、連結したままのウィンナーをお腹周りに隠す。最後にレジーは自分の右腕を隠すようにして、代わりにマネキンの腕を袖《そで》に通した。

「いいか、本番の撮影もそうだが、今回は特にやり直しがきかない。必ずトムをビビらせて、地下室に追い込むぞ。まずはバズとレジー。トムの家のリビングを監視して、トムが外を見たタイミングで組み合う。良いタイミングが無かったら、唸り声をあげて注意を引くこと。お互いに組み合ったら、バズがレジーを押し倒す。それから肉を貪るように、顔を腹に近づけるんだ。このときに必ず服に飛び散るようにケチャップ袋を破裂させる。バズがレジーのマネキンの腕を引きちぎる。レジーはその後でバズの首を齧るふりして、ここで袋を破る。簡単に取れるように、袖は事前に切れるようにしておく。それから、トムと目があったら、二人でトムのほうに向かう。良いね」

「大丈夫だ。任せておけ」バズとレジーは段取りを確認した。

「アリスとパトリシアも同様に、トムの家のすぐそばでお互いに襲い掛かる。動きはあくまでゆっくり、ちゃんと袋を潰して、服の中からウィンナーを取り出して食べる。ちゃんと内臓を食べてるようにな。このとき、もしかしたらトムが正面から逃げるかもしれないから、それを必ず阻止するのが、君たちの仕事だ。思いっきり怖がらせてやれ」

「オーケー、ちゃんとやれるよ」アリスも珍しく上機嫌だった。

「それからメグ、君は裏口を守るように。絶対にトムが逃げないように――」

「ママ！　バンビはどこにいるの？」メグの娘のエリーがどこからか駆け寄って来て騒いで、エリックの話を遮った。

「ねえ、バンビがいるって言ったじゃない！」

「エリー、ごめんね。ここにはバンビはいないの。ちょっとの間、良い子にしててくれたらバンビのぬいぐるみを買ってあげるからね」

「ママの嘘つき！　バンビの映画撮影だって言ったじゃない！」

メグのシャツを引っ張るエリーの剣幕に周りは驚いたが、エリーの聞き違いに、皆が気づくと笑いが起きた。

「エリー、ごめんな。バンビじゃなくて、ゾンビなんだ。ママを困らせちゃダメだよ」レジーが優しく言った。

「ちゃんとママの言うこと聞いたら、後でクールエイドを飲ませてあげるよ」バズがその場にしゃがみこんでエリーに言うと、彼女は嬉しそうにバズに抱きついた。

打ち合わせが終わり、少しばかり談笑していると、やがて一台の見慣れない車が町に入ってきて、トムの家の前に停まった。メグはつばの広い麦わら帽子を被って、顔のゾンビメイクが目立たないようにしてから家の裏手に回った。

それからは打ち合わせどおりに事が進んだ。簡単なメイクと低予算の極みのような特殊効果だったが、トムは腰を抜かすほど怯えており、彼らが地下に逃げ終えるまで、みんな必死に笑いを堪えた。

ゾンビ役を務めた五人と入れ替わるようにして、ウィルとナンシーがトムを脅かす役を引き受けた。地下室の上で足を引きずるように行ったり来たりし、たまに壁を叩く。そして唸り声をあげるだけの簡単な仕事だ。トムの顔は恐怖で引きつっていたから、地下から逃げようなどとすぐに考えることはないだろう。

「トムったら、子供みたいに悲鳴をあげてたんだから、おかしくてしょうがなかった！」と、アリスは思い出しては笑い続けた。

メグにとって想定外のことは二つあった。

まず、リビングのガラスが割られたこと。これはエリックのとっさの判断で、近くにあった石を投げ入れたとのことだった。バズとレジーを窓から中に入れることで、玄関から入れなくても、ちゃんとトムを地下に誘導できた。事前に相談してほしかったが、リンダが「補償するし、後で自分が掃除するから」と言ってくれたので許すしかなかった。

そして、トムと一緒に地下に逃げたのが知らない女だったことだ。メグが家にいることをトムは知っていたので、愛人とかではないだろう。リビングに残されていた彼女のバッグを覗いてみると、トムの短編が掲載された古い雑誌が入っていたので、ダンの事務所の人間で間違いないはずだ。ダンからは別の人を寄こすなんて、事前の連絡はなかった。何か事情があったのだろうか。

「しかし、若い女と二人で地下に閉じこもるなんて、羨ましい限りだぜ」バズが冗談を言うと、メグを気にしてパトリシアが「トムはあんたと違うから大丈夫だよ」と、窘《たしな》めた。

「それは分からないぞ。もう死ぬんだ、って思ったら、後は二人で楽しく時間を潰そうって考えるかもしれないぞ」

「あのねえ、トムは怯えてるかもしれないけど、あの女の人は騙す側なんだから。あの女の人も仕事なんだよ。そんなことするわけないじゃん」

「冗談だよ。本気にすんなって。じゃあ、レジー、死体を捨てに行くぞ」

バズはトムを脅かして機嫌が良いのか、自らエリックのためにマネキンを町中に配置する役目を買って出た。

「それにしても、あの女は迫真の演技だったな」エリックは自分の顎に手をあてて女を褒めた。

「いくら怯えた演技をすると言っても、涙と鼻水で顔をぐちゃぐちゃにするなんて、なかなかできるもんじゃない。今までの映画で、あんな演技をした女優はいないぞ。ダンのところで文芸の仕事をさせておくのは勿体ないな」

裏庭で死んだふりをしていたエリーの機嫌が悪くなったので、メグは彼女をサルーンに連れて行った。約束のクールエイドを飲ませて、ハンバーガーを食べさせると、やっと落ち着いた。エリーは映画撮影の現場にいないほうがいいだろうから、メグは撮影が終わるまで町を離れてカリフォルニアの実家に戻るつもりだった。どうしても女のことが気になったが、顔を突っ込んで確認するわけにもいかず、トムを信頼する他なかった。

メグがエリーと町を出ると、入れ替わるようにしてマイルズが派手なブルーのコルベットでやって来た。エリックたちが来たときとは大違いで、まるでパレードのような賑わいだった。マイルズが役者として持っている天性の才能のなせる業なのか、町の人たちは引き付けられるようにして自然と外に出てきて彼を出迎えた。

教会の前の広場で車を停めた彼は、周りの人に手を振って声援を集め、それからエリックと握手を交わした。

「撮影スタッフにも挨拶しておきたいんだけど――」

マイルズがエリックに話しかけたが、セルマ、ノーラ、ドロシーのイーグルトン三姉妹が割り込んで来てそれぞれがサインを求め始めたので、話が続かなかった。マイルズが彼のトレードマークである爽《さわ》やかな笑顔でそれに応えると、三姉妹は来たときと同じ騒がしさで走り去っていった。

「撮影に関してなんだが、ちょっとした変更点があってね」

エリックはマイルズとゆっくり話すために、教会の一室を借りることにした。

＊＊＊

「緊張してるの？」ウィルは小声でナンシーに話しかけた。

ウィルとナンシーはトムの家でゾンビのふりをして、廊下に残っていた。万が一、トムが地下から顔を出す場合のことも考えて、ゾンビのメイクと真っ赤に汚したシャツを着ている。

「うん……、ちょっとね」ナンシーはトムたち家族の写真が飾られている壁にもたれかかりながら返事した。

「マイルズのことで？」ウィルが聞くと、ナンシーは視線を逸らした。青白いメイクをしているので分からないが、きっと化粧の下の顔は照れて真っ赤になっているのだろう。

「これは意外だったな。まさか君にそんなミーハーな一面があったなんてね」

「ミーハーなんて、そんなんじゃないの。ただ、私にとってマイルズは特別なの」

「だったら、こんなところにいないで、マイルズを出迎えに行ったほうが良いんじゃない？　夕方までに来るって聞いたよ」

「そんなのダメよ。マイルズに会ったら、私、どうしていいか分からないもん。出迎えに行くなんて、恥ずかしくて考えただけで倒れちゃう」

「どうしていいか分からないって、ただ『こんにちは、ミスター・モートン。ジェスローにようこそ』とか言って挨拶すれば良いだけだよ。マイルズだって、ただの人間だよ」

「他の俳優だったら、大丈夫。少し照れるかもしれないけど、そもそもあまり興味ないから。でも私にとってマイルズは違うの。特別なの」

「どうしてマイルズが特別なの？」

「私の大叔母のことは知ってるわよね？」

ウィルはただ静かに頷いた。彼女の言葉にこちらを責める意図はないと分かっていたが、それでもウィルは過去のことを思い出すといたたまれなかった。

ナンシーはジェスローの出身ではない。八歳まではシカゴで暮らしていた。両親が強盗に撃たれて亡くなった後、ジェスローに住む大叔母の元に身を寄せることになったのだ。

ナンシーの大叔母、ロバータは変わり者として有名だった。いつでもイライラしており、ウィルたち町の子供たちは理由なく怒鳴られていた。当時の子供たちは彼女のことを「ノスフェラトゥ」と呼んでいた。頭皮が見えるほど薄い髪、不気味に見開いた目、骨ばっていていつも苦悶《くもん》の表情を浮かべていたからだ。

大人になった今から当時を振り返れば、重度のリュウマチを患《わずら》っており、苦痛に苦しんでいたロバータに同情を覚えるものの、子供にはそんなことは分からなかった。町で一番信仰心が厚く、毎日教会に通っていた彼女のことをそんな風に呼んでいたのはひどい話だ。今でも教会に行けば、リュウマチの治癒を神に祈っていた彼女の姿を思い出さずにはいられない。

ある日、ノスフェラトゥの家に女の子がいるのを見た、吸血鬼が女の子を誘拐したんだ、と学校で噂になった。半ば本気でロバータのことを怪物だと思っていた少年たちは、「ノスフェラトゥ狩り」と称して放課後に彼女の家に向かった。ひっそりと家の窓から覗くと、確かに自分たちと同じくらいの年の可愛い女の子がいた。女の子の目は泣きはらした後のように見え、やはり誘拐されたのだ、助けないと殺されてしまうのだ、と少年たちは確信した。それぞれがバットやパチンコで武装していたが、家に乗り込んでいく勇気のある者はいなかった。

しばらくして覚悟を決めたのはバズで、玄関のドアを叩くと、出てきたロバータに向かって「彼女を放せ！　さもないと警察に連絡するぞ」と声を張り上げた。

はじめは眉を不思議そうに吊《つ》り上《あ》げていたロバータだったが、やがてナンシーのことだと理解した。

「ああ、ナンシーだったら私の身内だよ。これから同じキャリアンの小学校に通うことになるんだから、仲良くしてやってくれよ」と言うと、ナンシーを玄関に呼び寄せた。

怪物と戦うはずだったのが、女の子と遊べと言われてしまい、少年たちは一斉に関心を失った。彼女と仲良くするどころか、引っ越してきたばかりのナンシーを「怪物の子」と呼んでからかった。子供は残酷だ。ウィルたちがナンシーに自分たちの行いを謝ったのは、ロバータが亡くなってからだ。ナンシーもウィルも二十を過ぎていた。

ナンシーが引っ込み思案な性格になったのは、ロバータの敬虔《けいけん》な信仰心とナンシーへの過度な干渉にあったのは間違いない。だが自分たちのいじめも同程度にナンシーを苦しめたという負い目がウィルやバズにはあった。

「大叔母の影響で、私はあんまり映画やテレビを見られなかったの。教育に悪いからって。学校でも他の子との会話に入れなくて寂しかったのを覚えてる。それでも大叔母が見るのを許してくれた映画があって、そのうちの一つがまだ十代だったマイルズ主演の『セカンド・カミング』だった。どういうことか分かるでしょ？」

セカンド・カミングはキリストの再臨を意味する言葉だが、マイルズが主演の映画は二回目の絶頂《セカンド・カミング》というくだらない冗談をタイトルにした恋愛映画だった。ロバータはそれを宗教映画だと勘違いしたのだろう。

「私、何度も見に行ったの。ただマイルズが見たくて。大叔母のこと、今では感謝してる。身寄りのない私を引き取ってくれたんだもん。それでも私は本当に辛かった。それまで住んでたシカゴと比べたら、ここは安全だけど何もないし友達もいなかった。それに大叔母が原因でいじめられたし、楽しいことは全部禁止された。随分と大叔母のことを恨んだよ」

ナンシーは胸に秘めていた怒りを爆発させるように壁を叩いた。ナンシーの行動で、ウィルも自分の役目を思い出し、何度か廊下を往復し、呻き声をあげた。

「本当にごめんね。あのときの君に寄り添えてたら、どれだけ良かったか。でも、俺たちは子供だった。今でも後悔してるよ」

「ううん。良いの。そういう気持ちはもうないから。バズと一緒になったんだし、あなたたちとも今では良い友達でいられるから。でも、大叔母が亡くなるまでの間、私の心の中にいたのはマイルズだけだった。あの映画の中で、同じように苦しい生活から抜け出して、自由を勝ち取ったマイルズだけが私の救いだった。セックスにアルコールに煙草に、大叔母が禁止することを全部してみせるマイルズに自分を投影してた。マイルズのことを考えてるときだけ、私は自由でいられる気がしたの」

　二人がしばらくの間、黙っていると、階下からパチパチと微かな音が聞こえてきた。ウィルが床に耳をつけて確認すると、それはやはりタイプライターの音だった。なんとかトムが書き始めたらしい。一段落したことを確認すると、少し休んでも良いだろうと判断してトムのキッチンでコーヒーを飲み始めた。

「なぁ、君にとってマイルズが特別だって言うなら、そのことを伝えたほうがいいと思うんだよね。だって、後になってから後悔しそうじゃないか。『あのときに声をかけておけば良かった』ってずっと思い続けるのは勿体ないよ。君はもう自由なんだよ。アルコールも煙草も好きにしていいし、自分のアイドルに好きだったことを伝えるのも自由だよ」

「そうだよね。私も迷ってる。本当はマイルズと話してみたい。でも、ちょっと怖いの」

「大丈夫だよ。ファンと話すのなんて、あいつも慣れてるだろうから」

　ウィルの言いぐさにナンシーは目を細めた。

「まるでマイルズを知り合いのように言うのね」

「ああ、俺もパトリシアもマイルズとはちょっとした知り合いでね。ほら、俺たちはロスに住んでたことがあるから、そのときにね」

「そうだったの？　なんだか、マイルズに会えると思って舞い上がっちゃった自分が余計に恥ずかしい」

「そんなことないよ。誰だってそんなもんだろ。それより、よかったらマイルズに紹介しようか？」

「違うの。恥ずかしいけど、それだけじゃないの」ナンシーは首を振った。

「私、たまに、その」ナンシーは言葉に詰まった。

「やっぱり忘れて。なんでもないから。気にしないで」

ナンシーにはとても言えなかった。自分の本当の気持ちと向き合うと息が詰まる。

バズと結婚して娘を一人産んだ。バズのことを信じているし、愛している。

それでも、時折、彼が昔のいじめっ子に戻ってしまうのではないかと不安になるのだ。彼の中にある残酷な部分が、いつかまた私を傷つけはしないか。そんなことを考えるのもバカらしいと思うのだが、その疑念を完璧に拭いきれるほどナンシーは過去を克服できていなかった。

バズが何かに怒って声を荒らげると、今でも自分がいじめられているような気がして胸が苦しくなる。そして、バズはいつでも何かに腹を立てているような男だ。

マイルズを特別に思っていることにバズが気づいてしまったときに、何が起こるか不安なのだ。嫉妬《しっと》してマイルズに不遜《ふそん》な態度をとるかもしれない。もしくは私のことをバカにし始めるかもしれない。そんなことは耐えられない。

「そういえば、明日ジェシカも戻ってくるのよ。大学も夏休みだし、映画の撮影があるって言ったら、それに合わせて帰るって」ナンシーは話題を変えた。

「そうか、ジェシカは冬に戻ってこられなかったから一年ぶりか。皆も喜ぶだろうね。楽しみだな」

二人はジェシカの思い出話を少しだけすると、ゾンビ役の仕事に戻ることにした。地下の二人の様子を確認するためにウィルが床に耳を当てると、先ほどまでパチパチ鳴っていたタイプライターの音が聞こえなかった。休んでいるのだろうか。ウィルとナンシーは先ほどと同じように呻き声をあげた。

するとと突然、下から「うるせーな！　こっちは大事な話をしてんだ、黙ってろよ！」とトムの大声が聞こえた。二人は驚いて動きを止めた。

「もしかして、バレてる？」ナンシーがウィルに耳打ちした。

「そんなことはないと思うんだけど」ウィルはまた床に耳をつけた。地下の二人は話をしているようだが、何を話しているのかまでは分からなかった。

「とりあえず、もう一度、やっておくか」二人はまた呻き声をあげ、大げさに壁を叩いた。しばらくすると、またタイプライターを叩く音が聞こえ、二人は安心して次の交代が来るまでゾンビの役をこなした。

＊＊＊

「あのトムの顔は最高だったたな」バズはトラックからマネキンを下ろしながら言った。

「あれも撮影しておくべきだったよ。最高に笑えた。だってケチャップとパテだぜ？　あいつ、マジでビビってやんの」

「ホントだよな。まぁ、カメラを向けてたらバレちまうから、しかたないさ。あいつは何よりも小説を書かないとダメだ。メグとエリーのために」

マネキンのほとんどが古くなって傷んでおり、サイズや素材もバラバラだった。かなり重くてしっかりしたものもあれば、ひょいと持ち上げられるような軽いものもあった。リンダが顔にメイクを施した、人間に見えそうなものは仰向けにして、そうではないものは伏せて置いた。どれもちゃんと古着を着せてあるので、いくつか地面に横にすると、実際に死体が転がっているように見えた。マネキンだと分かっていても、かなり不気味な作業だった。

バズもレジーもゾンビの格好のままで作業をしていた。顔のパテは落としたが、まだメイクはそのままだ。

「そうだな。メグとエリーのためにも仕事させないとな。ただ座ってパチパチとタイプしてりゃあ金になるんだから、さっさとやっちまえばいい。それをやらねえトムはクズ野郎さ」

マネキンの「肌」が見える部分には血のり代わりのケチャップを垂らし、パテを置いて腐っているように見せた。夜になったらコヨーテやワタリガラスが来るかもしれないが、気にするほどでもないだろう。

「小説を書くってのは、何かと難しいんだろ。ガソリンスタンドやサルーンの経営とは違うんだよ」

「仕事の質が違うってのは言い訳にはならんだろ。書いてない作家なんて無職と一緒さ」

レジーは小さな女の子のマネキンを荷台から下ろそうとして、手を滑らせ地面に落とした。「ごめんよ！」と思わず女の子に謝ったレジーをバズは笑った。

「なんで謝ってんだよ？　マネキンだぜ」

「そりゃあ分かってるけどさ。それでも女の子だぜ。嫌な気分だよ」

「タダ働きしてるのに、嫌な気分ってのはわりにあわないな。せっかくなんだから楽しまなきゃ」

バズはそう言うと荷台に上がり、積まれたマネキンの中から若い女のマネキンを探して持ち上げた。

「こういうのはどうだ？」女のマネキンを抱きかかえると、下で待ってるレジーに笑いかけた。

「なんだよ？」

レジーが不思議そうな顔をしたのを見ると、バズは女のマネキンを放り投げた。マネキンが乾いた地面に叩きつけられたのを見て、レジーは不快そうに口を歪めた。

「彼女は死ぬほど美人《ドロップ・デッド・ゴージャス》。どうだ、笑えるだろ？」

「ひどいジョークだな。よくジェシカがまともに育ったもんだよ」

バズは荷台から投げ飛ばした女のマネキンを拾うと、今度はそれをうつ伏せに寝かせた。

「まぁな。ナンシーがよくやってくれたから。そう言えば、ジェシカは明日だか明後日《あさって》に戻ってくるらしい」

「そうなのか？　そりゃあ楽しみだな。それはそうと、あんたは大変になるな。またあのリッチーが近寄らないように見張らないとな」

「どうかな。ジェシカももう大学で別の男を作ってるだろうから、あんなクソガキに騙されたりはしないだろうさ。それよりも心配なのは、あのマイルズって野郎だよ。ジェシカもあの男を見たくて戻ってくるらしいから」

「マイルズがジェシカとどうにかなる、ってことはないだろ。そりゃあ取り越し苦労ってやつだ」

レジーは笑い飛ばした。

「別にどうにかなるなんて思ってないけどよ。ただ、自分の娘が俳優なんかにキャーキャー言ってるのを見たくねえってことさ」

「今さら、何を言ってんだよ」レジーは鼻で笑った。「ジェシカの前にナンシーの心配をしたらどうだ？」

「ナンシー？　あいつがどうしたってんだよ？」

「あんた、気づいてなかったのか？　ナンシーはマイルズが来るって聞いただけで過呼吸になっちまったんだぜ。ありゃあ完全にマイルズに惚《ほ》れちゃってるね」

「おいおい、適当なことというなよ。あいつがたまに過呼吸を起こすことは知ってんだろ？」

「まあ、俺にはどうでもいいけどよ。とりあえず、さっさと作業を終わらせて……」レジーは遠くを見つめて言葉を止めた。

「どうした？」バズはレジーが眺めているほうに視線を向けた。

「見慣れない車がこっちに来るな。キャリアンまで行くのかな」

「おい、どうせならビビらせてやろうぜ」

バズはマネキンを一つ背負うと、手前の道路まで出て中央にうつ伏せに寝かせた。そしてマネキンにつけるために持っていた生肉のパテを自分の顔に張り付けた。側道《そくどう》で死んだふりをして車が来るのを待っていると、バズとレジーは子供のころに戻ったようにワクワクした。

走って来た車が急ブレーキをかけて停まると、運転席から初老の男が出てきた。

「なんてこった！　やっぱり人が倒れてる！　おい、大丈夫か？」

男がマネキンに触れる前に、バズとレジーはうめき声をあげた。男が驚いて後ろを振り返ると、バズとレジーは、さっきトムを脅かしたときのように両腕を前に出して、ゆっくり近づいた。

男は叫び声をあげて車の運転席に滑り込んだ。バズは車の窓を叩いた。レジーが助手席側に回りこむと、男の妻らしき女が甲高《かんだか》い叫び声をあげた。

車が走り去ってしまうまで、二人は涙が出るほど笑った。

＊＊＊

サボテンと岩、乾いた大地以外に何もない道路を何も考えずにひた走っていると、嫌でも昔のことを思い出してしまう。アクセルを踏み続けると、内燃機関の爆発を尻の肉で感じられるような気がした。昼の照りつける日差しは雲で遮られ、いくらかマシになったものの、荒野を走り続けること自体、好きになれない。デボラが撮影現場に顔を出したいと言い出さなければこんなことにはならなかった。いや、そもそもなぜこんな不便な場所で撮影を始めることになったのだろうか。よっぽどいいロケーションなのだろう。

ジャンニーノは助手席で瞼を閉じているデボラをチラッと盗み見ると、自分も目を閉じた。アクセルを踏み続け、両手でハンドルをおさえる。道はどこまでもまっすぐだ。自分はいつまで目を閉じていられるだろうか。そんな風に一人だけのチキンレースをしていると、閉じた瞼の裏側にエンツォの死に顔が浮かんだ。懐かしい顔にほくそ笑むと、目を開ける。

目を開けても、眼前の景色はちっとも変わっていない。ジャンニーノはまた目を閉じて、少ししてまた開けてと繰り返した。

窓から吹きこんでくる乾いた風と、それが立てる音。それだけがこの車が高速で移動していることを教えてくれる。

退屈なのだ。やることがなくて、たまらない。

映画産業で成功して、良い女が隣にいて、誰もが自分を成功者だと認める。

だが、心は満たされない。まるで生きた心地がしない。

一家のボスだった祖父グリエルモの「お前は、いつまでも赤ん坊のままだ」という声が聞こえてきそうな気がする。

少しだけ開いていたドアの隙間からエンツォの死体を見たのは、ジャンニーノが十歳の誕生日を迎えた昼だった。ジャンニーノの誕生日を祝うために、アゴスティネッリ家と縁のある人々が多く集まっていた。戦後はベガスに人を呼び込むためのショーを行っており、アゴスティネッリ家は映画業界とのパイプが太かった。ジャンニーノの誕生日にも、有名な歌手や映画スターが来ていた。一家の庭のパーティーは有名人の結婚式のように賑やかだった。

自分の好きな人たちが誕生日を祝ってくれたうえに、たくさんのプレゼントに囲まれて幸せなジャンニーノだったが、床に倒れているエンツォを見て、興奮が一気に冷めた。

エンツォはひょろりと背が高く、小さいジャンニーノと遊ぶときには膝を曲げてしゃがみ込んで、そのまま後ろに転がってしまうような不器用な男だった。ジャンニーノは自分とよく遊んでくれるエンツォが大好きだった。

「エンツォ？」ジャンニーノが声を漏らすと、ニーノとマルコがそれに気が付いた。

「坊ちゃんが！」

「バカ野郎、ドアを閉めろ」

こちらを向いていたエンツォの虚ろな瞳、流れていた赤い血、目の前でバタンと閉じられたドアの勢いを忘れたことはない。

一瞬、恐怖を感じてしまった。ジャンニーノは目を閉じて一から十まで数えると、今見た光景を忘れようと努め、祝いの席に戻った。何事もなかったように振る舞い、ケーキを食べ、みんなと歌を歌った。

自分は大丈夫。アゴスティネッリの男は泣かない。ジャンニーノは自分にそう言い聞かせた。それでも、ベッドに横になるとエンツォの死に顔を思い出して涙が出てしまうのだ。

なんでエンツォは殺されたのだろうか。ファミリーを裏切ったのだろうか。それとも大きな失敗をしたのだろうか。ジャンニーノは自分たちが勝ち得ている尊敬も地位も、暴力と共にあることを知っていた。そして、それが嫌で仕方なかった。とはいえ、その道に生まれてしまったからには、それに逆《さか》らうこともできなかった。

成長してからは暴力による支配もできず、人心を得るカリスマもなく、金を摑む商才も持たなかったジャンニーノはファミリーの中で半人前扱いだった。祖父、グリエルモは傑出した存在だった。別のファミリーのボスたちからも尊敬を集める人物であり、商売敵には冷酷に対処した。最初の殺しは十三歳のときだったと聞く。叔父のルーベンは暴力によって組織で頭角を現し、父のトマーゾは警察をうまく手中に収め、薬物の売り上げを一気に伸ばした。ジャンニーノには殺しをする度胸もなければ、取引ではったりを利かせることもできなかった。

「てめえはいつまでたっても赤ん坊のまんまじゃねーか」「それでもアゴスティネッリの男か？」とジャンニーノを揶揄っていたのは祖父だけではなかった。

誰にでも向き、不向きというものはある。ジャンニーノにマフィアは向いていなかった。とはいえ、アゴスティネッリ家に生まれたばかりに、堅気として生きていくのも難しかった。

そんなジャンニーノにめぐって来た初めての好機は、家族が懇意にしていた警官の汚職が疑われたときだった。警察の協力を得ることは安定した商売をするうえで欠かせない。特に上位の者を取り込んだ場合、これを手放すのはかなりリスクとなる。ジャンニーノはこの警官の疑惑を晴らすべく、代わりにブタ箱で飯を食べることになった。警察との関係を維持することで父の顔を立てたのだ。長く辛い期間となったが、家に帰ったときには、誰もがジャンニーノを一人前と認めてくれるはずだった。

だが一人前と認められるどころか、ジャンニーノを迎える者すらいなかった。アゴスティネッリ家は崩壊してしまった。タドリーニが雇った殺し屋にやられたと聞いたが、そんなことは信じられなかった。叔父のルーベンはまるで狂犬のような男だったし、三人兄弟のエウフェミオ、コジモ、ブルーノも簡単に殺されるようなタマじゃない。

どんなに信じがたいことでも、ファミリーが崩壊したのは事実だ。不気味なのは、屋敷に争った形跡がほとんどなかったことだ。そんな殺しは見たことも聞いたこともなかった。

恐ろしい話はそれだけではなかった。コジモの最期を看取《みと》ったブルーノによると、コジモは「エウフェミオにやられた」と呟いて死んだ。だが、エウフェミオはその前日に殺されていたのである。祖父グリエルモとルーベンが殺された夜、ブルーノを屋敷で見たという者が何人もいた。ブルーノの死体が見つかったのはその翌日。しかし、死体の腐敗具合から、その二日も前に殺されていたことが分かった。死体同士が殺し合っていたということになる。ファミリーの崩壊という恐怖にさらされて、皆がおかしくなっていたのだろう。

ファミリーを失って人生のどん底にいたジャンニーノだったが、もともとコネがあった映画への投資で成功した。いや、マフィアとしての生き方が合わなかっただけだったのだ。自分を子供扱いするファミリーは、むしろ邪魔だったのだ。ジャンニーノはそう自分に言い聞かせたが、それでも空《むな》しさだけが残った。祖父に、父に、叔父に、褒められたかった。「それでこそアゴスティネッリの男だ」と背中を叩いてほしかった。その機会を奪った殺し屋をどれだけ憎んだか。たとえどれだけの成功を収めても、ファミリーがいなければ空しいだけだ。子供扱いされ、バカにされていても、そこには愛があった。傘下で野心のある者がボスを名乗って、一家の復興を誓ったが、ジャンニーノはそこから離れることにした。もはや、家族とは名ばかりの別物だった。

デボラと会ったのは半年ほど前で、彼女と会えたことでやっと鬱屈《うっくつ》した気分から脱することができた。大事なのは金でも名誉でもなく愛なのだ。我儘《わがまま》で気分屋なデボラだったが、彼女を幸せにするためならば何でもするつもりだった。

それでも、荒野をドライブしていると、どうしても気分が沈んでしまう。早く撮影現場に向かい、デボラを喜ばせてやりたい。

ジャンニーノは寝ているデボラには声をかけず、そのまま何時間も車を飛ばした。

＊＊＊

「撮影班が来ない？　じゃあ、撮影は延期ってこと？」マイルズは出されたコーヒーと夕食のハンバーグをつまみながら話を聞いていた。テーブルを挟んで向かい合ったエリックの話は信じられなかった。

「いや、撮影はする。撮影班が来られなくなったんじゃない。今回は特別なカメラマンに依頼することができたから、演出をすべて作り直すことにしたんだ」

エリックは適当な嘘をでっちあげてから、隣に座っていたカメラマンのショーン・ロニガンをマイルズに紹介した。

「でも機材は？」

「これがある」ショーンは十六ミリの手持ちカメラをマイルズに見せた。

「ちょっと待ってくれ。聞いてた話とだいぶ違うみたいだ。独立系とは聞いてたけど、本当に大丈夫なのか？」

「おいおい、バカにしてるのか？」エリックは何とか威厳《いげん》を保《たも》とうと、強気に出た。

「ショーンはレーヴィットの作品で撮影を務めてた。そりゃあ、今回の作品は超大作というわけじゃないが、インディペンデントだからこそ、自由な表現ができるってもんだ。君だって、今までのロマンチックな二枚目俳優のイメージから脱したいって聞いたぜ。大手スタジオの映画に出てるだけじゃ、そりゃあ無理な話だ。やつらはあんたのそういうイメージを利用したいんだからな。俺たちが作るハードコアな映像なら、君をアクションスターにできる。モンスターと戦う、肉体派の男だ」

エリックの言葉を信じていいものか、マイルズは判断しかねていた。

「俺からも少し言わせてくれ」ショーンが口を開いた。

「君が俺の十六ミリを見たときの表情が気に入らなくてね。君はもともと舞台俳優だと聞いたよ。だからカメラのことが分かっていなくても仕方ない。一応、簡単に説明してやろう。普通、映画はスタジオの中で撮影する。なんでか分かるか？　そのほうが光を操作しやすいからだ。撮影というのは、結局のところどうやって光と影を操るか、その一点に限られてくる。スタジオで撮影するほうが楽なんだ。だからこそ、二流のカメラマンは作られた光の中でいつまでも退屈な画《え》を撮ってる」

腕を組みながら自信たっぷりに話すショーンは、いかにも職人気質《かたぎ》のしかつめらしい表情をしていた。母親にどやされて仕事を引き受けざるを得なくなった男には見えなかった。

「それに対して、俺が撮影するのはいつも外だ。現実の世界はスタジオの外にあるからな。だからこそ、俺にはこの機材で十分なんだ。二流が最新のカメラを使っても一生撮れない映像を撮れる。しかも、俺はこの町で育ってる。この町で撮影するなら、世界で誰よりも――、誓って良いが、誰よりも良いものを撮ってやるさ。だから、君は演技に集中してくれればいい。俺がレンズを覗いてる間は、完璧な映像を撮ってやるからな」

「そこまで言うなら、信用するよ。俺は演技に集中するだけ。演出を変えるって言ってたけど、脚本はそのままなのか？」

「ああ。そのままだ。明日から早速撮影に入るんだが、一応、その前に余興があるから、その気でいてくれ」

「余興？」

「ああ。まぁ、君には少しだけ協力してもらうが、あまり気にしなくていい」

＊＊＊

家に帰る前に署に寄りたいとジョージが言うので、特にすることがないクリスは久しぶりに弟の職場について行くことにした。ただ荷物を取りに戻るだけのはずが、「いまいましいやつを片付けなきゃならんことになった」となり、クリスは手の空いてる職員と休憩室でコーヒーを飲んで待つことにした。

キャリアンに来るたびに、なんて良い町なのだろうとクリスは感心する。肌が焦《こ》げ付《つ》くような夏の日照りと乾燥は好きになれないが、町の治安はよく、人々は温かい。これで魚が育つ豊かな渓流があれば、引っ越しても良いくらいだ。もちろん、そんなことは真剣には考えない。ジョージと常に顔を合わせるようになれば、喧嘩が絶えなくなるだろう。たまに会うくらいが良いのだ。

そんなことを考えながら、マージという職員の孫の話を聞いていると、コリンズ巡査がパトロールから戻ってきた。ガラス張りの窓からは美しい夕焼けが見える。

「ホフマン大佐、こんにちは。署長をお待ちですか？」

「ああ、なんだか忙しいらしくてね。マージのお孫さんの話を聞いて待ってるところだよ。聞いたかい？　お孫さんが地域のスペリングビーでいい成績だったそうだよ」

「ええ、フィルは賢い子ですよ。あの子を見てると、この町の将来も安泰だという気がします」

「まぁ、コリンズ巡査ったら！」マージは照れ笑いを浮かべながらコリンズ巡査を叩いた。

「君はもう上がりかい？」

「ええ。あとはレポートを書いて終わりです」

「これからジョージの家で食事にするんだが、一緒にどうだ？」

「お誘いありがとうございます。ですが、すみません。今日は甥《おい》っ子《こ》の勉強を見てやる約束をしてるんです」

「そりゃあ偉いな。だが勿体ないことをしたな。スーザンはパイを作ってるらしいぞ。彼女のパイは最高だ」

「ええ。知ってます。前にお邪魔したときには――」

突然の騒音でコリンズ巡査の言葉は途切れた。

署のドアが急に押し開けられたことで、チャイムがガチャガチャと鳴った。

大慌てで入ってきた初老の夫婦の顔には恐怖の色が見えた。

「大変だ！　皆、死んでる！」男はコリンズ巡査を見ると、駆け寄って来た。

「皆、死んでたんだ！　俺も死ぬところだった！」

男はコリンズ巡査の胸に縋《すが》りつくようにして声を荒らげると、声を出して泣き始めた。女も床に座り込んでしまった。マージは彼女を後ろから抱きしめ「もう大丈夫よ」となだめようとした。

「待ってくれ、落ち着いて！　何が起きたか、ゆっくり話してくれ。まずはあんたの名前を教えてくれるか？」コリンズ巡査が言った。

「俺たちは……、ランディ・ディッキンソンと妻のポーリーンだ。今キャリアンに着いたばかりなんだ」

男が息を切らせながら話し始めると、騒ぎを聞きつけたジョージが何事かと奥の署長室から出てきた。

「途中でジェスローの前を通ったんだが……」

「皆、死んでたのよ！」女が泣きながら叫んだ。

「ジェスローに入る脇道《わきみち》のところで人が倒れているのに気が付いたんだ。それで、車を停めて、様子を確認しようとしたんだ。そしたら……」男は言葉を続けられなかった。

「そしたら？」ジョージが男に話すように促した。

「俺のすぐ後ろに、男が二人いたんだ。そいつらは、呻き声をあげて俺に襲い掛かって来た」

「なんだって？　よく助かったな！」

「いや、それがうまく言えないんだが、そいつらも普通じゃなかったんだ。服は血だらけだったし、顔も真っ青だった。それに顔の肉は……」

「腐ってるみたいだった。まるで死人だったのよ。だから動きは遅かったの」言葉に詰まった夫の代わりに妻が応えた。

「なんだって？」コリンズ巡査は驚いて、男とその妻の顔色を窺った。彼らは嘘をついているようには見えない。心の底から怯えていることは間違いない。

クリスは署内の騒ぎを、遠巻きに見ていた。ここは自分の職場ではない。ジョージに任せておくべきだ。しかし「まるで死人だった」の一言でクリスの心臓が跳ね上がった。これはコールリッジ文書にあった黙示録の始まりなのだろうか。

「妻が言ったとおり、そいつらの動きはのろかった。声が聞こえたから振り向いたんだが、あいつらは両腕をあげながらゆっくりと近づいてきただけだ。俺は車に乗って、走り出そうとしたら、そいつらは窓を叩き始めた。逃げられたから良かったが、もし少しでも遅かったら死んでいたかもしれない」

「ちょっと待ってくれ。確認するぞ。じゃあ、道路に一人倒れてた。あんたが車をおりて確認しようとしたら、後ろから男が二人出てきた。で、あんたらは逃げて来た。そうだな？」

「そうなんだが、俺が車を降りている間に、妻はジェスローの町のほうを見てたんだ。最初は何を見たのか分からなかったらしいんだが……」

「死体が見えたの。町の目抜き通りに、何人も倒れてた。多分、十人以上」

その言葉を聞いて、誰もが黙ってしまった。

これはジョージやキャリアン署の手に負える案件ではない。やはりコールリッジ文書の予言のときなのだろうか。だとしたら、一刻の猶予もない。夫婦の話を信じるなら、すでに十人以上の死者が出ているようだ。町を封鎖する理由としては十分だ。ダークスト・チェンバーの有事特例指揮権を行使すれば、秘密基地エリア51の人員をすぐに動かせる。

「俺たちは二人の男が襲い掛かって来たんだと思って逃げた。だが、今になって考えてみると、もしかしたら彼らも死にかけて、助けを求めていたのかもしれない」

「なんてことだ、今すぐに確認を――」

コリンズ巡査が動きだそうとした瞬間、今しかないとクリスは判断した。

「待て、この場にいる者は全員、動くな」

クリスは静かに、だが有無を言わせない口調で言った。

「その男だが、顔が腐っているみたいだと言ったな？」

「ああ、直視できなかったよ。恐ろしかった」

「神経ガスかもしれない。原因が分からない限り、迂闊《うかつ》に近づかないほうが良い。聞いた限り、マスタードガスの可能性もある。だとしたら遅効性で、今から症状が出るかもしれない。特殊なウイルスの可能性も排除できない」

クリスはフラットウッズでの経験を思い出して、話し始めた。

「そんな……」男の顔が青ざめた。

「君たちはキャリアンに着いて、すぐにここに来た。ジェスローの状況を見た後で誰かに会ったり、話したりはしてない。そうだな？」

「ええ。誰にも会ってません」

「ここにいる者は建物を離れるな。隔離だ。ここからは私が指揮を執る。この件は空軍が引き継ぐ。良いな？」クリスはジョージに鋭い視線を向けた。

言葉も表情も尊大で、それは兄から弟に向けられたものではなかった。

「クリス、ちょっと待ってくれ。それは事実確認の電話をしてからでも良いだろう？　まずは事実を確認しなければ――」

「ダメだ」クリスは言い張った。その態度の頑《かたく》なさに、コリンズ巡査は不審なものを覚えた。

「なんでだ？　もしかしたら、何かの間違いかもしれないじゃないか」

「ダメだ。確認はこちらで行う」

「ホフマン大佐、お言葉ですが、ジェスローの誰かに電話をかけるだけですよ？　もし神経ガスやウイルスがジェスローに蔓延していたとしても――」

「ダメだと言っている。これからはすべて私に従うように。まずはここにいる全員、奥の部屋に入るんだ。隔離を始める」

「クリス、ここは私の町だ。私には住人の安全を確認する義務が――」

「軍が引き継ぐと言っている。私のことはホフマン大佐と呼ぶように。ホフマン署長、この建物にいるすべての人間を奥の留置場に誘導するように」

「本気なのか？」

「ああ、本気だ」

二人の兄弟は少しの間、睨み合った。

「だったらすぐに動いてくれ。救える者を救ってくれ。頼む」署長はそう言うと、皆を留置場に案内した。

「クリス・ホフマン大佐だ。スタインバーグ博士につないでくれ」ホフマンは皆が留置場に向かうのを見てから受話器を取った。

「今はネバダ州メイソン郡のキャリアンにいる。隣のジェスローで十人以上の死者がでている可能性がある。もしかしたらコールリッジ文書と関係があるかもしれない。軍による包囲を要請。もちろん、君も来てくれよ。ああ、そのとおりだ。あのときのようにはいかない。これだけ多く死者が出れば、問題の隠蔽は困難だ。今のところ、事態を知る者は拘束しているが、他に接触者がいるかも分からん。ああ、そのとおりだ。だが、私たちにとってチャンスでもある。とにかく、早めに動いてくれ。私はキャリアン警察署にいる。進捗《しんちょく》があれば連絡してくれ。詳しくはまた後程」

クリスは奥から弟の声が聞こえた気がして、電話を急いで切ると留置場の様子をみることにした。だが、その途中でジョージが署長室で電話しているのを見つけた。

「ジョージ！　何をしている！　確認はこっちでするると言っただろう？」

クリスに怒鳴られたジョージの顔は青ざめていた。

「すまん、どうしても気になったんだ。ジェスローの教会、サルーンと、二、三人の知り合いに電話をかけてみたんだが……」

「なぜ命令を無視した！　これは重大な違反だぞ！」クリスは弟の胸倉を摑み、そのまま後ろの壁に叩きつけた。ジョージはまったく抵抗しなかった。

「電話がつながらなかったんだ。ジェスローで何かが起きてる。クリス、頼む。なんとかしてくれ」

「俺は、いつだって自分にできることをするだけだ。今はとにかく、俺を信じて留置場で静かにしていろ」ジョージを後ろから押すようにして留置場に向かわせた。

署内の留置場にはジョージの他にマージ、ディッキンソン夫妻、コリンズ巡査が入っている。その他に一人、どう見ても元から入れられていただろう、暴走族のような格好の男がにやにやしている。その男には手錠もかけられていた。おそらくコリンズ巡査かジョージが今、その男にかけたのだろう。快適とは言えないが、なんとか隔離することはできる。

「ジョージ、確認だが、他には誰にも電話してないんだな?」

「ああ。ジェスローの誰にもつながらなかった」

「そうか。基地には無事につながったから、ここの電話の問題じゃない。必要な人員を確保して、こちらに向かわせている。何が起きていたとしても、解決してみせるからな。それまで、皆には食事を用意する。もしかしたら別の場所に移って検査をすることになるかもしれない。とにかく、黙って従ってくれ」

「分かった。兄さんだけが頼りだ」

クリスは静かに頷くと、留置場の鍵を閉めた。

状況がどうあれ、檻の中にいる弟の姿を見るのは心が痛んだ。クリスは留置場から離れたデスクに向かった。

椅子に腰を落ち着けて深呼吸をした。今の状況では、まだ何も分からない。だが、最善の処置を施したという自負はあった。

レディングも呼び戻さなければならない。今はブルーボードのプラチェッロと一緒にいるはずだ。ブルーボードの連中に勘づかれるとめんどうになる。作戦に関わる人数は最小限にしておきたい。

クリスは自分のタイミングの良さに感謝した。牧場の男が遭遇したと思っている怪異と、今回の件の関係性は分からない。とにかく冷静に対処しなければならない。

人員が確保できしだい、ジェスローの状況を確認したい。が、そこで何を見ることになるのかを考えると、クリスの背筋に悪寒が走った。

＊＊＊

「あら、ダンじゃない。随分早く帰ってこられたんですね」

「まあな。取材は一人でも大丈夫そうだったから、任せることにした」

ダンはキャシディとバーで別れ、夜が明けてからバスを待たずに、ヒッチハイクで事務所まで戻った。エイリアンにレイプされた牛の話を聞きに行くのなんてまっぴらだった。

ベティに挨拶を済ませて、自分のデスクに腰を落ち着けると、やっと心休まる気がした。

キャシディと離れたことでＵＦＯの与太話を聞かなくて済むかと思ったが、どんな因果《いんが》か、帰り道は自分がずっとオカルト話をしなければならなかった。ダンを拾ってくれたトラックの運転手から、面白い話を聞かせてくれと頼まれ、前日までずっと聞かされていたオカルト話をしたのだ。最初は別の話をしたのだが、どうしてもウケが悪かった。幸い、ＵＦＯ関連の話なら、何時間話し続けても困らないほどに頭に詰まっていた。

身長三メートルを超えるフラットウッズ・モンスターのこと。モンスターに遭遇した子供たちの話。ＵＦＯを目撃してしまったロニー・ザモラの話。そして二つの話に登場するクリス・ホフマンとスタインバーグ博士、そして彼らが作り上げたエイリアンに関する研究、隠匿を目的とした秘密組織、ダーケスト・チェンバーについて。あまりにもスラスラと口から出てくるので、自分でも本が書けるのではないかとダンが思ったくらいだ。

事務所に来ていなかったのは数日の間だけだったが、自分宛の書類や手紙が小さな山になって積まれていた。これを確認するだけで随分と時間がかかりそうだ。ダンはベティにコーヒーを頼むことにした。一つ、また一つと封筒を開けては、つまらない要件の手紙に目を通した。

「すみません、ちょっとケント・ウォルサムの新作PRについて相談したいんですけど」

突然、ダンの部屋の入り口にケイシーが現れて、ダンはハッとした。

「今、お時間、大丈夫ですか？」

ダンは茫然とケイシーの顔をじっと見つめた。

「すみません、都合悪いですか？」

「ケイシー！　なんでお前がここにいるんだ！」ダンは思わず大きな声をだした。

「なんでって、仕事してるだけですけど……」

「そうじゃなくて、もうトム・オショネシーのところに行ってないとマズいだろ！」

「え？　地下室に潜るのは来月ですよね？」

「ベティ！　なんでケイシーがいるんだ！」

「なんでって。ケイシーもお仕事してるだけじゃないですか？」

ベティにも同じことを言われ、頭がクラクラした。ダンは目頭を押さえて、正気を保とうとした。

「そうじゃなくて、昨日電話しただろ？　ケイシーをトムの家に送れって」

「ああ、アレのこと。ケイシーのことだったんですね、おかしいと思いました」

「おかしいと思ったって、じゃあ、君はどうしたんだ？」

「ケイティを送るように言われたのかと思いました。彼女が向かってますよ」

「ケイティ？　事務のケイティか？　なんで彼女をトムの家に行かせた？」

「行けば分かるって、あなたが言ったんじゃないですか。おかしいなとは思いましたけどね」

ダンは目を瞑って深呼吸をした。

今、焦ってもしょうがない。エリックやメグから連絡はない。ということは、二人は地下シェルターに入って、映画も撮影が開始されたってことだ。だが、ケイティは計画を知らないから、地下で何をしているか分からない。

「よし、ケイシー。今からジェスローに向かうぞ。なんとかケイティと入れ替われ」

ダンはケイシーを連れて、戻ってきたばかりの事務所を後にした。

一九六九年八月十五日〈撮影一日目〉

「畜生、もうおしまいだ」男は地面に倒れこんだ。

「そんなこと言わないで！　ここから二人で逃げ出すの。まだなんとかなるわよ」

女が男の腕を引っ張ったが、男には立ち上がる気力は残されていなかった。

「いや、俺はダメだ。お前も見ただろ。俺はゾンビに嚙まれた。俺が人間でいられる時間はあとわずかだ。お前だけで逃げてくれ。手遅れにならないうちに――」

男の言葉を遮るように、呻き声が響いた。二人が振り返ると、ゾンビが近づいていた。

「クソ！　いいから、俺を置いて逃げてくれ！」

「いやよ！　ずっと一緒にいるって誓ったじゃない！」女は男を庇《かば》うように覆いかぶさった。

「私は死んでも構わない。あなたと一緒にいられて幸せだった」女は男と口づけを交わす。

ゾンビはゆっくりと、だが確実に近づいてくる。二人に狙いを定めたようで、両腕を前に伸ばしている。

突然、通りの反対側から何者かが駆け寄ってきて、ゾンビの前に立ちはだかった。

「キリストの力がお前を服従する！　闇より現れし不浄の者よ！　悪《あ》しき魂よ！　直ちにこの地を去り給《たま》え！」

神父がその指で十字を切ると、ゾンビは弱々しい叫び声を上げた。

「キリストの力がお前を服従する！　キリストの力がお前を服従する！」

聖なる言葉はゾンビを苦しめ、その場に倒れた。神父はゾンビの上に跨るようにして、力強く言葉を繰り返す。ゾンビはやがて動かなくなった。

「さぁ今のうちに、逃げましょう。教会の中は安全です。悪しき魂は神の家には入れません」

「ああ、神父様。あなたが来てくれたのも神の御心《みこころ》のおかげでしょう」男は力なく声をあげた。「ですがもう遅いのです。私はもうやつらに噛まれてしまいました。私に理性が残されているのも、あと少しの間だけでしょう。お願いですから、彼女だけでも連れて行ってください」

男の言葉を聞いて神父は微笑んだ。

「諦めてはいけません。天は自ら助くる者を助く、と言います。すべてを失ったと思えるときでも、必ず希望はあるはずです。神の御心があなたをお救いになるでしょう。教会に行けば聖水があります。あなたの呪いも清められるでしょう」

「ですが、私たちは善人ではありません。数々の罪を犯しました。人を欺き、暴力の限りを尽くしました。神は私たちを受け入れてくださるでしょうか？」

「悔《く》い改《あらた》めるのです。我々は誰もが罪を背負って生きています。悔い改め、神の許しを得たら、これからは人のために尽くすのです。神があなたを見捨てるのであれば、私が間に合うこともなかったでしょう。これも運命なのです」

男は涙を流し、神父の肩を借りると、教会に向かって歩いて行った。


「カット！」

エリックの声が響き、静かに見守っていたジェスローの住人たちが歓声を上げた。三十人以上はいたから、ジェスローのほぼ全人口がここに集まっていたことになる。めったに家を離れないロニガン夫人も、息子のカメラマンとしての仕事ぶりを確認するために出てきていた。こんなことは何十年もなかっただろう。

「いやー、素晴らしい演技でした。お見事です、クーパー神父。ワンテイクで完璧です」

エリックに褒められると、クーパー神父は顔を赤らめて俯いた。

「神の御心を多くの方に伝えられると思うと、どうも力が入ってしまって。映画というのは良いですね。完成を楽しみにしております」

「本当に良い演技で驚きましたよ。実際の悪魔祓いの現場を見たようでした」マイルズも神父を褒めたたえる。

「いえいえ、マイルズさんにそんなことを言われるなんて、照れちゃいますね」

「クーパー神父のおかげで、これ以上ないラストになりますよ！　犯罪者二人がゾンビの襲撃に遭い、最後は神に救われる。最高の物語になります。あとは神父様のお手を煩わせることはありません。完成を待っていてください」

エリックは神父の手を恭《うやうや》しく握ると、教会の中に入っていく彼に手を振り続けた。

「では、これからの撮影の邪魔になるので、ゾンビ役が決まっている方以外は、離れてください」

リンダが通りの反対側にいた住人たちを退けた。

そのまま立ち話をするには、外は暑すぎる。住人たちは自然にバズのサルーンへと流れて行った。

「あー、めんどくせーな。まぁ、これだけで五万ドルが手に入るんだから、やらなきゃ損だよな」

「あんた、スタジオの連中はあくどいとか言っておきながら、やってることは変わらんな」レンズから目を離したショーンがエリックを鼻で笑った。

「好きなように言えよ。俺は良い映画を撮るためなら手段を選ばない」

「でもさ、神父さん、結構いい感じだったよね」リンダが言った。

「まあな、セリフを間違わなかっただけ偉いよ。こんな茶番、二テイクもやってられないからな」

エリックはあくびをしながら言った。

「あんたはそう言うだろうけどな、意外と悪くなかったよ。今夜現像してみてみよう」

「おいおい、アレを本当に撮ったのか？　フィルムを無駄遣いするなよ」

「そう言われても、クーパーさんとは長い付き合いだからな。成功しようが失敗しようが、町の人間にとっちゃ宝物だよ。それに、撮影にトラブルはつきものだからな。撮れるショットは何でも撮っておくべきだ」

エリックはショーンの言葉を聞いて、しばらく考え込んだ。

「どうかな。あんなシーンは使えんよ」

「神父を使うって言ってるんじゃない。もしもマイルズが怪我でもしたら、途中で主役が退場しなくちゃいけなくなる。さっきのシーンがあれば、自然にマイルズを画面から外せるだろ？」

「おい、縁起でもないことを言うなよ」マイルズが口元を歪めた。

「あくまで、可能性の話だよ。撮影中は何が起こってもおかしくないからな。というよりも、経験上、むしろ撮影中は何かが起きるもんだ。そういうもんだろ？」

「撮影中もそうだが、製作が終わってからもトラブルはつきものだよ。配給が決まって、上映されて、数字が出るまでは安心できないな」エリックが頷く。

「これ以上のトラブルは困るよ。もう撮影方法も演出も変わったんだろ？」マイルズが口を酸っぱくして言う。

「大丈夫。うまくいくよ。良い予感がするの」リンダが手をマイルズの肩に置いた。

＊＊＊

何かがおかしい。トラブルの予感がする。

開け放した車窓から吹き込む風に違和感を覚え、ノームは車を停めた。

何かが聞こえるわけでも、見えるわけでもない。ただ、感じる。動物的な勘としか言いようがないが、肌がチクチクする。

こういうときは何かある。ターゲットにこちらの存在がバレていたり、事前情報に誤りがあったり、銃が誤作動を起こしたりする。つまり、何がどうなっているのか分からないが、今、この場で命の危険にさらされているということだ。これ以上、車で進むのは危険だと判断した。

ノームは車を降りると、双眼鏡を取り出した。道路の先を見て、車を停めたことが正解だったと知った。

バリケードが敷かれている。しかも州警察などではない。空軍が道を封鎖している。何があったのか分からないが、自分を追ってきているわけでもなさそうだとノームは判断した。さすがに殺し屋を捕まえるために軍が出てくるなんてことはあり得ない。

何かが起きている。問題はどうやり過ごすかだ。ノームは車に戻り、来た道をUターンしようとしたが、すぐに考え直した。軍が出動しているのはどう考えても異常な事態だ。すでに反対側の道路も封鎖されている可能性がある。引き返せると思わないほうがいい。

確か、少しだけ戻ったところにちょっとした脇道があったはずだ、と思い返した。ノームは脇道まで引き返し、小さな町に入っていった。

脇道を少し入ると、なぜか道にマネキンが乱雑に置いてあった。それは田舎町の光景としては変だったが、気にせずに中に入った。

町の様子を確認しようとガソリンスタンドに車を停めて、給油しながらあたりを見回した。やはり町のいたるところにマネキンが落ちている。不思議な町だと思って首を傾げていると、小さな男の子が近づいてきた。

「こんにちは。おじさん、今、来たの？　じゃあ映画の人だよね。エリックが探してたよ」

どうやら何か勘違いをされているようだった。町の封鎖がどれだけ続くか分からないのだから、無視するわけにはいかない。厄介なことにならないようなら、周りの調子に合わせておいたほうが良さそうだ。

「撮影の人が来ないって怒ってたんだけど、やっぱり来たんだね」

ガソリンを入れ終わると、車を適当な場所に停め、男の子について行くことにした。町の目抜き通り、といってもただの一本道を少しばかり歩きながら町を観察した。どの家もこの地方に典型的な造りだ。木造の二階建て。広い庭と玄関前のポーチ、玄関はスクリーンドアだけ閉められている。この暑さだからしょうがないが、どこも隙だらけだ。それに廃屋もかなりある。もし隠れなければならないときが来ても、場所に困ることはなさそうだ。

しばらくすると教会が見えた。その前の広場に数人が集まっており、何かをしている。男の子が映画、と言っていたのだから、おそらく何かの撮影だろう。だとすれば、町中のマネキンも説明がつく。

男が女に銃を向けたまま、何か喋っている。それを少し離れて見ているのはカメラを持った男と、アウトドア用の小さな椅子に座った男だ。

「うーん、なんかしっくりこないな。ちょっともう一度やってみようか？」椅子に座っている監督らしき男が若い男女に話しかけた。

「エリック！　映画の人、つれて来たよ」男の子が座っている男の背中を叩いて言った。

「なんだって？　違うよ、映画の人は来ないんだって言っただろ、ジェイク。それに、エリックじゃなくてブラッドさんって呼びなさい」

「でも猫の手も借りたいって言ってたじゃん」男の子は自分が正しいことをしたのだと思いたいらしい。

「まあな、手伝ってくれるなら歓迎だよ」

「どうやら勘違いされたみたいだな」ノームは静かに言った。

「ここに少しばかり滞在するつもりだし、どうせだから手伝うか」

「この町には何もないからな。俺の雑用してるくらいが一番楽しいぞ。もし良かったら、サルーンからコーヒーを持ってきてくれないか？　エリックの分だってカウンターで言ってくれれば大丈夫だ」

ノームは言われたとおり、サルーンに行ってコーヒーを持ってきた。サルーンで町の名前がジェスローだと聞いて驚いた。レミーが卵を隠したと言っていた場所だった。自分はジェスローに向かっているつもりだったが、道を間違えていたのだ。空軍の封鎖のおかげで、たどり着くことができた。そうでなければ、道に迷っていただろう。

広場に戻ると、まだ同じシーンでもめているようだった。

男は女に銃を向け、なにやら脅し文句を言っている。それを見ている監督は不満そうだ。男のスタンスも、銃の持ち方も素人臭さ丸出しで迫力がない。男の顔は良いが、それだけだ。こいつに脅されたとしてもビビるようなやつはいないだろう。

ノームはエリックにコーヒーを渡すと、やることはそれ以上なさそうだった。隣で男の演技を見ていると、なんだか調子が狂う。

「なんか違うんだよな」監督が顎に手を当てて困ったように言った。

「セリフを変えてみますか？　それとも、もう少し動きを大きくしてみますか？」

「いや、セリフの問題じゃないんだよね。マイルズ、君は銀行強盗なんだよ。無駄な殺しはしない主義だが、それでも邪魔なやつは容赦なく殺す。そういう迫力が足りないかな」

俳優は明らかにイラついていた。監督は納得していないが、指示は曖昧《あいまい》だ。だが、迫力が足りないというのは、ノームも同感だった。こんな銀行強盗がいたとして、ひねりつぶすのに一秒もかからない。

「よし、じゃあもう一回行くぞ。シーン・セブン、テイク・フォー、アクション！」

女優がマイルズと呼ばれた俳優に腕を絡ませて、歩きながら話す。

「さっきの最高だったね！　あいつら、みんなビビって小便もらしそうな顔してたよ」

「あんまり調子に乗るな。誰が聞いてるか、分かったもんじゃない」

「そんなつまらないこと言わないでよ。ほら、さっきの決めゼリフ、もう一回言ってみてよ」

男は内ポケットから銃を取り出すと、女に向けた。

「金だ！　あるだけ全部出しな。あんた、まだ死にたくないだろ？」

男が銃を構えたままにしていると、「カット！」と声がかかった。

「ちょっと説得力がないなー。マイルズ、君はここでハードコアな演技ができなきゃ、この先ずっと『笑顔のマイルズ』のままだぞ」

「ハードコアにって、具体的にどうするんですか？　いっそのこと銃を彼女の頭につきつけますか？　それならクソッタレ緊張感が出る」俳優は不満そうだった。

「マイルズ、落ち着いて」女優が声を掛けた。

「そうだな。少しだけ休憩にするか」監督が自分の腕時計をみて言った。

「でもあまり時間を無駄にできないぞ。もう少ししたら光の向きが変わっちまう」カメラマンが言った。

「光、光って。うるせーな、ショーン。何度も言われなくても分かってるよ。だが、肝心のマイルズがあんなじゃ、どうしようもないだろ」

マイルズは何も言わずに近くの小石を蹴り飛ばして、その場を離れた。

「今のままのマイルズじゃダメだ。今までソフトな役しかやってねえからさ」

「それは同感だ」ショーンが頷く。

「殻をぶち破ってやるためには、怒らせるのが一番手っ取り早い。どうせ今までチヤホヤされてきたんだろうから、今日は一日かけてあいつのプライドを崩すぞ。最高の映画にするためには今までのマイルズじゃダメだ。これからは撮っても仕方ないぞ。フィルムの無駄遣いはやめておけよ」

そういうものか、とノームは少し納得した。確かに、あの顔は銀行強盗するような男には見えない。

しばらくして撮影を開始した。何度も同じシーンを繰り返し、そのたびにエリックが文句を言う。二十回を超えたあたりでマイルズの機嫌が明らかに悪くなった。監督はそれを楽しんでいるようだった。

「まったく、どうしろってんだよ！　今までに十本以上の映画で主演をしたけど、こんなにテイクを重ねたことなんて一度もないぞ！　俺の演技が気に入らないなら、具体的な指示を出せよ！」マイルズは渡されたコーヒーの紙コップを投げ捨てた。

「別のシーンから先に撮るとか、なんとかもう少しまともなことはできないのかよ！」

マイルズは腹を立てていたが、確かにエリックが先ほど言ったようにプライドが傷ついた分、怒りに迫力が出ている。面白いものを見せてもらったな、と思ってノームは軽く笑った。それが俳優の怒りに油を注ぐことになった。

「おい、てめえ！　何がおかしいんだよ！」マイルズはノームを怒鳴りつけた。

「なんのつもりだか知らねえが、こっちは演技に命を張ってんだよ！　そこのクソッタレ監督様が文句ばっかり言ってるのが面白いか？」マイルズはノームの目の前まで来て、口角泡を飛ばした。

「そんなつもりはない」ノームは静かに言った。

「だったらお前はもっとうまくできるって言いたいのかよ？　見てるだけなら誰でもできるんだよ。てめえもやってみるか？」

マイルズの言葉を聞き終わった瞬間、ノームは俳優が持っていた銃を素早く奪った。

そのままマイルズの後ろに回り込んで、銃口を背中に突き付けた。

「金だ！　あるだけ全部出しな。あんた、まだ死にたくないだろ？」

ノームは何度も聞いたセリフを言った。

マイルズは自分の身に何が起こったのか理解する前に、本能的に両手をあげた。

「え？」エリックとショーン、そしてリンダの声が重なった。

「おい、ちょっと待て。お前、今、何した？」エリックは慌てて椅子から立ち上がった。

ノームは銃をマイルズの背中から離し、まだ両手をあげたままの俳優の前に差し出した。

「おい、お前。一体、なんのつもりだ？」マイルズが言った。

マイルズはやっと手を下ろして、銃を受け取った。

「やってみるか、って言われたからやっただけだ」ノームはそう言うと、カメラの後ろに下がった。

「いや、やっただけって。カメラの前でそんな動きができるやつ、いないよ」リンダはノームをじっと見つめた。

「今のセリフ……」マイルズは言葉に詰まった。

「何度も聞いたから覚えただけだ。あれだけ聞いてれば誰だって覚えるだろ？」ノームは平然と言った。

「いや、そうじゃなくて……」マイルズは自分の困惑を言葉にできなかった。セリフを覚えるとか、スムーズに言えるとか、そういうものではなかった。マイルズは二十回以上繰り返した、自分のすべてのテイクを覚えていた。セリフ回しのタメや間《ま》、呼吸、強弱のつけ方など、そういったものを変化させて、監督の望みに応えようとしていた。

そして、自分が最後のテイクで使ったものが、そっくりそのまま真似されたのだ。そっくりそのまま同じことを完璧に繰り返すというのは、自分のものですら困難だ。他人の演技を完璧に盗む技術なんて、見たことも聞いたこともなかった。しかも、初めて会ったこの男は、声色も似せていた。

「えーっと、君の名前はなんだっけ？　まだ聞いてなかったよな？」エリックが聞いた。

「ノーム」ノームは素直に自分の名前を答え、後悔した。偽名を使えば良かった。

「ノーム、名字は？」

「ノーム……、カッ……ノーム・カッツエンバーグだ」ノームは最初に思いついた名字を口にしたが、次の瞬間に後悔した。

「ノーム・カッツエンバーグね。良い名前だ」エリックは笑った。

「ノーム。試しにもう一度同じことをやってもらえるかな？」

「構わないよ」

ノームの言葉を聞くと、エリックはショーンを振り返って、身振りでフィルムを回すように指示した。

「シーン・セブン、ノーム・カッツエンバーグ、テイク・ワン。アクション！」

今度は銃を奪われまいと、マイルズはノームの動きを注視した。

ノームが踏み込んだ瞬間、マイルズは反射的に銃を自分の身体に引き寄せた。ノームはマイルズの動きを予想していたように懐《ふところ》に入り込んだ。急に近づいてきたノームにマイルズは反応できず、今度も銃を奪われてしまった。

「クソ！」マイルズは思わず悪態をついた。またしても簡単に背後をとられた。

「金だ！　あるだけ全部出しな。あんた、まだ死にたくないだろ？」

「カット！」エリックが力強く声をあげた。

「今のはダメだろ！　俺は銃を持ってたんだぞ。あんな風に近づいたらおかしいだろ？」

「銃口は俺のほうを向いてなかった。グリップも甘かったから、誰でもすぐに奪える」

マイルズの抗議にノームは一瞬で反論した。マイルズはぐうの音も出ない。

「ちょっと良いか？」ショーンがエリックに少し離れて話すように身振りをした。

「五分休憩にしよう」エリックは言うと、教会前の広場からショーンと共に離れた。

「あのノームってやつ、誰だか知らんが完璧だったぞ！」ショーンは小声で、だが興奮を隠せずに言った。「マイルズには悪いが、あんなものを見せられちまったら、この役は彼以外には考えられないほどだ。あいつ、何者だ？」

「ああ。得体が知れないな。だが呑み込みは早そうだ。いくつかシーンを試してもらって、いけそうなら彼を主役にしよう」エリックはショーンの考えに同意した。

「良いのか？『マイルズを主役に』ってのが出資の条件だったんじゃないのか？」

「いや。主役、とは指定されてない。マイルズを出せと言われただけだ」

「本当か？」

「本当かどうかは関係ない。俺がそう理解したんだから、そういうことだ」

「オーケー。あんたがそう言うなら、文句はない。今から脚本を書き変えられるのか？」

「当たり前だ。マイルズには強盗の手下役をやらせよう」

「マイルズは怒るだろうな。降りるって言われても文句は言えないぞ」

「本人の希望で降りてもらえるなら、それ以上のことはないさ」

エリックはそう言ってみんなの元に戻ると、脚本を変えると告げた。

＊＊＊

もう少しでジェスローに着く。さすがのボリスも徹夜で走り続けて疲れを感じていた。何もない荒野を横切る道路から、町に通じる狭い脇道に入っていく。

道に死体がいくつか転がっていたが、ボリスは気にせず進んでいった。もしかしたら、レッドワンを巡って騒動が起きているのかもしれない。もしもジリノフスキーの手下が踏み込んだのだとしたら、死体がいくつ転がっていてもおかしくない。

だが、近づくとそれらがマネキンにすぎないことが分かった。奇妙な町だ。

ガソリンスタンドで給油していると、遠くから小さい男の子が自分を見ていることに気が付いた。二メートル以上の巨軀のボリスは嫌でも目立ってしまう。見られることには慣れている。だが、その子が近づいてきて普通に声を掛けてきたことにボリスは驚いた。普段なら、小さな子供には怖がられる。

「おじさん、こっちだよ。エリックが待ってる」

エリックという名前に聞き覚えはなかったが、ジリノフスキー、もしくはタドリーニの誰かの差し金という可能性もある。ボリスは黙ったまま車を適当な場所に停めると、男の子について歩いた。

しばらく歩くと、教会の前の広場で数人の男女が何かをしていた。どうやら映画の撮影らしい。

「うーん、なにかしっくりこないんだよな」監督らしき男が首を傾げている。

「ノームが強盗で、リンダがその彼女ってのは分かる。でもマイルズが画面に入っちゃうと、どうしてもバランスが悪いんだよな。画面の中で手下のほうが見栄えが良くなっちまう」

「だから、俺が強盗のリーダーで、ノームが手下ってことで良いじゃないか？　何が問題なんだよ！」マイルズと呼ばれた俳優が怒鳴っている。

俳優の顔を見てボリスは目を見開いた。マイルズって、あのマイルズ・モートンじゃないか。思わぬ有名人を前にして驚いたが、もう一人いる短髪の男も女も見たことがなかった。

「エリック、映画の人連れてきたよ。この人も役者でしょ？　だって凄い目立つもん」男の子が椅子に座っている監督の袖を引っ張って言った。

「なんだよ、またジェイクか」監督がめんどくさそうに後ろを振り返った。「だから、もう映画の関係者は来ないって何度言ったら――」

ボリスの姿を見て、監督は声を失った。彼はすぐに立ち上がると、ボリスの周りをぐるりと回って体格を確認した。

「良いよ……、君の存在感、最高だよ」そう言うと、監督はカメラマンに視線を移した。カメラマンも彼の視線に応えるように頷いた。

「ちょっとこっちに来てくれるかな？」と監督が指示するとおりに、ボリスは短髪の男の隣に移動した。監督はさらにマイルズを遠ざけた。

「どう思う？」監督はカメラマンに問いかける。

「バランスは断然良いな。マイルズには華があるが、迫力がない。ノームはその逆だ。同じ強盗団として映ったときに、どうしてもちぐはぐな印象になっちまう。新顔のノッポ君は最高に悪役顔だ。ノームは知性派、ノッポ君は肉体派の強盗だと一目で分かる」

「おいおい、もしかして俺の代わりにそいつを使おうなんて思ってんじゃないよな?」マイルズが呆れた口調で言った。

「使う? 私は俳優ではありませんけど」ボリスが言うと、「俺も俳優じゃない」とノームと呼ばれた男も言った。

「まぁ、この際、気にするな。君はいるだけで絵になるから。名前は?」

「挨拶が遅くなってしまってすみません。ボリス、ボリス・アレンスキーです」ボリスは笑みを浮かべ、監督と握手した。

「よし、ボリス。試しにこの銃を持ってみてくれ。ノーム、さっきみたいに彼から銃を奪って、同じ場面を演じてくれ」監督はボリスに銃を差し出した。ボリスは嫌々ながら受け取った。

「よし、シーン・セブン、ボリス、テイク・ワン、アクション!」

エリックの声が響いたが、その後、しばらく何も起きなかった。

ボリスは銃を手に持ったまま、両足に根が生えたように固まっていた。

彼の神経は研ぎ澄まされている。指先ですらピクリとも動かない。

ノームも同じように固まったまま、ボリスに近づけない。

ボリスの隙をうかがっているが、そんなものはない。

二人は呼吸を止めたまま、お互いを睨みつけている。

強い風が吹き、乾いた砂が空気中に舞う。

近くの家の扉がギシギシと音をたてている。

「カット!」エリックは思わず緊張感に耐えられずに声をあげた。気が付くと額から脂汗が流れていた。

だが、それでも二人はにらみ合ったまま動かずにいる。

「なんだよ！　俺のときはパッと銃を奪った癖に――」

マイルズが二人の間に割って入った瞬間、ノームはわざと倒れるように姿勢を崩した。ボリスから隠れるようにマイルズの背後に回るためだ。そして右足で地面を蹴り、ボリスの死角をついて飛び掛かった。

銃を構える暇はない。ボリスは瞬時にそう判断し、一歩踏み出すと左手でノームを薙《な》ぎ払《はら》おうとした。ノームは身体を反《そ》らして、ボリスの腕をやり過ごす。そして銃を奪おうとした。が、ボリスから銃は奪えない。ノームは反射的に身体を屈《かが》め、ブーツに隠していたナイフを取り出した。

「カット！」何が起こったのかも分からず、エリックはもう一度叫んだ。

ノームはナイフを突き出した。今度はボリスがそれをギリギリで躱《かわ》し、右足でノームを蹴りつけた。

「カット！」エリックは繰り返したが、二人の攻防は止まらなかった。

ノームの身体は宙を舞ったが、着地した瞬間に両足のバネで体勢を直す。反動をつけて、そのままボリスに突進した。

「止まれ！　皆、動くな！」エリックが甲高い声をあげると、やっと二人は止まった。

ノームのナイフはボリスの喉元《のどもと》寸前で止められ、ボリスの持っている銃はノームの額に突きつけられていた。

「お前ら、何やってんだよ。いくら素人でも、カットって言われたらシーン終了だってことくらい分かるだろ？」

マイルズはなんでもないことのように言った。二人の一瞬の戦いはマイルズの背後で行われており、彼には何も見えていなかったようだ。マイルズが振り返ったときには、ノームはナイフを元に戻しており、ボリスも銃を構えた手を下ろしていた。

　エリック、ショーンとリンダは自分が目にしたものが信じられず、茫然とするほかなかった。ノームとボリスの二人は、お互いに距離をとって、視線をあわせないようにしている。

「ちょっと、休憩にしよう」エリックはなんとかその一言を発して、広場を離れた。ショーンとリンダもエリックについていった。

「今の、撮れたか？」

「フィルムは回してた。が、正直なところ、分からん」

「ねぇ、あいつ、ナイフ持ってたよね？　ヤバくない？」

「ああ、間違いなくヤバイやつらだろうな。もしかしたら本当に強盗かもな」エリックは言った。

「いや、多分違う。だが、あいつらを撮れたら、それだけで凄いものになるだろう」

「それは間違いない。やはりマイルズは外そう。条件なんか知ったもんか。どうせ投資家なんて映画に興味のない連中だし、撮影が終わってから知らせればいいさ。興行を外さなければ、文句ないだろう。また脚本を書き変えなきゃな」

「気持ちは分かるけど、本当にあいつらと撮影する気？　大丈夫？　だって本物のナイフを出したんだよ。あれ、プロップじゃないよね？」リンダは不安を隠せなかった。

「ナイフが本物かどうかなんて、どうでもいいんだよ。大事なのは、あいつらが本物だってことさ」

　エリックは、間違いなく凄い作品になると確信を得た。これなら、ロメロの映画に引けをとらない。成功の手ごたえを感じつつも、手の震えは止められなかった。

＊＊＊

「兄さん、聞こえるか？　大丈夫か？」

　一晩明けて署内に朝日が差し込み始めたころ、ジョージは自分たちを拘留した兄に声を掛けた。

「ああ、聞こえているよ」クリスは少し離れたデスクに座っている。軍に連絡するときだけは、話を聞かれないように、別の部屋の電話を使う。それが終わるとジョージたちを見張るためなのか、それとも心細いのか、また戻ってくる。

「状況は変わらん。現場で何が起きているか分からない以上、最大限の注意を払って調べるしかない。準備が整い次第、すぐに調査に行く予定だ」

「兄さん。こっちに来てくれ。話したいことがあるんだ」

「私のことはホフマン大佐と呼べと言っただろう」クリスはわざとらしく高圧的な態度をとろうとしている。ジョージはクリスの胸の内を読み取った。

「違うんだ。今はキャリアンの署長として話したいんじゃない。兄弟として話したいことがあるんだ。もちろん、町のことも心配だが、兄さんのことも心配なんだ」

「お前に心配されることとなんてない」侮辱されたと思ったのか、クリスは顔を引き締めて立ち上がった。

「分かってるよ。兄さんは俺が一番信用している人間だ。子供のときから、ずっと兄さんに追いつこうとして頑張ってきたんだ。こんなことになってしまったのは残念だが、どこの馬の骨とも分からない連中じゃなくて、兄さんがいてくれたことは不幸中の幸いだ。兄さんなら、絶対になんとかしてくれるって、俺には分かってる」

「ジョージ……」

「兄さんは真面目で正直な男だ。それに、特別な立場にいることは分かってる。俺たちに言えないことがいっぱいあるんだろ？　それで兄さんが心を痛めてるのも分かってる。わざと他人行儀にならざるを得ない状況だから」

「ジョージ、今は感情的になる場面じゃないだろ」クリスは弟の態度に狼狽えた。

「もしかしたら、今しかないかもしれないじゃないか。もし特殊な神経ガスやウイルスだったら俺が死んでもおかしくない。兄さんだって命を落とすことになるかもしれない」

「おいおい、ジョージ。そうならないために、俺は準備してる最中なんだぞ」

　クリスは留置場の檻に近づいて、ジョージを正面から見つめた。

「分かってるよ。でも言わせてくれ。もしかしたら、これが最後かもしれないだろ。俺は兄さんを愛してる。生意気なことを言って困らせたのは一度や二度じゃないな……。それに、五年前に殴ったことも謝ってなかった。ごめんよ。でもいつだって兄さんを尊敬してた」

　留置場の檻にすがるように立つジョージの目には涙が浮かんでいた。

「俺だって分かってるよ。そんなこと言う必要ない。兄弟だろ？」クリスは笑いかけた。

「それに、ザックのこともある。俺がもし死んだら――」

「ジョージ、そんなことは言うな！」

「いや、言わせてくれ。大事なことなんだ。俺が死んだら、ザックを頼む。あいつも兄さんに憧れて軍に入ったんだ。自分が死ぬことは怖くない。でもあいつを残しては逝けない。兄さん。誓ってくれ。もし俺が死んだらザックのめんどうを見てくれるな？」

「当たり前だろ！　ザックは俺の大事な甥っ子だ。お前になにかあったら、俺が見守ってやるさ」

クリスもジョージの言葉に心を動かされたのか、涙を浮かべていた。

「こっちに来てくれ。せめて最後に、兄さんの手を握らせてくれ」

ジョージが檻から手を出すと、クリスがそれを力強く握った。

その手をジョージは両手で摑んだ。

そして全力でクリスを一気に檻に引っぱり寄せた。

「今だ！　ぶちかませ！」ジョージが叫ぶ。

「ホフマン大佐！　失礼します！」

コリンズ巡査が隠し持っていた警棒でクリスの頭部を殴打した。

クリスは叫び声をあげる暇もなく、檻によりかかるように倒れた。

「でかした」ジョージは興奮した声をあげると、クリスのポケットから檻の鍵を取りだした。

「まさか署長の下手な演技で騙されるとは思いませんでしたね」コリンズ巡査が笑った。

「おいおい、下手ってことはないだろ。人を一人騙せたんだから」

「ジョージ、普通、今ので騙されたりしないわよ」マージはジョージの肩に手を当てて言った。

「まあな。兄さんはちょっと鈍感なところがあるから。どうして軍隊で出世できたのか、本当に謎だよ」

「よし！　出るぞ」

「待ってください。もうホフマン大佐が呼んだ軍隊が来るかもしれません。どうしますか？」

「変装でもするか」

ジョージはそう言うと、署内を見回して、最後に留置場の奥にいるアイゼンスタッドに気が付いた。

「お前の服が必要だ。ブーツと、バイクもだ」

ジョージがわざとらしくアイゼンスタッドの訛《なま》りを真似て言うと、アイゼンスタッドは仏頂面をした。

「俺を解放してくれるならな」

「いいさ、この際だ」

　黒いライダースジャケット、革パンにエンジニアブーツという暴走族姿に着替えたジョージは、アイゼンスタッドに自分の服を渡した。

「クソみたいな格好だな」署長の私服を着たアイゼンスタッドは人が変わったように、真面目に見えた。

「お前にもう一つ頼みたい。〈ヘル・パトロール〉のリーダー、フレッド・ルイスは知ってるな？」

「もちろん知ってるさ。それがどうした？」

「〈ヘル・パトロール〉のバイカーたちを借りたい。軍に任せてられないが、こっちには人手がないからな。ジェスローで何が起きてるにしろ、対抗できる勢力を持っていたい」

「軍に対抗するだって？」アイゼンスタッドは鼻で笑ったが、ジョージもコリンズ巡査も真面目な顔を崩さなかった。

「マジかよ。あんたらクレイジーだよ。で、そっちは何を見返りにくれるつもりだ？　フレッドはタダ働きしないぜ」

「あいつの前科をきれいにしてやるよ」ジョージは何でもないことのように言った。

「あんたら、本当にオマワリかよ。どう考えても正気じゃないぜ」アイゼンスタッドは呆れたように言った。

「これであんたもキャリアンの治安が良い理由が分かったでしょ？」

　後ろにいたマージが言った。

「署長を怒らせたら怖いのよ」

＊＊＊

「そろそろ、ジェスローに着くよ」ジャンニーノは助手席で寝ているデボラに声をかけた。

ジャンニーノの声を聞いて、目をつむったままデボラが両手をあげて伸びをする。猫のようにしなやかな身体が動くと、微かに甘い香りがした。

「風景が全然変わらないのね。さっきと同じ場所にいるみたい。まだ砂と岩と、サボテンしかないじゃない。本当は車を停めてあなたも寝てたんじゃないの？」デボラはジャンニーノの頬に手をあてて冗談を言った。デボラの頬はほんのりとピンク色で、さながら荒野に一輪だけ咲いたバラのようだった。デボラに触れられると、それだけで少し若返った気になる。

「おいおい、勘弁してくれよ。もう何時間もアクセルを踏んでたんだぜ。この退屈な景色を見ながら、一人だけ起きてたんだ。感謝してほしいね」

「そんなこと言って。私の寝顔を近くで見ていられたんだから、文句なんてないでしょ？」デボラはグッと身体を近づけて、ジャンニーノにキスをした。

デボラは自分の美しさを理解している。彼女の強さの源。たとえ誰の前に出ようとも、彼女は自分らしさを失わない。同じように美しい女ならどこにでもいる。だが、デボラ以上に強《したた》かで芯《しん》のある女はいない。

それだけでなく、デボラは自分に力を分けてくれる。デボラの威風堂々とした態度が、ジャンニーノをより強い男にしてくれた。デボラが隣にいるだけで、ジャンニーノは風を受けた帆船のように前に進むことができた。交渉は有利に転がるし、近づきたいと思っていた相手が勝手に寄ってくるようになった。さながら幸運の女神といったところだ。

デボラは素晴らしいが、理想的な相手というわけではない。良い女にはありがちなことだが、気まぐれで、理解が及ばない部分がある。ミステリアス、と言えば聞こえは良いが、常識が通じないときがある。いつまでも一緒にいられないだろうという予感は常にある。少しでも長くデボラと一緒にいられるように、ジャンニーノはデボラの機嫌をいつも気にかけている。

「マイルズを主演にすること」を映画への出資の条件にしたのは、ジャンニーノの意思だ。だが、それはデボラのためである。デボラが別の俳優を気に入れば、その男にチャンスを与える。デボラのような女が世界の運命を決めているのではないかと、ジャンニーノはたまに思う。女の機嫌をとるために戦争が行われたり、経済が動いたりといった具合に。もしも自分が中世の王族のような絶対的な権力者だったら、彼女のために何をするだろうか。彼女にケチだと思われないように他国に寛大に接したり、彼女に臆病《おくびょう》だと思われないように戦争を仕掛けたりするだろう。自分はそういう男だし、デボラはそういう女だ。

ふと、目の前に町に通じる脇道が見えた。もう少しで通り過ぎてしまうところだった。

ジャンニーノが慌ててハンドルを切ると、車は大きく揺れた。

「ちょっと!」デボラが驚いて声をあげた。

「ごめんよ。分かりづらい道だな」

「良いのよ。楽しいじゃない。やっと目が覚めたって感じ」デボラは上機嫌だ。

マイルズと会えるのがそんなに嬉しいのか。ちょっとした嫉妬心が胸をチクリと刺す。だが、口には出さない。そんなことを言ってしまえば、興ざめだ。

それに、デボラにとってマイルズは真剣な相手にはなり得ない。ちょっとした玩具《おもちゃ》のようなものなのだ。きっとそのうち、別の相手に熱をあげる。自分はそのときに、その相手とデボラを遊ばせてやれるような、格上の存在でなければならないのだ。デボラの隣にいるということは、そういうことだ。ジャンニーノはそう心に刻んでいた。

ジェスローへの道に入ると、舗装されていない砂利道の至る所に死体が転がっていた。

ジャンニーノはまたしても、エンツォのことを思い出した。そして、死に目に会えなかった家族の皆の死体のことも。ジャンニーノが出所したときには、すでに埋葬されていた。死体を見て感傷的になるのはおかしいだろうか。「いつまでも赤ん坊のまんまじゃねーか」という祖父の声が聞こえてきそうな気がしたが、代わりに聞こえたのはデボラの呻き声だった。

「うわぁ、気持ち悪い。ホラー映画だって知ってたけど、やっぱり気持ちいいもんじゃないわね」

「君も案外たいしたことないね。国中のガキどもがこの死体を見るために金を払うんだ。ほら、ビジネスの良い匂いがするだろ?」ジャンニーノはタフガイぶって言った。

「いやだ、腐った肉みたいな匂いがする」デボラが鼻にハンカチをあてた。

「本当だ。これはひどい」ジャンニーノが言って、車の窓を閉めると二人で笑った。

少し奥に入るとガソリンスタンドを見つけた。ジャンニーノは車を停めて、給油した。デボラは飲み物を買ってくると言って、店の中に入っていった。おそらくトイレにいって、化粧を確認するのだろう。

「おじさん、映画の人でしょ?」

突然、どこからともなく目の前に現れた男の子に言われ、ジャンニーノは驚いた。

「そうだ。坊主《ぼうず》、よく分かったな。まぁ、分かるか。今日は映画のスタッフが大勢来ただろ?」

ジャンニーノが言うと、男の子は首を振った。

「ううん。誰も来てないよ。俳優が何人かいるだけ。エリックも映画の人はもう来ないって言ってた。でも、おじさんの車はカッコいいから映画の人だと思った」

「どういうことだ? クランクインの日程がズレたのか?」

「ううん。撮影はしてるけど、カメラマンはロニガンさんだけだよ」

男の子の話は要領を得なかったが、エリックがどこにいるか知っているというので、デボラを待ってから連れて行ってもらうことにした。

教会前の広場に数人が集まっている。エリックとリンダ、マイルズは分かるが、他に知らない男が二人いた。そしてカメラを持っている男が一人だけ。しかも、撮影をしているようだが、マイルズはその外にいた。

何か問題があったのだろうか。なぜ自分に説明がないのか。

ジャンニーノは腹を立てて大股《おおまた》で近づいて行った。

「おい、エリック。これはどういうことだ?」

エリックはジャンニーノに気が付くと、すぐさま撮影を止め、恭しく挨拶を返した。

「こんにちは、ジャンニーノさん。視察に来てくださるとは知りませんでした」

名字で呼ぶなと言ったのはジャンニーノ自身だったが、ファーストネームで呼ばれると軽くみられている気もする。違う名前でビジネスを始めるべきだった、とジャンニーノは後悔した。

「一体、何の撮影をしてる。まさかこれは俺の映画じゃないよな?」

俺の映画、という言葉にエリックが一瞬眉を吊り上げた。どうやら映画は監督のものだと思っているらしい。勘違いを正す必要がある。これはジャンニーノからデボラへのプレゼントなのだ。彼女を喜ばすためのもので、ビジネスとしての儲《もう》けはついでなのだ。

デボラもそれを分かっているが、何も言わずに黙っている。本当だったらすぐにでもマイルズと話をしたいだろう。彼女を待たせるのは癪《しゃく》だ。

「もちろん、これはジャンニーノさんの映画です。ただ、ちょっとした変更点がいくつかあります。どれも素晴らしい映画を作るために必要な変更です。よろしければ一緒にコーヒーでも飲みながら説明させてください」

「いや、この場で説明してくれ。俺は待つのは嫌いなんだ」

待つのが嫌いなのはデボラだ。ジャンニーノは映画のことなんてどうでもいい。だがデボラが説明を求めるだろうから、それを代わりに聞くだけだ。

「分かりました。まず撮影ですが、映像によりリアリティを感じられるように、シネマヴェリテの手法を取り入れることにしました。ショーン・ロニガンはレーヴィット監督の作品も手掛けた実力のあるカメラマンです」

「それでスタッフが少ないのか。分かった」

撮影がどうという話はジャンニーノにはどうでもいい。

「他の変更点は？」

「ええ、配役に変更があり、それにあわせて脚本を書き変えました」

「具体的には？」

「強盗団のリーダーにノーム・カッツエンバーグ、そしてその手下に肉体派俳優のボリス・アレンスキーを起用しました。二人とも新進気鋭のアクション俳優です。まだ売り出し中で認知度は低いですが、ブレイク寸前というところです。今作はホラー映画ですが、ゾンビとの格闘シーンも本格的なものになるでしょう。二人は間違いなく人気スターの仲間入りを果たすと確信しております」

エリックの説明を聞きながら、勝手に新人俳優にされた二人は視線を交わした。

「なるほど、その二人が期待の新人なのは分かった。分からないのは、マイルズがどうなったかってことだ」

「マイルズは……」エリックは一瞬口ごもった。

「強盗団の一人を演じるリンダの兄の役です。強盗団は彼の元に身を潜めようとしますが、妹を真っ当な道に戻そうとする彼と対立します。悪と怪物だけの映画の中で、彼は唯一の正しさとして登場します。ただのホラー映画ではなく、物語に深みを与えるために不可欠な役で、ある意味で主役と言えるでしょう」

「ようやく俺の役が決まったのかよ」マイルズは肩をすくめた。

「ある意味で主役？　俺はマイルズを主役にするように言ったはずだ。なんで俺に相談もなくそんなことを決めた？」

「それはですね、やはり現場でないと分からないことがあるんです。特に役者のバランスや化学反応みたいなものは大切にしないと、あとあとになって問題になります」

エリックのその場しのぎの言い訳が、周りの空気を硬くした。

ジャンニーノはエリックの口調が気に入らず、言い返すつもりだった。

だが、何かが彼の行動を阻んでいた。

息苦しい。動けない。

夏の暑さにもかかわらず、不気味な悪寒が彼の背中を走り抜けた。

気が付くと、一人の男が正面から自分を見据えていた。ノームと呼ばれていた、短髪の男だ。アクション俳優だと言われたが、もう一人と違って中肉中背で、とてもそんな風には見えない。男は不敵な笑みを浮かべている。何か言いたげな表情に見える。

「監督がそう言うのなら、そういうことなんでしょう」

デボラが初めて口を開いて、ジャンニーノはハッとした。ジャンニーノが振り返ると、彼女は満面の笑みだった。想定外の状況に拗《す》ねているだろうと思っていたので意外だった。再びノームのほうを見ると、やはりジャンニーノに視線を向けている。気味の悪い男だ。

「ありがとうございます。そう言っていただけると幸いです」

デボラの言葉にエリックは笑みを浮かべた。

「でも、マイルズはそれで満足なの？」

「どうでしょうか。脚本を読んでみないと分かりません」

「かわいそうなマイルズ」デボラはマイルズに近寄って、彼の頬を人差し指で撫でた。

「撮影が始まったと思ったら、変更点ばかりで。正直なところ、ちゃんと映画が作れる環境なのか不安ですね」

「本当は強盗団のリーダーがやりたいんじゃなくて？　妹を守る兄の役じゃ、あなたには相応《ふさわ》しくないんじゃない？」

デボラはマイルズの目の前に立ち、彼の右手を摑んだ。マイルズが窮地に陥っているのは彼女にとって願ってもないことだったのだ。

「ねえ、ジャンニーノに頼んであげましょうか？　あの人がしっかり言えば、あなたが主役になれるわよ。あなたが望めば、それだけで何でも手に入るのよ」

デボラがマイルズに微笑みかけている。だが、ジャンニーノはそれどころではなかった。ノームの視線を受け、言葉にできない不吉な何かを感じていた。

「ねえ、そうでしょ、ジャンニーノ。あなたなら監督に考えを変えるように言えるわよね？」

ジャンニーノにはデボラの声が聞こえなかった。

代わりに聞こえたのは「いつまでも赤ん坊のまんまじゃねーか」という祖父の声だった。その声はなぜかノームの口から洩《も》れた。

「何だって？」ジャンニーノは聞き返した。

「いつも言ってただろ？　シャキッとしろよ」

その一瞬、ノームがまるで祖父の生き写しのように見えて、ジャンニーノは思わず背筋を伸ばしてしまった。

「祖父を知ってるのか？」ジャンニーノは身体の芯から震えた。

「知ってるかって？　お前は誰に向かって口を利いてるんだ？」ノームは一歩ずつ、ゆっくりとジャンニーノに近づいた。

右足を引きずるような歩き方には見覚えがあった。そして、その声色は聞き間違えようのない、祖父のイタリア系アクセントだった。

そんなはずがない――。

だが、そこにいるのは紛れもなく祖父だった。

祖父の魂が男に憑りついているとしか思えなかった。

ジャンニーノは祖父の影に怯えて、後ろに下がった。

「ジャンニーノ、そんな人はどうでもいいのよ。ただ、監督に言って。マイルズを主演にしろって。あなたならできるでしょ？」

デボラの声はジャンニーノに届かなかった。

「ファミリーのことは全部、この中に入ってるがな。お前みたいにスケに金玉握られてるような男はいなかったぞ」ノームは右手で自分の頭をコツンと叩いて言った。それは祖父がよくやるクセだった。

ジャンニーノはその瞬間、すべてを悟った。

コジモを殺したのはエウフェミオではなく、エウフェミオのふりをしたこの男だ。

ブルーノを殺した後で、彼を演じてグリエルモやルーベンを殺したのも、この男なのだ。

どうやったのかは、分からない。だが、この男にはそれができるのだろう。

そしてこの男は、殺し損《そこ》ねた最後のターゲットである自分を狙っているのだ。

「なんで……、なんで今さら――」

祖父が、男が近づいてくる。息ができない。

「この町から出るな。俺の正体は秘密にしろ。殺されたくなかったらな」

男がジャンニーノに耳打ちした。

ジャンニーノは気を失って、その場に倒れた。

＊＊＊

ジェスローに入る脇道に乗り入れると、映画撮影の美術だろう死体がバラバラと転がっていた。ダンはそれを見ながら、キャシディならなんて言うだろうかと考えた。

教会前の広場まで出ると、エリックたちが見えたが、撮影のスタッフは考えていたよりもずっと少ない。何があったのだろうか。

「ちょっとした変更だ。どうってことない」

エリックの言葉を聞いて、ダンは頷いた。ダンにとって大事なのは映画ではない。トムが小説を書くかどうかだ。エリックによればトムは予定どおり、地下シェルターに逃げたそうだ。

ダンはケイシーとトムの家に入った。リビングのガラスは割られていたものの、それ以外は普段と何も変わらなかった。廊下にゾンビが二人いることを除けば、の話だが。

彼ら、ゾンビの顔は青白いメイクがされており、シャツには血を思わせる赤い染みがついていた。ダンは軽く手をあげて小声で挨拶をした。ゾンビはバズとレジーの二人だった。ダンは彼らと映画に関する説明会のときに会っていたので、ケイシーを紹介した。本当は彼がトムと一緒に地下に行くはずだったのだ、と。

ダンは事務所の手違いの件を手短に説明すると、バズとレジーは笑いながらも、「どうりで」と納得してくれた。女の演技が完璧すぎると思った、とのことだった。

「地下室にトムと女を一緒に閉じ込めるなんて、おかしいと思ったよ」とバズは言った。

「でも手違いだってことは分かったけど、トムは小説を書いてるよ。この何時間は音が止まったけど、それまではずーっとタイプライターの音がしてたからな」とレジー。

「トムが書いてるのか?」

「ああ、ビックリするほどのペースでタイプしてるよ。まぁ、何を書いてるかは分からないけどね。俺たちは交代でトムたちが出てこないように見張ってるんだが、とにかくタイプの音が止まらなくて、驚いてたところだよ」

「トムのタイプが止まらない?」ダンは首を傾げた。彼の執筆がそんなに早く進んだことはない。恐怖がカンフル剤になったってことだろうか?

「どうします? どんなにタイプの音が聞こえてるからと言って、まともなものが書けてるとは限らないですよ」ケイシーがダンに言った。「ケイティには任せてられません。僕が下に行ったほうが良いと思います」

「いや、もしかしたら今の環境がベストなのかもしれない。トムがそんなにタイプし続けているなんて、聞いたことがない。できれば今の環境を何も変えたくないな」

二人で少し話し合って、下の様子を確認することにした。

まずはダンがトムに話しかけて、扉を開ける。確認することは二つ。トムが書いているのか、そしてうまく書けているか。

もちろん、トムもケイティも必死で逃げたがるだろうから、まだゾンビから逃げられる状態ではないと思わせないといけない。ダンがケイシーを呼んだら、ケイティを助けてケイシーを代わりに地下に送る。ケイティのままでいいと判断した場合、ダンが「ゾンビが襲ってきた」と言い、それを合図にケイシーが銃を発砲する。また助けに来るから、必ず書き終えろと釘を刺して扉を閉める。

二人で打ち合わせをしたが、ケイシーは自分が下に行くと言って譲らなかった。ジェスローに着くまでは、気が進まない様子だったが、タイプ音が途切れないと聞いて態度が変わった。トムが絶好調であるなら、その手柄を自分のものにしたいのだろう。ケイシーの軽はずみな野心がトムの想像力を萎えさせてしまわないか、ダンには心配だった。ケイティが良い成果を生み出そうとしているのなら、このまま彼女に任せたい。

ケイシーが庭の外に出て銃を空に向けた。いつでも発砲できる。

ダンは地下シェルターの扉を強く叩き、下の二人に向かって叫んだ。

「トム！　ケイティ！　生きてるか？」

下から二人の声が聞こえた。少しして階段を上ってくる音が聞こえて、シェルターの扉が開いた。

「死ぬかと思った！　助けに来てくれてありがとう！」トムは床から顔を出してダンに言った。その後ろにケイティが見える。早く地上に出たそうにしたが、ダンは巨体でそれを防いだ。ダンが退かないと上がれない。

「まだゾンビとの闘いが続いてる。二人を助けられるわけじゃないんだ。確認に来ただけだ。生きてて本当に良かった！」ダンは一気にまくし立てた。

「タイプの音が聞こえていたが、トムが書いていたのか？」

「ああそうだ！　生きて出られるとは思わなかった！　さっさと退いてくれ！」トムは地下から這《は》い上《のぼ》ろうとしたが、ダンはそれとなく阻止した。

「何を書いてる？　良いものが書けてるか？」

「そんなのどうでも良いだろ？　退いてくれ！」

「ダメだ。まだ君たちを助ける余裕がないんだ！　良いものが書けてるか？」

「とにかく最高の原稿です。早く見せられるように外に――」ケイティが後ろから大声を出した。

ダンはそれを聞いて驚き、目を丸くした。

「あ〜、ダメだあああ〜！　ゾンビがあああ！　群れでやって来る〜〜〜！」ダンはケイシーのほうをチラッと見てわざとらしく叫んだ。

ダンの合図を受けて、ケイシーは不満そうな顔で空に向かって発砲した。

一発、二発。そして三発。

町の中に銃声は大きく響き、トムの後ろでケイティが泣き叫んだ。

「一度、態勢を立て直してくる。必ず助けに来るからな！」

「待てよ！　俺を出してくれ！　邪魔にはならないから――」

「原稿を書き上げるんだ！　人類には希望が、君の小説が必要だ！」

ダンはそう言って扉を無理やり閉めた。そしてトムが扉を開けないように、しばらくその上に座り込んだ。トムは扉を押し開けようとしたが、びくともしなかった。

ダンはケイシーに視線を向けると親指を立てて「よくやった」と笑顔を見せた。ケイシーは相変わらず納得していない様子だった。ダンはバズとレジーに小声で話して、彼が離れても大丈夫なように、扉の上にソファーを置いた。

「これで安心だな。後は撮影が終わるまで待とう」

こうしてダンとケイシーはジェスローから事務所まで戻ることにした。途中で軍の車両が大量にキャリアン方面に向かうのを見て、何事かと思ったが特に気にしなかった。

それはジェスローの東側を包囲するための追加の人員だった。

ホフマン大佐による指示でキャリアン・ジェスロー間のバリケードは早い段階で組まれたもの

の、連絡の行き違いで東側の配置は大きく遅れた。

ダンたちが離れて三十分もしないうちに、ジェスローは完全に孤立させられたのである。

＊＊＊

ケビン・ダーナムがベッドから起き上がったとき、窓から差し込む日差しはすでに午後のものだった。床に足をつけて歩き出すと、頭痛でふらついた。気分が悪い。ここのところ、ずっとそうだ。気分が良かったときのことなんて覚えていない。

戦争神経症《シェル・ショック》、戦闘疲労《バトル・ファティーグ》、作戦疲労《オペレーショナル・エグゾースチョン》、最近では心的外傷後ストレス障害《ポスト・トラウマティック・ストレス・ディスオーダー》なんて言葉もある。どんな言葉を選ぼうが、変わらない。俺は、もうぶっ壊れちまった。

人間の頭の中がどうなっているかなんて、考えたこともなかった。ベトナムではそれを実際に見た。あれはプリンみたいなもんだ。器の中にカラメルソースがかかったプリンがある。割れた頭蓋《ずがい》骨《こつ》、溢《あふ》れ出《で》る血、飛び出た脳漿《のうしょう》。あれはプリンだ。俺の頭は割れてないのに、中のプリンが壊れちまった。

寝室から出てリビングに行くと、テーブルに目玉焼きとトーストが置いてある。アランが朝に作ってくれたのだろう。アランとジェイクは遊びに行っているようで、家にはケビン一人だけだった。固くなったトーストを齧ると、涙があふれた。

アランもジェイクもまだ小さい。本当なら自分があいつらを守らなければいけないのに。これでは立場が逆だ。

分かってはいるのだが、いつでも分かっているわけではない。

俺はメイベルを殴って、彼女は出ていってしまった。ウィルからそう聞いた。だが、俺は決してメイベルを殴ったりしない。女に手をあげるような真似はしない。何かの間違いだ、とケビンは思った。

だが実際、俺は女を撃ち殺したんだ、とケビンは思い出す。今はコーヒーの入ったマグを持っているだけでも震えるこの手が、何人も殺したんだ。

ケビンはトーストと卵を食べ終えると、パジャマを脱いでジーンズとシャツを着た。コーヒーを飲んで用を足すと、意外と悪くない気分だった。外は呆れるほど良い天気で、生まれたときからまったく変わらないジェスローの光景が見えた。

玄関のドアから見えるポーチのブランコが風を受けてギシギシと音を立てている。昔は、といっても、そんなに昔ではないときに、メイベルと二人で座って星を見ながらビールを飲んだものだ。ギターを抱えて歌えば、バズとかレジー、ウィルが女、子供を連れてきた。ビールがいくらあっても足りなかった。話すことなんてそんなに無いのに、歌う曲が尽きることはなかった。

そういえば、アランにはベトナムから帰ったらギターを教えてやると言った気がする。あんなに帰ってきたかった家なのに。あんなに会いたいと思っていた家族なのに。

俺はまだ本当に帰ってきてない。まだ本当に家族に会ってない。

このままじゃ、ダメだ。

ケビンは洗面所で髭《ひげ》を剃《そ》ると、寝室に戻って久しぶりにギターを手に取った。埃を被って汚れていたので、雑巾《ぞうきん》で軽く拭いてやる。チューニングが狂っているどころか、ネックが曲がっている。俺はヘッドがダメだが、ギターはネックがダメになってやがる。ケビンはなんだかおかしな気分だった。ギターを大切にしてやれば、自分も良くなる気がした。

寝室の椅子に腰かけて、ギターのチューニングを直す。悪くない。

ギターを軽くつま弾《び》くと、ベトナムで覚えた歌を歌い始めた。

――人が奇妙に見える、自分が異邦人のときは。誰もが不細工に見える、自分が一人ぼっちのときは。女が意地悪に思える、自分が求められてないときは――

「まったく、そのとおりだ」ケビンは一人で苦笑した。

ケビンは鈍った勘を取り戻そうと、メイベルの好きだった歌を何曲も弾いた。

いつになく良い気分だ。息子にギターを教えるなら今しかない。今から、俺はちゃんとした父親に戻るんだ。ケビンはアランとジェイクを捜しに行こうと、家を出た。

通りに出た瞬間に、ケビンは道に倒れている人に気が付いて息を呑んだ。

「おい！　大丈夫か！」

ケビンは駆け寄って、その人を抱き起こした。だがそれは不思議なことに人間じゃなく、マネキンだった。奇妙なこともあるものだ。

俺のプリンがまた壊れたのか？　ケビンは自分の正気を疑った。だが、気分は晴れており、なんとか現実をそのまま受け入れた。俺はマネキンを抱いている。なぜだか、この町にはいくつかマネキンが転がっている。

だが、次の瞬間に不運が訪れた。すぐ近くから銃声が聞こえたのだ。

一発、二発、そして三発。

ケビンは銃声を聞いてとっさに頭を下げた。大丈夫、撃たれていない。

鼓膜を突き破るような爆発音のせいで、キーンと耳鳴りがした。何も聞こえない。煙で何も見えない。

やがて煙が薄れていくと、腕の中にはカーマイケルの死体があった。胸から大量に出血しており、手を押し当てても血が止まらない。

「クソ！　またあいつらだ！　やつらはどこにでもいやがる！」

部屋の中は死体だらけだった。壁に穴が空いており、通りが見えている。

「畜生！　ジェンコ、生きてるか？　カーマイケルがやられた！」

「ここはダメだ！　ケビン、逃げるぞ！」ジェンコの声が聞こえる。

ケビンは通りを走り抜けた。さっきまでは安全に思えた町だったが、死体がいくつも転がっている。

「畜生！　死んでたまるか！」

ケビンは通りにいるベトナム人の顔を見た。女も、子供も、信用できない。銃を構えようとして、さっきの部屋に置いてきてしまったことに気が付いた。

「クソ！　銃がねえ。ジェンコ！　援護してくれ！　ジェンコ？」

ジェンコはいなかった。部隊の仲間は一人もいなかった。

ケビンは走り続けた。町を抜けて、水田の広がる道をひたすら走った。ヤシの木が風に揺れている。

どこに向かうわけでもなく、ケビンは走り続けた。

だが、やがて目の前が封鎖されていることに気が付いた。数えきれないほどの銃が自分に向けられている。

誰かが何かを叫んでいる。クソ、捕まって堪《たま》るか！

ジャングルに入り込めば、逃げ切れるかもしれない。そう思ったが、すぐにケビンは押さえつけられた。

「助けてくれ！　まだ死にたくない！」

ケビンは何人もの男に拘束され、トラックの荷台に乗せられた。

捕虜になってしまったのだ。

「やつらはどこにでもいる！　どこにでも隠れている！」

＊＊＊

自分はどこで道を間違えてしまったのか。レディングはキャリアンに向かう途中で頭を抱えたくなった。もちろん、人生の話だ。キャリアンまでの道を間違えるはずがない。

やはり軍隊という組織が自分にあわなかったのだろうか。自分ならどこでも生きていけるとレディングは思っていた。それは間違いではなかったが、訳の分からない人事異動のために、怪しい部隊に所属することになってしまった。ホフマンの部隊は〈ダークスト・チェンバー〉などと仰々しく呼ばれていた。

「世界で最も暗い秘密を扱う組織」だから、その名前がついたのだとホフマンは自慢げに言っていた。実際のところ、事務所が基地の地下深くの部屋で、誰もいないことが多いから最も暗い部屋《ダークスト・チェンバー》と呼ばれているだけだろう。

部屋にある資料は国内のみでなく世界中のＵＦＯ目撃情報や、超常現象をまとめたものばかりだった。ＵＦＯの部品や異星人の死体など、いくつかの物品も保管されていたが、レディングにはどうも本物だとは思えなかった。田舎にある怪しげな博物館とたいして変わらないように思えたが、ホフマンとスタインバーグ自身は、実際に何度も現場で異星人を目撃しているようだった。

特にフラットウッズでの出来事とロニー・ザモラ事件については何度も話を聞かされた。

異星人の存在を世間から隠すこと。情報を収集し、そして情報を操作すること。それがダーケスト・チェンバーの基本的な存在意義だった。そして、侵略やその他の危機に瀕《ひん》したと考えられる際には、独断で攻撃・防衛措置をとることが可能だ。

「ジェスローで異変が起きた。十人以上死んでいる可能性がある。まだコールリッジ文書との関連性は不明だが、包囲を要請した。ブルーボードの連中に悟られないように、キャリアン署に戻ってこい」

ホフマン大佐からの命令どおり、不信感を持たれないように、ブルーボードの男と別れた。まだ現場を封鎖するのは時期尚早であると思うが、ホフマン大佐がそうすると決めた以上、自分は従うだけである。

とはいえ、自分がさっきまで任されていた仕事のことを思い出すと、すべてが悪い冗談のように思える。狼狽《ろうばい》した男は、自分の牛が巨大なエイリアンにレイプされたと思っている。念のため、獣医を呼ぶと言ったのはプロジェクト・ブルーボードの男だ。あくまで科学的な手法で研究するのだというものの、実際は時間と予算を食いつぶすだけのアホどもだ。調べるべきは牛ではなくて、男の精神状態だ。ブルーボードの連中と一緒にいるのは耐え難かったので、ホフマン大佐から召集があったときには、思わず神に感謝したくなった。

意外なことに軍はジェスローの東側をまだ封鎖していなかった。そんなわけで、途中でジェスローに寄ることもできたのだが、命令もなく立ち入ることは許されないだろうと判断した。ジェスローの西側、キャリアンとの間の検問所で停車した際に、東側にも兵を送るようにレディングは要請した。自分に召集がかかったのもすでに六時間以上前だ。なぜ封鎖が遅れているのか？　理由はキャリアン署に入ってすぐに分かった。ホフマン大佐は、無人の署内で一人倒れていた。

彼を抱き起こして話を聞くと、留置場に隔離していた弟――つまりキャリアン署の署長――が反抗して頭をひどく叩かれたらしい。

「すまないな、レディング。まったく、とんだ失態だ」

「いえ、起こってしまったことは仕方ありません。それよりも、新しい情報です。ジェスローの町から一人の住人が逃げ出そうとしたようです。検問所で隔離しているようですが、この男は錯乱状態にあるそうです。確認に向かいますか？」

「分かった。すぐに向かおう。何が起きたか、一刻も早く突き止めねば。ジェスローは電話がつながらないらしい。誰が、どんな理由でこんな妨害を行ったかは不明だ」

「電話線が切られている？」

「いや、切られているのを確認したわけではない。ジェスローだけ電話がつながらない。なんらかの技術で干渉を受けている可能性もある」ホフマンが訂正した。

分からないことだらけだ。とにかく情報を集める必要がある。

署の前に停めていた車の助手席にホフマンを乗せ、レディングはジェスローの西側の検問所を訪ねた。簡易的な隔離室の前にいた、防護服を着た責任者に話を聞くと、男は寝ているらしい。今のところ、男の身体に異常は見られないとのことだった。

「男の名はケビン・ダーナム。ジェスロー出身で、ベトナム帰りの負傷兵です。起こしますか？」

「いや、いい。それよりも、彼は錯乱状態だったらしいな。そのときの状況を詳しく聞きたい」

「ええ。彼は突然町から走って逃げて来ました。こちらの検問所を見ると逃げようとしました。組み伏せましたが、熱に浮かされたように妄言を吐いていて、話を聞ける状態ではありませんでした」

「妄言？　どんなことを言っていた？」

「助けてくれ、まだ死にたくない、とか。やつらはどこにでもいる、どこにでも隠れている、とか。そんなことを繰り返すだけで会話にはなりませんでした。とにかく暴れるので、鎮静剤を与えました」

「なるほど。隔離を続けてくれ。もし落ち着いて話せる状態になったら連絡をくれ」

レディングとホフマンは検問所近くに設置された野営地を作戦司令室として使うことにした。

「さて、レディング中尉。この状況をどう思う？」ホフマンはテントに入り、用意されていた椅子に座ると早速レディングに訊ねた。

「正直なところ、ディッキンソン夫妻の証言だけで町を封鎖するのは時期尚早かと思いました。しかしジェスローで電話が使えないことと、帰還兵が町から逃げ出したことを考えると、やはり町で何かが起きていると思います。まだコールリッジ文書との関係は分かりません」

「それでは困るんだ。なぜ軍が封鎖しているか、外部に説明しないといけない」

「分かりました。封鎖にあたっている部隊にはなんと伝えてあるのですか？」

「誰も通すな、ジェスローから出ようとするやつがいたら隔離しろとだけ言ってある。内部はそれだけで十分だ。外部はそうはいかない」

それを考えるのが自分の仕事、というわけか。レディングは顎に手をあてて考えた。

「ベトナム帰還兵が錯乱状態だった、との話でしたね」

「そうだ」

「テロリストが軍の基地から爆発物・化学兵器を盗み出してジェスローで籠城《ろうじょう》している。被害を最小限にするために慎重に対応している、というのはどうでしょうか？」

「いいぞ。早速、そのように通達しよう」

「実際に何が起きているのか、確認できておりますか？」

「まだだ。最悪の場合を考えて行動しなければならない。まずはスタインバーグ博士がこちらに到着するのを待ったほうが良いだろう。何かあったときには彼がいてくれたほうが助かる」

「では、今は待つだけですか？」

「仕方がない。あとはコールリッジ文書との関連性を考えて、レーダーに何か映った場合にすぐに連絡をするようにと伝えてある。それだけだ」

「レーダー、というと――」

「ああ。例の〈天使〉が来るかもしれないからな」

ホフマンの表情からは、彼がどこまで本気なのか分からなかった。

＊＊＊

「どうだ？　うまく撮れてたか？」

ロニガン家の暗室に入るなり、エリックは期待を込めて聞いた。

「うまく撮れてるはずだった」ショーンはフィルムを確認しながら、振り返らずに答えた。

「どういうことだ？　何か問題があったのか？」

「いや、撮れてるものに問題はない。ノームとボリス、リンダのバランスはやはり良いよ」

「じゃあ、何が問題なんだ？」

「映ってないものが問題なんだ」ショーンは煙に巻くように答えた。

「どういうことだ？」

「まず、理解してほしいんだが、俺はドキュメンタリー作家だ。現実の感触が摑みたいんだよ。どんな現場でもね。他のカメラマンとは……趣味が違うんだ」

「具体的に言ってくれ」

「俺はあんたが頼んだもの以外も撮影してたってことさ。撮影の合間とかにだ。俺にとって、一番興味があるのは芝居じゃない。作りものじゃなくて現実だってことだ。休憩中を撮れば、その人物の本当の姿が撮れる。そう言えば分かるか？」

「ああ、フィルムを無駄にしてるってことだな。その費用は出さないぞ」

「いや、そんなことは頼まないさ。だがな、これがどう見てもおかしいんだ。俺たちは撮影中も、その合間も、ノームに銃を持たせてた。そうだろ？」

「ああ、当たり前だろ。何を言ってるんだ？」

「映ってないんだよ。ノームが銃を持ってるところが。撮影中は映ってるが、それ以外では、ノームが銃を持っているコマが一つもないんだよ」

「それのどこが問題なんだ？」

「さっきも言ったとおりだ。撮影の合間の気が抜けた瞬間に、その人の本性が現れる。マイルズはイラついて貧乏ゆすりを始めるし、リンダだって髪の毛を弄《いじ》りっぱなしだ。つまりノームは普段から銃を隠し持っている人間だってことだ。人の目に対する警戒心が半端じゃない。普通じゃないぞ」

「ああ、分かってるよ。あいつが普通じゃないってことはな。だから良いのさ」

「あんたも大概、狂ってるな」

「覗きが趣味のやつに言われたくないね。それに、マフィア崩れのやつから金をもらって映画を作ってるんだ。自分が狂ってることくらい十分承知してるさ」

「そういえば、あいつはどうしちまったんだ。ローマ皇帝みたいに偉そうなやつが来たと思ったら、突然倒れちまったな」

「来た、見た、倒れた」エリックは笑った。

「もしかしたら、あいつの正体を知ってるのかもな」

「それはあり得る。ジャンニーノはマフィアの中では下っ端《したっぱ》だったらしいが、ノームがそのスジでは有名なやつってことはありえるな。だとしたら……。最高だな。本物のヤバいやつが映画に出てるなんて、最高の宣伝になる」

「そんなこと宣伝になるのか？」

「何でも言ったもん勝ちの世界だ。本物のマフィアが出てるって言っても、普通の人間には分からんだろうよ。もちろん公式な宣伝なんてしない。試写のときに、その場にいるやつに言えば、映画の噂と一緒に広がるだろうさ」

エリックはショーンから渡されたフィルムに目を通した。ノームとボリスがいきなり殺し合いを始めたところだ。一コマ一コマを見れば、やつらの動きがどれだけ素早く、無駄のないものだったか、はっきり分かる。目で追えるスピードではない。

「普通じゃつまらないからな。誰も見たことのないものを見せてやるんだ」

エリックはショーンと話し合って、彼らの速すぎる攻防の間に、彼らがなにをしているのか、分かりやすいカットを瞬間的に挿入することにした。試しにつなげてみると、斬新で迫力のある格闘シーンになった。まだ誰も見たことのない、新しいレベルの映像だ。二人は興奮のあまり寝る時間を削って編集作業にのめり込んだ。

だが、これだけでは足りない。もっと、圧倒的に面白い映画にするのだ。

そのためにも、エリックはどうしても教会を燃やしたかった。

あんなに豪華な教会は、燃やすために建てられたとしか思えない。

だが、さすがに教会に火を点けるわけにはいかない。

悔しいが、諦めるほかないだろう。

＊＊＊

「ここが俺たち〈ヘル・パトロール〉のたまり場だ。今の時間ならフレッドもいるだろうな」

アイゼンスタッドはコリンズ巡査の私用車の窓から外を眺めて言った。

キャリアンの西にあるバー、スローター・ハウスが荒くれどもの掃《は》き溜《だ》めであることはコリンズ巡査も知っていた。署長のバイクがすぐ後ろに停まったのをサイドミラーで確認してから、コリンズは車を降りた。

「行きますか？」

「あたぼーよ。ヘル・パトロールの連中に、本物のパトロールの仕方を教えてやるぜ」

アイゼンスタッドのライダースジャケットを着た署長は、頑張って暴走族らしく振る舞っている。本人は楽しんでいるようだが、どこか不自然で滑稽だ。コリンズは首を横に振って、署長にやめるように促した。

「なんだよ。俺だってまだイケてるだろ？　グルーヴィーだぜ」

署長の言葉遣いを聞いてアイゼンスタッドが鼻で笑った。

「お前、笑ったな。今からでも留置場に戻すぞ」

「勘弁してくれよ。こんな格好でフレッドの前に出るだけで、俺にとっては十分な罰だぜ」アイゼンスタッドは署長と交換して着ている、だぼだぼしたズボンを摘まんで言った。

「とにかく、今はフレッドとの交渉に集中しましょう」コリンズがその場を治めた。

バーの前に停められている多くのバイクを眺め、コリンズと署長は視線を合わせた。これだけのバイカーを仲間にできれば、多少なりと勢力になるだろう。もちろん、これだけの荒くれ者が揃っても、まだまだ足りないのは分かり切っていた。

二人は事前に安全な距離を保ちながら、軍の包囲を見ていた。道路に検問所を設置しただけでなく、いくつかの拠点を作り上げていた。

道路を離れて何もない荒野にさえ、一定の距離をおいて兵士が立っており、ジェスローに侵入できる隙はなかった。無理やり入ろうとすれば、容赦なく撃たれるだろうことは明らかだった。

どう考えても異常な光景だった。クリスは神経ガスやウイルスの可能性を口にしていた。だが、封鎖しているのはただ銃を持っただけの兵隊である。クリスは何を隠しているのだろうか。

なんとしても、自分たちの町を守らなければならない。そのためにも仲間が必要だった。ヘル・パトロールは理想的な協力者とは言えないが、一番力のある勢力だ。取り込めれば力強い。

バーの中は、まさにゴロツキどもの巣窟《そうくつ》といった感じだった。カウンターでは、いかにもバイカーといった格好の連中が座って笑い話をしている。煙草を燻《くゆ》らせながらビリヤードをしている男たちは、誰もが見せびらかすように腕に刺青《いれずみ》を入れていた。テーブル席についている男女の会話は聞き取れないが、犯罪を企てているのではないかとコリンズは勘繰ってしまう。

ジェファーソン・エアプレインの曲が大音量で流れており、窓ガラスがベース音に共鳴してビリビリと震えている。店の中に足を踏み入れると、バーテンダーが鋭い視線を向けた。それにつられるように、カウンターの客が振り向いた。

ここはお前たちの来る場所じゃないと言わんばかりの、無言の圧力の中を歩いていく。

――もしも白ウサギを追って行ったら。あなたも知ってるでしょ、穴に落ちてしまうの――

グレース・スリックが高らかに歌うとおり、自分たちが穴に落ちているようにコリンズには思えた。白ウサギならぬアイゼンスタッドに導かれ、ゴロツキの世界に来てしまったアリスだ。

「わははは、なんだよアイゼンスタッド！　てめえ、何でそんなジジイみてえな格好してんだよ」

カウンターに座っていたスキンヘッドの男が涙を流して大笑いした。喧嘩でやられたのか、前歯が欠けている。

「うるせーな、ウィルバーン。てめえのママのアソコを突っついてやったら、びしょびしょに汚されちまったんだよ。ママの匂いを嗅ぐか？」アイゼンスタッドは相手の顔に指を向けた。

怒った男がアイゼンスタッドに殴り掛かって来た。彼はそれを躱してやり過ごすと、男をビリヤードテーブルの上に突き飛ばした。スキンヘッドが、きれいに揃えられていた九つの玉にぶつかり、見事なブレイクショットとなった。

「おいおい、喧嘩しに来たわけじゃないんだぞ。フレッドはどこだ？」署長はアイゼンスタッドを一喝した。

「分かってるよ。あの一番奥のテーブルがフレッドの定位置だ」

アイゼンスタッドの指すテーブルには男が二人と女が一人座っていた。

「よお、アイゼンスタッド。どうした？　親父そっくりじゃねえか。ついにお前も配管工になるのか？」

黒い髪をグリースでオールバックにしているフレッドが冗談っぽく言ったが、目は笑っていなかった。その目は飢えた獣のように抜け目ない。

「よしてくれよ。配管工になるのは死んだ後って、いつも言ってんじゃねーか。それより、あんたにお客さんだぜ」アイゼンスタッドはそう言ってから、顎を少しだけ動かして署長に注目するようにフレッドに示した。

「おいおいおい。一体全体なにがあったんだ？　なんとキャリアンが誇る偉人、ホフマン署長その人じゃねーか。お巡りのユニフォームよりも、ライダースジャケットのほうが似合ってるぜ。あんたもヘル・パトロールに加わるつもりかい？」

「まさか。その逆だよ。お前たちに協力してもらいたいことがある」署長がそう言うと、フレッドは目を細めた。

「協力？　俺たちが誰だか分かってて言ってるんだよな？」

「ああ。もちろん知ってるさ。すまないが座って話したい。ちょっと詰めてもらえるかな？」

署長はフレッドの正面に座っていた男の隣に立つと、奥に行くように身振りで示した。

顔の右半分に刺青をした男はフレッドを見た。フレッドが頷くと、男は仕方なく奥に詰めた。よっこいしょ、と小さく声をかけると、署長はフレッドの正面に躊躇《ちゅうちょ》なく座った。

「お前たちも気が付いてるだろうが、軍がジェスローを包囲している。キャリアン署長の俺にさえ何の説明もないんだ。俺はジェスローで何が起きているのか知りたい」

「なるほどね。軍に除け者《のもの》にされて悔しいってわけか」フレッドは署長を試すように、じっと見つめた。

「ちょっと失礼するぜ」

そう言うとフレッドはポケットから小さな袋を取り出して、中身の粉をテーブルの上にこぼした。財布から一ドル札を出すと、それを使って粉を丁寧に一筋の線に整え始めた。

「調子にのるな！」

コリンズ巡査がその様子を見て大声をあげたが、署長は手をあげて彼を制した。

署長の態度を見て取ると、フレッドはニヤニヤ笑いながらコカインを一気に吸い込んだ。

「いいねえ。署長の前でやるコカインは最高だぜ。署長さんもやるかい？　他のお巡りには内緒にしといてやるよ」

「いいか、俺はお前たちのことを許しているわけじゃない。精一杯の譲歩をしてるんだ。俺は軍の隙をついて町に入りたい。何人か、あいつらの注意を引き付けてくれるやつを集められるか？　多ければ多いほど助かる」

フレッドは署長の言葉を聞くと、大笑いを始めた。すでに薬が効いてるのか、テーブルをドンドンと叩いて、子供のようにはしゃいだ。

「陽動作戦ってやつか。署長さんよ。あんた、テレビの見すぎだぜ。軍と争ってどうするつもりだ。そんなの銃で撃たれて死んじまうだけだぜ。俺たちはインテリじゃねーけど、そこまでバカでもないぜ」

「そういうことなら、あんたらの犯罪を見過ごすわけにはいかないな」コリンズは威嚇するように言った。

「そっちのあんたも分かってないな。周りをよく見てみろよ。俺に何かしたら、あんたらは生きて外に出られないぜ」

フレッドに言われてコリンズが後ろを振り返ると、バーにいる男たちが全員、こちらを見張っていた。誰もがジョッキを持ったり、ビリヤードのキューを手にしているが、喋っている者はいない。不気味な静けさに、コリンズは肝を冷やした。

「あんたたちにはガッカリしたよ」署長は椅子から立ち上がると言った。

「反社会的で乱暴で。だが、心の奥にはアメリカ人の魂があると思ってたよ。『俺を踏みにじるな《ドント・トレッド・オン・ミー》』の意味を忘れたのか？　俺たちの町で軍が好き勝手やってるのに、お前らは何も感じないのか？」

「知ったこっちゃねえよ。俺たちは俺たちのやりたいようにやるさ。やつらは俺たちに何かしようってわけじゃない。命を懸けるほどジェスローに思い入れなんてないさ」

「そうか。邪魔したな」

署長とコリンズはそのまま店を出た。二人が出た途端に店の中の緊張が解かれたようで、騒がしさが戻った。

「仕方ない。仲間を集めるのは無理そうだ。クリスをぶちのめしたから署に戻るわけにもいかない。俺たちの家に帰るのも避けたほうが良いだろう。さて、どうするかな」

バイクをアイゼンスタッドに返した署長は、コリンズと一緒に車に乗り込みながら言った。

「ですが、署長。奥さんはどうするんですか？　今ごろ心配してるんじゃないですか？」

「あいつなら大丈夫だ。もう何十年も俺と一緒にいるんだ。どんな強面が来て凄んでも、なんとも思わないさ」

「そうですね。どちらにしろ、軍にとって関心ごとは包囲したジェスローの中でしょう。追手《おって》のことはそこまで警戒する必要はないかもしれませんね。しかし協力者がいないとなると、あの軍の包囲網に侵入することはかなり困難になりますね」

二人が考え込んでいると、一人の青年がバーの中から出てきた。車にまっすぐ近づいてくる青年の顔を見て、コリンズは窓を下げた。

「おい、リッチーじゃないか！　未成年のお前が、こんなところにいて良いと思ってるのか？」

「今はそれどころじゃないだろ？　話さなきゃいけないことがあるんだ」

「なんだ？」

リッチーは後ろのバーを一度振り返ってから、ため息をついた。

「内緒の話だ。場所を変えたい」

ジェスローの包囲網までまだ距離があるが、気づかれる可能性もある。ヘッドライトを消して走るバイクを追いながら、コリンズは自分たちが夜行性の動物になったように感じた。昼に活動する捕食者には敵《かな》わないものの、時間帯を変えれば自分たちも堂々と動けるのだ。軍に反抗してしまった自分たちの立場は、まさにオポッサムのようなものだ。

コリンズはリッチーのバイクを追って、〈鉄床〉まで走った。〈鉄床〉はジェスローまで近すぎもせず、遠すぎるということもない。岩棚も車を隠すのには格好の場所だった。リッチーが連れてきてくれたのは、偶然とはいえ帰る場所のない二人にとっては良い拠点だった。

「あれ？　署長さん、随分といかしたジャケット着てるんだな」

コリンズと署長が車から降りると、リッチーが口を開いた。

「まあな。それはどうでもいいとして、内緒の話ってのはなんだ？」

「さっきバーで聞いたんだ。ジェスローにヤバいやつがいるってのは本当か？」

「ヤバいやつ？　何を聞いたんだ？」

「テロリストが軍の兵器を持ってジェスローに立てこもってるって」

「何だって？　それは誰から聞いた？」

「ヘル・パトロールの連中だよ。あいつらも軍に道路を封鎖されて、かなり頭に来てるみたいだった。封鎖の理由を聞いたら、そう言われたらしい」

「それは初耳だな。だが、」署長は目を閉じて考えこんだ。「筋は通っているか」

「なんだよ。あんたらも何も知らないのか」リッチーは失望のため息をついた。

「まず、クリスは軍の兵器が盗まれたことを知っていたと仮定しよう。偶然、署内にいる間に、ディッキンソン夫妻の報告を聞いて、そいつが盗んだ兵器によるものだと考えた。それで軍で包囲をしようと考えた。そういうことか？」署長は自分の仮定を吟味するように言葉にした。

「だとしたら警察に協力を仰いだほうがよっぽどスムーズに解決すると思うのですが。なぜ、私たちを留置場に入れたのでしょうか？」

「え？　あんたら留置場に入れられたの？」リッチーは眉を顰めた。二人はそれを無視した。

「いや、どうだろうな。軍の不始末を自分たちで処理したかったのかもな。ただでさえベトナムのことがある。軍のイメージを保つためには何でもするだろう。それに、持ち出された軍の兵器ってのが気になるな。ディッキンソン夫妻の話が正しければ、ジェスローに十人以上の死体があるはずだ。神経ガス、特に秘密裏に開発されている兵器なんかがあるとすれば、それは外に出せないはずだ」

「確かにそうですね。ですが、何か引っかかるんですよね。うまく言えないんですが、何かが大きく間違ってるような……」

「ああ、コリンズ。俺の直感も、自分が言ったことを信じていない。そんな単純なことではない気がするんだ。クリスの態度は、そういう感じじゃなかった」

「それに、包囲していた兵士たちもガスマスクなんかしてませんでした。やっぱり何かがおかしいですね」コリンズ巡査が応えた。

「なんでジェスローなのか、ということも気になるな。理由もなく軍から兵器を盗むやつなんていない。テロリストだとしたら、ジェスローみたいな田舎町じゃなくて都会に行くだろう」

「別の場所に行く途中だったのかもしれません。ジェスローに立ち寄ったタイミングで何らかのトラブルに巻き込まれたとか。電話が使えないことと何か関係があるかもしれません」

「あの、そのことなんだけどさ……」リッチーが小声で呟いたが、二人は議論に熱中していて気が付かなかった。

「そうだ。電話が使えないことは、クリスも知らなかったはずだ。兵器を盗んだやつが意図的に不通状態にしたのか、それとも今回のトラブルの原因とも考えられるな」

「二人とも、聞いてくれ」リッチーが声をあげた。

コリンズと署長がリッチーを見つめた。その顔は思い詰めたように暗いものだった。

「電話線を切ったのは俺なんだ」

「何だって！」コリンズと署長の声が被った。

「フレッドに頼まれたんだ。ジェスローの電話線を切れって」

「フレッドが？　あいつは今回の事件に関係してるってことか？」

「いや、関係ないと思う。ジェスローの電話線を切れとは言われたけど、いつやれって指示はされなかったから、電話と事件は無関係だと思う。覚えてるか？　ケーラマンさんの家の郵便受けをぶっ壊した次の日に、俺のことを追ってきたことがあっただろ？」

「そういえば、そんなこともあったな。やっぱりお前だったか」

「実は、もともとあのときに電話線を切るつもりだった。でもあんたが来たからやめたんだ」

「じゃあ、やはり偶然ってことか。それにしてもフレッドはなんでお前に電話線を切らせたんだ？　目的とか何か聞いてないか？」

「州間高速道路だよ。開発に反対してるジェスローの住人を早く立ち退かせたいやつらがいるんだ。それ以上のことは何も知らないよ」

「クソ……。電話線と軍は無関係。だが電話が不通だったことがトラブルの原因になった可能性はある。結局のところ、何にも分からないな」

「ごめん……。こんなことになるなんて思わなかったんだ。電話線切ったって、ちょっと困るくらいで、すぐに復旧するだろうって」

「まぁ、いいさ。正直に言ってくれてありがとう。フレッドの野郎、知ってたくせに黙ってやがったな。あいつはこの件に関わってると思うか？」

「どうでしょうか？　フレッドはただのチンピラですよ」

「そうだな。なんとか情報を集めないと。このままじゃ終われないぞ」

「ええ。大佐を殴ったんですから、辞職じゃすまないですよね」

「え、大佐を殴った？　あんたら何してんの？」

「今さら、驚くことじゃないだろ。警官がバイカーに協力を頼んで、ヘッドライトを消して逃げてるんだぞ。お前はもうヘル・パトロールにも、この件にも関わるな」コリンズが言った。

「いや、協力するよ。俺だってジェスローのことは気になる」リッチーは食い下がった。

「やめておけ。下手すれば、命に関わるぞ。チンピラの小間使いとは違う」

「いや。顔が割れてる俺たちには彼の協力が必要かもしれんな」署長は静かに言った。

「署長！　私は反対です」コリンズは声を荒らげた。

「リッチーだってもう子供じゃない。自分たちの町を守りたいと思う気持ちがあるなら、フレッドのようなやつよりもよっぽど大人だ。一つ、頼みたいことがある。俺たちにはできないことだ」

「なんでも言ってくれ」

「警察署を見て来てほしい。どんな状況か知りたい。もしも、軍に占領されているようだったら無理しなくても良い。なにか変化があったら教えてほしい。頼めるか？」

「ああ。任せてくれ」

リッチーは署長からの依頼を聞くと、トランシーバーを受け取り、町までバイクで戻った。遠ざかるテールランプが見えなくなると、コリンズと署長は車に戻った。帰る場所がないのだ。これからしばらくは車中泊が続くかもしれない。

「クリスは正しかったかもしれないな」署長は目を閉じながら言った。

「リッチーみたいな男の子は田舎で暮らすにはエネルギーが有り余ってるって話さ。あいつは骨のあるやつになるかもな」

「そうかもしれません。ですが、何と言っても、まだ彼は子供です」

「ああ、分かってるよ」署長はシートを倒して寝そべりながら煙草に火を点けた。

「分かってる。だが、彼以外に頼る相手がいないのも事実だ」

窓の外からコヨーテの鳴き声が聞こえ、吹き込む風が徐々に冷え込んできた。

＊＊＊
「マイルズ、さっきはすまなかった」

マイルズはウィルに呼びかけられて振り返った。ウィルとパトリシアの家で夕食をご馳走《ちそう》になって、ワインを飲んだ。撮影中は彼らの客室に泊めてもらうことになっている。酔いが回ってから、ウィルたちに断りを入れてマイルズは外の空気を吸いに出た。

「何か謝ることがあったか？」

「パトリシアの態度さ。久しぶりに会えたのに、君をもてなすような感じじゃなかっただろ」

話すことはいろいろあった。お互いの近況を聞いて、昔話に花が咲いた。楽しかったヘイトアシュベリーでのこと。永遠に続くと思っていたのに、すぐに終わってしまった夏の話。

楽しい話だけで終われれば良かったが、どうしても悲しい話題は避けられなかった。シャロンの話になると、パトリシアは目に見えて取り乱した。あの変わり者だらけの町でさえ誰よりも輝いていたパトリシアが、自暴自棄な発言をするのをマイルズは見ていられなかった。

それよりも辛かったのは、泣き始めた彼女をウィルが当然のように抱きしめて、落ち着かせる姿だった。見ていて心が引き裂かれるようだった。

「しょうがないさ。シャロンがあんな殺され方をしたんじゃ、誰だって落ち着いてられないよ。君が謝ることじゃない」

「そう言ってもらえると助かる。普段はこんなじゃないんだ。やっぱり一緒にいると昔のことを思い出しちゃうからね」

「俺は一緒にいなくても思い出すよ。忘れたくないことばかりだからね。嫌なことも含めて」

「そうか」ウィルは小さく頷いてから、巻煙草《まきたばこ》を差し出した。

「久しぶりに会えたんだ。マリファナでもやるか？」

「いや、いいよ。それよりも、ちょっと一人で夜の散歩をしたい気分だ」

「分かった。じゃあ玄関は開けておくから、ゆっくり散歩するといい。これは持っていけ」ウィルはジョイントをマイルズの胸ポケットに突っ込んだ。

マイルズはウィルに手を振って、歩き出した。しばらくは胸を張って歩いていたが、ウィルが家の中に戻った音が聞こえると、ため息をついた。虚勢を張るのは疲れる。

昨日は撮影班が大幅に減ると急に言われ、ガッカリした。今日になったら、どこの馬の骨とも分からないやつらに役を奪われることになった。

自分の俳優としての力を見せるチャンスだと思ったのに、こんな仕打ちはない。あいつらは演技のことなんて何も知らない素人だ。パトリシアと話せれば元気も出るかと思っていたが、余計に気落ちした。

パトリシアとウィルは幸せそうだった。知人が突然の死を遂げ、人生が苦痛に満ちたものになったとしても、彼らにはお互いがいる。それこそマイルズが今、必要としているものだった。心を許して、支えあえる存在。

パトリシアに振り向いてほしかった。

彼女がさっき話していた、隣人に奪われた赤いイヤリングを返してもらえば、パトリシアに振り向いてもらえるだろうか。きっと、自分が頼めばなんとかなるだろう。

そう考えてから、またしてもマイルズはため息をついた。パトリシアの笑顔を見るために、自分はそんなことをしなければいけないのだ。昔は隣にいるだけでよかったのに。

空には星が輝いていたが、月はなく暗い夜だった。

自分は誰もが認めるスターだ。だが、最悪の気分だった。成功の道を辿っているようで、それが上り坂なのか、下り坂なのかさえ分からない。

通りには人がおらず、静かだった。道のあちこちにマネキンが転がっているのが不気味だった。

マイルズは胸ポケットからジョイントを取り出して、火を点けた。

ウィルは昔から気が利くやつだった。きっと、今の自分の心の中も見透かされているに違いない。

煙を吸い込んで、吐き出す。ちょっと咳込む。また吸い込んで、また吐き出す。結局のところ、それだけのことだ。吸い込んで、吐き出す。それだけが人生だ。それが終わるまで続くだけのこと。成功も失敗も、過去も未来もない。富も名誉も、煙の中では無意味だ。ジョイントの煙が続く間は、その真理を忘れずにいられる。だが煙がなくなれば、現実というものが真実を隠してしまう。なんて哀しいんだろう。

やがて、すべてがどうでもよくなった。心の中がふわふわしてきて、だんだん気持ちが晴れてくる。砂利道をゆっくり歩いていると、あたりの静けさが心に入り込んでくるようだった。夜の涼しい風が、髪を揺らす。天使が耳元で何かを囁《ささや》いているみたいでくすぐったい。マイルズは一人で笑った。

シエラネバダ山脈とロッキー山脈に挟まれた「大いなる盆地《グレート・ベースン》」は、アメリカで一番大きな舞台で、月がない今夜は多くの星が大地を照らしている。役者は自分一人だけではない。この盆地にいるすべての人が役者なのだ。そう、俺だって最初は素人だった。役を取られたからって、どうということはない。

すべての答えは愛なのだ。愛があれば、他のすべてはどうでもいい。そして愛はどこにでもある。好きなだけ分け与えてやればいい。明日になったら、ノームもボリスも友達だ。一緒に同じ作品を作り上げるチームなのだ。

愛でゾンビ映画を作ればいい。愛がゾンビを作るのだ。マイルズは砂利道を歩きながら、声に出して笑った。やがて大きな納屋が見えたので、その壁にもたれながら座り、ジョイントを吹かした。

人間とは愛を求めるゾンビなのだ。なんて愚かで、愛《いと》しい存在なのだろう。

しばらくすると、煙の中にパトリシアの姿が見えた。彼女が何かを言っている。口が動いているのは分かるが、何を言っているか聞こえない。煙の中にいるのだから、仕方がない。いや、それよりも自分で思っているより酔っているのかもしれない。

パトリシアはまだ何か喋っているが、言葉が意味をなさない。マイルズは仕方なく指を彼女の唇《くちびる》に当てて黙らせた。

「もう何も言わなくて良い。言葉は答えにならない。言葉を信じちゃダメだ。すべての答えは愛なんだ。君は愛の女神だ。何って言うのかな、愛を司《つかさど》る女神だ」

マイルズは自分でも何を言っているか分からなかったが、なんだか適当に喋るのが楽しかった。心も口の中もふわふわしてる。

「この世界は愛を失いつつある。君は人々に愛を与える存在だ。肌と肌を重ね合わせて、お互いの身体でつながりあうんだ。誰もそれを邪魔することなんてできないんだよ。分かるだろ?」

マイルズはパトリシアにキスをして、それから彼女を強く抱きしめた。

「君は誰とでも愛し合うべきなんだ。汝《なんじ》の隣人を愛せって言うだろ? 僕も君の愛が必要なんだ」

彼女と二人で納屋に入り、ゆっくりと愛し合った。楽園で愛し合うアダムとイブみたいに、自然で美しい。まるで自分と彼女が聖書の一ページになったような気分だった。

＊＊＊

今回の仕事は想定外のアクシデント続きだ。車のシートに戻ってきたとき、ノームは普段感じたことのない気疲れを覚えた。レミーの始末とコカインの回収は何の問題もなかった。だが、軍のバリケードを避けるためにジェスローに滞在しようとして、なにをどう間違えたか映画俳優になってしまった。しかも、有名な俳優の代わりに主役になってしまったらしい。意外なことに、演技をすることは嫌ではなかった。得意なのではないかという気もする。

子供のころから殺しを生業にしてきた。それだけが特技だと思っていた。どうやら暗殺のために磨《みが》いて来た技術は演技に近いものだったようだ。

気になるのは、自分よりも後にやって来たボリスという男だった。ボリスは古美術商だと言っていたが、自分と同じ臭いを漂わせていた。いつも周りを警戒しており、身のこなしも常人離れしていた。最初の撮影中も監督に止められなかったら、こちらを殺す気だっただろう。間違いなく今までに何人も殺してきた男だ。その男も映画撮影に加わることになった。映画については何も知らないが、ここまで自由なものだとは驚かされた。

撮影が終わってから、ノームはボリスという名前に聞き覚えがあることに気が付いた。コカインを取り戻すために殺したデニスの親、レミーが口にしていたのだ。レミーはボリスと取引をする予定だと言っていた。レミーはボリスが捜しているレッドワンを所持していた。

ボリスがこの町にいるのはレッドワンを捜すためと考えて間違いない。それにもかかわらず映画撮影に協力しているということは、まだレッドワンを見つけていないのだろう。自分で捜すつもりなのか、住人に探りを入れるつもりなのか。一瞬対峙《たいじ》しただけだが、彼が優れた殺し屋であることは分かった。ボリスは間違いなくこちらを警戒しているだろう。できれば不要な衝突は避けたい。

マイルズという男も見ていて飽きなかった。今までに何度もターゲットや周囲の人物に化けてきた。人の動きを真似るのは得意だ。歩き方や喋り方、呼吸のタイミングなどの特徴を掴めば、別人に成りすますのは簡単だった。

マイルズはテイクを重ねるたびに、別人のように振る舞うのだった。別の喋り方、別の動き方、別の感情表現。マイルズという人間が何十人もいるように見えた。そんなことをする人間を知らなかったし、自分にもできるとは思えない。撮影現場の役者というのを初めて見たが、やはり凄いものだ。

ノームはゆっくりと目を瞑り、今日のマイルズの動きを思い返した。

「金だ！　あるだけ全部出しな。あんた、まだ死にたくないだろ？」

マイルズは二十八回、あのシーンを繰り返した。マイルズを怒らせるために、監督がわざと何度も演じさせたのだ。そのおかげで、ノームは自分が見た十五人以上のマイルズを頭の中で蘇らせることができた。それぞれのマイルズの動きと、自分の身体をシンクロさせる。それはターゲットに化けるために何度も行《おこな》って来た仕事のルーティンだ。

マイルズを殺すわけではない。ノームは初めて、自分の興味で人の動きを自分に投影した。マイルズの影にあわせて、自分の影が踊る。マイルズの呼吸にあわせて、自分の口が開く。

監督は今夜中に脚本を書き直して、明日から本格的に撮影を始めると言っていた。

自分は役者ではないが、今日見たマイルズから学べることは多いような気がする。

十人目のマイルズを自分の身体に重ね合わせていたとき、想定外のことが起きた。

デボラと呼ばれていた、ジャンニーノ・アゴスティネッリの女が、車のすぐ近くまで来る足音が聞こえたのだ。すでにサイドミラーから顔が見えるほどの距離だ。これほど接近されるまで気が付かなかった自分に驚いた。

「何の用だ」ノームは車から降りるとデボラに言った。

「カッツエンバーグさん、夕飯はもう食べました？　私とジャンニーノ、それにアレンスキーさんはカメラマンのロニガンさんのところでお食事することになったのよ」

「夕飯ならいらない」ノームはきっぱりと言った。アレンスキーとはおそらくボリスのことだろう。自分もカッツエンバーグなんて偽名にしていたことをすっかり忘れていた。

彼女が近づいてこないように、警戒の体勢をとった。

体勢、表情、そして視線。獲物を狙う捕食者の呼吸。

露骨な威嚇ではないが、勘の良いやつは逃げ出す。普通のやつでも近づくのをやめる。

だがデボラは涼しい顔をして近づいてきた。自分がどんな状況にいるのか、分かっていないはずはない。殺されるかもしれないと気づいていながら、それを楽しんでいる。

「でしたら、私たちと一緒にワインはいかがかしら？　これからボトルを開けるつもりなの」

「結構だ」

「つれないのね。でも私、カッツエンバーグさんのことを知りたいのよ。マイルズから主役の座を奪ったわけでしょ。どんな人なのか教えてちょうだい」

デボラはノームの目の前まで来ると、車体に背をつけた。自分を女神か何かだと勘違いしているのだろうか。自分は誰からでも愛されると無条件に信じているのだろうか。

別の場所、別の状況だったら、無視して走り去る。だが、包囲されている町に逃げ場はない。

「俺はつまらない男だ。君が知るべきことなんて何もない。もう自分の男のもとに戻ったらどうだ？」

「つまらない男だなんて、嘘。あなた、ジャンニーノのこと知ってるんでしょ。だって彼はあなたのことを見て倒れたのよ。彼とはどんな関係なの？」

話すことはない、とだけ言ってノームは車に乗ってドアを閉めた。

だが、デボラはそれだけでは追い払うことができなかった。彼女は助手席側に回り込んで、ドアを勝手に開けると隣に座った。

「女って強い男が好きなのよ」

「男はめんどうな女が嫌いだ」

「でもいい女は自分のものにしたくなるでしょ？」

デボラはそう言うと、車内に置いてあった煙草のケースを摘まみあげた。ノームは煙草を吸わない。車の持ち主が吸っていたものだろう。この車も盗んだものだ。

デボラは煙草を咥えながら、ノームをじっと見つめた。

「珍しい煙草の吸い方だな。普通は火を点けるもんだ」

「人に火をつけてもらったほうが美味《おい》しいのよ」

「そう思ってるだけだろ」

「煙草を吸わない人には分からないかもね」

デボラはそう言うと、自分でシガーソケットを使って火を点けた。ただのめんどうな女ではないらしい。こちらの正体の見当くらいついているのだろう。

ノームは舌打ちをして、デボラから離れるために車を降りた。町を少し散策するのも悪くない。だが、もちろんデボラはついてきた。

「今夜は星がきれいね。星って不思議じゃない？　いつでも空の上にあるのに、昼は明るすぎて見えない。俳優をスターって言うのも、面白いわよね。周りが暗くないと映画って見られないんだから、本当に星みたい」

「随分とつまらない話をするんだな」ノームは道路に転がっているマネキンを見ながら言った。

「あなたもスターになれそうだって言いたいのよ。今まではずっと暗いところに隠れてたんでしょ？」

めんどうな女だ。黙らせるしかないらしい。

「俺はジャンニーノの家族を殺した。あいつを除いて全員」ノームは低い声で脅しをかけた。

「それで？」デボラは表情を変えずに言った。

「ジャンニーノを殺すつもりはないが、詮索《せんさく》を続けられるのは気分が悪い。これ以上鬱陶《うっとう》しい態度をとるなら、君もジャンニーノも殺す」

「それで？」

ここまで脅迫の通じない相手は初めてで、ノームは困惑した。

言葉が通じてないのか。いや、銃を突き付けても動じないかもしれない。

「当ててみましょうか？　盗んだ車に置いてあったアタッシェケース。あれには札束《さつたば》かコカインが入ってるんでしょ？　それを運んでお金をもらう。頼まれれば人も殺す。でも、それからあなたはどうするの？　どうしたいの？」

ノームは言葉に詰まった。自分はデボラを簡単に殺せる。デボラはそれを知っても動揺すらしない。命が惜しくないのか。

ノームはデボラを理解できなかった。だが、デボラだけでなく、自分自身のことも理解していないことに気が付いた。デボラの質問に答えられないのだ。自分はどうしたいのだろうか。

「やっぱり、あなたが最初に言ったとおりね。つまらない男。ジャンニーノがあなたを見て倒れたくらいだから、強い男かと思ったのに。ただの空っぽな人なのね。欲のない男はつまらない。野心があってギラギラしてて、そういう男が面白いのよ。アレンスキーさんみたいにね。あの人はどうしても手に入れたい美術品があるって言ってたわ。あなたには自分がやりたいことはないのね。邪魔したわ」

デボラはそう言うと、煙草を踏みにじって帰っていった。デボラがいなくなると、あたりは驚くほど静かだった。

ノームは車に戻ると、デボラに邪魔される前にやっていたように、マイルズのイメージを自分の身体に重ね合わせた。その後で、デボラのイメージも自分の中に取り込んだ。

それからあなたはどうするの？　どうしたいの？

ノームには不思議な疑問に思えた。考えたこともない。

車の窓から外を見上げると、満天の星が広がっていた。

＊＊＊

アリスは自分の叫び声で目を覚ました。レジーを起こしてしまったと思ったが、幸い隣の彼はまだ寝ていた。アリスはベッドから抜け出すと、キッチンまで行ってミルクを飲んだ。

またあの男の夢を見た。夢に出てきたのは、鉤爪の男だけではなかった。死体を運んでいたのはレジーだった。そんな夢を見てしまったのは、昼間にマネキンを運ぶ彼を見たからだ。それ以外に理由があるはずがない。彼を怖いと思ったことなんて、一度もない。ハンサムだとは口が裂けても言えないし、卑屈な性格をしている。それでも私には優しい。理想的な夫ではないが、悪い人でもない。

まだ夢の中の感覚が身体に残っている。彼が死体を運んでいた。鉤爪の男が殺した死体を。夢には何の意味もない。夢に意味があるなんてことを言う心理学者は、ペテンもいいところだ。

レジーを怖がる必要なんてない。それは分かっているが、今はまだ彼の隣で寝ることはできなかった。彼の顔を見るのが怖い。彼と触れるのが怖い。

アリスはリビングのソファーに横になった。だが、眠れそうにない。目が覚めたときの激しい鼓動は収まったものの、気持ちが落ち着くまでにはまだ時間がかかりそうだ。

こういうときは楽しいことを考えるのが一番だ。アリスは昨日のことを思いだした。ゾンビのふりをしてトムを驚かせてやったのは、愉快だった。それ以上に面白かったのは、あのときに一緒にいたパトリシアの顔だった。私がまたあのイヤリングをつけているのを見て、明らかに嫌そうな顔をしていた。あれから何も言ってこないが、腹を立てているのは間違いない。

パトリシアに惨めな思いをさせるのは、最高の喜びだ。

なんといっても彼女は、あの鉤爪の男と同類なのだ。

私は知っている。彼女はこの世に蔓延《はびこ》る悪そのものだ。

一九六九年八月十六日〈撮影二日目〉

「昨日はごめんなさいね。あなたと飲んでたらなんだか楽しくなっちゃって」

朝起きるとマイルズはリビングに向かった。二日酔いで頭がガンガン痛む。パトリシアに話しかけられたが、静かにしてもらいたかった。誰かと話したい気分ではない。

「気づいたら飲みすぎてた。シャロンの話ばかりしちゃって。あなたもうんざりよね」

グリーンのワンピースを着たパトリシアは華やかだった。食卓につくと、彼女がマイルズの前にコーヒーとトーストを用意してくれた。食欲はなかった。

なんだか変な夢を見ていた気がする。マイルズはどんな夢だったか思い出そうとして、コーヒーを飲んだ。パトリシアの顔を見ていると、彼女が夢と関係があったような気がしてきた。

「どうしたの？　私の顔に何かついてる？」

「いや、なんか変な夢をみたような気がして……」

「どんな？」

マイルズは少しの間考えた。

「夢じゃないのかな。もしかして昨日、俺、君と寝た？」

「私とあなたが？」パトリシアは大笑いした。「そんなわけないじゃない」

「私は飲みすぎたから、すぐに寝たのよ。覚えてる？　もしあなたが誰かと寝たって言うなら、それは私じゃなくてウィルじゃないの？」

「あー、それは違うと思いたいな」マイルズは困惑して頭をかいた。

「大丈夫よ、ウィルは優しいから。有名人と寝たって、言いふらすような人じゃないわよ」

「そうか。じゃあ安心だ。道理で君よりも抱き心地が良いと思った」

マイルズは楽しそうに笑うパトリシアに調子をあわせて言った。彼女は笑いながら、ソファーのクッションをマイルズに投げつけた。

マイルズはパトリシアと冗談を言い合ううちに、夢のことはすっかり忘れた。

マイルズが教会に向かうと、エリックたちの他にノームとボリスも集まっていた。

「おはよう、これで全員集まったな。脚本はできてるぞ」エリックは自信満々といった風に脚本を高く掲げた。脚本があって当たり前なのに、何を言っているのか。

「すまんが、まだ一部しかできてない。あとでリンダがみんなの分をタイプするからな。とりあえず、映画の筋だけ説明する。今日はゾンビの全体撮影だけだから、後で自分たちのセリフを覚えてくれ」

ノームとボリス、リンダが強盗団。彼らは銀行強盗をした後でリンダの兄、マイルズの家で身を潜めることにした。マイルズはリンダを強盗から足を洗うように説得し、ノーム、ボリスと対立する。ボリスは金を持ち逃げしようとするが、ノームに見つかり奪い合いが始まる。家の外に出たところをゾンビに襲われることになる。

エリックから聞いたばかりだが、やはりホラー映画というのはよく分からない。なんでゾンビが必要なのだろう。普通に銀行強盗の話で良いじゃないかと思うのだが、それは自分が考えることではない。

自分の殻を破れると思ったのに、結局のところは強盗役ではない。それどころか、強盗団から妹を助けようとする善人ではないか。アクションシーンもなさそうだ。

一つだけ良い点があるとすれば、自分にはセリフが多いというところだ。ノームもボリスも素人だから、エリックの判断でセリフを減らした。その代わりにマイルズが喋るシーンが多くなるとのことだった。こうなったらアクション抜きで、本気の演技で黙らせてやるしかない。素人を起用したことを後悔させてやる。俺の演技で、映画を食いつぶしてやる。

これは俺の映画だ。

エリックとショーン、リンダは脚本を置いて、そのまま外に出ていってしまった。ゾンビの全体撮影の準備に向かったのだ。ボリスは自分にはセリフが少ないことだけ確認すると、安心したのか、どこかに行ってしまった。素人はこれだから困る。

教会にはマイルズとノームだけが残された。ノームは一応脚本を読むつもりらしい。彼には少なからずセリフがある。アクションの心得はあるようだが、演技なんて一朝一夕でできるものではない。

昨日は散々コケにされた。やり返してやらなければ気が済まない。

幸い、今は二人だけだ。ノームに役者の本気を見せてやる。

「なんだ、あの音は？　どうしたのだ、おれは、どんな音にもびくつくとは？」

マイルズが自分の得意なマクベスを演じ始めると、長椅子で脚本を読んでいたノームが振り返った。

「なんという手だ、ああ、おれの目をえぐり出す気か」

ノームは驚いたようにマイルズの演技をじっと見つめている。

「大ネプチューンの支配する大洋の水すべてを傾ければ、この手から血を洗い落とせるか？」

様々な名優を見て学び、シェイクスピアの言葉を祈禱のように唱え続けた。どれだけ繰り返し、完璧な演技を求めただろうか。自分が身につけた演技の高みを、素人に見せつけてやる。俺とお前では格が違うのだ。

「いや、この手がむしろ見わたすかぎり波また波の大海原を朱《あけ》に染め、緑を真紅に一変させるだろう」

言葉もなくじっと注がれるノームの視線を受け、マイルズは得意満面だった。

俺の演技に勝てるやつなんていない。誰が何と言おうと、俺が主役だ。

「今のはなんだ?」ノームはなんでもないように言った。

「お前はシェイクスピアも知らないのか! 王を暗殺した後で罪悪感に狂っていくマクベスのシーンだよ」マイルズはノームの反応が鈍かったことに怒りを覚えた。

このセリフを自分のものにするために、どれだけの苦労があったか、やつが知るはずもない。分かるはずがない! 相手がどんな素人だとしても、自分の演技を見せてやれば心を動かせると思っていた。本物を見れば、その凄みは誰でも分かるはずだ。

ノームの態度に、マイルズの自尊心は傷つけられた。腹立ちまぎれに悪態をつくと、マイルズは教会を後にした。


誰もいなくなった教会は静かだった。ノームは脚本を長椅子に置くと立ち上がり、祭壇の前までゆっくりと歩いた。窓から差し込む光が彼を照らす。

「なんだ、あの音は? どうしたのだ、おれは、どんな音にもびくつくとは?」

先ほどのマイルズを真似て、セリフを口にしてみる。普段話すものとは違う、古く大げさな言葉遣い。まるで自分が王を殺したというマクベスになったみたいだ。

これまでにどれだけの人を殺したか、覚えていない。ノームは罪悪感や恐怖とは無縁だった。

だがシェイクスピアの、いや、マクベスのセリフを言葉に出すと、目の前の光が急に失われていくように感じた。そして心臓を貫くほどに鋭い悪寒がノームを苦しめた。感覚が失われていき、身体が震える。これが恐怖なのだろうか？

「なんという手だ、ああ、おれの目をえぐり出す気か」

月の無い夜のような暗闇がノームを包んでいた。目の前に自分の両手が見える。ノームの両手は殺人のための道具だ。幾人もの命を奪って来た。殺すためにナイフを摑み、標的の首を絞めた。

マクベスは犯した過ちを恐れるあまり、自分で目をくりぬいて現実から目を逸らすというのか。

「大ネプチューンの支配する大洋の水すべてを傾ければ、この手から血を洗い落とせるか？」

どんな窮地に立たされても、苦痛を味わっても乱れたことのない呼吸が崩れていく。誰かに脅されているわけでもないのに、両手の震えが止まらない。

「いや、この手がむしろ見わたすかぎり波また波の大海原を朱に染め、緑を真紅に一変させるだろう」

ノームは立っていることができず、思わず祭壇の前で膝をついていた。

ノームは目元を手で拭った。指先を微かに湿らすだけの水では、血は洗い流せない。

マクベスはどうしたのだろうか。このセリフの後で自殺でもするのだろうか。それとも自分の間違いを正すことができたのだろうか。

自分の心から逃れることができないのなら、殺人の罪が消えることなどあるだろうか。

後ろから近づいてくる足音が聞こえた。振り向かなくてもボリスだと分かる。

「あなたも神に祈ることがあるんですか？」ボリスは柔らかい口調で言った。

「ああ、ちゃんとセリフを覚えられますようにってな」ノームは立ち上がってボリスと向かい合った。

「それよりも自分の魂の安らぎを祈ったほうが良いんじゃないですか？　『悪人に平穏なし』と言いますよ」

「そいつはお互い様だろ。それに、俺は魂なんてもんに興味はないね」

「私も魂なんて信じてません。興味があるのは、この町に隠されてるものだけです」

「聞かれる前に言おう。俺はレッドワンの場所を知らない」

「それを信じると思いますか？」

「俺を信じるかどうかはお前の勝手だ。俺は美術品なんて興味ない。デニスが勝手に使った金を取り戻したいだけだ。それに、もし隠し場所を知っているとしたら、すでに手に入れているはずだと思わないか？」

「仰るとおり。あなたはすでに手に入れている、と私は睨んでますがね」ボリスはそう言うと、袖に隠していたナイフを手にした。ボリスの体勢には一ミリの隙もなかった。

「俺がここにいるのは、ここを出られないからだ。空軍がこの町を包囲している。俺は依頼に応えられればそれだけで満足だ。ことを荒立てたくない」

「軍が？」ボリスは目を細めた。

「理由は分からない。俺たちとは関係がないだろう。何にせよ、軍の包囲が解除されるまでは、目立たないほうがいい」

「あなたにとってはそうでしょうね。ですが、私には時間がありません。手っ取り早く、あなたを拷問するってのは、どうでしょうか？」

「試してみるか？　うまくいかないと思うぞ」ノームもナイフを取り出した。

「お前のことを知っている」

ボリスは先ほどまでの丁寧な口調を崩した。低く響く、こちらを威嚇する声だ。

「タドリーニの殺し屋〈ロード〉だろ？　一人でアゴスティネッリを崩壊させた男だ」

「さあな。どうだったかな」

「お前がレミーを殺してくれたおかげで、こっちは災難だ」

二人は向かい合ってお互いの出方を探り合った。

前日と同様、二人とも動き出せなかった。

宙を舞う埃が窓から差し込む日差しに照らし出され、キラキラと輝いている。

しばらくすると、教会のドアが開く音が聞こえ、誰かが入ってきた。ノームは足音からリンダだと判別したが、ボリスに狙われている以上、視線すら動かせない。何がきっかけでボリスが飛び掛かって来るか分からない。

「二人ともここにいたんだ。もうそろそろ外でゾンビの全体撮影をするよ。見に行く？」

リンダの声を聞いても、ボリスの殺意は変わらない。

俺だけじゃなく、リンダも殺すつもりなのだろうか。

「どうしたの？　二人とも黙ったままで」

ボリスから逃げることは可能だ。だが、今ここで引いたらやつはリンダを殺すかもしれない。どうにかしてボリスの行動を変えなければならない。騒ぎが起きるのはどうしても避けなければならない。

ノームはナイフの構えを解いて、一か八かの賭けに出た。

『マトヴェイ、てめえ、その金をどうするつもりだ？　持ち逃げするつもりじゃねえだろうな？』

ボリスの表情に困惑の色が見えた。ノームの行動を理解できずに攻撃に転じる機会を逸《いっ》した。

『山分けにするって、最初に決めたのを忘れたのか？』

ノームは演技を続けた。

「ほら、次はあんたのセリフだ。もう忘れたのか?」

「すみません。いままで演技なんてしたことないもので」ボリスはへらへらと笑いながら言った。

やはり殺し屋というのは自然と演技がうまくなるものなのだ、とノームは思った。

「やっぱり脚本をもったまま読み合わせをするべきでしたね」

「ああ、読み合わせだったんだ」リンダが言った。

「緊張感があって良い雰囲気だったよ。エリックが勝手に引き込んじゃったから、どうかと思ってたけどさ。二人とも才能ありそう」

「いえ、セリフも覚えられないような素人ですよ。ですが、映画撮影は面白いですね。外の撮影も見に行きましょうか」

ボリスはリンダの肩に手を回し、教会から出ていった。一度だけ振り返り、釘を刺すような視線をノームに送るのを忘れなかった。

やはりボリスは危険だ。やつは時間がないと言っていた。望むものを手にするためなら、住人全員を殺す可能性すらある。だからと言って、あいつをずっと見張るわけにはいかない。ボリスを処理するほうが簡単だ。

だがボリスを殺すのも避けたかった。ボリスがいなくなったら映画に支障がでる。

ノームは演技をしてみたかった。映画を完成させたかった。

これは俺の映画だ。

＊＊＊

この世界は愛を失いつつある。そして私は愛の女神だ。

皆が私の愛を必要としている。私が隣人に愛を分け与えるのだ。

言葉を信じてはダメ。肌と肌を重ねあわせて、身体でつながりあう。

誰も私を止められない。

ナンシーは生まれ変わった自分を受け入れるために、マイルズの言葉を何度も胸の中で唱えた。まさか自分が姦通《かんつう》を犯してしまうなんて、今まで考えたこともなかった。バズに対する不義、人の道から外れたことだ。

自分とマイルズの一夜を否定したい気持ちはあった。大叔母に叩き込まれた神の教えから背くものだ。だが、ナンシーの理性を抑えつけるのに十分な悦《よろこ》びが、まだ身体の奥底でジリジリと燃えている。

昔の自分なら肉欲は悪魔の誘惑だと考えただろう。しかし、私は愛の女神なのだ。肉欲ではなく、愛は神の教えである。これが私の使命なのだ。壊れつつある世界に愛を取り戻すのだ。そう考えれば、自分は悪いことをしたのではない。正しいことをしたのだ。バズは勘違いして怒り狂うかもしれないが、私は間違っていないのだ。

私たちは他でもない、郵便ポストの納屋で愛しあったのだ。ジェスローのみなの共有スペースである場所で愛を交わしたというのは、とても象徴的なことのように思えた。これからも同じように隣人を愛し続けることによって、マイルズとの関係は誤りではなく、道標となるのだ。私は愛し続けなければならないのだ。だが、誰を？　誰が愛を必要としているのだろう。

「大丈夫？　顔色悪いみたいだけど」

リンダに言われて、ナンシーはハッと顔をあげた。これからゾンビの全体撮影があり、そのための準備をしているのだ。

「まぁ、これからゾンビのメイクをするんだから、もっと顔色を悪くするんだけどね」リンダは笑った。

「うん、大丈夫。ちょっと考え事してただけ」ナンシーは笑顔を取り繕った。

「この臭いのせいかもね。本当に呼吸するのも嫌になっちゃう。エリックがサルーンで使うパテを腐肉代わりに使うって言い始めたときは良いアイデアだと思ったんだけどね」

リンダに言われて、臭いのことを思い出した。確かに最初は吐き気を覚えるほどの悪臭だったが、意外と早く慣れてしまった。

「体調が悪いなら、休んだほうが良いよ。これから撮影が始まったら、休憩はないからね」

エリックとロニガンさんから撮影の説明は聞いていた。全体の映像を撮るのに、カメラは一台だけ。だがリアルで迫力のある映像を撮るために、ゾンビのメイクをした住人たちは、一時間ノンストップで町を練り歩く必要があるらしい。自由に歩きながら、撮影するロニガンさんのカメラに目線をあわせずに、ゾンビのふりをし続けなければならない。朝早い時間だとは言え、もうすでに夏の日差しが照り付け、地面は熱くなってきている。晴れ渡った空の下、酷暑になることは間違いない。ゾンビは汗を拭いてもいけないらしいから、撮影はかなりハードなものになるだろう。

一時間も外で歩くなんて無理だ。途中で倒れてしまうだろう。それなら最初から抜けていたほうが、誰にも迷惑をかけることがない。それに、今の私にはもっと大事な使命があるのだ。

撮影のために気を張っていたが、抜けてもいいのだと思ったら途端に疲れが出てしまった。ナンシーはリンダに撮影から外れると告げた。ゾンビはいっぱいいるから抜けても大丈夫だ、とリンダに言われ、肩の荷が下りた。少しだけ休もうとレジーのガソリンスタンドに向かった。アリスとお喋《しゃべ》りでもしようと思ったのだ。

店内に入ろうとガラス戸に手をかけた瞬間、カウンターで項垂《うなだ》れているレジーが見えた。深刻な悩みを抱えているように、その顔からは生気が失《う》せていた。まだメイクをしていないのに、ゾンビそのものだ。先ほどの自分も、リンダからはそう見えていたのだろうか。

レジーがかわいそうだ。レジーが何を考えているのか、どんな状況なのかも分からないが、彼を慰めてあげたいという気持ちが湧き上がって来た。同情心、とは少し違う。もっと力強く、温かく、優しい気持ちだ。ナンシーはそれが愛であると思った。

そうだ、私は愛の女神なのだ。レジーに愛を分けてあげなければ。

自分の使命を自覚すると、なんでもできるような気分になった。

私はレジーを愛せる。愛して良いのだ。愛する必要がある。レジーもそれを求めている。

不思議な全能感がナンシーを大胆にした。愛を求める炎が、身体の奥底から噴き上がった。

＊＊＊

ホフマン、レディングは遅れて来たスタインバーグに状況を説明した。そして、レディングを残して、二人で偵察に行くことにした。

ホフマンとスタインバーグはジェスローに入る正面の道路からではなく、裏から近づくつもりだった。大きく回りこんで目抜き通りの東から進めば、緩やかな下りの傾斜があるため、町の様子が先に見えるはずだ。

何を目撃することになるのか、未だに分からないからこそ、行動は慎重に進めたかった。自分たちよりも先に偵察を送ることを躊躇ったのも、不確かな要素を減らしたかったからだ。

あれこれと考えているうちに、警戒線に到着してしまった。兵士がホフマンたちに気が付き、敬礼をした。

「異状はないか？」

「はい。ここだけではなく、警戒線に近づいた者はどこにもいないようです」

兵士の言葉は力強いが、どこか表情に陰りがあった。言いづらいことがあるようだ。

「続けろ」ホフマンは話の続きを促した。

「たまに変な臭いがするんです。風に乗ってここまで届いてくるようです。ここから離れるわけにはいかないので、臭いの原因は分かりません」

「ありがとう。私とスタインバーグ博士はこれから町に偵察にいく。そのまま任務を続けてくれ。それと上空にも異状がないか警戒を怠るなよ」

「上空ですか？」

兵士は眉を顰めたが、ホフマンは返答せずに歩み去った。警戒線の内側に踏み込んでしばらくしてからスタインバーグが口を開いた。

「臭いってのは――」

「生ける屍。もしもコールリッジ文書が正しければ、ゾンビどもが町を徘徊しているはずだ。その臭いだろうか？」ホフマンはスタインバーグの言葉を遮った。

「ホフマン」スタインバーグは足を止めると、力を込めて友の名を呼んだ。

「君とは長い付き合いだ。君の気持ちは分からないでもない。だが、一旦落ち着いたほうが良い。焦っているときこそ、簡単な間違いを犯しやすい」

ホフマンは軽く頷くと、目を閉じた。深呼吸して、邪念を振り払った。

「すまん。もう大丈夫だ。コールリッジのことは忘れる。あくまで冷静に、自分が見たものだけを信じる」

「そうだ。フラットウッズのことを思い出せ。あの子供たちの話を真面目に受け取っていたら、俺たちの成功はなかった。俺はただの田舎の町医者にすぎなかったし、君も今の立場にいなかっただろう」

「そうだな。よし、進もう」

ホフマンは気合を入れなおして、歩を進めた。ブーツ越しでも足元の乾いた土の感触が分かるように、精神を集中させた。

その瞬間、今までと風向きが変わった。乾いた突風が吹き荒れ、二人は言葉もなく立ち止まった。顔を見合わせたが、感じたことを口には出さない。

吐き気を催す、腐肉の悪臭。二人はそれを無視した。

ホフマンはコールリッジ文書の一節を思い出した。

特に夏の午後から夜にかけて、いわゆるワショーの西風が吹き荒れるときなど、ここが神の理に反する場所なのだと身をもって感じる。シエラネバダから激しい西風が吹くと、巻き上げられた砂ぼこりを含む乾燥した空気が、やすりのように肌を削っていく。

これが噂に聞くワショーの西風か。ホフマンの額を汗が垂れ、飢えた獣のように素早く風がその水分を奪っていく。

風の神ゼファーが告げている。この先に待ち受けているのが、この世の物ならぬ不吉なものだと。命が惜しければ、直ちに引き返せと。

ホフマンは風に抗《あらが》うように、歩み続けた。

町を見下ろす緩やかな丘の頂上近くまでいくと、警戒して地面を這った。双眼鏡を取り出して町を見下ろすと、恐ろしい光景に二人は言葉を失った。

ディッキンソン夫妻の報告のとおり、町には死体がいくつも転がっている。しかし、それよりも不気味なのは、何十人もの住人がそれを無視するように町を練り歩いていることだった。よく見ると彼らの血の気の無い顔は、ところどころ腐ったように変色しており、不気味な瘤《こぶ》になっている。そして皆、一様に両手を前に突き出した姿勢で、ゆっくりと動いている。獲物を求めているようにも見えるが、動きはぎこちなく精彩を欠いている。

まるで死体が歩いているようだ。

二人の脳裏には何度も見返した、コールリッジの絵が頭に浮かんだ。目の前に広がっているのは、彼が描いた地獄絵図そのままの光景だ。

なぜ、こんなことになっている？　さっぱり分からない。

「どう思う？」ホフマンは訊ねた。

「動いているやつらは間違いなく異常な状態だが、どうも苦しんでいるようには見えない。動き続けているが、なんのために動いているのか分からない。夢遊病者のように見えなくもないが、そうではなさそうだ。集団催眠の可能性もなくはないが、違うだろうな。それ以上のことはなんとも言えない」

動き回る死体の光景は恐ろしくも、その異常さに目が釘付けになり、視線を動かせなかった。しばらくしてから二人で空を見上げたが、ＵＦＯどころか鳥さえ飛んでいない。

ホフマンは意を決すると、軍服の上着を脱いだ。土を白いシャツに擦《なす》りつけて汚し、水筒から水を溢して泥を作ると、顔に塗りたくった。これで下にいるやつらと同じように見えるに違いない。

「何をしている？」スタインバーグはホフマンに聞いた。

「これからやつらの中に交じって来る。近くで見れば何か分かるかもしれない。君はガスマスクをつけて、ここで待機していてくれ。しばらくしたら戻ってくる」

「ホフマン！　死ににいくようなもんだぞ。冷静になれ！」

「俺は冷静だ。状況を把握しなければならない。異常事態に慣れてる俺が行くのが一番だ。待っててくれ」

　スタインバーグはホフマンの表情を見て、諦めたようにガスマスクを装着した。
「無理するなよ。危険を感じたら、すぐに戻ってこい。必要なら叫べ。俺が兵士を呼ぶ」
「分かった」

　ホフマンはおもむろに立ち上がると、下にいる生ける屍たちと同じように両手を前に伸ばして、ゆっくりと町におりていった。

　思っていたとおり、町に近づくほど腐臭は強くなっていった。吐き気を堪えるのに苦労するほどだ。丘陵を下り、異形の者たちの中に入っていく。彼らは一様にうめき声をあげているが、何かを伝えようとしているわけではないようだ。悲しみや苦痛、そういった人間らしさを感じないのだ。その声はどこか虚しく響いた。

　思っていたとおり、すぐに襲われることはなかった。同じように動いているからだろうか、それとも襲う意思もないのだろうか。

　恐怖で背筋が凍り、冷たい汗が額を流れおちる。すぐにでも逃げ出したかったが、ここで何が起きているのか探らなければならない。周りをそれとなくうかがうが、遠目に見ていたこと以上の情報は何も得られない。建物の中に入ってみれば分かるだろうか？

　町の中心に教会が見えたので、ホフマンはゆっくりと方向転換して、そちらに向かうことにした。

　が、その瞬間に壮絶な光景を目にした。

　幾人かの生ける屍が、道路に倒れている死体に群がっていた。彼らが死体を貪っているのを見て、ホフマンは凍り付いた。恐怖のあまり動けなかった。

　頭の禿げた男が死体の胸に手を突っ込み、腸を摘まみだしている。それを口に突っ込むと、赤い血が地面に滴《したた》り落《お》ちた。スーツを着た別の男が死体の腕に齧りついている。少し離れた場所で、赤いイヤリングをした太った女が、死体に跨って首を噛みちぎろうとしている。

やつらはゾンビだ。

これは生ける屍たちの宴なのだ。

ホフマンの喉から思わず悲鳴が漏れそうになったが、それをなんとか意思の力で抑えた。

なんとかやつらに気づかれずに済んだと胸を撫でおろした途端、想定外のことが起きた。

無理に悲鳴を押し殺したからだろうか、しゃっくりが始まってしまったのである。

ヒック、ヒックと、戦慄《せんりつ》の場面に相応しくない生理現象がホフマンを襲った。横隔膜の痙攣《けいれん》は、どう頑張っても収まらない。ホフマンはやむを得ず、スタインバーグの元に戻ろうと思った。

丘に向かって歩き出したものの、しゃっくりは止まらなかった。ホフマンはヒック、ヒックと音を立てながらゆっくりと丘陵に向かった。

周りの異形の者たちは依然として、ホフマンに襲い掛かろうとはしなかった。

彼らの表情を見ようとして、またしても心臓が止まりそうになった。

周囲のゾンビたちが視線をホフマンに向けているのである。

誰も襲い掛かって来ない。だが、ホフマンが自分たちとは別の存在であることに気が付いているのだ。

ホフマンは涙を必死で堪えながら、ゆっくりと足を進めた。走り出したいが、もしも恐怖に呑まれて逃げてしまったら、ゾンビどもが追ってくる確信があった。

——やつらはどこにでもいる！　どこにでも隠れている！——

ホフマンの脳裏に、その言葉が蘇った。たしか、ジェスローから逃げようとして検問に捕まった男の言葉だ。あいつは、間違いなくゾンビたちから逃げて来たのだ。

ホフマンは目に涙を浮かべながら、ゾンビたちから離れ、丘陵を上った。恐ろしすぎて、後ろを振り返ることができない。

スタインバーグのもとにたどり着いたとき、やっと安堵で涙を拭うことができた。

「どうだった?」スタインバーグはマスクを取らずに、そう訊ねた。

「やつらはどこにでもいる、どこにでも隠れている」

「なんだって?」

「いいから、この場を離れるぞ!」

ホフマンはそう言ってから、思いっきり走り出した。

警戒線に戻ったときには、なんとか兵士に対して冷静に振る舞うことができた。

「このまま、警備を続けてくれ。上空の警戒を怠るな」

それ以上何も告げることなく、その場を後にした。

＊＊＊

「カット!」の一声が聞こえると、すぐさまバズは自分のサルーンに戻った。顔に付けていたパテをさっさと取ると顔を洗い、冷やしていたビールを喉に流し込んだ。

生まれも育ちもジェスローのバズにとって、夏の暑さは慣れっこだった。とはいえ、炎天下で汗を拭くことも許されず、一時間以上も動きっぱなしというのは、経験したことがなかった。ビールのおかげで、やっと生き返った。

窓の外には自分と同じように、血のりと汗が滲《にじ》んだシャツを着たゾンビたちが集まっていた。飢えと渇きに苛まれたゾンビたちが求めているものはただ一つ。

〈本日に限り、ゾンビはビール一杯無料!!〉

バズが入り口のガラスに張り紙をして店をオープンすると、外から歓声があがった。暑さから逃れてきたゾンビたちに、映画撮影が終わるまでの期間だけ働いてもらうことにしたアルバータが水で冷やしたタオルを渡す。

まるで少し早いハロウィーンみたいだ、とバズは思った。これほどの活気がジェスローに溢れているのを見るのは初めてだった。

店がこれだけ忙しい日はないだろう。一階だけでなく、掃除したばかりの二階席も人で埋まった。もともとはバズがキッチンに入る予定だったが、思っていた以上に疲れが溜《た》まっていた。どうせ客もお祭りムードだし、食事の提供が少し遅れても問題ないだろう。それよりも、自分もたっぷり飲みたい気分だった。幸い、二年前にキャリアン高校の教師を引退したフレッチャーさんが撮影に参加していなかったため、代わりにキッチンに入ってくれることになった。

撮影スタッフが大勢来るだろうと思ってたっぷりと注文してあったビールも飛ぶように売れた。最初の一杯だけで帰ってしまうゾンビなんていなかった。誰もが笑い合い、映画の話をして、楽しい時間を過ごした。バズはウィルとパトリシア、そしてマクリーン夫妻たちと一緒にテーブルで飲んだ。一時間で四本のビール。普段ならなんでもない量だが、疲労のせいか、すっかり酔いがまわってしまった。

一番の話題は、何人かが目撃したという謎の男についてだった。撮影中に誰も見たことがない男がゾンビ役をやっていたというのだ。マクリーン夫妻は二人とも男を見たと言っていた。大柄な男で、他のゾンビと違って顔にパテをつけておらず、代わりに泥を塗っていたというのだ。

「最初は誰かに似てるな、って思ってたんだけど、やっと思い出したよ。キャリアン署の署長に似てた気がする」ジョセフ・マクリーンがそう言うと、何人かが同意した。

署長に似た男は、途中でしゃっくりが止まらなくなり、撮影の邪魔にならないように去っていったという話だった。だが、撮影が終わっても、戻ってこなかった。男の正体も目的も分からなかったが、特に気にするようなことでもなかった。

誰も彼もが浮かれて、笑い声がサルーンに響いた。映画が完成したらマイルズの記念館を作ろう。そんなことをマイルズ抜きで大真面目に話し始めるほどだった。キャリアンには銀鉱山で働いた後で国民的作家になった小説家の記念館がある。それに対抗しようというのだ。

「キャリアンは大きな町だが、逆に言えば何の珍しさもない。ジェスローはどうだ？　西部開拓時代の町の姿が、そのまま残されている。古き良き時代を伝える、国の重要な遺産なんじゃないか？」

牧場経営を細々と続けているキップ・キャラハンは酔った勢いで、サルーンの全員に語り掛けるように演説した。

「ハイウェイを作るなんて理由で潰して良いものじゃない。この町を残すべきだ！」

普段なら、冗談でもそんなことを言う者はいない。だが、その日のサルーンには熱狂があった。みながキップの言葉に賛同の意を唱えた。

「そんなこと言っても、もう高速道路の建設は決まったんだろ？」キッチンから出てきたフレッチャーさんが冷静に言った。キップの目の前によく焼けたステーキとビールを置き、さらに一言付け加えた。

「いつまでもダダこねても、どうせジェスローは非法人地域だ。州や郡の決定には逆らえない。今さら遅いんじゃないか？」

それが正しいことをみなが理解していた。この瞬間を楽しんでいたかっただけの住人は、黙ってしまった。

「そんなことないわよ。私たちはカリフォルニアのパンハンドルで道路建設を中止させたんだから。ジェスローが大事な町だって声をあげれば、遅いなんてことはないって」パトリシアは言った。

「声をあげるって言っても、誰が俺たちの声を聞いてくれるんだよ。どうせ何もできないさ」

「大丈夫。新聞に投書すれば、みんなが注目するよ。メディアはこういう話題に飢えてるから。さっきキップが言ったみたいに、ジェスローが開拓時代の史跡だって訴えるんだよ」

「そうだ、開拓時代を後世に残さなきゃならん！」キップは気力を取り戻した。

「新聞に投書って、どうするんだ？」

「地下室のトムは一応作家だろ？　あいつに書かせればいい」

無責任な発言がサルーンに飛び交った。

「まあ、みんなが町を守りたいってんなら、今からジェスローの町議会を作ればいいんじゃないか？　町議会を作ってジェスローを非法人地域じゃない、ちゃんとした町にすればいい。組織的な反対活動も可能になるだろうよ」フレッチャーさんはみなの熱意に負けたと言わんばかりに肩をすくめた。

「それだ！　ジェスロー町議会をつくればいいんだ。俺たちの町だ。俺たちで守るんだ！」

「とはいえ、一昨年《おととし》ネバダ州法の改正があった。今から町議会を作るなら、郡政委員が二名参加することになる。つまり、メイソン郡の意向も無視できない状況には変わらない。もちろん、町議会がないよりはマシだがな」

「そんなの関係ないね。俺たちが団結していればいいだけだ。外の人間が二人いたって無視しちまえばいい。そうだろ？」キップが言うとフレッチャーさんがまたしても意味ありげに肩をすくめた。

「どうだ、パトリシア。高速道路の建設を止められるっていうなら、町議会を一緒に作らないか？」キップがパトリシアに視線を向けた。

「それって最高ね！　やるわ！　私たちでジェスローを最高の町にしましょう！」パトリシアがキップと軽く抱き合うと、周りから歓声が上がった。

「今日が残りの人生の最初の日だ！」パトリシアがそう言って拳を力強くつきあげた。

「今日が残りの人生の最初の日だ！」サルーンにいる全員が復唱し、建物が震えるほど大きく響いた。

「ジェスロー町議会の誕生に乾杯！」サルーンに集まった住人たちはグラスを高く掲げた。

「こんな日が来るなんて思わなかったわ。だって、私はまだこっちに来て二年しか経ってないのに」パトリシアは溢れる涙を拭った。

「バカなこと言うなよ、トリッシュ。あんたはウィルと結婚したときからこの町の人間だぜ」バズも声をあげた。

「パトリシア！　泣いてなんかいないで、なんか喋れよ！　スピーチ！」

サルーン中の視線がパトリシアに注がれた。二階席の人たちも手すりにもたれかかってパトリシアを眺めていた。

「キップ、フレッチャーさんもありがとう。正直に言うとウィルに連れてこられたときは、何もない田舎町だって思ったわ。でも住んでみて分かった。ジェスローはとても素敵な町。本当に、百年前から変わってないみたい。そんな町ってやっぱり特別だわ。この町をみんなの力で守っていけたら良いと思う。ヘイトアシュベリーでは人の理想が行政の力で潰されたわ。私たちがここで立ち上がるなら、町だけでなく自然や環境を守りながら町を再建できるはずよ。ここに残っているギンガムストック銀山の廃坑も観光資源になるんじゃないかしら。人が来るようになれば、このサルーンも、毎日今日みたいに賑やかになるわよ！」

パトリシアのスピーチに拍手が沸き起こった。

だが、次の瞬間には当然の議論が始まった。

「ヘイトアシュベリーがなんなのよ？　あなた、ここをヒッピーの町にするつもり？」アリスが言った。「人が来るっていっても、浮浪者やジャンキーが来るのは勘弁してほしいわ」

「それに環境を守るってのも、俺の考えとは違うな。大事なのは俺たちジェスローの人間だろ」キップが早くも掌を返した。

「デスバレーの小魚のせいで牧場経営者は迷惑してるんだ。知ってるだろ？　デビルズ・ホールの水位が下がってるのは、牧場の灌漑《かんがい》のせいだとか活動家のやつらは言いやがる。たかが小魚のために地下水を汲《く》めなくなれば、こっちは死活問題だ」

「ちょっと待ってよ。環境保護は第一条件よ。小魚って、デビルズ・ホール・パプフィッシュのことでしょ？　あれはデビルズ・ホールにしかいない貴重な魚よ。魚を守ることが、巡り巡って地球全体を守ることにつながるのよ」

パトリシアが反論したが、彼女と他のジェスローの住人との距離をさらに遠ざけることになった。

「地球全体を守るなんて、俺らとは関係ないだろ？」

「道路の建設が止められればそれでいいんだけど……」

「町を再建するって、どうするんだ？　どこにそんな金がある？　税金を払えってのか？」

税金、の一言が場の空気をぶち壊した。熱狂は一気に冷え込み、団結を誓い合ったばかりの住人は、瞬時のうちに自分たちがそれを望んでいないことに気が付いた。

「まぁまぁ、細かい議論は置いておいて、今日はとにかく楽しく飲もう！　今いる全員にビール一杯サービスだ。飲みたいやつはアルバータに声をかけてくれ」バズはなんとかその場の空気を和やかにしたが、さっきまでのお祭り騒ぎは終わってしまった。サルーンを包んでいた一体感は消え去り、個々のテーブルでささやかな話し声が聞こえるだけだった。町議会への反対の声も少なからず混ざっていた。

パトリシアは悔しそうに顔を赤らめてサルーンを去り、ウィルもその後を追った。

「ところでレジーがいないみたいだが、誰か見たか？」バズが訊ねると、マクリーン夫妻たちは首を横に振った。

「いや、そういえば見てないな。スタンドにいるんじゃないか？」ジョセフ・マクリーンが窓の外のガソリンスタンドのほうを眺めた。

「もしかしたら、道のどこかで倒れてるかもしれないな。ちょっと俺が見て来るよ」

バズはそう言って店を出たが、その瞬間に後悔した。あまりにも暑くて、吐きそうだ。ガソリンスタンドにそのまま向かったが、途中でマネキンを蹴《け》飛《と》ばして転びそうになった。

ガソリンスタンドのドアには「閉店」の表示板が下げられており、ノックしても反応は無かった。念のため、店の奥にあるレジーの家まで足を運んだ。玄関ドアも閉められているのは意外だった。ここらでドアを閉める家はない。

「おい、レジー。いるのか？」バズが声をかけたが返事はなかった。

なんとなく嫌な予感がした。自分も撮影後に極度の疲労状態だった。体力のないレジーのことだから、脱水症状や熱中症になっている可能性もある。

もしかしたら倒れているかもしれない。バズは裏口からレジーの家に入り込んで、彼を捜した。子供のころから遊びに来ている家なので、遠慮を覚えることもない。

「レジー、大丈夫か？」

バズが声を張り上げると、奥の寝室でバタバタと音が聞こえた。だが、返事がない。やはり、なにかが起きている。ほとんど考えられないことだが、撮影で家を空けている隙を狙って空き巣が入っているのかもしれない。

レジーは自分の親友なのに、映画撮影に浮かれて彼がいないことにも気が付かなかった。それどころか、酔っぱらうほどビールを飲んでいたのだ。

バズは空き巣と鉢合わせすると半ば本気で思っていた。息を潜めて、静かに寝室に近づく。何を見ても冷静でいられるように覚悟を決めると、中を覗き込んだ。

中の光景を見て、バズの思考は停止した。

「レジー？　それに、ナンシー？」

「違うんだ、バズ。落ち着いてくれ。これはそういうことじゃないんだ」

レジーは慌ててパンツをはきながら言った。

ベッドの中に裸のナンシーがいる。レジーと違って彼女は落ち着いており、不倫現場を見られたという感じではない。自分がここにいて当然という様子のナンシーは、軽く微笑みながらバズに向かって手を振った。

「何が違うんだ？　さっきまで彼女と寝てたみたいに見えるが、違うのか？」

「いや、確かに寝たけどさ。違うんだ」レジーはシャツを着た。

レジーは汗をかいていたが、ゾンビの格好をしていない。ということは、撮影中に抜け駆けして不倫していたということか。

「だから、何が違うんだよ」バズはレジーを睨みつけた。

あまりに想定外のことで頭が空っぽになっていたバズだったが、胸の中に沸々と怒りが湧きあがってくる。無意識のうちにポケットの中に入っていたペンに手が伸びた。注文を取るときのために、いつもポケットの中に用意しているものだ。ペンのキャップを捨て、握りしめた。

「おい、それをどうするつもりだ？」レジーはバズが取り出したペンを見て言った。

「金玉か目玉か。好きなほうを選べよ」

「何言ってんだ？　答えになってないだろ」レジーが後ずさりする。

「お前だって答えてない。違う違うって、何がどう違うんだよ」

「それは……」

レジーは答えに詰まったかと思うと、全開になっていた部屋の窓から外に飛び出した。

「畜生！」バズも裸足で逃げ出すレジーの後を追った。

「レジー、俺は決めたぞ！　金玉も目玉も両方潰してやるからな！」

二人とも知り尽くしたジェスローの町である、隠れる場所なんてない。レジーもそれを分かっているはずだ。炎天下、撮影後だからか、外には誰もいない。普段から運動不足のレジーがいつまでも逃げられるわけがない。すぐに音をあげるはずだ。バズがそう思っていると、レジーとの距離はだんだん縮まってきた。

レジーは隠れる場所を探しているようで、もう五年以上も前に町を離れたパーマー家の空き家に向かっていた。

「てめえ、逃げられるわけねえだろ！　大人しく腹くくりやがれ！」

レジーは悪あがきして、パーマー家の中に入ろうとしたが、当然玄関は開かなかった。そのまま苦し紛れにパーマー家の裏庭に逃げ込んだ。

レジーは裏庭にある石垣を飛び越えようとして、足を引っ掛けた。そのまま石垣の反対側に倒れこんだレジーの姿は見えなくなったが、そこにいるのは分かっている。

「やっちまったな。万事休すだぜ。なにか言い残すことはあるか？」

バズも酔っぱらっているうえに、思いっきり走って疲労困憊《ひろうこんぱい》だった。もう走る必要もない、歩いてレジーに近づいた。

「本当にあんたには悪いと思ってるよ。だけど、ナンシーから誘ってきたんだぜ？」

「ナンシーがお前を誘った？　嘘も大概にしておけよ」

そう言ったものの、確かにレジーの寝室にいたナンシーに悪びれた様子はなかった。普段のナンシーは自分に非がなくてもすぐに謝るタイプだ。よくよく考えてみると、違和感はあった。

「本当だよ。なんかいつものナンシーと違って、人が変わったみたいに積極的だったんだよ」

「だからって許されるわけないだろ。ナンシーは俺の妻だぞ」

「そうだよな。本当にごめんよ」レジーが洟を啜りながら言った。

「お前、泣いてんのかよ？」

「当たり前だろ、金玉も目玉も潰されたくねえよ」レジーが石垣の反対側で泣きながら言った。姿は見えないが、レジーの泣き顔が目に浮かぶようだった。

「だったら人の女に手を出さないことだな」

「分かったよ。俺が悪かったよ。代わりにアリスと寝て良いから、許してくれねーかな？」

「バカ！　アリスと寝たがるやつなんていねーよ！」

「そんなこと言うなよ。傷つくじゃねーか」

レジーの言葉を聞きながら、パーマー家の石垣にたどり着くと、バズは奇妙なことに気が付いた。

石垣がズレているのだ。

長さは五メートル以上、高さも一メートルくらいある石垣である。よっぽどのことが無い限り動くはずがない。

しゃがみ込んでよく見ると、石垣は十センチほど動いたようだった。引きずられたように、地面に跡がある。だがレジーがぶつかったくらいで、石垣が動くなんてことがあるだろうか？

よくよく考えてみれば石垣は中途半端なサイズだ。もしかしたら、下に何かを隠すために配置してあったのだろうか。

試しにバズは石垣に両手をついて思いっきり押してみた。少しだが、やはり動いた。思ったよりも軽くて驚いた。

そして、地面に少しだけ枠が見える。地下への扉に間違いないだろう。パーマーさんが地下シェルターを用意していたなんて話は聞いたことがない。

「なあ、バズ。なんとか言ってくれよ。俺はお前の親友だろ？」

なぜだか知らないが、バズの中でレジーへの怒りは収まっていた。というよりも、自分の町に知らない秘密があったことへの驚きが怒りに勝っていた。

誰も知らない秘密の地下室。何が隠されているのだろうか。

「頼むよ。お前が言うこと、なんでも聞くからさ。金玉と目玉は勘弁してくれよ」

情けないレジーの声を聞いている場合ではなかった。ナンシーとの件を話し合う時間は別に作ればいい。それよりも、目の前に突然現れた謎が気になって仕方なかった。

「分かったよ。とりあえず、ナンシーとのことは措《お》いておこう。それよりもこっちに来てみろよ」

バズはレジーに地下室の入り口を見せた。

「パーマーさんの地下室か？　聞いたことないな」

二人は協力して石垣を押《お》し退《の》けて、地下室に入る扉を開けた。中に何が隠されているのか。

まるで宝探し遊びをしている子供のように、二人は好奇心に突き動かされた。

＊＊＊

「ねえ、アラン。お父さん、今日は帰ってくるかな？」

弟のジェイクの何気ない一言が、アランの肩に重くのしかかった。自分だって、同じことを聞きたい。が、誰にも聞けない。

昨日、突然いなくなった父さんは帰ってこなかった。ふらりと出かけることがあっても、だいたいは夜に帰ってくる。

「どうだろうな。軍の用事でちょっと遠くの基地まで行くって言ってたから。もしかしたら一週間くらいかかるかもな」

アランはジェイクを動揺させないために適当な嘘をついた。弟はすっかり信じ切って、今はアランが用意したベーコンと卵を食べている。父さんがいなくなっても、生活は変わらない。普段から家のことをしているのはアランだった。

暮らしぶりは変わらないが、気持ちは別だ。昨日は不安で寝られなかった。

今回はいつもと違う。父さんのギターがベッドの上に置かれていたのだ。戦争から帰ってきて、初めて父さんがギターに触った。それがアランには嬉しかった。

最初はギターの弦でも買うためにキャリアンに行っているのかと思った。そうだとしたら、夜になっても帰ってこないのはおかしい。

もしかしたら、もう帰ってこないんじゃないか。そんな風に思ってしまう自分が悔しくて、でも、ジェイクにその気持ちを知られないように必死で涙を隠した。

「大丈夫だよ。父さんがいなくても、兄ちゃんがお前のめんどうを見るから」

「うん。これ食べ終わったら一緒にテレビ見ようよ」

「ああ、そうしよう」アランは弟のために無理して笑った。

テレビが弟の笑顔を明るく照らすのを、アランは皿を洗いながら見た。

もしかしたら、町のどこかにいるんじゃないかと思って、今日は町中を捜した。だがどこにも父さんはいなかったし、誰も居場所を知らなかった。

ウィルに相談してみようかと思ったが、まだ頼りたくなかった。ウィルには助けられっぱなしだ。食料の買い出しに付き合ってくれたり、いつもめんどうをみてくれる。

〈俺と俺の〜ウィ〜ンストン、俺と俺の〜ウィ〜ンストン、俺たちだけの良い時間、煙草本来の良い薫り〜〉

煙草のCM曲が流れて来て、アランは父さんを思い出した。

もしかしたら、父さんは自分たちを捨てて出ていってしまったんじゃないだろうか。

CMで煙草を吸ってる男みたいに美人と出会って、そのままどこかで新しい暮らしを始めてるんじゃないだろうか。

そんなはずはない。絶対に帰ってくるんだ。戦争からも帰ってきたんだ。

何があっても、ジェイクだけは守ってみせる。悲しい思いはさせたくない。

自分が頑張らなきゃいけないいんだ。

＊＊＊

「おいおい！　なんだよ、これ！」レジーが泡を食って言った。

「バカ！　大きい声出すなよ。他のやつに聞かれたらどうする？」

レジーの家から懐中電灯を持ってきた二人は、パーマー家の地下室で見たものが信じられなかった。地下室は広かったものの、ほとんど何もない空間だった。部屋の奥に小さな机があり、その上にブリーフケースが置いてあった。

鍵はかかっておらずその中にはぎっしりと札束が詰まっていた。

「パーマーさんが置き忘れて行ったってことか？」バズが小声でつぶやく。

「こんな大金を忘れるはずないと思うけどな」

「そうだよな。というより、仕事を探すために町を出ていったんだ。これは別の誰かの物だ」

「じゃあ、誰がパーマーさんの庭に地下室を造ったのかな？」

「さあな。それより、これいくらあるんだよ」

「まったく見当もつかないね」

レジーは他にも何か見つからないかと、机の下を懐中電灯で照らした。そこにはボストンバッグが一つ置いてあった。レジーはその場にしゃがみ込むと、ボストンバッグのジッパーを開けた。

「マジかよ！」

「だから大声出すなって！」バズは目の前の大金から目を離さずに言った。

「いいから、これを見てみろって！」

ボストンバッグには拳銃《けんじゅう》が入っていた。それも何丁も、乱雑に突っ込んである。

「おいおいおい、これはマジでヤバイな」

バズはそう言うと拳銃を手に取った。拳銃のトリガーの部分に巻き付けるように紐がついており、そこには何か説明書きのラベルがあった。

〈一九四三年三月二日　ベン・マッキンリー殺害時使用〉

「殺害時使用！　嘘だろ、触っちまったじゃねーか！」バズは拳銃をバッグの中に戻した。

「なんなんだよ。わけ分かんねーよ」レジーの声は上ずっていた。

しばらく、二人は何も言えずに拳銃が詰まったボストンバッグを眺めた。

「レジー、手袋を持ってこいよ」

「マジで言ってんのかよ。もうこんなヤバイものは忘れようぜ。もとに戻して何も見なかったことにしたほうが良いって」

「良いから、さっさと持ってこいよ。なんでもするって、さっき言ったろ？　金玉と目玉を潰すのは許してやるから、早くしろよ」

レジーはバズに逆らえずに、自分の家まで往復して手袋をバズに渡した。念のためレジーも手袋をした。持ってきたタオルで、先ほどの拳銃からバズの指紋を拭いとった。

バズはボストンバッグの中に入っている拳銃を一丁ずつ取り出して、床に並べ始めた。

〈一九五五年七月十一日　デズモンド・ワシントン殺害時使用〉

〈一九三九年十月三十日　エンツォ・マルコーネ殺害時使用〉

〈一九四八年二月十六日　マウロ・タドリーニ殺害時使用〉

〈一九六七年八月二十日　ピーター・トラウトマン殺害時使用〉

どの拳銃にも、誰をいつ殺したかが丁寧に書かれている。バッグの中の銃をすべて出し終わると、十五丁にもなった。

「なんだよ、これ。連続殺人犯のコレクションか？」レジーが困惑顔で言った。

「いや、もっとヤバイな。このマウロ・タドリーニって、多分あのタドリーニ家の元ボスだろ。だとしたら、マフィアが使った銃をここに隠してるってことか？」

「何かの冗談だろ？　きっと誰かを騙すためのジョークなんだよ。いや、もしかしたら映画の撮影に使うのかもな」レジーは自分に言い聞かせるように言った。

二人はただ黙って、床に並んだ銃を見つめた。

「あのさぁ、パーマーさんっていつ引っ越したんだっけ？」レジーが訊ねた。

「今はそれどころじゃないだろ！」バズがレジーの肩を軽く小突いた。

「いや、一九六七年のラベルがあるってことはさ。誰だか知らないけど、ここに銃を持ってきたやつはそれより後にも来てるってことだろ……」

二人は思わず後ろを振り返った。この地下室を使っているやつが、すぐそこに来たような気がしたのだ。もちろん、そこには誰もいなかった。地上から差す光が、階段の下を頼りなく照らしているだけだ。

「でもなんのために？　いくら秘密の地下室でもまとめて保管してたら、マズイことになるだろ。こういう殺人に使った銃なんて、どこか適当な場所に捨てるもんだと思ってたけどなあ。少なくとも、テレビ番組だとそうだよな？」レジーが当然の質問を口にした。

「いや、誰だか知らんが、コイツは銃だけじゃなく大金も用意してるんだ。過去の殺人事件の証拠をネタに司法取引をして、そのまま逃げる気なんじゃないか？」

「裏切り者ってことか。バズ、そいつはこの町の誰かだと思うか？」

「それはないな。この町にそんなヤバイやつはいない。それに、偶然見つかったときのことも考えてあるだろうな。そいつに結びつく証拠はないんだよ、きっと。だからあえて遠くに隠してる」

「よくそんなこと分かるな。もしかして――」

「なんだよ」

「バズ、これはお前の銃なのか？」

「アホか！　ここを発見したのは俺だろうが。それに、一九三九年なんて、俺らはまだガキのときだぞ」

「本当だな」レジーは笑った。

「タドリーニのボスを殺してるってことは、敵対しているマフィアか？」

「多分、そうだろうな。誰のコレクションだか知らないけど、もう忘れたほうが良いよ」

「もしくは……、息子の裏切りにあったか。俺の記憶が正しければ、確かマウロ・タドリーニの事件は犯人が割れてなかったはず……」

「いいから、もう忘れようぜ」

「もし、タドリーニ家の誰かだとしたら、元ボスを殺したってことだ。ってことは、その後のボスの側近みたいな立場のやつか？」

「忘れろって！」

　バズが考えている間に、レジーはボストンバッグに拳銃を詰めなおした。そして大金を目に焼き付けるようにじっと見つめた後で、ブリーフケースを閉じた。

　二人は自分たちが入った痕跡が残っていないか確認してから、地下室を出た。

　石垣を元に戻すと、レジーの家に帰って二人で飲みなおすことにした。

　ナンシーはすでにレジーの家にはおらず、会話を盗み聞きしようとする者などいないと分かっていた。二人は黙ってビール瓶の蓋を開けたが、飲む気になれなかった。

　少し前までナンシーの件が二人の友情を壊してしまうだろうと、バズは考えていた。

　だが、新しく生まれた興味で頭がいっぱいになってしまい、不倫はどうでもよくなってしまった。

　自分の住む町に隠された、マフィアたちの秘密に思いを巡らせる。まるで自分がマフィアと戦う正義の刑事、ディック・トレイシーにでもなった気分だった。彼だったらどう推理するだろうか。姿の見えない敵にどう挑む？

　しばらく考えた後で、バズはあることを思い出した。恐ろしい可能性に背筋を凍らせた。声に出すのは躊躇われるが、レジーにも伝えないと危険なことになるかもしれない。

「なぁ、撮影のときにお前はいなかったから知らないだろうけど、実は皆と話していて気になったことがあったんだ」

「どうしたんだよ。映画のことなんて、もうどうでもいいだろ？」

「そうじゃないんだ。撮影のときに誰も知らない男がいたんだよ。キャリアン署の署長に似た男らしい」

「それがどうかしたのか？」

「分からないのか？　誰も知らない男がジェスローにいたんだぞ？　この町に知らないやつなんていない。狭い田舎町に、誰も知らない男がいたんだぞ」

「もしかして、そいつがあの地下室の男か？」レジーの顔から血の気が失せていった。

「分からない。でも、偶然にしてはできすぎてると思わないか？」バズが言った。

二人はただ黙って椅子に座ってテーブルの上のビール瓶を眺めていた。飲む気にもなれない。今飲んだら吐きそうだ。

「なぁ、バズ。さすがにこれはマズくないか？　俺は警察に通報したほうが良いと思う」

レジーの言葉を聞いて、バズはしばらく考えこんだ。

「ああ……。そういうことか……」バズはあることに気が付いて、思わず声を漏らした。

「なんだよ？」レジーが眉を顰めてバズの顔を覗き込む。

「キャリアン署の署長に似たやつじゃない。あれは署長なんだよ。考えてみれば当たり前の話じゃないか」

「なんでそうなるんだ？」

「キャリアン署は、少なくとも署長にはマフィアの息が掛かってるってことだよ。ベガスやリノなら分かるが、まさかキャリアンまでそうだとは思わなかった。署長がマフィアの証拠を隠してるんだよ。署内に置いておけないようなものを、ここに隠してるんだ」

「考えすぎじゃないか？」

「いや、ジェスローに知らないやつがいたら気が付く。キャリアン署の警官はたまに来るだろ？署長もコリンズ巡査も来る。あいつらの可能性はあるな」

「じゃあ、ここのことを警察に通報するのもマズイってことか？」

「ああ。誰にも言えない。誰が信用できるか分からないぞ」

「俺たち、入ってるところを見られてないよな？」レジーの声は震えていた。

「そう願いたいもんだな。じゃなきゃ、俺たちもやられちまうぞ」

レジーはビールを飲もうとして、緊張のあまり、シンクに吐き戻した。

この町で何が起きているんだろうか。

＊＊＊

「兄さん、本当にありがとうね。私たち、他に頼れる人がいなくて困ってたの」

マリアは兄の家に入ると、中で待っていたハーブに礼を言った。

「父さんが死んだ後で誓っただろ？　俺は何があっても、いつでもお前の味方だからな」

ハーブはマリアを挨拶代わりに軽くハグした。

「その二人に関しては知らねえけどな」

ハーブは黙って入ってきた男たちに、冷たい視線を送った。

「そんなこと言わないでよ。二人とも大事な仕事仲間なんだから」

「普通の仕事仲間なら歓迎するさ。だがお尋《たず》ね者《もの》をもてなす理由はないだろ」

ビリーとマトヴェイは何も言わずに部屋の中に進むと、勝手にダイニングテーブルの椅子に座った。

「俺のことは知らんぷりかよ。まったく変わらねえな、ビリー」ハーブはビリーの正面に回り込んで言った。

「警察に連絡してもいいんだぜ。銀行強盗のビリーとマトヴェイがここにいるってな」

「お前はしない。マリアも一緒だからな」ビリーはハーブには目もくれず、ポケットからウィスキーを取り出して一口飲んだ。

「ムカつくやつだぜ、ビリー。俺の妹に手を出しただけじゃなく、犯罪を手伝わせてるんだからな」

「俺は手伝えなんて言ってねえ」

それからしばらくの間、部屋は気まずい沈黙に包まれた。

「お前はどうなんだよ。何か言うことはないのかよ?」ハーブがマトヴェイに近づいて言った。

「お前が何人も殺してるのは知ってるんだぞ!」

ハーブがテーブルを拳で叩いて怒鳴ると、マトヴェイは眉をつり上げた。

「なんでそんな悪魔みたいなやつを家に泊めなきゃならないんだ?」

「兄さん、やめて！　お願いだから彼を怒らせないで！」マリアがハーブとマトヴェイの間に割って入った。

「兄さん、ごめんね。私たちがいたら迷惑だよね。でも少しだけだから。何日かしたら家を出るから、その間だけでも許して！」

ハーブは怒りをグッと堪えた様子で、部屋を出ようとした。が、扉に手をかけると振り返って言った。

「お前たちは犯罪者だ。俺みたいな一般人が汗水たらして働いた金を盗みやがる。でも、そんなことはどうでもいい。ただ、マリアだけは返してくれ」

「返してくれなんて物みたいに言わないでよ。私はいつまでも小さい子供じゃないんだから！　私は私の人生を選んだの。ビリーと一緒の人生をね」

「そんなに言うんだったら、今からここを出ていくか？」

ハーブが言うと、マリアは黙り込んだ。

「だと思ったよ。いいさ。勝手にしろよ」

ハーブは部屋を出ると、ドアを叩きつけるようにして閉めた。


「カット！」

エリックが声をあげると、その場にいたデボラが嬉しそうに拍手した。

「凄いわ。やっぱりマイルズは演技力が違うわね！」

ジャンニーノはその隣で青白い顔をして、椅子に腰をかけたまま動かなかった。

「本当に良い演技だった。まさかのアドリブに熱が入ってたな」エリックも褒めてマイルズの背中を軽く叩いた。

「皆さん、すみません。セリフを忘れてしまって、困っていたら助けられちゃいました」ボリスが頭を下げた。

「いやいや、逆に良いアドリブが引き出せたよ。『何か言うことはないのかよ』って」マイルズが言うと、周りに笑いが起こった。

マイルズが挑発するような視線を送って来たことにノームは気が付いた。やはり、マイルズは自分に格の違いを見せつけようとしているのだ。もちろん、それは成功だった。

ノームはマイルズの演技に魅了された。脚本に載っていないセリフ、動き。自由な演技で場面を盛り上げた。自然で、生き生きとしている。

演技中の彼はマイルズではない。何にでもなれるのだ。

マイルズの演技に導かれるように、リンダも自由に振る舞った。ボリスが脚本どおりに演技していたら、こんなに激しいシーンにはならなかっただろう。

だが、どうやったらアドリブなんてできるのだろう。脚本を渡されて、そのままに演じるのが役者の仕事ではないのか。もちろん、マイルズのようにレベルの高いものでなければ、監督は納得しないだろう。期待を超える仕事なら、許されるときもあるのだ。

最初に人を殺したのは十歳を過ぎたころだっただろうか。人を殺した、という実感はなかった。孤児だったノームのめんどうをみたのはタドリーニ家だった。とはいえ、暗殺の道具にしたてられただけだ。子供であれば警戒されることはない。ターゲットの飲み物に毒を入れるだけ、車に細工をするだけ。頼まれたことを、何も考えずに実行するだけの人生だった。

マイルズの演技をもっと見たい。マイルズに追いつきたい。

今のノームの頭にあるのはその思いだけだった。

「よし、次に移るぞ。ベッドシーンだ。ノームは上を脱いで、リンダはブラだけ残して布団で隠す。準備は良いか？」

「ああ」ノームはシャツを脱いだ。

ノームが裸になった瞬間に誰もが口を閉じた。

マイルズと話していたデボラは言葉を失い、リンダは驚きのあまり両手で口を押さえた。

「おい、お前、その身体どうしたんだよ……」エリックが呟くように言った。

少しだけ考えて、ノームは皆が自分の傷痕《きずあと》に驚いているのだと気が付いた。ナイフで切り付けられた傷や銃創がいくつもある。縫合を自分でやっていることもあるから、他人から見たら醜《みにく》いのかもしれない。漫画に出てくるモンスターみたいに継ぎはぎだらけの身体だ。

「ああ。仕事でちょっとな」ノームが言った。

「なんの仕事してたらそうなるんだよ？」

「郵便配達だ」ノームはちょっとだけ考えて言った。

「冗談のつもりか？」マイルズが目を細めて言った。

「意外とタフな仕事だ。犬に追いかけられるし、よく転ぶ」ノームは適当に嘘をついた。

それが面白かったのか、意外にもデボラが豪快に笑った。

「郵便配達がそんなに危険な仕事だなんて知らなかったわ。これからは家に来る郵便屋さんに優しくしてあげないと」

「ありがとう。切手の金額不足にも気を付けてくれ」ノームがジョークを重ねる。

デボラは相変わらず大声で笑った。他の皆も露骨な嘘を気にしてもしょうがないと思ったのか、軽く笑った。傷とノームの正体への追及はそこまでだった。

ああ、そうか。ノームは意外なことに気が付いた。

アドリブというのはこういうことだ。今までも窮地に陥ったときは、その場の機転で切り抜けてきた。難しいことは何も考えずに、周りを騙すことに集中すれば良いのだ。

「エリック、俺が考えてることが分かるか？」ショーンが言うと、エリックは頷いた。

「ああ。ノーム、君のその身体は素晴らしい。それだけでとてつもないストーリーと衝撃を観客に与えられるだろう。ただのお色気シーンに使うには勿体ない。君一人の裸を撮ろう」

ベッドシーンはシャワーシーンに変わった。リンダは画面から外れ、ただノームがシャワーを浴びているのを後ろから撮るだけ。ノームにはそれが面白いのかどうか分からなかった。ノームが下を脱ぐと、さっきと同じように周りが絶句した。見ているだけでも苦痛だと言わんばかりだ。

エリックの合図でシャワーを流し始める。撮影が始まった。

自分の裸をこれだけ大勢に見られるのも、カメラで撮影されるのも初めてだ。

ノームは自分の役のこと、ビリーのことを考えた。恋人を連れて銀行強盗を繰り返す男。だが、ビリーはおそらく正直者だ。マリアに仕事を手伝えと言ったわけではなく、彼女が言いだして手伝い始めたのだろう。ビリーは彼女のことを愛しているのか？

ノームは急に、デボラに言われたことを思い出した。

それからあなたはどうするの？　どうしたいの？

ビリーはどうしたいのだろうか。無謀な暮らしを続けていたいのだろうか。それとも真面目な生き方をしたいのだろうか。

きっとビリーに普通の暮らしはできない。自分の犯した過ちから逃れられない。だが、マリアは？　彼女を救うことはできるのだろうか。

ノームは突然、恐怖を覚えた。

自分が殺してきた、数えきれないほどの人の魂に取り囲まれたような気がした。

「なんという手だ、ああ、おれの目をえぐり出す気か」

気が付くと、ノームは自分の手をじっと見ながら、マクベスのセリフを呟いていた。

「大ネプチューンの支配する大洋の水すべてを傾ければ、この手から血を洗い落とせるか？」

シャワーに打たれながら、ノームは涙を流していた。

「いや、この手がむしろ見わたすかぎり波また波の大海原を朱に染め、緑を真紅に一変させるだろ絶望が心に忍び込んできた。立っているのもやっとだ。

足が震えてしまいそうだった。

「カット！」エリックの声が聞こえ、ノームは撮影のことを思い出した。

シーンが始まってから、ノームは自分の世界に入り込んでしまった。

周囲のことを完全に忘れていたのだ。普段、寝るときでも警戒を怠らないノームには、あり得ないことだった。

「演技はしたことないだって？」ショーンが目を丸くして言った。「シェイクスピアをそのレベルで演じられる素人がいてたまるかよ。正直に言えよ、どこの劇団にいたんだ」

「いや、これはさっきマイルズに教えてもらっただけだ」

ノームの言葉に、周囲の視線はマイルズに集まった。

「本当か？」エリックが訊ねた。

「まぁ、確かに。その場面をやって見せたけど……」それ以上言葉は続かなかった。

「さすがマイルズだな。教えるのもうまいのか。素人だとは思えない演技だったぞ。それに、場面の選び方も最高だな。よし、このシーンはビリーがシャワーを浴びてるのを、マリアが後ろから見ているシーンに変えよう。ビリーは犯罪に後悔し怯えているが、マリアは彼を否定しない。それどころか、自分の決意をマクベス夫人のセリフで伝えるんだ」エリックは意気揚々と言った。

「え？　私もシェイクスピアやるの？」リンダは困惑顔だった。

「ああ、マイルズが教えれば大丈夫だろ？」

「簡単に言うなよ。普通は無理だって」マイルズも遠回しにノームの才能を認めた。

十分なリハーサルを重ねて、今度はリンダが撮影に挑んだ。

う」

「私の手もあなたと同じ色、でも心臓はあなたのように蒼ざめてはいません」

リンダのセリフは短かったが、それでも苦労している様子だった。マイルズが何度もダメ出しをして、演技を教える必要があった。

ノームは自分の内に不思議な感情が湧き上がって来るのを感じた。

大きくなりすぎた罪を贖《あがな》うことはできない。

だが、罪を抱えたまま新しい生き方を探すことならできるかもしれない。

この映画が完成すれば、何か摑めるかもしれない。

これは俺の映画だ。

＊＊＊

「この前は済まなかった。このとおり謝る。状況が変わったんだ」ウォルデンが家のドアを開くと、UFO研究家のノーマン・キャシディがまくし立てた。

「何かが起きてる。俺だけじゃあ何にもできねえ。あんたの力が必要だ。ウォルデン、頼むから話を聞いてくれ！」

キャシディは見どころのある研究家だが、酒癖《さけぐせ》が悪い。前回会ったときも一人でべろべろに酔っぱらって、バーから彼の家まで送る羽目になった。車の中で吐きながらクトゥルフがどうだのとのたまう彼を見て、少しばかり距離を置こうと思っていたところだった。

「なんだよ！　キャシディ、お前、また酔ってんのか？」

「これが飲まないでやってられるか！　軍が動いてる！　メイソン郡で何かが起こってるんだ！」

ウォルデンは興奮しきったキャシディに嫌悪感を抱いたが、放っておいたらいつまで騒いでいるか分かったもんじゃない。

「いいから、とにかく入れ」ウォルデンはキャシディを玄関に引っ張り込むと、扉をすぐに閉じた。

酒臭いキャシディをリビングのソファーに座らせ、話を聞くことにした。すでにかなり酔いがまわっている彼から事情を聞きだすのはかなり困難だった。しかし、もし話の内容が正しければ、彼が大騒ぎするのも仕方ない。

曰く、キャリアン近郊でコンタクティを探していたところ、ある男から話を聞くことができた。その男の牧場で、牛が三メートル以上ある大きなエイリアンにレイプされたというのだ。それだけなら、驚くことではない。よくあることだ。男のもとにはブルーボードの調査員が来た。しかし、ブルーボードだけでなく、そこには悪名高いホフマン大佐がいたというのだ。

フラットウッズ・モンスター事件、ソコロでのロニー・ザモラ事件、重要なエイリアン目撃情報の裏には、常に彼の存在があると言ってもいい。ホフマンがいた、ということはそのコンタクティの証言にも信憑性が出てくる。

それだけでなく、キャリアンの近くのジェスローという町を空軍が封鎖しているらしい。もし本当ならば、ジェスローで何か起きているのは間違いない。

ウォルデンがメイソン郡に住む知り合いに電話したところ、確かにジェスロー付近で道路が封鎖されているという情報を得た。しかも、その知り合いがジェスローの教会に連絡しようとしたが、電話はつながらないというのだ。間違いなく、何かが起きている。そして軍がもみ消そうとしている。

ウォルデンとキャシディは徹夜で知り合いに電話を掛け続けた。数は減ってしまったものの、民間のＵＦＯ研究家の良いところはフットワークが軽いことである。

キャリアンでＵＦＯの目撃情報があった。そこにホフマンが現れた。近くの町を軍が封鎖している。この情報だけで、彼らの多くはすぐに動くことに決めた。ことの重大さを、みなが直感的に理解した。

ジェスローに集合するように呼びかけたところ、翌朝には八十人以上が集まれそうだった。これはＵＦＯ研究を大きく変える事態になる。今後の分水嶺《ぶんすいれい》にもなるだろう。

荷物を車に積んだ後、疲れてしまったので仮眠をとることにした。

しかし二人とも興奮して眠れなかった。ことによっては逮捕者も出るかもしれない。だが、そんなことを恐れる者はいない。誰もが事実の追及に命をかけているのだ。政府は何かとＵＦＯ研究家をバカにする。一矢報《むく》いてやろうと思っている連中ばかりだ。

明日は戦争になるだろう。ウォルデンとキャシディは覚悟を決めた。

＊＊＊

「おい、フレッド。ちょっと良いか？」

キャリアンのバー、〈スローター・ハウス〉には、いつもどおりヘル・パトロールのバイカーたちが集まっていた。キャリアンの署長にお気に入りのジャケットを貸したままなので、アイゼンスタッドは少し古いブルゾンのジャケットを羽織っていた。

「どうかしたか？」ヘル・パトロールの頭領であるフレッド・ルイスは、バイク雑誌に目を落としたまま返事をした。

「この前の署長の話、本当にこのままでいいのかよ？」アイゼンスタッドは立ったまま話しかけた。

「おいおい。お前はいつから俺にそんな口をきくようになったんだ？　警察に手を貸せって言うのか？」雑誌から目をあげたフレッドの視線が、ナイフのようにアイゼンスタッドに刺さった。

「いや、警察がどうとかは関係ねーよ。でも、ジェスローの手前で道が軍に封鎖されてんのは、癪じゃねえか？　あそこは俺たちのナワバリだぜ？　なんかムカつくよ」

「アイゼンスタッド、一度だけ聞くぞ。お前、死にてえのか？」

フレッドの目には狂気が見える。彼を怒らせたら、どんな仕打ちを受けるか分かったものではない。アイゼンスタッドは唾を飲み込んだ。

「死にたくはない。けど、何かにビビってんのは性にあわない。あんたはポリ公にバカにされて、黙ってるつもりなのか？　俺は一発ブチかましてやりたい気分だぜ」

アイゼンスタッドの言葉に、フレッドは軽く笑った。

「奇遇だな、俺も同じ気分だぜ。クソ生意気な兵隊野郎どもにブチかましてやりてえと思ってた」

「やっぱり、あんたは大人しくしてるタマじゃねえと思ってたぜ」アイゼンスタッドはフレッドの向かいに座った。

「俺が何を考えてるか、分かるか？」フレッドが雑誌をテーブルに置いて言った。

「さあな。何を考えてんだ？」

「ジェスローに秘密の兵器を持った野郎が籠城してるって話だろ？」

「ああ、そうだ」

「秘密の兵器ってのがなんだか、知りたくねえか？　軍が封鎖してるぐらいだ。ヤバイやつだろうな。化学兵器か、もしくは核兵器か」

「核兵器……」アイゼンスタッドは思わず絶句した。

「ああ。俺は核兵器を手に入れたい。テロリストから奪い取ってやるのさ」フレッドが得意げに言った。

「そんなもん手に入れて、どうするつもりなんだ」

フレッドを焚《た》きつけたのは自分だが、アイゼンスタッドは「核兵器」の一言に及び腰になってしまった。

「独立だ。俺たちはカリフォルニア共和国を復活させるんだ」フレッドは店の壁に貼られている、星と熊が描かれたカリフォルニア共和国の国旗を指さした。

カリフォルニア共和国は米墨《べいぼく》戦争時にメキシコから分離独立して、一ヵ月もしないうちにアメリカに吸収された、幻の国だ。

「アイゼンスタッド、俺は核を手に入れて、カリフォルニア共和国の王になるぞ！」

高笑いを始めたフレッドを前にして、アイゼンスタッドは混乱した。

「いや、俺もバカだからよく分からないけど、共和国ってのは多分——」

「俺が王だ！　誰にも文句は言わせねぇ！」

フレッドは卓上にあったビール瓶を握ると、それをアイゼンスタッドに向けた。下手なことを言えば、頭をかち割られるだろう。

「あんたがそう言うなら、文句はねぇよ。でも、どうやって軍の封鎖を突破するつもりなんだ？闇雲に突っ込んでも自殺行為じゃねえか？」

「いや。俺たちにはアイツがある。忘れたのか？　あれならライフルなんか怖くねえ」

アイゼンスタッドは一瞬だけ考えて、大声で笑い始めた。

「アイツか！　ついに〈ストーム・ブリンガー〉の整備が終わったのか？」

「さあな。まだ確かめてねえ。今からマイスキー兄弟に電話してみる。お前は、一緒に襲撃したがるバカが他にもいるか、声をかけてくれるか？」

「バカが他にもいるか、だって？　俺たちが超ド級のバカどもだって知ってんだろ？　みんなでブチかましてやろうぜ！」

アイゼンスタッドは店中のバイカーに声をかけた。もちろん、アイゼンスタッドは正しかった。ヘル・パトロールは超ド級のバカ集団だった。

ストーム・ブリンガー壱号《いち》だけでなく、弐号《に》も出撃可能だとマイスキー兄弟から聞いたフレッドは、翌日の早朝に軍に奇襲をかけることをその場にいたヘル・パトロールの連中に伝えた。

明日は戦争になるだろう。フレッドとアイゼンスタッドは覚悟を決めた。

＊＊＊

夜のサルーンは、町中の人が集まっているんじゃないかと思うくらいに盛況だった。どこかの家族が帰っていくと、また誰かが入ってくる。昼のような熱狂はなかったが、その後の悪い空気は払拭《ふっしょく》されていた。みな、楽しいひと時を過ごしている。

撮影が終わった後、ボリスはエリックたちと夕飯を食べに来た。ショーンとエリックは、フィルムを確認したいということで先に帰った。マイルズは脚本を読みたいと一人で出ていき、ノームと二人になった。さっさといなくなればいいものを、なぜかこの男はボリスの隣から離れなかった。

ノームは食事を終えており、たまにビールを口にするくらいだ。ボリスはわざとゆっくりと食べ、手元の皿にナイフとフォークを残してある。ナイフを隣の男の喉元に突き立てるのに必要なのは、ほんの一瞬だ。だが、その一瞬の隙が永遠に訪れないように思えた。

その気になれば、サルーンにいる他の客を全員殺すことだってできる。キッチン内にショットガンを備えているかもしれないし、拳銃を持ち歩いているやつがいるかもしれない。それでもボリスには全員殺せる自信がある。だが、隣のノームだけは別だ。

　幸いなことに、やつとの探り合いはすぐに終わった。別の客がカウンターに座り、話しかけてきたのだ。

「昼のことは残念だったけど、ああなるのは当然よね。私も調子に乗りすぎちゃったし。それでもみんながこうして賑やかにしてるだけでも、いつもより楽しいよね」パトリシアが言うと、バズが静かに頷いた。

「昼も夜も、客が減らないな。ジェスローじゃないみたいだ」

　ウィルの言葉を聞いて、バズが頭を下げた。

「今日はみんな誰かと一緒にいたいんだろうな」

　バズは小声で返事をしたが、ダクトの音にかき消された。ウィルが耳に手を当てたのを見て、バズはもう一度おなじことを繰り返し言った。

「どうした、バズ。疲れてんのか？」ウィルが心配そうに見つめた。

「まぁ、ちょっとな」

「そういえば、ジェシカが帰ってくるってナンシーから聞いてたけど、遅れてるの？」

「ああ。まだ連絡もない」

「本当？　ちょっと心配じゃない？」パトリシアが首を傾げた。

「大丈夫だよ。心配ないって。こっちに来られても心配ごとが増えるだけだしな」バズは力なく言った。

「バズらしくないな。クリスマスに帰ってこなかったときなんて、随分文句を言ってたのに」

「離れてたほうがいいときってのもある」

「そういうもんか。子育てのことは分からないからな」ウィルがパトリシアと視線を合わせて微笑んだ。

ボリスには普段のバズのことは分からない。だが、今日のゾンビの撮影のときには、もっと傲慢《ごうまん》そうな男に見えた。疲れているだけのようには見えない。時々、客の顔を覗き込むようにして観察していた。素人なりに周りを警戒しているように見える。撮影後になにかがあったに違いない。

ウィルとパトリシアは、バズの変化の原因を考えていたボリスに挨拶をして、ノームにも握手を求めた。社交的で、町の他の住人とは違ってどこか垢抜《あかぬ》けた印象の二人だ。

「それにしても不思議なものね。映画の撮影が始まるって日に、あなたたち二人が偶然この町に来たなんて。さっきエリックが言ってたわ。カッツエンバーグさんは驚くほど吞み込みが早いし、アレンスキーさんの存在感は映画に欠かせないって」

「いえいえ。仰るとおりカッツエンバーグさんは才能がありますが、私は図体ばかりですよ。撮影中もついついセリフを忘れてしまって。皆さんの足を引っ張りっぱなしです」ボリスは頭を下げて言った。

「本当に不思議なものですね。映画撮影に関わるなんて、今まで一度も考えたことがないのに、気がついたら役者にされてました」ボリスは冗談めかして言った。

「アレンスキーさんは、何か美術品を捜されてこちらまで来られたそうですね？」

ウィルに訊ねられて、ボリスで結構ですと前置きしてから答えた。

「お二人はインペリアル・イースターエッグと呼ばれる美術品があるのをご存じですか？」ボリスが聞き返すと、二人は首を横に振った。

「ファベルジェという金細工師が皇帝に納めていた、素晴らしい卵形の美術品です。五十個ほどございますが、それぞれが別々のテーマをもとに製作されているので、同じものは一つとしてありません。革命後にアメリカに流れ着いた物も多くあります。本国のコレクターで、どうしても買い戻したいという方がいらっしゃって、それを捜しているんです」

「美術商っていうのは、自分から美術品を捜しに行くものなのかい？　僕はてっきり売り買いの仲介をするだけだと思ってたよ」

「普通はそうですね。私も出歩くことなんて、今回が初めてです。こちらはお客様が早く手に入れたがっていることと、それから私の興味もあって特別に対応してます」

「あなたの興味ですか？」

「ええ。私、マフィアに興味がありまして、調べ物をしているんです。いずれ資料がまとまったら本にでもしようかと思っていまして。今捜しているインペリアル・イースターエッグもアゴスティネッリ家が所有していたものなのです」

「そうだったんですね。でしたら、なぜジェスローに？　そんな高価な美術品を持っている人なんていないと思いますが」ウィルが眉を顰めた。

「こちらの近くでそれらしき物を見た、という情報を耳にしたんです。いてもたってもいられなくなってしまい、気がついたら車に飛び乗ってました」ボリスは照れ隠しのように頭をかくふりをして言った。

だが、ボリスはバズの様子を注視していた。マフィア、という言葉を聞いた瞬間にギョッとしたような表情を見せた。

間違いなく何かを知っているはずだ。もう少し揺さぶってみたい。

「ここだけの話ですが、実はアゴスティネッリ家にも挨拶に行ったんです。彼らが所有しているのは知っていましたから」

「嘘だろ？　いくら商売だからって、僕はマフィアのところには行けないな。ビビっちゃうよ。君は本当に度胸があるな」ウィルが目を皿のようにして言った。

「私もこう見えて小心者ですから、内心ビクビクしてましたけどね。でもこちらは真面目な商売ですし、あちらにとっても利益のある話でした。それにさっきも言ったとおり、マフィアは私の興味の対象でもあったので、本物を見ることができる千載一遇のチャンスでしたからね」

「やっぱり、あなたもそういう人なのね」パトリシアが嬉しそうな顔をして言った。

ボリスは彼女の真意を摑めなかった。口調からは裏稼業の人間だと悟られたとは思えない。だが、変に喋りすぎたかと後悔した。

「だって、普通なら映画に出ろって言われても、役者なんてできないわよ。別の世界に飛び込んでいける、冒険ができる人なのよ。だからエリックもあなたに役を任せているのね」

ボリスは胸を撫でおろした。安心した瞬間、ボリスは楽しいことを思い付いた。どうせなら、思いっきりかき回してやろう。バズだけでなく、ノームの野郎もだ。

「そんなたいしたもんじゃないですよ。それに、アゴスティネッリ家も思っていたほどのものではありませんでした。ご存じかもしれませんが、アゴスティネッリ家は事実上崩壊してます。タドリーニ家との抗争と内部抗争が重なったと報道されてます。ですが、本当はそうではないんです」

思ったとおり、バズはタドリーニの名に反応した。もちろん、本人は必死で隠しているつもりだろうが、そんなものは通じない。対してノームはまったくの無反応だった。

「何か裏の事情を知ってるってこと？」ウィルは子供のように無邪気に言った。

「なんで男ってそういうのが好きなの？　本当に理解できない」パトリシアはため息を漏らした。

「ご婦人を前にする話ではないですね。すみませんでした」

「そこまで聞いたら気になっちゃうじゃん。こっそり教えてよ」ウィルは冗談めかせて言った。

「タドリーニとアゴスティネッリの間で抗争があったのは事実です。ですが、アゴスティネッリ家の幹部五人を殺したのは一人の殺し屋だと言われてます。〈ロード〉と呼ばれる、タドリーニが雇った凄腕《すごうで》の殺し屋です」

「一人で五人の幹部を全員？　嘘だろ？　まるで映画の世界だな」

「あくまで噂ですよ。話を盛り上げようとして、こちらが事実みたいな言い方をしてしまい、すみません」ボリスは笑ってごまかした。

「なんだよ、びっくりしたなあ。いや、でもそういうのもロマンがあっていいな」

「何がロマンよ。バカみたい」

付き合いきれない、とパトリシアはバズに二本目のビールを頼んだ。

が、バズは放心状態で聞いていなかった。

「バズ、大丈夫？」

「ああ、ビールだな。ちょっと待ってろよ」バズは無理やり元気そうに笑ってカウンターにビールを出した。

「仰るとおり、男のロマンというのはバカみたいなものですよ」ボリスが少し遅れてパトリシアに返した。

「あなただって興味あるでしょ？」ボリスは黙りっぱなしのノームに声をかけた。

「俺はマフィアにも、殺し屋にも興味ない」ノームが言った。

お前が言うかよ、とボリスは思った。

「そうよ。皆が皆、そんな暴力的なことに興味があるなんてことないのよ。誰が誰を殺したなんて、楽しそうに話すのは嫌だわ。シャロンのことだってそう。彼女の死が娯楽みたいにされちゃって」

パトリシアがシャロンを持ち出して、ウィルは気まずそうに黙った。

「そうですね。あれはひどい事件でした。注目されたがっている狂人ほど、厄介なものはありませんね」

「そうよ。だって怖いじゃない。どこに危ない人間がいるか分かったもんじゃないわ」

ボリスは同感だというふりをして頷いたが、内心では皮肉を楽しんでいた。

あんな思いあがった小物を怖がりながら、今この瞬間に本物の殺し屋と話しているのだ。

「人を殺したことがあるやつなんて、そんなにいるもんじゃない。病気や事故を心配したほうがよっぽど現実的だ」ノームが真面目な顔でパトリシアに言った。

お前が言うかよ、とボリスはまた思った。

この男の腹の内は読めない。危険なやつだとボリスの本能が告げている。

今まで出会ったどんな男よりも隙がない。不意打ちを狙っても、簡単にはいかないだろう。

さっさとレッドワンを手に入れて、取引を無事に済ませたい。

だがそれと同時にノームの実力を試したい、とも思っていた。こいつを殺して自分が一番だと証明したいという、危険な渇望が胸中で燻《くすぶ》っている。

「そうね。あなたの言うとおり。でもあまりにも報道されてるから、シャロンの死がいつまでも終わらないみたいで」

「だったらテレビを見るな。代わりに彼女のために祈れ。救われないのは罪を犯した魂だ」

ノームの淡々とした口調はいつもと変わらなかった。が、そこに悲哀の感情が見えたような気がして、ボリスは驚いた。ノームが感情の一端を見せたのは初めてではないだろうか。

「そうね、あなたの言うとおり」パトリシアはさっきと同じように言うと、涙を拭った。ウィルが彼女を連れて店を出た。

救われないのは罪を犯した魂、およそ殺し屋のセリフとは思えない。適当に言っただけなのか、それとも隠している本心なのだろうか。やつに対する興味は尽きない。だが、間違えてはいけない。レッドワンを見つけて、ジリノフスキーとの取引を終わらせることが最優先だ。

まずはバズが何を知っているのか、探らなくてはいけない。

期限は迫っているが、問題ない。

大切な娘がいる父親を脅す方法なら心得ている。


夜が訪れ住民が寝静まった後、ボリスはバズの家に向かった。

家にはバズと妻のナンシー二人だけだと分かっていた。気配を悟られる前に二人を拘束する。簡単だ。もちろん、タドリーニやレミーのことを知っていても、レッドワンの場所を知らない場合もある。そのときは娘にどんな悪夢が待っているかを伝えてやるだけで、口封じになる。

だが、家に踏み込もうとした瞬間にボリスは止まらざるを得なかった。

後ろからの気配に気が付いた。いや、気づかされたのだ。

ノームが見ている。今朝も言っていたように、俺に目立ってほしくないらしい。邪魔だ。

とはいえ、いつまでも俺に張り付いているわけにはいかないだろう。別の機会に狙えばいいだけだ。

「夜の散歩ですか？」ボリスはノームに近づいた。

「明日の撮影もあるのですから、早めに寝たほうが良いですよ」

「お前もな。ちゃんとセリフを覚えろよ」

やはりやつは読めない。冗談ではなく、本気で映画に取り組んでいるように聞こえる。

ボリスは苛立ちを覚えた。確実にレッドワンに近づいているが、とんだ邪魔が入ったものだ。

ことによってはやつを先に処理する必要があるかもしれない。

＊＊＊

――生ける屍が歩くとき、町に天使が再び現れる
光り輝く天使は、稲妻の如く空を駆け
その炎が人々の罪を燃やし尽くすだろう――

エリックはハッと飛び起きた。まだ窓の外は暗く、夜のようだ。ベッドから降りると、テーブルの上に置いてあった脚本の表紙に、夢の中で聞いたその言葉を書きつけた。

どんな夢を見ていたのか、まったく覚えていない。心臓は早鐘を打っていたし、体中が汗でべとついている。

予言のような言葉だけが頭に残っていた。忘れてはいけないことのような気がするが、意味が分からない。

だが、映画の予告にピッタリだ。

燃え盛る炎、黒々と空を染める煙。それらを映す遠くからのショット。通りに転がる死体のパンショット。ボリスとノームがにらみ合うカットを差し込み、ゾンビの映像は最後にチラッと見せる。完璧だ。

もちろん、問題が一つだけある。燃え盛る町の光景を、予算内では満足に撮れないということだ。

こんなクソ田舎町なんて燃やしてしまえばいいとエリックは思うのだが、そうはいかない。

振り返れば今回の撮影は一つも思いどおりになっていない。しかし一つ一つのトラブルが結果的

に作品を育てている。

エリックがこれほど自由な撮影をしたのは初めてだ。才能のある人間が集まり、思いがけない芸術性を得た。ショーンの撮影は素晴らしいし、ノームはレベルの高いシェイクスピアの引用をしてみせた。ゾンビの全体撮影も、十六ミリの手持ちカメラとは思えない映像になった。ラナウェイ方式で海外撮影した大作エピックフィルムにも見劣《みおと》りしない。

どうしても、炎を撮りたい。だが、火を点けるわけにはいかない。

エリックはベッドに戻ったが、なかなか寝付けなかった。

＊＊＊

「私にはとても信じられません」レディングはホフマン大佐の報告を受けて、一言だけ呟いた。

〈ダーケスト・チェンバー〉の作戦本部として使用しているトレーラーハウスの中には、ただならぬ緊張感が漂っていた。

上官を疑うというのは軍人にはあるまじき姿勢だ。そう思いつつも、ホフマン大佐の証言はあまりにも現実離れしている。ジェスローの住人たちがお互いを貪りあっているというのだ。彼らは動いているものの、死者のように青白い。人肉を貪りあう姿は獰猛《どうもう》だったが、それ以外の者はただ通りを無意味に徘徊するだけの存在だという。理性の欠片《かけら》も見えなかったとのことだ。

「だろうな。私だって自分が見たものが信じられない。信じたくないが、本当なんだ」

「俺も遠くから見たが、ホフマンの言うとおりだった。それに、腐肉の悪臭は遠くまで流れている。ひどいもんだったよ」スタインバーグ博士が大佐の報告を裏付けするように言った。

「大佐は今の状況をどのようにお考えですか？　つまり何が起きているのか、考えられることはありますか？」

「住人がゾンビ化している。これはコールリッジの文書にあるとおりだ。あそこで何が起きているか知りたければ、あいつの絵を見ればいい。百年近く前の絵に描かれたとおりだ。基地には何度も問い合わせているが、レーダーに異常はないらしい。ＵＦＯの目撃情報もない」

「ゾンビ化するプロセスは謎だ。住人たちと同じようにジェスローにいて、町から逃げて来たケビンには医学上なんの異常も見られなかった。ジェスローを包囲している兵士たちにも被害はない。細菌やウイルスによる感染を疑っていたわけだが、そうではなさそうだ。もちろん、遅効性という可能性は否定できないが」スタインバーグ博士の言葉も、どこか歯切れが悪い。

「この状態を放置しておくわけにはいかない。問題を長引かせてしまえば、情報統制が困難になる。このような異常事態を国民が知れば、混乱は免《まぬが》れない。今はどこまで犠牲を減らせるかを考えるべきだ。五十人に満たないジェスローの住人だけで被害を抑えられるなら、早いうちに手を打つべきだ」

ゾンビなんて、本当にいるのだろうか。この期に及んで、レディングにはとても信じられなかった。レディングの胸中を察したのか、ホフマンが続けた。

「私としても、まだ確信が持てているわけではない。明朝、もう一度だけ偵察に行く。今度は上空からだ。今、ヘリを手配している。ジェスローの偵察だけでなく、周囲に飛行物体がないか確認する。ジェスローの被害を確認したい。生存者が望めないと判断した場合、最終手段に移る」

一九六九年八月十七日〈撮影三日目〉

「マトヴェイ、てめえ、その金をどうするつもりだ？　持ち逃げするつもりじゃねえだろうな？」

ノームがボリスに向かって言った。ボリスは黙ってやつを睨みつける。脚本にあるとおりだ。ボリスが映画撮影に協力しているのは、レッドワンを見つけるまでの間、怪しまれないためだ。目的が達成されれば、映画なんてクソくらえだ。

「山分けにするって、最初に決めたのを忘れたのか？」

最初はノームも同じように考えているのだろうと思っていた。軍に包囲されているから、この町に留まっているだけだとやつ自身が言っていた。にもかかわらず、ノームは本気で映画撮影に取り組んでいるように見えた。バカなのか、それとも何か目的があるのか。

「山分けに決めた？　てめえが勝手にそう言っただけだろ？」

セリフを口にすると、自分もバカみたいに思えた。セリフを覚えたのも、さっさと撮影を終わらせて本当の仕事に集中したいからだ。

ノームが小道具の銃を取り出し、ボリスに銃口を向けた。弾が入っていないと分かっていても、その隙の無さ、動きの滑らかさに緊張を強《し》いられる。やつははっきりとした殺気を放っている。もちろん俺を殺そうというのではない。映画撮影に手を抜くなという、やつなりのプレッシャーのかけ方なのだろう。

演技だと分かっていても、他人に偉そうなことを言われ、銃口を向けられるのは腹が立つ。撮影に積極的になるのは癪だが、どうせなら本気でやってやる。

脚本ではノームの手から銃を払い落として、軽くもみ合いをするだけのシーンだ。とはいえ、ここでやつに怪我をさせられれば、ただの撮影事故ということで済む。ノームを潰すことができればレッドワンを手に入れる障害はなくなる。何といっても、昨晩はやつに邪魔されてバズを襲えなかったのだ。

ボリスは持っていたブリーフケースをノームに投げつけて視界を遮ると、そのまま思いっきり突っ込んで体当たりした。ボリスはノームの身体を後ろの壁に打ち付けた。

たとえやつでも立っていられないだろう。

と思った瞬間、ボリスの顔に衝撃が走った。やつは壁に衝突する直前に避けて、そのままボリスに右ストレートを放ってきたのだ。

ボリスは思わぬ反撃によろけながらも、ノームの追撃を防いだ。さらに踏み込んでくる相手にあわせ、カウンターを打ち込むつもりだったが、やつはするりと躱した。

「カット！」

エリックの声を聞くと、ノームは構えを解いた。このチャンスを逃す手はない。ボリスは最後にもう一度、やつの顔めがけて殴り掛かった。

リーチは自分のほうが長い。千載一遇の隙をついた。この一撃は必ず食らわせてやる！

そう思っていたが、やつはボリスの拳を左手で捌《さば》くと、右アッパーを繰り出した。

顎に直撃する、とボリスが覚悟した瞬間にノームの拳は止まった。

「監督の声が聞こえなかったのか？」

「すみません。夢中になっちゃって。失礼しました」ボリスはへらへらと笑ってやり過ごした。

「本当に凄いな！　こんなアクションシーン、見たことないぞ！　リングサイドでボクサーを撮ったときみたいに興奮したよ！」ショーンは柄にもなく大げさに喜んでいる。

やつに傷一つ与えられなかった。ボリスは胸中の想《おも》いが表情に出ないように、必死で怒りを抑えた。

やつは思っていた以上の腕前だ。正面から一対一でやりあえる相手ではない。

悔しいがボリスはそう認めざるを得なかった。

レッドワンを手に入れるためにはノームが動けない状況を作るしかない。

考えろ。どうすればやつの足を止められる？

「エリック！　ここで撮影してるんでしょ？　開けてよ！」

ドアを叩く音が聞こえたかと思ったら、騒々しい女の子たちの声が部屋に響いた。

「くそ！　まったくあいつら、何度邪魔すれば気が済むんだ！」エリックが悪態をついて玄関に向かった。

撮影で使っていたショーンの家の玄関をエリックが開けると、イーグルトン三姉妹が立っていた。三姉妹はことあるごとに撮影現場に顔を出していた。最初はマイルズに嬌声《きょうせい》をあげていただけだった。だが、次第に撮影現場の空気に慣れてしまうと、自分たちが映画に出るのは当然だと考えるようになっていた。

「このクソガキが！　撮影中だって分かってるなら、静かにしろ！」

エリックが頭に血を上らせて怒鳴る姿を見ながら、ボリスは彼に同情した。

最初はリンダが対応していたのだが、「あなたじゃ話にならないからエリックを出して！」と罵られた。次にマイルズが宥めようとしたが「決定権があるのはエリックでしょ？　直接話すわ」と聞かなかった。

「私たちの出番はいつなの？」

「脚本はまだ用意してくれないの？」

「マイルズの恋人役にしてよね！」

三人が同時にまくし立てるのを遮れず、エリックは拳を震わせていた。

三姉妹とエリックが言い争っていると、別の音が聞こえてきた。

遠くからヘリが近づいてくる音だ。

ノームが言っていた軍の包囲と関係しているのだろう。

一体、軍はこんなところで何をしているんだ？

「だから、お前たちは昨日、ゾンビの役をやっただろうが！」エリックは唾を飛ばす勢いだ。

「そんな端役《はやく》で私たちが満足すると思ってるの？」

「観客だって、私たちみたいに容姿端麗な女の子たちがいっぱい出てきたほうが喜ぶわよ！」

「マイルズの恋人役だって、何度も言ってるでしょ！」

ヘリがさらに近づいてきて、それに気が付いた三姉妹とエリックも玄関の陰から外を見た。

「なんだ？」エリックは教会のあたりで旋回するヘリを見て眉を顰めた。

「見て、きっと空撮するのよ！」

「そんなの聞いてないわよ！」

「私が一番良い演技してマイルズの恋人役になるわ！　エリックはそこで見てなさい！」

三姉妹はそのまま外に出ると、ヘリの真下まで駆けて行った。

三姉妹が出ていくと、ヘリは高度を下げた。

三人はヘリが空撮をしているものと思い込んで、ゾンビの演技を始めた。

一人が近くに置いてある軽いマネキンを持ち上げて、それに食らいつくふりをする。一人だけ目立たせてなるものか、と他の二人がそのマネキンを奪った。そして地面を転がるようにして、それぞれが死体に貪る演技を見せた。

一瞬だけ高度を下げたヘリだったが、すぐに上空に戻ると引き返していった。

「何しに来たんだ？」エリックは首を傾げた。

三姉妹は暴れまわったせいで疲れたのか、それとも汚れた服を着替えようと思ったのか、そのまま家に帰っていった。

ヘリの目的は分からなかったが、エリックは三姉妹が帰ったことで満足したようだった。

「ったく、なんであいつらは自分が女優になれると思ってるんだ？　それにしても、あんなクソガキと一緒にいたら気が狂っちまうよ」エリックはドアを後ろ手に閉めると言った。

部屋に戻ってきた彼は、息を切らしていた。さっきボリスとやりあったノームよりも疲れが見えるくらいだ。

「よし！　切り替えていくぞ！」エリックは両手を叩いてバチンと音をさせてから言った。

「さっきの演技は良かったぞ。今日のボリスの撮影はここまでだ。後はマイルズとノームだけだから、自由にしてていい」

エリックの言葉を聞いて、ボリスは微笑んだ。

待ち望んだチャンスが、こんなに早く回って来るとは思わなかった。ノームが拘束されている時間を無駄にするわけにはいかない。

ボリスはそのまま外に出て、サルーンに向かった。まだ開店準備の時間だろうから、人目もないはずだ。最高のタイミングだ。

サルーンの前で一度足を止めノームがついてきていないことを確かめようと後ろを振り返った。やつはもとより、誰もいない。照りつける日差しを避けて、屋内にいるのだ。

ボリスは裏口から店に侵入した。店内にはバズしかおらず、彼もキッチンの中で何か作業中で、ボリスに気づいた様子はなかった。

「注文していいですか？」

ボリスの声に驚いたようで、バズが飛び上がって小さな悲鳴をもらした。

「ああ、驚かさないでくれよ。すまんが、まだ開店前なんだ」

「知っていますよ。誰にも邪魔されたくないから、今来たんです」

ボリスが右手に握ったナイフをちらつかせると、バズの顔色が青ざめた。

「私が捜しているものの場所を、あなたは知っていますね？　素直に教えてくれれば、手荒なことはしません」

「なんのことだか分からないな。美術品を捜してるんだろ？　そんなものは見たことも聞いたこともないよ」バズの声は震えていた。

「なるほど。あなたはそれを見つけてない。だが、それの隠し場所には目星がついている。違いますか？」

「本当に知らねえよ。このクソ田舎にそんな価値のあるものがあると思うのか？」

「そうですか、残念ですね。協力してほしかったんですけど、仕方ありません」

ボリスがナイフをしまうと、バズはため息をついた。

「そういえば、娘さんがいるんですよね。ジェシカの話は聞いていますよ。とってもいい子だって」

「おい、何の話をしてるんだ？」

「もうすぐこの町に戻って来るって言ってましたよね？　実は私は若い女性の命を奪うのが一番好きなんですよ。まさか、私の仕事がただの美術商だなんて思ってませんよね？」

バズの身体が震えだした。

「一応言っておきますが、シャロン・テイトを殺した素人なんかとは違いますよ。証拠なんて残しません。拷問も得意です。親の目の前で凌辱《りょうじょく》するっていうのも考えるだけで興奮しますし――」

「待ってくれ！　本当に知らないんだ。でも、昨日、偶然にマフィア関連の秘密の地下室を見つけたんだ。もしかしたら、そこにあんたが欲しがってるものがあるかもしれない」

ボリスは笑顔を見せ、バズに心を開いたように両手を広げた。

「話が分かる人で良かった。今からそこに案内してください」

ボリスは、バズがシンクに置いてあるナイフに視線を向けたことに気が付いた。

「変なことは考えないほうが良いですよ」

ボリスが手に持っていたナイフを投げると、バズの顔を掠《かす》めて後ろの壁に突き刺さった。

バズは恐怖で腰を抜かして、その場にへたりこんでしまった。

「その気になれば、いつでもあなたのことを殺せますから」

ボリスはバズの目の前まで進み、左手でナイフを壁から引き抜いた。それから右手でバズを引っ張り起こした。

「さあ、案内してください。捜している物が見つかったら、あなたを解放します。もちろん、このことは誰にも言いませんよね？」

「誰にも言わねえ。誓うよ」バズは泣きそうな声で言った。

ボリスはにやりと微笑むと、バズに歩くように促した。

もちろん解放するつもりなんてない。レッドワンを手に入れたら、その場でバズを殺して、そのままこの町を出る。軍の包囲なんて、なんとでもなる。

＊＊＊

ホフマン大佐が爆撃命令を出した。あと三十分でジェスローの町は灰燼《かいじん》に帰すこととなる。

ヘリでの偵察から戻ったホフマン大佐は、絶望に打ちひしがれていた。ヘリから降りることすらままならず、レディングが肩を貸さねばならないほどだった。

「もう生存者はいない。いるはずがない。今はなんとしてもアレが拡《ひろ》がるのを防がなければ……」

大佐だけでなく、パイロットも同じように放心状態だった。二人とも同じものを見ていた。通りに転がる死体、そして死体を貪る少女たち。

冷静さを欠いたまま作戦は進んだ。作戦と呼ぶのも愚かしいほどに無策で、行き当たりばったりの行動だ。超常現象に対抗する組織のはずが、ジェスローでの怪異を前になす術《すべ》がない。

本当に、すべてを破壊するしか手は残されていないのか？

はっきりしない目撃証言を信じて、町を封鎖した。状況を確認したのはホフマンとパイロットのみで、他にスタインバーグが遠くから見ただけだ。何が起きているかの状況判断すら曖昧なまま、恐怖に駆られて爆撃を決めてしまった。

〈ダークスト・チェンバー〉は超常現象に対処する超法規的な措置を許される組織だ。もしかしたら超常現象に囚《とら》われすぎて、当たり前の何かを見落としていないか。そう勘繰ったところで、レディングに何ができるわけでもなかった。

「レーダーや目視でジェスロー上空に異状があったか、最後に確認しろ」ホフマンが力なく命令を下す。

国内で爆撃なんて、そんな恐ろしいことが――。

レディングはその場面を思い描こうとして、一つの可能性に気が付いた。

「そうか。もしかして、そういうことなのか……」レディングは思わず呟いた。

「どうした？」ホフマンが足を止めた。

「コールリッジの幻視は正しかったんです。生ける屍が現れた。そして、天使が町を焼き尽くす。そのとおりのことが、これから始まるんです」

ホフマンは眉をつり上げた。

「おそらく、コールリッジが書いた天使とは爆撃機のことです。我々の行動も、幻視の一部だった。そういうことじゃないですか？」

ホフマンとスタインバーグは少しばかり考えてから、顔をしかめた。

「なるほど、そうかもしれないな。コールリッジの手の中で踊らされていたような感じだな。釈然としない。他に空に輝くものがないのだから、そういうことなんだろうな。とはいえ、ゾンビ化の原因が分からないことに変わりはない。爆撃をして、その後、現場の確認だ」

＊＊＊

「ここだ」バズが廃屋の庭にある石垣を指さして言った。

「これを押すと、地下に通じる階段がある。偶然、昨日見つけたんだ」

「じゃあ、さっさと開けろ」ボリスは周りに誰もいないことを確かめてから言った。

バズが石垣の手前でしゃがみ込んだ。そして両手を石垣に添えると、力いっぱい踏み込む。血が上ってバズの顔が赤くなるが、石垣はまったく動かない。

「ダメだ、動かないな。かなり古いし、下のレールが錆《さ》びついてるか、砂利でも噛んだか。昨日は動いたんだけどな。すまんが、手を貸してくれるか？」

「開けられないなら、今ここでお前を殺してから自分でやる。それでも良いか？」

バズは唾を飲み込んだ。額から垂れた汗が地面に染みをつくる。

バズが何も言わずにもう一度石垣を押した。今度は簡単に石垣が前方に移動して、地面に床下点検口のような扉が見えた。

「開けろ。また舐めたマネしやがったら、その場で殺すからな」

バズは大人しく従った。扉を開けると、地下へ続く階段が現れた。下は真っ暗で何も見えない。

「他にこのことを知ってる者は？」ボリスが訊ねる。

「いや、俺だけだ。誰かに話したいとは思ったが、ビビっちまって誰にも言ってない」

「本当か？」

「ここは狭い町だ。全員知り合いだ。タドリーニのボスを殺すようなやつがいるとして、間違ってそいつに喋っちまったらおしまいだ」

嘘だとボリスには分かった。だが、どうでもいい。ここでレッドワンを見つけたら、こいつを殺して、すぐにジリノフスキーのもとに戻ればいい。あとは知ったことではない。

「先に入れ」ボリスが言うと、バズはしぶしぶ従った。

ボリスも階段を降りる。懐中電灯が階段を頼りなく照らし、黴臭《かびくさ》い、ジメジメした空気が肌に纏《まと》わりつく。ここがレミーの秘密の場所だったのか。確かにこれなら、レミーが生前言っていたとおり、誰にも見つからない場所だ。本当かどうか分からないが、偶然バズが見つけてくれていて助かった。自分一人では捜せなかっただろう。

「ここで見つけたのは大金が入ったブリーフケースと、殺人事件に使われた銃。そうだったな？」

「ああ。でも、さっきも言ったけど、偶然昨日見つけたばかりだ。焦ってたし、ちゃんと確認したわけじゃない。あんたが捜してるものが見つかるかどうか、分からないぞ」

「ここになければ、おかしい。ここにないとしたら、誰かが盗んだってことだ。お前か、他の誰かがな。そうなったら、お前の家と家族を調べることになる」

「ちょっと待ってくれ！　場所を教えたら、何もしないって——」

「黙ってろ」

階段を降りて地下室にたどり着いた。ボリスはその場に立ったまま、懐中電灯で部屋をぐるりと照らす。バズから聞いていたとおり、広いが何もない部屋だった。目につくのは奥に置いてある机、その上のブリーフケース、地面に置きっぱなしのボストンバッグだけだ。だが、どこかにレッドワンがあるはずだ。

ボリスはバズから懐中電灯を取り上げると、部屋の端に立たせた。恐怖で泣きだしそうになっているバズは醜かったが、まだ殺すわけにはいかない。レッドワンが見つからなかった場合に必要だからだ。もちろん、バズが持っていないことは分かっていた。すでに怯え切っており、もし知っていたら吐いていただろう。だが、まだ隠していることがある。他にこの場所を知っている者がいるはずだ。

ボリスはブリーフケースを、そしてボストンバッグの中を捜したが、バズから聞いていた以上のものはなかった。

机の引き出しを開けると、奥に小さな木箱が入っていた。ちょっと見ただけでは何も入っていないように思えただろう。

早速、木箱を手に取ると、さすがのボリスも胸が高鳴った。

蓋を開けると、何かが懐中電灯の光を赤く反射して、目が眩《くら》むほど輝いた。

抑えきれない興奮で、ボリスは思わず笑い声をあげていた。中から美術品を取り出す。

優美な金細工の曲線、傷一つ無い宝石の完璧な配置、そして燃えるような赤いガラスのコーティング。ファベルジェが製作したインペリアル・イースターエッグで間違いない。

レッドワンだ。その想像以上の美しさを前に、ボリスは畏怖《いふ》の念さえ覚えた。

そして、初めてレミーのことが理解できた。レミーは用心深い男だった。司法取引用に殺人の道具を捨てずにおき、逃走用の資金を準備していたほどに。しかし、彼はアゴスティネッリの屋敷で見たレッドワンを盗まずにいられなかった。すべての計画を危険にさらしてでも、レッドワンの魅力に抗えなかったのだ。

ボリスはジリノフスキーに売却するのが惜しくなっている自分に気が付いた。この美しいものを自分のものにしたい。赤く輝く卵をいつまでも見ていたい。まるで催眠術にでもかかったようだ。

レッドワンが自分を支配しようとしている。

その美しさの圧倒的な力から逃れようと、ボリスはレッドワンを木箱に戻した。

「それが、あんたが捜してたものなのか？」バズが部屋の暗がりから声を発した。

「ああ。間違いない。これだ」ボリスはバズのほうを見ることなく言った。

「良かった！」バズが安堵の声を漏らした。

「じゃあ、俺はもうここから出ても大丈夫だよな？」バズが歩き出す前に確認をした。

「もちろん。だが、一つ聞かせてくれ。本当に俺がお前を生きたまま帰すと思っているのか？」ボリスは木箱をそっと机の上に置いた。

暗闇の中にいるバズの顔は見えない。だが絶望に打ちひしがれているのは火を見るよりも明らかだ。

「話が違う……」

「そういうことだ。あとは自分の不運を呪うことだな」

ボリスはナイフを握り、懐中電灯を消した。部屋は暗闇に包まれた。

バズが階段に向かって走り出すだろうとボリスは予想していた。それ以外に逃げる道も、明かりもない。どこに行くかが分かっていれば、殺すのは容易《たやす》い。下手に自分に向かって来られるよりも確実だ。

だが、バズは動かなかった。腰を抜かしたのか、ガタガタと震えるような音が聞こえるだけだ。情けない。懐中電灯でバズを照らして、その場で殺そう。

だが、懐中電灯を点けた瞬間に思わぬ邪魔が入った。

「動くな」

声のほうを振り向くと、階段の下にノームがいた。

どうしてこの場所が分かった？　知っていたのか？　それとも跡をつけられたのか？

少し考えて、やつは足跡を辿って来たのだと気が付いた。舗装されていない、乾いた地面だ。やつなら簡単に追跡できるだろう。

やはりノームを避けることはできないのか。めんどうなことになったと思う反面、やつの登場を喜んでいる自分もいた。

＊＊＊

「こちら、リッチー！　署長、巡査、聞こえてるか？　どうぞ！」

キャリアン署から出たリッチーは慌ててトランシーバーに話しかけた。キャリアン署に出入りしていたが、重要だと思われる情報は入ってこなかった。昨日は一日を無駄にした感じがしていた。夜になって、一度署長とコリンズ巡査のもとに戻って相談した。しかし、他に打開策などなかった。とにかくチャンスを待つしかない、情報を集めるしかない。それだけだった。

しかし、つい先ほど状況が変わった。ジェスローが爆撃されると署で待機していた兵たちに情報が伝えられたのだ。一秒でも早く署長たちに報告しないとまずい。

「こちらコリンズ。聞こえてるぞ、どうした？　どうぞ」トランシーバーから返事が聞こえた。

「ヤバいぞ！　クソッタレ軍隊がジェスローの爆撃命令を出しやがった。どうぞ」

「なんだって？　爆撃だと？　どういうことだ？　どうぞ」

「訳が分からないけど、マジだ！　十一時ピッタリに爆撃。みんな死んじまうよ！　どうぞ」

「十一時だと？　クソ。時間がないな。確かなんだろうな？　どうぞ」

「署にいた軍人たちもビビってたからマジだよ。どうする？　どうぞ」

「住人を移動させるのは無理だ。だが、オショネシーの家には核シェルターがあるはずだ。そこに避難させる。いいか、お前は絶対にジェスローに向かおうなんて思うなよ。署の近くで待ってろ。俺たちの報告を待つんだぞ。分かったな？　どうぞ」

「分かってるよ。どうぞ」

「すまんな。リッチー、こんなことに巻き込んじまって。報告ありがとう。これで通信は終わりだ」

通信が途切れたあと、リッチーは目を閉じて深呼吸した。

もしも、ジェスローの電話線が切れてなかったら、こんなことにはならなかったはずだ。俺のせいでみんなが死んじまうかもしれない。

つまらないいたずら、悪ふざけのつもりだった。俺はなんてことをしてしまったんだ。

もとより署長の言うことなんて聞くつもりはない。死んでも構わない。このまま生きていたら、ずっと自分を許せないだろう。

リッチーはバイクに跨ると、フルスロットルでジェスローに向かった。

＊＊＊

バチバチバチ、と地下室にタイプの音が響き、ケイティは目を覚ました。

トムが執筆を再開したのだ。

ケイティはベッドに横になったまま、涙を拭った。結局のところ、トムを勇気づける余裕なんて自分にはなかった。このまま何もできずに死を待つしかないのだろうと思っていた。だが、トムはまたしても書き始めたのだ。

——人類には希望が、君の小説が必要だ！——

トムがダンの言葉に突き動かされているとは思えない。

もうダンは帰ってこないだろう、という確信があった。ダンがこの家を去ってからも、ゾンビが徘徊する音が聞こえていた。結局のところ、ゾンビと戦う準備なんてできていなかったのだろう。

ダンのせいで、トムが最初に見せた驚異的な集中力は消えてしまった。地下室で執筆を始めたときのトムは、まるでアスリートだった。地面を蹴りつける短距離走者の両足のように、タイプライターのハンマーが用紙に足跡を残した。彼の想像力が地下室を無限の宇宙に変えた。トムは憑りつかれたように、書き続けていた。

ゾンビの襲撃によって、私たちはすべてを失った。家族や未来といった尊いものだけでなく、社会的な規範、他者からの期待や責任感からも解放された。心の空白地帯を埋めるために、トムはタイプライターを叩き続けた。

だがダンの訪問は、その奇跡的なバランスを壊してしまった。助かるかもしれないという希望が生まれてしまった瞬間、トムは執筆の動機を奪われたのだ。トムだけでなく、ケイティもダンの顔を見たときには、地下室から逃げること以外に何も考えられなかった。
ダンが一瞬だけ顔を見せて去ってしまった後、私たちは言葉を失った。
絶望を乗り越えて立ち上がったのに、また足を掬われた。絶望の先に、また新たな絶望があると
は思っていなかった。
トムのタイプは一気に減速した。疲れを知らない短距離走者の両足は、足取りも覚束《おぼつか》ない老人の
歩みに変わってしまった。彼の姿を後ろから見ながら、ケイティは不思議な既視感を覚えた。幼《おさな》い
ころに見た父の姿と重なったのだ。
ケイティは子供のころから夜に寝られないタイプだった。「もう寝なさい」と母に言われると、
しぶしぶベッドに横になって、それでも全然寝られない夜ばかりだった。だからといって、自室を
出ると怒られてしまう。ケイティは毎晩部屋に籠って本を読むことにしていた。
読書に没頭して夜中を過ぎると、階下から父がタイプライターを叩く音が聞こえることがあっ
た。ジャーナリストだった父には昼も夜も関係なかった。どこかに取材に行って、帰りが遅くなっ
ても、メモをもとに記事を書き始めるのだ。
ケイティは時折、父の書斎の扉を少しだけ開け、その仕事姿を覗くことがあった。集中していた
からか、気づかれたことはなかった。机の上のランプが父の手元を照らし、部屋にはいつも煙草の
煙が充満していた。タイプの音はバチバチと部屋に響いていたが、それをうるさいと思ったことは
ない。心休まるひと時だった。
父が亡くなったのは、ケイティが高校生のときだ。それから十年以上経ったが、未だに思い出す
のはあの後ろ姿だ。寡黙で、厳格だった父と一緒に遊んだ記憶はない。ケイティにとって父親と
は、夜中にタイプを打つ背中に他ならなかった。
「なんで書き続けるの？　きっと、もう助からないよ」

気が付くとケイティは言葉に出していた。次の瞬間に後悔した。

「最初からそういう話だったろ。何も変わらないさ」

トムは一瞬だけ手を止めてそう言った。

「ダンのことを信じてるわけじゃないんでしょ？」

「ああ。人類の未来のために、なんてな。つまらないことを言うやつだ」

「だったら、何で？」

「未来がないから、かな」トムはその場で思いついたように言った。「自分が好きだったものが消えちまうんだ。失われる世界への弔辞みたいなもんだよ」

「そうなんだ。でも、私はやっぱり戻りたい、助かりたいって思う」

「そりゃあ、俺だってそうだ。当たり前だろ。こんな風に終わっちまうなんてな。ひどい人生だったよ。自分中心の生き方で、周りに迷惑ばかりかけてた。もし元の生活に戻ることが許されるなら、もっと他人に優しくするよ。人のために生きるんだ。神に誓って本当だ」

ハンマーがロールの上の用紙を叩く音、用紙の端までタイプしたことを知らせる軽やかな鈴の音、そして改行するときの動作音。それらがゆっくりと溶け合って、失われゆく世界に向けた葬送曲として響いた。

トムの原稿が少しずつ溜まると、ケイティはそれにチェックをいれた。

もはや誰かとこの原稿を分かち合いたいという情熱は消えていた。

それでも、まだやることがあるのは幸いだ。トムと一緒に、世界に別れを告げる。小説が完成したら、トムに御礼《おれい》を言おう。

彼が平静を装っていてくれることに、ケイティは感謝した。

タイプミスだらけの原稿を見れば、彼の胸中が絶望で蝕《むしば》まれていることは明らかだった。

＊＊＊

キャシディもウォルデンも、ジェスローなんて町は見たことも聞いたこともなかった。キャリアンに行く途中で脇道があり、そこから入るらしいということは地図で確認した。だが、小さい道なので見落とす可能性もある。

そんな心配は杞憂《きゆう》でしかなかった。道は途中で封鎖されており、路肩には多くの車が停められている。十五台ほどありそうだが、どの車にもUFO研究家の車だと一目で分かるステッカーが貼られている。「UFOハンター」「地球人は孤独ではない」「エイリアンのヒッチハイカー、乗せます」、まるでUFO研究家の集会会場だ。ここにいるのは昨日電話して呼び集めた仲間なのだ。それ以外の普通の車は引き返しているに違いない。

封鎖の範囲は分からないが、キャリアン側にも同じように人が集まっているに違いない。自分たちに何ができるか分からないが、仲間がいるだけで心強かった。キャシディとウォルデンの二人は、笑みを浮かべながら車を降りた。

「ここにエイリアンがいるんだろ？　UFOが来てるんだろ？」誰かが大声を張り上げているのが聞こえた。

「バカなことを言うんじゃない。テロリストがこの町で籠城してるんだ。危ないから民間人を入れるわけにはいかないんだ」ライフルを肩からさげている空軍の兵士が言い返した。

「そっちこそバカを言うな。分かってるんだぞ、あんたらのやり方は。そんな子供騙しを信じるもんか！」

「政府は真実を隠してる！」大きなバックパックを背負った男は、掲げたプラカードの言葉を繰り返している。どんな状況でも使えるプラカードで便利そうだ。

二人も仲間たちに加わって、大声を張り上げた。

「ホフマン！　スタインバーグ！　あんたらがいることは分かってるんだぞ！」

「いつまでも隠しておけると思うなよ！」

「バカどもが、勘違いしやがって」兵士も黙っていない。「スタートレックが終わって寂しいのは分かるが、邪魔なんだよ。さっさと帰れ！」

「テロリストだって言ってんだろうが！　発砲の許可は得てるんだからな。中に侵入しようとしたら、容赦なく撃つぞ」

何が起きているか分からないが、テロリストがこんな田舎に籠城しているなんて言い訳は信じられなかった。アホも休み休み言えと言いたい。

膠着《こうちゃく》状態は長く続きそうだとウォルデンは思った。何日、いや、何週間も続くかもしれない。それまでにどれだけの仲間が集まるだろうか。どれだけの仲間が離脱するだろうか。とにかく、騒ぎを続ければ続けるだけ、注目が集まる。戦い続けなければならない。ここが正念場だ。

＊＊＊

「今さらジェスローに行けって、どうなってんだよ。ジェスローは爆撃するんだろ？」

「それがバリケードの外に人が大勢集まってるらしい。ジェスローにＵＦＯが来てると勘違いしてるってよ。一般人が爆撃に巻き込まれないように、警備にあたれって話だ」

「めんどうだな。全員撃ち殺して良いのか？」

「いや、もう爆撃が決まってる。連中が町に侵入するのは防ぐべきだが、もし誰かが入ったとしても後追いはしなくていい。殺してまで止める必要はない。どうせ爆撃に呑まれるからな」

部屋の外でぶつくさ言う兵士の声を聞きながら、ケビンは脱出するタイミングを見計らっていた。兵士たちはバタバタとどこかに歩み去って行き、すぐに車両が動き出す音がした。


気がついたら、この部屋に閉じ込められていた。ベッドに仰向けに寝ており、心電図や心拍数を計測する装置につながれていた。何がなんだか理解できなかったが、ケビンは眠り続けているふりをした。目を覚ましたら尋問される気がしたからだ。そのためか、部屋には鍵すらかけられていない。ただ、兵士の監視の目があったので動けなかった。ここから逃げるなら今しかない。

しばらくの間、聞き耳を立て、周囲には誰も残っていないと判断した。つながれていた医療機器を一気にむしり取ると、ベッド脇のモニターがビーッと鳴りだした。もしかしたら、誰かが確認に来るかもしれない。ケビンは後ろが空いた手術着を着せられていたが、まともな服を探す余裕もなく、部屋を出た。

すぐ目の前にジェスローに続く道路が見えた。閉じ込められていたのは仮設住宅のような簡素な造りの部屋だった。なぜこんなところに、こんなものを用意したのか。なぜ自分が監視されていたのか、理解できないことばかりだった。

なによりも気になったのは、先ほど兵士が話していた「ジェスローを爆撃する」の一言だった。ケビンは走り出した。手術着が風で捲《めく》れて、尻を丸出しにした状態だったが、気にしている場合ではなかった。

まだ家にいるはずのアランとジェイクを助けに行かなければならない。

＊＊＊

「ううおおおお！　最高の気分だぜえええええ！」アイゼンスタッドは鬨の声をあげた。

早朝に町を飛び出すつもりだったが、気分が高まりすぎて飲みまくったせいで、二日酔いが収まるまで待たざるを得なくなった。結局、ヘル・パトロールのバイカー五十人がジェスローに向かったのは十時半過ぎだった。

「うるせえぞ、アイゼンスタッド。調子に乗りすぎると早死にするぜ！」隣のフレッドが諫《いさ》めた。

「つまんねえこと言うなよ、フレッド！　これが騒がずにいられるかってんだよ。前を見てみろよ、このストーム・ブリンガー壱号と弐号！　こいつらがいれば俺たちは最強だぜ！」

二人の前を走っているのはマイスキー兄弟が特別に整備した装甲車だ。フレッドが廃車にしたサンダーボルトとポンティアックをレストアして、さらに車の大部分を鉄板で覆ったものだ。フロントのガラスも、最低限の視界をのこしてほとんどが隠れている。メイソン郡でヘル・パトロールに次ぐ勢力を持つ〈スピード・デーモン〉に対抗するために用意していたものだ。

視界は悪く、重量もあるのでスピードも出ない。だが、ストーム・ブリンガーを先頭にして敵陣に突っ込めば、それだけで優勢になるのは間違いない。これがあれば、軍の包囲網を攪乱《かくらん》できるはずだ。警戒線を突破できれば、あとはフレッドとアイゼンスタッドたちがジェスローの町になだれ込む。その後のプランはない。いつもどおり、暴れ回るだけだ。テロリストを見つけたら、ブチかます。

「死ぬにはいい日だ。そう思わねえか？」アイゼンスタッドはバイクの爆音に負けない大声で言った。

「さあな。俺は死なねえ。すくなくとも、今日はまだだ。死にたきゃ、勝手にしな」フレッドの返事を聞いて、アイゼンスタッドは高笑いをした。

前には無敵の装甲車、後ろを振り返れば仲間のバイクが五十台。やっぱり最高の日だ。

ふとミラーを覗くと、一台のバイクがスピードを上げて、こちらに近づいてくる。本当だったら最高速度で走りたいが、先頭がストーム・ブリンガーなので、それにあわせてスピードは抑えてある。隊列を守れと言っているが、命令を聞けないやつがいるようだ。

「リッチーじゃねえか。何日か見てねえから来ないかと思ったぜ」

後ろから迫って来たバイクを見て、フレッドが笑った。

「おい、リッチー。あっちは武装してんだ。ストーム・ブリンガーの前に出たら死ぬぜ？」

フレッドはリッチーが追い抜こうとした瞬間に言った。

「知るか！　てめえの言いなりはごめんだ！」

リッチーは言い返して、すぐにフレッドたちを追い抜いて行った。

「クソガキのクセに。気合入りまくりじゃねえか。気にいったぜ！」

リッチーが揺らめく陽炎《かげろう》の先に消えると、今度は別の何かが見えてきた。道路が封鎖されているのだ。

「お、見えてきたな。ブチかますぜ！」アイゼンスタッドが言った。

「ん？　なんだあれは？」

軍の封鎖があるだけだと聞いていたが、ストーム・ブリンガー壱号・弐号の間から見える道路には人だかりができている。だからといってやることに変わりはないのだが。

「よし！　リッチーが突っ込んで行ったの見たな？　おめえら、ヘル・パトロールの根性を見せてやれ！」フレッドが後ろの仲間に檄《げき》を飛ばした。

「カリフォルニア共和国の王に、俺はなる！」

＊＊＊

リッチーの連絡を聞いてすぐに署長とコリンズは車でジェスローを目指した。国内で爆撃をするなんて、聞いたこともない。しかし、署内の兵士たちも驚いていたというのだから、勘違いではなさそうだ。

新兵器を持ったテロリストが籠城しているからといって、爆撃をするなんてどう考えてもおかしい。泣いてる子供をあやすためにバットで頭をぶん殴るような愚策だ。やはり、テロではなく、何か別のことが起きている。だが、勘繰っていても何も始まらない。とにかく町に突入して、住人たちをオショネシーの地下シェルターに避難させるしかない。

署長もコリンズも、決死の覚悟だった。しかし、ジェスローの近くまで行くと、また想定外の事態が待っていた。

「なんだこれは？」

軍の包囲を無視して最高速度で突っ込むつもりだった署長だが、スピードを落とすしかなかった。警戒しているはずの兵士たちは視界に入らなかった。そこには何十人もの人だかりができていたのだ。制服を着ていないので一般人だろう。路肩にも車が多く停められていた。

「まったく、意味が分かりませんね。車のステッカーとかプラカードを見る限り、集まってるのはどうやらＵＦＯ愛好家みたいですね。『真実を隠すな』『ラブ＆ピース＆エイリアン』本当に何がなんだか……」

爆撃まで時間がない。だが一般人の壁を車で突っ切るわけにはいかない。道路の路肩に停車させるしかなかった。

「どうしますか？」

「どうもこうも、一瞬でもチャンスがあることを祈るしかないな。降りていって皆を説得するには時間も人員も足りない。人込みに隙間ができたら突っ込むしかないが……」署長は話しながら、時計を見た。爆撃まであと十五分。このまま何もせずに待っているわけにはいかない。人が多いだけでなく、かなりのバカ騒ぎだ。民間人が軍に対して声高に文句を言っている。それだけでなく、遠くで雷が鳴っているような、名状しがたい爆音が響いている。

「私が降りて、威嚇射撃でもしましょうか？　そうすればこの群衆はみんな注目すると思います。その瞬間に署長が走り抜けるというのはどうでしょう？」

「ダメに決まってるだろ。人込みの反対側には武装した軍人がいる。あちらは威嚇射撃だなんて思ってくれないぞ」署長は首を振った。

「しかし、このまま待ってるだけでは時間が――」

荒野を切り裂く地鳴りのような、謎の轟音《ごうおん》がコリンズの言葉を遮った。振り返ると、後ろから何十台ものバイカーがこっちに向かって来ている。道路が封鎖されているから、堂々と逆走して二車線を走っている。しかも先頭に見えるのは、車とは呼べない巨大な鉄クズの塊だ。

「クソ！　なんだあいつらは！」署長は車をバックさせ、後ろからの一団に道を空けた。

UFO愛好家たちも近づいてくる地獄の軍団に気が付いたようで、慌てて道を空けた。

その瞬間に一台のバイクが他に先駆けて突っ込んでいった。

「リッチー！」

バイクに乗っていた青年を見て、署長とコリンズ巡査は同時に叫んだ。

銃声が聞こえた。だが弾は当たらなかったようで、リッチーはそのままジェスローの町に走って行った。

バイカー集団の出現と銃声がUFO愛好家たちにパニックを引き起こした。

彼らはバイクに轢《ひ》かれないように、バラバラに動き始めた。

バイカーたちの先頭にいた鉄の塊がバリケードを破ると、それに続いてバイクが二台——フレッドとアイゼンスタッドが乗っているようだ——町に向かった。残りのバイクは兵士の注目を引き付けるためか、まっすぐに町に向かわずに、封鎖地点の近くで蛇行《だこう》運転をした。

兵士たちは最初こそ発砲したものの、バイカー集団を相手にしようとしなかった。町に入ったリッチーたちを追うことすらしなかった。爆撃のことを知っているから、深追いしないのだろうか。

「署長！」コリンズの声を聞くなり、署長はシフトレバーを動かして、アクセルを踏み込んだ。この機会を逃す手はない。

またしても銃声が聞こえたが、無事だった。威嚇射撃だったのかもしれない。

何はともあれ、町に侵入できた。あとは住民を避難させるだけだ。

＊＊＊

バイクに乗った青年が猛スピードで近づいてくるのを見たエリックは、ピンときた。

砂ぼこりを上げて走るバイクに乗って、ノームとリンダが命からがらゾンビから逃げる。その姿が遠ざかって行って、そのまま音楽もつけずにエンドクレジットを流すのだ。彼らはゾンビの襲撃から逃れられたのか、それとも逃亡先でもゾンビに出会うのか。先の見えないエンディングこそ、自分が求めるものだ。

マイルズとのシーンを撮っていた最中に、「すぐ帰ってくる」とだけ言い残してノームが勝手に抜け出してしまった。腹を立てていたエリックだったが、こういうときにこそインスピレーションが降りて来るものだ。通りを眺められる遊歩道のベンチで休んでいたのが幸いだった。

エリックがまだ撮っていないラストに思いを馳《は》せている間に、青年はバイクを降りて駆け寄って来た。

「おい！　この町で何が起きてる？」

いきなり近づいてきたかと思ったら、怒鳴り始めた青年の態度が気に食わなかった。

「あ？　誰に口きいてんだ、お前は？」

「なんでマネキンが道に転がってる？　この町で何が起きてるんだ？」青年はエリックの言葉を無視して質問を繰り返した。

「ああ、映画の撮影だよ。見れば分かるだろ？　殺人事件だとでも思ったか？」エリックは笑い声をあげた。

「なんだって……、撮影？」青年はマネキンが転がった通りに目を向けた。

「なんだよ、映画も見たことないのかよ？」

「このクソ野郎！」青年はエリックの胸倉に摑みかかって言った。

「てめえらのおかげで、何が起こるか分かってんのか？　この町が消えるんだぞ！」

「クソガキが！」エリックは青年を突き飛ばした。

青年は地面を転がったが、すぐに立ち上がって叫び続けた。

「死にたくなかったら、俺の言うことを聞け！　町のみんなをトム・オショネシーの家に避難させるんだ！」

青年の大声に気が付いたのか、二人の周りに徐々に人が集まって来た。

「町が消えるって、どういうこと？」リンダが訊ねた。

「俺だって知らねーよ。この町への爆撃が決まったんだ。十一時だ、それまでに避難しないと死んじまうぞ！」

「なんだ、リッチーじゃないか」人だかりから顔を覗かせたウィルが眉を顰めた。

「どうしたんだよ、そんな子供みたいな冗談言うなんてお前らしくないな」

「冗談でこんなことするかよ！」

リッチーと呼ばれた青年はポケットから拳銃を取り出した。

エリックは思わず両手を上げ、周囲のざわめきが一瞬で消えた。

彼は銃口を空に向けて威嚇射撃を行った。

銃声が町に響き渡り、その場に居合わせた者たちの表情が固まった。

「この町にいる全員、今すぐトム・オショネシーの家に向かうんだ。分かったな？」

「分かった。分かったから、まずは落ち着こう」ウィルが宥めるように言った。

誰もがリッチーの狂気を疑った。

リッチーがウィルに返答する前に、遠くから近づいてくるエンジン音が聞こえてきた。

「ホフマン署長とコリンズ巡査だ。突然のことで訳分からないよな。でも頼むから俺たちの言うことを信じてくれ」

「え、これ、マジなの？」

リンダが訊ねるとリッチーは頷いた。

エンジン音に負けない、コリンズ巡査の大声が聞こえてきた。

「ジェスローの皆さん、十一時きっかりにこの町は爆撃されます。トム・オショネシーの家にある地下シェルターに避難してください。これは訓練ではありません。繰り返します。これは訓練ではありません」

署長とコリンズ巡査の話を聞いても、ジェスローの住人たちが爆撃の話を受け入れるのには時間がかかった。国内を爆撃するなんて聞いたことがない。しかも何もないジェスローである。軍に包囲されていたという話すらピンとこなかった。

「なんで軍が包囲する？　そんな話があるか？」エリックが言った。

「町の入り口に転がっていたマネキンを見た人が、署に駆け込んできたんだよ。ジェスローで人が死んでるってな。その場にたまたま居合わせた空軍のお偉いさんが感染症だかなんだかと勘違いして町を封鎖したんだ。あいつらが何を考えてるか俺たちにも分からないが、この町を消し去ろうとしてるのは本当だ」コリンズが早口に述べた。

「だけど、なんでそんな暴挙に？　ただの映画撮影だって。確認すれば分かることだろ？」みんなの疑問をウィルが代弁した。

「これも偶然なんだが、ジェスローに電話が通じなくなってた。電話線が切れてたらしい。気づかなかったのか？」署長が言うと、リッチーは目線を下に落とした。

「それに、この町で映画の撮影をするなんて届け出はなかった」署長が言うと、全員の視線がエリックに集まった。

「なんだよ、こんな田舎町だぜ？　撮影許可の届け出なんて、必要ないだろ」エリックは開き直って言った。

「なんにせよ、いきなり爆撃はおかしいだろ？」エリックは責任転嫁の一言を忘れなかった。

「だから、俺たちだって軍のやつらが何を考えてるか、まったく分からないんだよ。だが、爆撃の命令があったのは事実だ。信じてくれなくてもいい。とりあえず皆で避難してくれ」

すでに爆撃まで十分を切っていた。町から出ればいいというものでもない。広い範囲を爆撃するだろうから、トム・オショネシーの地下シェルターに逃げるしかない。

住人たちは突然の話に戸惑っていたものの、しぶしぶ従い始めた。トムの家に向かおうとしたところで、町を一周してきたのだろうか、フレッドとアイゼンスタッドがやって来た。

「おい、テロリストはどこにいる?」フレッドがバイクに跨ったまま訊ねた。

「なんだって? テロリスト?」驚いたエリックが素っ頓狂な声をあげた。

「テロリストはいない。軍のでっちあげだ。本当は映画の撮影をしてただけで、軍は勘違いしてたんだ。この町はもうすぐ爆撃される。いいからあんたらは早く避難しろ」署長が住民の避難を促した。

「なんだって? 爆撃?」今度はアイゼンスタッドが上ずった声を出した。

「ああ。住民は地下シェルターに避難させる。もう爆撃は止められないだろう。あんたらに頼みがある。この爆撃が間違いであること、映画の撮影にすぎなかったことを軍に伝えてくれ。司令官はクリス・ホフマン、私の兄だ。爆撃を止められなければ、その後の救出作業を頼む」

「そうは言っても、俺たちの話を軍が聞いてくれるとは思えないけどな」フレッドが言った。

「映画監督を連れていけ。こいつが話せば信じるだろう」

コリンズ巡査がエリックの背中を乱暴に押すと、エリックが倒れ掛かった。

「何を言っている? 俺はこれまでに撮ったフィルムを地下室に持っていかなきゃならん」

「ふざけんな! 映画なんて、どうでもいいだろ! こうなったのも、全部あんたの責任だろ!」

リッチーがエリックに殴り掛かった。

「てめえらにとってはどうでもいいかもしれんがな、俺にとっては命なんだよ! 作品は、俺の命なんだ!」

エリックとリッチーが揉《も》みあっている間に、ショーンが割って入った。

「エリック、フィルムは俺が責任を持つから。あんたは行ってくれ!」ショーンが言った。

「いや、私が行くよ。エリックは誤解されやすいから」リンダが名乗りをあげた。「結局、いろいろ手配していたのは私だし、エリックよりも私が行ったほうが早く説明できると思う」

ひと悶着《もんちゃく》しているあいだに、フレッドたちを追いかけてきた装甲車が皆の前で停まった。

「よし、分かった。お前はそいつの中に入れ。俺たちが外に連れて行く。爆撃に巻き込まれたくはないからな。もう出るぜ」フレッドはそう言うと、リンダを装甲車に乗せた。

フレッド、アイゼンスタッドと装甲車二台はキャリアンのほうに戻っていった。

コリンズと署長は車で町を走り回り、避難を呼びかけた。リッチーもバイクで町の反対側に回った。

ショーンはフィルムを回収するために（ついでに母を助けるために）家に戻り、エリックは彼について行った。

こうしてフレッドたちは真実を伝えるためにキャリアンに戻り、町の住人たちはオショネシー家に集まることになった。

＊＊＊

「また書き始めたみたいね。下から音が聞こえる」

アリスが嬉しそうに話しかけてきたので、パトリシアは軽く微笑んで適当に流した。

アリスと距離を置きたいのに、彼女はわざとパトリシアに近づいてくる。トム監視のペアにパトリシアを指名したのも彼女だし、空き時間も家に押しかけて来る。今まで家に遊びに来たことなんてないのに、イヤリングを見せびらかすのが楽しくて仕方ないようだ。

アリスと同じ場所にいると疲れる。パトリシアは彼女から逃げるようにして台所に休みに来たのに、アリスもすぐについて来た。下からタイプ音が聞こえる間は二人とも休んで良いとエリックから言われている。

「でもあんまり調子は良くないみたい。最初はあんなにタイプが速かったのに。もう途切れ途切れって感じ」

アリスはトムの調子を笑いながら、キッチンカウンターにもたれかかった。彼女のグレーの髪の間で、赤いイヤリングがちらりと輝く。アリスの白いシャツにつけられた血の色より、よっぽど目を引く赤だ。

底意地の悪さを感じさせるアリスの嘲笑を聞きながら、パトリシアは彼女が誰に似ているのか今さらながら気が付いた。アリスの厚かましさは姉のエイブリーにそっくりなのだ。エイブリーもアリスも、パワーバランスに敏感で、常に相手よりも上に立ちたがる。家族や恋人ですら、そのための道具にする。

パトリシアはすでにイヤリングを諦めるつもりでいた。イヤリングを返せと言っている姉のエイブリーとも親しいわけではない。何年も音沙汰《おとさた》がなかったくせに、結婚すると決まった途端にイヤリングを返せと何度も連絡してくる姉が鬱陶しかった。

エイブリーの結婚相手はテレビCM制作会社の重役らしい。彼との遊びがどれだけ派手だとか、有名人に会わせてもらったとか、毎回そんなことを嬉しそうに話す姉の電話をとるのが苦痛ですらあった。相手を褒めるのと同時に、遠回しにウィルとパトリシアを貶《けな》す。姉のそういうところが好きではない。結婚することよりも、自分が優位に立てるのが嬉しいのではないかと思うくらいだった。

「夫を働かせるために、わざわざこんなことまでしなきゃいけないなんて、メグも憐れよね」アリスは呆れたように言う。

「私だったら恥ずかしくてこんなことできないわよ。町中の手を借りないと夫が仕事しないなんてね。背に腹は代えられないって感じ？」

「そんなこと言わないでよ。メグは友達じゃない」

「いいじゃない。本人が聞いてるわけじゃないんだし」

アリスは壁に掛けてある写真を手に取った。ガラスで守られた枠の中で、誕生日ケーキを食べているエリーを挟んでトムとメグが笑っている。

「見てよ。トムもメグも幸せそうね。本当はトムの借金で笑ってる場合じゃないのに」

アリスはそう言うと、写真をパトリシアに手渡した。

「良い写真じゃない。そんなこと言うなんてひどいわ」

『そんなこと言うなんてひどいわ』アリスはパトリシアを真似して笑った。

「あなたって本当にいい子ちゃんのふりが好きなのね。バカみたい。私しかいないのに」

「本心で言ってるの」

「嘘よ。あなたは子供が嫌いなんでしょ？　なんていったって、ピルを飲んでるんだもん」

「子供が嫌いなんじゃないわ。私は自分が好きなように生きてるだけ。自分の人生を大事にしたいから、そういう選択をしてるのよ」

「バカみたい。大事にしたいなんて、たいした人生でもあるまいし。その写真を破りなさいよ」

「何、言ってるの？　そんなことするわけないじゃない」

「その写真を破ったら、イヤリングを返してあげる。床に叩きつけてガラスを割るだけでも良いわ。それなら後でトムたちが気づいても自然に見えるもんね」

「私、そこまでしてイヤリングを取り戻したいとは思ってないの」

パトリシアはそう言うと、アリスに渡さずに、自分の手で写真を壁に戻した。

「つまらない意地張っちゃって」

「あなたって、本当に嫌な人ね。だからレジーもあなたに愛想を尽かしてナンシーと不倫するんだわ」

パトリシアはアリスに反撃するつもりで言った。ナンシーはマイルズとのこと、レジーとのことを包み隠さずにパトリシアに告げた。マイルズの退屈しのぎに付き合わされて、おかしくなってしまったナンシーも気の毒だ。だが、今は調子に乗っているアリスを黙らせたかった。

「あらあら。不倫だって。そんな下世話な話をするなんて、あなたらしくないじゃない。でも残念ね、別にレジーが不倫したって私は気にしないわよ」

パトリシアの言葉を聞いて、アリスは嬉しそうに笑った。アリスが傷つくと思っていたパトリシアには、彼女の心境が理解できなかった。

「意地張っちゃって。レジーに見放されたら、あなたを愛してくれる人なんて誰もいないわよ」

「私はね、一人でも生きていけるの。あなたみたいに他人の注目を必要としてないのよ。昨日だって、ちょっと注目されたら張り切っちゃって、可笑《おか》しかったわよ。『私たちは道路建設を止めたことがある』だって？　あんたはそのときにカリフォルニアにいただけじゃない。今だって、ジェスローに流れて来ただけ。それなのに、勘違いしちゃってさ」

「なんでそんな言い方するの？　それに、私だって他人の注目なんて必要ないわ」

「嘘よ。いつだって人の気を引いてばかりじゃない。最近は誰と話してもシャロン・テイトの話をしてるじゃない。同情してほしい、みんなに構ってほしい、って顔に書いてあるわよ。あなたのことをうんざりだって思ってるのは私だけじゃないのよ。気づいてた？」

「私は構ってほしくてシャロンの話をしてるんじゃないわよ。大切な友達を失ったのが悲しいだけ。あなたにはそういう大事な人がいないだろうから分からないんだろうけど」

「本当にそう思ってるの？　だってあなたの話を聞いてると、友達ってよりもただの顔見知り程度じゃない。ロスを離れてから、彼女が死ぬまでに連絡したことあるの？　無いでしょ。まるで死んでから大切な友達になったみたい。皆に注目してほしいから毎回シャロンの話をするんじゃない。見え見えよ」

パトリシアは言葉を失った。彼女が言うとおり、シャロンが死ぬ前に連絡なんてしなかった。それどころか、ニュースで見るまで思い出すこともなかった。

「あなたを見てると、小学校のときにいた同級生を思い出すわ。お爺《じい》さんが亡くなったときにクラスメイトから同情と注目を集めたのが嬉しかったみたいで、その次の週にはお婆《ばあ》さんが亡くなったって嘘をついたの。あなたがシャロンの思い出を話すときって、あの子と同じくらい幼稚だし、惨めだよ」

パトリシアには返す言葉がなかった。怒りを抑えられず、テーブルの上に置いてあったグラスを手にとって、中の水をアリスに勢いよくかけた。

「取り消しなさいよ！　あなたにはそんなこと言う資格なんて――」

アリスは顔を真っ赤にしてパトリシアに摑《つか》み掛《か》かった。

「このクソ女！」

＊＊＊

トムが書き続けるのを、ケイティは祈るような気持ちで見守った。黙々と作業を進め、休憩を挟んで、また作業に戻る。部屋に時計はなく、疲労と増えていく原稿以外に時間の変化を示すものはなかった。昼と夜の区別もつかなかったので、トムとケイティは交代でベッドで寝た。

すでにブラウスは皺だらけで、着替えたくてしょうがない。それでもトムがいるので裸になるわけにもいかないし、そもそも着替えもない。簡易トイレからの悪臭も耐え難い。換気扇は動いているが、空気は淀《よど》んでいる。息が詰まる感覚を無視できなくなっていた。

変化は突然だった。

それまでは地下室の上をゾンビが這いまわる音や、低い唸り声が時折聞こえるだけだったが、上で叫び声が聞こえ始めた。それまで聞こえなかった激しいぶつかり合いの音が響いてきた。ゾンビ同士が争っているのか、それとも誰かがゾンビと戦っているのだろうか。

しばらくドタバタやっていたが、どちらかが息絶えたのか、その騒動もやがて収まった。

それに続いて、大勢の足音が聞こえた。

まるで馬の群れが暴走しているように、足音が頭上から響く。

天井から埃がパラパラと落ちて来て、上を向けないほどだった。

間違いなく、何か新しいことが起きている。

トムは後ろを振り返り、ケイティと無言で見つめ合った。

「今度は一体、何なんだ？」トムはケイティの元まで歩いてくると呟いた。

＊＊＊

町が爆撃される。そんなバカな話は聞いたことがないが、署長が言うのだから信じないわけにはいかなかった。アランは弟のジェイクを連れて、オショネシーさんの家に向かった。

何か問題があるのか、家に集まった人たちはまだ地下室に入れていない。

アランは家の中の人たちを後ろから眺めた。キャラハンさん、フレッチャーさん、ブレアさん、ロニガンさん、マクリーンさん。本当に町中の人たちがここに集まって来ているのだ。

そこには父さんの姿は見えない。

父さんは、きっとキャリアンにいるんだ。ジェスローにはいない。だから大丈夫なんだ。

自分は弟を守らなければならない。アランは胸に手を当てて、そう心の中で唱えた。

だが、何かが違う気がする。もう少し捜せば、父さんが見つかる気がする。

「ジェイク、お前は一人で皆と一緒に避難できるか？」アランは弟に訊ねた。

「うん。だって、ここにいれば良いんでしょ？」ジェイクは何も考えていないように言った。

自分たちが置かれた状況がよく分かっていないに違いない。

「兄ちゃんは父さんを捜しに行ってくる」ジェイク以外の誰にも聞かれないように、小声で伝えた。

「父さん、帰ってくるの？」弟は無邪気に笑った。

「ああ。だからちょっと待っててくれ。もしも誰かに聞かれたら、俺もすぐ近くにいるって答えてくれ」

アランはそう言うと、キャリアンに通じる道に向かって走り出した。周りは誰もがパニック状態で、アランのことを気に掛ける者はいなかった。

絶対に父さんはこの町にいるはずだ。この先をもう少しだけ捜せば、父さんがいるのだ。

アランはそう思いながらも、同時に自分は弟を見捨てただけだとも思った。

転がっているマネキンに足を取られないように、足元を気にしながらアランは駆け抜ける。ゾンビが徘徊していた道に風が吹き、砂ぼこりが目に痛い。映画撮影でお祭り騒ぎのジェスローで、アランだけは普段どおりの生活だった。父さんがいなくなっているのに気が付いているのは自分だけ。ジェイクを不安にさせないように、気丈に振る舞っていた。いや、父さんがいなくなってからじゃない。父さんがベトナムから帰ってきてから、ずっとそうなのだ。

アランは立ち止まった。自分の心が疲れ切っているのに気が付いてしまったのだ。きっと母さんがこの町から逃げたときも、同じような気持ちだったのだろう。自分たちのことを嫌いになって捨てたんじゃない。ただ疲れて、逃げたかったのだ。

すぐ近くにある、女性のマネキンが妬《ねた》ましく思えた。現実の苦しさとは無関係の人形。アランはボロボロになった靴で何度も蹴りつけた。

「なんでいなくなっちゃうんだよ！　母さんがいけないんだ！」

父さんがいなくなったから、自分は父さんのふりをした。母さんがいなくなったから、母さんの代わりをした。二人の代わりは自分には無理だから、たった一人の弟から逃げて来た。

「帰ってきてよ、良い子にするから」

アランは何度も蹴りつけたマネキンの胸の上に頭をのせて祈るように泣いた。

恐ろしい音が聞こえ始め、アランは顔を上げた。

爆撃機だ。まだ地平線の彼方《かなた》を飛んでいるそれは、トンボのように小さく見えた。だが高速で近づいてくるジェット機の轟音は、化け物の唸り声のようにも聞こえた。テレビで見るそれよりも、よっぽど恐ろしい。

爆撃機を見ていると、視界の片隅に映る小さな影に気が付いた。

幻かと思って涙を腕で拭った。最初は知らない人だと思った。手術着のようなペラペラな服を着て、走っている怪しい男。よく見れば、それは父さんに他ならなかった。

「父さん！　父さん、僕だよ！」アランは声を張り上げて、駆け寄った。

父さんは僕のことを抱きしめてくれる。

これからはずっと一緒にいられる。アランはそう思った。

しかしアランが近づくと、彼の父親はまるで野良犬でも見たかのように嫌な顔をした。

そして無言でアランを避けると、町の中心部に向かって進み続けた。

アランは何が起こったか分からず、父さんの後を追い続けた。

振り返るまでもなく、爆撃機が近づいてくるのが音で分かった。

そして空を切り裂くような金属的な音が響くと、突然あたりが眩しい光で赤く染まった。

落雷のような衝撃が空気を震わせ、アランはその振動と熱波を全身で感じ取った。

爆撃が始まったのだ。

後ろを振り向くと、そこにあったのは地獄の光景だった。

燃えるものなど何もないはずの大地から炎の壁が立ち上がり、車や家屋が吹き飛ばされている。

まるでマグマのように粘度の高い炎が、ジェスローの町を呑み込んでいた。

アランは恐怖で身体が震えた。

爆撃機は立ちすくむアランの上を一瞬で通過して行った。爆撃機は町の中心部に一直線に向かっている。

爆撃機が二発目の爆弾を教会の上に投下したのが見えた。小さな黒い塊にしか見えない爆弾だが、一トン近くあるのをアランも知っていた。その爆弾の中にはナフサとパーム油を混ぜ合わせた燃料が詰まっている。

消えない炎の源、ナパーム弾だ。

自分が死ぬまで、あと三秒。

アランは泣きながら「父さん！」と叫んだ。

教会が木っ端《こ ぱ》みじんに吹き飛び、爆炎が拡がる。自分の声さえ聞こえなかった。

町が消えるまで、あと二秒。

燃え盛る炎が自分に向かって来る。

何かに押しつぶされるように、地面に倒れた。

もう何も見えない。

そして次の瞬間、自分の身体が宙に舞ったのを感じた。

＊＊＊

「どうやら、お前を殺さなきゃいけないらしいな」

ボリスは今まで感じたことのない、妙な昂《たか》ぶりを覚えた。

こいつを殺したい。喉を切り裂いて、顔の皮を剝《は》いでやりたい。

噴き出る血を体中に浴びて、断末魔《だんまつま》の叫びを耳で味わいたい。

ボリスは自分の考えにゾッとした。自分は快楽殺人者ではない。犯罪はあくまで仕事であり、殺しは業務にすぎない。シャロン・テイト殺害を指示したような、自己陶酔した狂人とは違う。

だがどれほど否定しようが、内から湧き出る悪意は止まらなかった。

憎め、壊せ。奪え、殺せ、征服しろ。

レッドワンが俺を支配している。

ボリスは狂気に呑まれつつあった。だが、まだなんとか正気を保っていられる。

「いいか、俺はこの木箱の中身さえ手に入れれば、他には何もいらない」

ボリスは一息ついてから、「あと、このブリーフケースもな」と言い直した。

「だから厄介なもめ事は避けよう。俺は必要なものだけ持って、この町を去る。誰も殺さない。お前に迷惑をかけることはない。そこでションベンもらしてる男も放っておく。それでどうだ？」

ボリスは自分を蝕みつつある狂気に抗いながら言った。

「助かった……」バズがため息を漏らした。

「ダメだ」ノームはすぐさま断言した。

「なんでダメなんだ？」ボリスは戸惑った。

「お前をこの町から逃がすわけにはいかない」

「どういうことだ。俺がどうしようと、お前には関係ないだろう。お前だって、犯罪者には変わりないんだぞ」

「そんなことは関係ない。お前は大事な役者なんだ。映画の撮影終了まで付き合ってもらうぞ」

「お前はバカなのか？　あんな遊びに本気になってるわけじゃないだろ？」

ボリスが言うと、ノームがナイフを手に取って身構えた。やつは本気だ。

「映画製作は遊びじゃない。演技は遊びじゃない」

ボリスがレッドワンに支配されつつあるように、やつは映画に支配されていた。

芸術ってやつはまったく厄介なものだ。

ボリスはため息をついて、バズのほうに向かった。ノームとの直接対決はできるだけ避けたい。破壊衝動に必死で抗い、冷静に考えた。懐中電灯を持った左腕でバズにヘッドロックをかけ、ナイフの刃を首元に押し付ける。バズは涙を流すだけで、抵抗すらしなかった。

「こんなことはしたくなかったんだがな。近づいたらコイツを殺すぞ」

ボリスはバズを盾にしてノームと向かい合った。

「意味が分からないな。そいつがいなくても映画には問題ない。勝手に殺せばいい」

ボリスはノームの冷たい目をじっくりと見つめた。こいつは本気だ。バズに人質の価値はない。それどころか邪魔になるだけだ。ボリスはバズを解放して、後ろから蹴り倒した。

ボリスは懐中電灯の明かりを消して、床に投げ捨てた。そしてナイフを手に取った。

やつは強い。今まで出会ったどんな男たちよりも恐ろしい。身のこなしも勘の良さも超一流だった。だが、単純なパワーなら負けることはない。そして当然、ノームもそれを分かっている。安易に近づいてくることはないだろう。

地下室の中は暗いが、階段から光が差している。目が慣れてしまえば暗闇は問題にはならない。ノームはそう判断したのだろう、光の当たる場所から、ボリスと距離をとるように部屋の隅に移動した。少し時間を置いて、目が慣れてからの接近戦になる。

ここまでボリスの狙いどおりだった。懐中電灯を投げ捨てたのはパフォーマンスである。ボリスはバズから奪った懐中電灯をもう一本隠し持っていた。それをやつが知るはずはない。

目を暗闇に慣らして近づいてきたロードに懐中電灯の光を照らす。目を眩ませて一秒でも隙が生まれれば勝ちは確定だ。

「嬉しいぜ。お前を殺してやりたいって、ずっと思ってたからな」

ボリスは懐中電灯をポケットから取り出す動きを悟られないように、わざと声を出した。もちろん、ノームが返事をすることはない。あとはやつが近づくのをじっくりと待てば良いだけだ。

ボリスの意に反して、相手の動きは速かった。ボリスが懐中電灯を取り出した次の瞬間に、ノームの足音が聞こえた。それはボリスが思っていた位置よりもずっと近かった。一歩目の踏み出しの音を聞き逃したのか？　こんな短時間で目が慣れたはずがない。

ノームはボリスに向かって走って来るようだった。ボリスは驚き、懐中電灯を点けた。これで、やつの動きが止まるはず――。

懐中電灯が照らした光の中で、ノームは目を閉じたまま突進していた。ボリスは自分の失敗を呪った。敵のほうが上手《うわて》だった。ボリスは懐中電灯を相手に投げつけ、ナイフを構えた。

懐中電灯作戦は失敗したが、それでもやつのスピードと位置を把握できた。ボリスも目を瞑り、相手の動きを想像した。ノームが飛び掛かって来るタイミングでナイフを突き出した。

しかし、ボリスの動きは完全に空を切っただけだった。タイミングをずらされたのだ。ボリスが自分の致命的ミスに気が付いた瞬間、右足の内腿《うちもも》に鋭い痛みが走った。切り付けられた。さらに膝を後ろから蹴られたようで、思わず前向きに倒れてしまった。

持っていたナイフを出鱈目《でたらめ》に振り回したが、虚しいだけだった。痛みを堪えて立ち上がると、内腿の傷が想像以上に深いようで、大量に血が出ていることに気が付いた。軽い眩暈を覚えた。動けなくはないが、もはやノームに勝てる可能性はゼロだ。

致命傷ではない。手心を加えられたのだ。俺が死んだら映画撮影ができないからだろう。完敗だ。

「止血しろ。倒れるぞ」

ノームの冷静な声が聞こえ、さっき投げつけた懐中電灯で照らされた。

「クソ！　分かったよ。映画撮影に協力する。俺の撮影が終わったらすぐに町を出るぞ」

ボリスは負けを認めざるを得なかった。こうなったらエリックを脅して撮影をすぐに終わらせるほうが間違いない。

「最初からそうすれば良かったんだ。分かったらさっさと止血しろ。撮影に影響が出たらお前のせいだからな」

ボリスはその場に座り込んだ。シャツを脱ぐとナイフで切って包帯状にして、腿をきつく縛った。ノームの存在は脅威だが、映画さえ撮り終えればこちらの邪魔はしないだろう。だとすれば、まだジリノフスキーとの取引には余裕がある。あと一週間以内にこの町を出れば、間に合うのだ。レッドワンを手に入れたのだから、焦る必要はない。

「なぁ……」バズが躊躇いがちに声を出した。「俺はもう帰っても良いんだよな？」

何かがおかしい。聞こえるはずのない音が聞こえる。

バズが階段を上り始めたとき、ボリスは捉えどころのない違和感を覚えた。

「神に誓って、誰にも言わないよ」バズはそう言ってから歩き出した。

「ここで起きたことは誰にも喋るなよ」ノームが付け足した。

「勝手にしろ」ボリスが言った。

＊＊＊

「待て」

そう口にしたのはノームだった。だが、その声は静かすぎた。この場を早く離れたいというバズの気持ちを変えるには大人しすぎた。

バズが階段を上り切った瞬間に、轟音が大地を揺るがした。地下室の天井がひび割れ、欠片がパラパラと落ちて来る。バズの叫び声が聞こえたかと思うと、彼は階段を転げ落ちて来た。階段の上を炎が舐め、明るく輝いた。

そして数秒後、またしても激しい爆音が響くと、地下室の壁が歪み始めた。天井が剝がれ、ボリスのすぐ近くに落ちた。

この地下室は崩壊する。早く逃げないとまずい。ボリスは立ち上がろうとしたが、足に力が入らず、前のめりに倒れた。

「立て。逃げるぞ」ノームはそう言うと、ボリスの腕を引き上げた。

ボリスはノームの肩を借りて階段を上り始めた。近くの家が燃えているらしく、肌がジリジリと焦げるようだった。なんとか地上に出たが、火事で酸素が奪われているからか、怪我の影響か、ボリスは気を失った。

レジーたちがトムの家に着いたとき、まだ爆撃は始まっていなかった。あとはトムの地下室に入れてもらって、爆撃が済むまで待てば良いだけだ。核戦争が始まるわけではないのだから、長くても数時間程度だろう。

ジェスローが爆撃されるなんて信じられなかったが、キャリアンの署長が言っているのだから、黙って従ったほうが利口だ。バズの言葉を信じるのなら、キャリアンの署長はマフィアとつながっている。今回の件も、もしかしたらあの秘密の地下室を破壊するための爆撃なのではないだろうか。だとすれば軍もマフィアの手先となる。もはやこの国の権力はマフィアに掌握されているのだろうか。何も信じられない。

トムの家の玄関を開けた瞬間、レジーの頭の中は空っぽになった。レジーだけではない、後ろにいた全員の足が止まった。

廊下でアリスがパトリシアの上に跨っている。アリスはうつ伏せになったパトリシアの髪の毛を引っ張っており、その下でパトリシアは足をバタバタさせてアリスをどかそうとしている。

「なにしてんだよ！」

最初に飛び出したのはウィルだった。アリスの腕を後ろから摑んで、パトリシアから引き離そうとした。が、ウィル一人では怒りで我を忘れたアリスに太刀打ちできなかった。

「レジー！　手伝えよ！」ウィルが叫んだ。

レジーはしぶしぶウィルと一緒にアリスの腕を引っ張った。何とか二人がかりでアリスを立たせて、壁に押さえつけた。

怒っているアリスには逆らいたくない。こういうときは彼女の怒りが自分に向かって来ないように、距離を保つのがベストだ。まだバレていないがナンシーとの一件がある以上、アリスとの不和を複雑にしたくなかった。だが、今回ばかりはそう言ってもいられない。

「レジー、アリスをなんとかしてくれ」ウィルはそう言って、パトリシアのほうに向かった。

ウィルはパトリシアを抱き起こしながら、エリックに地下室の場所を教えた。

一人残されたレジーは心細くなった。爆撃なんて起こりそうもないことよりも、目の前にあるアリスという脅威のほうがよっぽど恐ろしい。だが、なんとかしなくてはならない。男には引けない戦いがあるのだ。

「アリス、パトリシアと何があったか知らないが、今はそんなことしてる場合じゃないんだ!」

「そんな場合じゃない? 偉そうな口を叩くじゃない。ナンシーと寝たら急に男らしくなったっての?」

アリスにバレてる――。レジーはすぐさま逃げ出したくなったが、そうするわけにはいかない。

「黙ってろ! 今はそれどころじゃない。この町は軍に消されるんだ。説明してる暇はないが、一秒でも早くトムの地下室に避難しなきゃいけないんだ」

アリスは声をあげて笑った。


この町は狂ってる、エリックはまたしてもそう思った。いきなり爆撃されると宣言され、避難することになった。そうかと思えば、町で唯一のシェルターの上で二匹のバカ猫が喧嘩してやがる。下手な脚本家の頭の中に飛び込んだみたいにナンセンスな悪夢だ。

頼りになると思っていたウィルは、自分の妻を介抱し始めた。結局、最後まで俺が尻を拭かなきゃいけないのだ。エリックはトムの家の廊下を進み、地下室への入り口を探した。

だが、廊下の不自然な位置にソファーが置いてある。入り口を塞いでいるのだ。めんどうなことばかりだ。近くにいた名前も知らない男と一緒にソファーをずらしてから、地下室の扉をガンガンと叩いた。

「トム！　聞こえるか？　ここを開けてくれ！」

　そもそも自分たちが彼を地下に追い込んだのに、今度は自分たちが地下室を必要としている。なんて皮肉なことだろう。

「トム！　早くしてくれ！　話があるんだ！」

　トムの小説を映画化したときに会ったことがあるはずだが、彼のことはほとんど覚えていない。だが、そんなことはどうでもいい。さっさと地下室に入れてくれればそれだけで良いのだ。階下から音が聞こえるような気がしたが、後ろでデブ女が騒いでいるせいでよく分からなかった。

　しばらくすると、地下室に通じる上げ蓋が開けられ、顔色の悪い男が顔を出した。

「なんだ？　ゾンビはどうなった？　もう大丈夫なのか？」

　地下室から悪臭が込み上げて来て、エリックは思わず顔をしかめた。糞便《ふんべん》の臭いがする。

「ああ、問題ない。大丈夫だ」

　エリックがそう言うと、トムはいきなり大粒の涙を流し始めた。

「もうダメかと思ってた……。ありがとう、助けに来てくれて……」

　トムは鼻水を垂らしながら泣きじゃくり、ゆっくり地下室から出ようとした。

「いや、違うんだ。外に出ちゃダメなんだ。俺たちはここに避難に来たんだ。俺たちが入れるように、すぐに下に降りてくれ」

「どういうことだ？　ゾンビは大丈夫なんだろ？」

「説明する暇がないんだ。信じてくれ。この町は爆撃を受ける。町の住人がここに避難することになってる。分かったら早く退いてくれ」

　エリックは階段の下を指さし、トムに早く降りるように示した。トムは理解が追い付かないようで、茫然としている。

「下で説明しよう。とにかく早く降りてくれ」エリックは有無を言わさぬ態度で、さらにトムに近づいた。

二人の顔が近づいた瞬間、トムが目を細めた。

「待てよ。お前、エリック・ブラッドだろ、映画監督の？」

「そうだ。分かったら早く下に——」

大人しくしていたアリスが叫び声をあげて、またしてもパトリシアに襲い掛かった。ウィルとレジーが間に入ってアリスを止めている。

「待て、そこにいるのはアリスとパトリシアか？　おい、レジーもいるじゃないか？　お前たち、ゾンビになったんじゃなかったのか？」トムが周りをちらっと見て言った。

「だから、ゾンビなんて最初からいなかったんだよ。映画撮影だったんだ」

「お前たち、皆で俺を騙してたのか？」

「いや、騙していたというか、これはあんたの奥さんが考えたんだよ。あんたが新しい小説を書くようにビックリさせようって」

「そうだ、メグは？　メグは無事なのか？　エリーは？」

「だから、大丈夫だって。最初から全部、映画撮影だったんだ」

トムはエリックの言葉を聞いて、安堵のため息を漏らした。

「そうだ。もう大丈夫だ。分かったら下に降りて——」

トムは素早く地下室の蓋を下げた。

「バカ野郎！　早く開けろよ！　さっきの話を聞いてなかったのか？」

「聞いてたよ。皆で俺を騙してたんだろ。それで、今さらここを使わせろだって？　お前らの都合なんて知るか！」

トムの怒鳴り声が地下から聞こえてきて、エリックは拳を床に叩きつけた。

「都合なんかじゃない。お前がそこを開けてくれないと皆が死ぬんだぞ。お前のせいで死ぬんだ。それが分かってるのか？」

「俺はもう皆死んでると思ってたんだ。だったら何も変わらないじゃないか」

トムの言い分を聞いて、エリックは呆れるしかなかった。

やっぱり、この町は狂っている。

「おい、こいつダメだぞ。誰か説得できるやつはいないのか？」

その後、パトリシアを落ち着かせたウィルがトムに話しかけたが、彼は聞く耳を持たなかった。

レジーはアリスに爆撃の話を伝えるだけで精一杯だった。

デボラとジャンニーノは地下室の蓋を工具でこじ開けられないかと考えたが、うまくいかなかった。もしも無理やり開けてしまったら、シェルターとしての強度も下がってしまうかもしれない。

遅れて来たクーパー神父がトムに説教を始めたが、「クソッタレ神様に祈ってろよ！」と罵られた。


町の住人が家にどんどん集まって来て、リビングが人で埋まった。それでもトムはシェルターを開けなかった。コリンズ巡査や署長が話しても、トムのねじ曲がった根性を変えることはできなかった。

「お前は正気か？」エリックは声を荒らげた。「お前のせいで何十人も死ぬことになるんだぞ？罪悪感を覚えないのか？　今後、一生悔《く》やむことになるぞ！」

「罪悪感なんてあるはずないだろ。俺はもう何日も絶望と向き合って来たんだ。お前らもそこで死ぬ覚悟をしろ」

「分かったよ。謝るよ。俺たちが悪かった。俺にできることなら何でもするよ。だからここを開けてくれ」

＊＊＊

これでやっと助かるんだ。

トムが地下室の扉を開け、柔らかな外の光が差し込んできたときに、ケイティはそう思った。だが、トムは何やら外に向かって大声を張り上げ、挙句の果てに扉を閉めた。

何が起きたのか分からず、ケイティはトムに事情を問いただしたが、彼は何も答えてくれなかった。扉の掛け金を閉め、階段に腰を掛けたまま上の人たちに向かって怒鳴っているだけだ。

どうやら自分たちが騙されていたらしい、ということは分かった。ゾンビの映画撮影をしていただけ。私たちがゾンビに襲われたと思ったのは、トムを無理やり地下室に閉じ込めるために仕組まれたものだった。トムが腹を立てる理由は分かる。自分も同じ気持ちだ。もう何日も地下に閉じ込められていたのだから、それは冗談ですむものではない。だとしても、なぜトムが地上に出ないのかが分からない。

ケイティは早く外に出たかった。早くシャワーを浴びたい、外の新鮮な空気を吸いたい、美味しいご飯を食べたい。トムも同じ気持ちのはずだ。

肝心の外の声が聞こえてこない。トムが階段の上部を占領しているうえに、がなり立てているので仕方がない。とはいえ、トムだっていつまでも立てこもっているわけにはいかないだろう。彼が落ち着くまで待っていればいいのだ。ケイティはそう思った。だがすぐに考え直した。

トムは私のことを少しも考えていないのだ。籠城したいなら自分一人ですれば良い。私が外に出たいかどうかを確認してくれてもいいものだ。彼は私が一緒にいることすら忘れているのだろうか。いや、私のことを忘れていないが、私のことなどどうでもいいのだ。

やはりこの男はダメだ。自分のことしか考えていない。

つい何時間か前に、「もっと他人に優しくする」と言っていたばかりではないか。

メグがトムを騙して仕事をさせようとした。それは衝撃の事実だった。だが、今となってはよく分かる。才能はあるし、魅力的に思えるときがないわけではない。だが、やっぱりこの男はダメなのだ。自分もメグと同じように、この男を騙さないとダメだ。ケイティは地下室の棚まで行き、ウィスキーのボトルを手に取るとトムのもとに戻った。

「ねえ。上の人たちに腹を立ててもしょうがないよ。もうずっとここにいるんだし、あなたが好きなだけここにいればいい。だって、好きなときに出ていけるんだし」

「まぁな。そのとおりだ。あいつらの相手をする義務はない」トムはため息をついてから言った。

「とりあえず階段を降りて、ウィスキーでも飲みましょうよ。ゾンビがいないって分かっただけでも安心したよ。本当は早く出たいんだけど。あなたがまだ下にいて、書きたいって言うなら付き合うよ。だって、私があなたのエージェントだから」

ケイティの言葉を聞くと、トムはにやりと笑った。

「そうだ。俺にはまだ仕事があるんだ。ダンが言ってたよな？　人類には希望が、俺の小説が必要だって」

「そうだ、ダンもそんなこと言ってた。ってことは、彼もグルだったんだ。なんだかショックだね。こんなひどいことするなんて」

「本当に世知辛い世の中だ。上のやつらのことなんて忘れて、下で一杯飲もう」

トムが階段を降りていく。ケイティはその場に留まって上からの声に耳を傾けた。

「分かったよ。謝るよ。俺たちが悪かった。俺にできることなら何でもするよ。だからここを開けてくれ」

知らない男の声が聞こえた。上の人たちはトムに許しを求めていた。それも誠心誠意、熱の籠った謝り方だ。なぜここまでトムに取り入らなければならないのか、ケイティには不思議に思えた。

「金が欲しいのか？　『悪人』シリーズの残りも映画化してほしいのか？　俺がスタジオに頭を下げてやってもいい。頼むから、ここを開けてくれ！」

それ以上聞く必要はなかった。ケイティは会社の利益を考えて、地下室の扉の留め金を外した。

「お前！　何してる！」

留め金を動かす音を聞きつけたトムが、慌てて階段を上って来た。トムはケイティを引きずり降ろそうと腕を伸ばしてきたが、ケイティは逆に彼を足蹴《あしげ》にした。

トムが階段を転げ落ちていくのを見て、ケイティは最初にこの地下室に入ったときのことを思い出した。私はトムに突き落とされたのだった。これでおあいこ、いい気味だ。

ケイティは地下室の扉を開けた。そこにいたのは映画監督のエリック・ブラッドだった。

「初めまして。ブロンズドーム・エージェンシーのケイティです。『悪人』シリーズの映画化の件、お話ししましょう」

息をつく間もなく、地下室にジェスローの住人が流れ込んできた。トムの家に集まった全員が避難したときに、最初の爆撃の音が外から聞こえてきた。

なんとか間一髪のタイミングでシェルターの扉を閉めることができた。

アラン、ケビン、バズ、ノーム、ボリスの五人が地下室にいないことに気が付いたのは、爆撃が終わってしばらく経った後だった。

＊＊＊

ケビンは昔のことを思い出していた。自分が生まれ育ったジェスローの町のことを。そして一年中、乾燥していたその土のことを。

しばしの間、自分はジェスローの町を走っているのだという感覚があった。息子のアランとジェイクに会うために、家に向かって走っているのだと思った。

周りに生い茂る熱帯雨林がそれがただの白昼夢でしかないことを教えてくれる。ベトナムの湿気《しっけ》を含んだ風が鬱陶しい。泥だらけの地面を走ると、足が掬われそうになる。

自分が何のために走っているのか、覚えていない。分からない。

分かっているのは、足を止めたら死ぬということだけだ。

自分は逃げているのだ。だが、何から？

後ろから耳をつんざくような轟音が聞こえ、背筋が凍った。

爆撃機だ。自分たちは見捨てられたのか、それとも死んだと思われているのか？

「カーマイケル！　どうなってんだ？」

「俺に聞くな！　今は逃げるしかないだろ！」カーマイケルの野太い声が、隣から聞こえた。

「本隊から離れちまったのが運の尽きだ」ジェンコが早口にまくし立てた。

爆撃機から逃げきれるはずもなく、音は近づいてくる。

死ぬ気で走っていると、すぐ近くにベトナム人の少年が見えた。

「待て、子供がいる！」ケビンは足を止めた。

「バカか！　ベトコンなんてどうでもいいだろ！」カーマイケルが自分を追い抜いて行った。

「何してんだ！　放っておけ！」ジェンコもさっさと行ってしまった。

ベトナム人の子供は何か喋りながら、ケビンに近づいてきた。もちろん何を言っているか、分かるはずがない。子供を無視して先を急ごうとしたが、ケビンの心は痛んだ。国に残してきたアランと同じ年頃の子なのだ。

突然、後ろから爆音と熱風が襲って来た。やはり爆撃が始まるのだ。

もはや自分の命もこれまでだろう。

それならば、とケビンは意を決して、少年を地面に押し倒した。そして自分の身を挺《てい》して、少年を助けようとした。

二発目のナパーム弾が炸裂《さくれつ》して、爆炎が上がった。

身体を焦がすような熱が襲ってきた。

薄れゆく意識の中で、自分の名を呼ぶ息子の声を聞いた。

そして、最後の瞬間。自分の意識が身体を離れて空に浮かぶ心地がした。

雨の後

爆撃が終わった後も、住人たちはしばらく地下から出られなかった。上からの熱で階段に近づくことすらできなかったのだ。地下はぎゅうぎゅう詰めの状態で余裕がないうえに、熱と混乱で住人たちは体調を崩していった。さらに逃げ遅れたバズたちのことも心配だった。

フレッドとリンダが頑張ってくれたおかげで、救助活動は爆撃の直後から開始された。ジェスローの住人たちがシェルターから出られたのは、爆撃が終わってから三十分以上経った後だった。トムの家のほとんどが爆風で吹き飛び、跡には灰が残っているだけだったので、重機で掘り起こすようなめんどうはなかった。しかしナパームの火はなかなか消えなかった。

「すまないが、映画撮影は当分延期になる。まぁ、こんなことになっちまったんだから、当たり前だな。いつ再開できるか、俺にも分からん」

エリックの言葉をノームは黙って聞いていた。

「ったく、映画の撮影許可を取ってないからって、爆撃されるとは思わねーよな。まったく、どうなってんだよ」エリックは自分の失態を彼なりに悔いているようだった。

映画製作を継続できるかどうか、見通しはたたない。それだけのことで、自分が動揺していることに、ノームは驚いた。

「撮影が再開できるとして、もう今まで撮影していた場所がなくなったことに変わりはない。それでも映画は作れるのか？」ノームは懸念を口にした。

やはり、自分はこの映画を諦められないのだ。こういう気持ちを人は情熱と呼ぶのだろうか。

「ああ。一番撮りたかった外のゾンビ撮影は終わってるから、後は細かいシーンだけだ。撮影場所が変わったとしても、そんな細かいことに観客は気が付かない。というより気づかれないように編集すれば良いだけのことだ。ショーンならうまくやってくれるだろう」

「そうか。じゃあ、たとえば……」ノームは未だ意識を取り戻していないボリスに視線を向けた。

「たとえばボリスが撮影に出られないとしたら、それは問題になるか？」

「もちろん、まだ撮りたいシーンはある。だが、もともと君もボリスも一般人だ。こんなことになっちまった以上、もう付き合いきれないと言われても仕方ない。これも編集でなんとかなる。まぁ、降板なんてのはよくある話だ」

しばらくすると、ショーンがエリックのもとに帰ってきた。フィルムと機材を確認しにトムの地下室に戻っていたのだ。

「どうだった？」

「一応、大丈夫だ。フィルムも機材も問題なし。ただ、俺のスタジオはなくなっちまった」ショーンはエリックの隣に座って言った。

「あんたが燃やしたかった教会も、灰になっちまったな」

「ああ。あんなに燃える教会が撮りたかったのに。教会は燃えたのに、撮影ができなかったなんて、皮肉としかいえないな」

エリックがため息をつくと、それを待っていたかのように、雨が降り始めた。雨を凌《しの》げるような建物は一つも残っていないので、軍が用意した仮設テントに向かった。

テントの中では誰もが力なく項垂れていたが、デボラだけは例外だった。マイルズとジャンニーノが隣にいるが、有名俳優のマイルズよりも輝きを放ち、ジャンニーノよりも大物の風格を漂わせていた。

彼女はいつもと変わらないように見えた。彼女が何も失ってないからではない。たとえどんなことが起きようと、この女は堂々と前を向いていることだろう。

「俺は役者をやる」デボラに近づいて、ノームはそう言った。

「なんの話?」デボラは首を傾げた。

「俺は何をしたいのかって話さ。前に聞いただろ。俺は役者をしたい」

ノームの告白を聞いて、デボラは大声で笑い始めた。悲壮な雰囲気の中で、彼女はやはり異質だった。

「良いじゃない、役者。やってみなさいよ。マイルズ、あなたの意見を聞かせて。彼はどう? 素質はあるかしら?」

「認めるのは癪ですが、そいつは天才です。俺のマクベスを一度見ただけで完璧に盗みましたから。正直なところ、怖いくらいの化け物ですよ」マイルズが悔しそうに言った。

「凄いじゃない。私とジャンニーノも応援するから、きっと成功間違いなしよ」

名前を出されたジャンニーノは、躊躇いがちにノームに視線を向けた。

「ああ。俺も君を応援するよ。だから……」ジャンニーノは言い淀んだ。

「持ちつ持たれつ、ってことで良いかな?」

ノームは頷いた。要するに自分を殺すな、と言いたいのだろう。もちろん、ノームにはそんなつもりはない。

「だったらもう、あなたは郵便配達をしなくて良いのね。もう危険なことはしなくていいの。それに、本業の邪魔にもなる。今日から、俳優業に専念しなさい」

自分が郵便配達員だと言っていたことをノームは忘れていた。デボラはそれを覚えていただけでなく、ノームが殺し屋だと知っている。

デボラの言うとおり、もう殺しの依頼を受ける必要はないのだ。となれば、依頼主であったタドリーニ家が自分の邪魔になるかもしれない。

自由になるためには、もう一手打たなければならないのだ。タドリーニ家を潰さなければならない。

＊＊＊

アリスは変わり果てた景色に茫然とした。そこがジェスローであるとは、にわかには信じられなかった。たった一時間の間に、自分が生まれ育った町が消えてしまったのである。乾いた黄色の大地は黒く焼け焦げ、家屋は消失した。ジェスローは何千年も前に滅んだ文明の遺跡のように、かつて人が暮らしていた面影《おもかげ》を残すだけである。

地下に入る前には太陽の光が町を照らしていたはずが、かつて見たこともない黒々とした暗雲が町の上に漂っていた。

誰もが言葉を失っていた。ナンシーはショックに耐えられずに倒れ、救急車に運び込まれた。多くの人々が静かに涙を流し、クーパー神父と一緒に祈りを捧げている。アリスは祈る気分にはなれなかった。ただ自分たちのガソリンスタンドがあった場所を眺め続けた。

すべてが現実離れしていた。煙と塵が混じった空気の臭いも、どんどん集まって来る消防車や軍用車両から飛び出して働き続けている外部の人たちの忙《せわ》しなさも。

アリスは他の多くの住人と同じように、この町を離れようと思ったことはない。キャリアンに出ることはあるが、それ以上の遠出はほとんどない。自分たちは、住み慣れた世界を奪われたのだ。

　近くで怪我の治療を受けていたパトリシアが、近づいてくるのが見えた。

「聞いた？　バズたちが見つかったたって。ノーム、ボリスと一緒にいたみたい。ボリスが足に怪我しただけだって」パトリシアが静かに話しかけてきた。

「それは良かった」アリスはそれだけ言った。

「さっきのことだけど、ごめんなさい。あなたにひどいことを言ったわ」

　パトリシアの言葉の意味が摑めず、アリスは首を傾げた。彼女の顔の怪我を見て、自分たちが喧嘩をしていたことを思い出した。もはや遠い過去の出来事のようだ。

「私もごめんなさい。ひどいことを言ったうえに、あなたのことを殴ったわ」

「あなたの言うとおりだった。シャロンの事件がショックだったのは事実だけど、事件が無ければ彼女のことなんてずっと思い出すことはなかった。その程度の仲なのに、騒いでばかりいた。私ね、あのころの自分の思い出に浸っていたいのよ。たった数年前の話なのに、あのころは若かったって気がする。自分なら何でもできるって思ってた。でも、今の私には何もない。この町でのんびりと歳《とし》をとっていくだけだって、分かり切ってるから」

　パトリシアの話をアリスは鼻で笑った。

「自分の好きなように生きてるって言ってなかった？　自分の人生を大事にしたいって。だからピルを飲んでるんだって、胸を張って言ってたじゃない。あのときのあなたの自信はどこに行っちゃったの？」

　パトリシアは黙っていたが、しばらくすると口を開いた。

「私、本当はピルなんて飲んでないわ。何年も子供ができないから、そう言ってただけ」

　アリスは何も聞かなかったふりをした。彼女の気持ちを考えると、何も言えなかった。

「なんか、もう疲れちゃった」

ため息をつくパトリシアの横顔を覗き込むと、彼女は涙を流していた。

とてもきれいな涙だ。

そう思った瞬間、アリスは自分の勘違いに気が付いた。

涙ではない。雨が降り始めたのだ。

ポツポツと降り始めた雨は、すぐに本降りに変わった。

「ああ、これがナパームの雨なんだ。なんか変な感じ」パトリシアは困ったように笑った。

「ベトナムで爆撃をしてると、雨が降るんだって。熱帯雨林気候だから、爆炎が雲になってすぐに雨が降るって話。ここでも雨が降るなんてね」

服がびしょ濡《ぬ》れになったが、それすらも心地よかった。なんだか生まれ変わった気分だった。

「昨日は町議会がどう、なんて話をしてたのにね」アリスがため息をついた。

「もう何も残ってないよ。町なんて最初からなかったみたい」

アリスはイヤリングを自分の耳から外し、パトリシアの前に差し出した。

「これ、もう飽きたから返すよ」

パトリシアはそれを興味なさそうに摘まみ上げ、赤いルビーを見つめた。

「私はずっと昔に堕胎したことがある。そのときの処置のせいで、もう子供が産めないの。あのときのことをまだ夢で見るのよ。だから、子供を産めるのに産もうとしないあなたが嫌いだった。だけど、嫌う理由はなかったみたい」

パトリシアはイヤリングを一つだけ自分の耳につけ、もう一つをアリスの胸ポケットに入れた。

「私もいらないから、一つあげるよ。姉に返してって言われただけだから。あなたを見習って言うわ。『もらったものは返せない』って」

雨はすぐにやんだ。やはりベトナムとジェスローでは降る雨の量が違うのだ。

わずかな雨でも、空気中に漂っていた塵を洗い流してくれたような気がした。

二人が他愛《たわい》のない話をしていると、ウィルが近づいてきた。彼は苦悶の表情を浮かべている。頬には涙の跡が残っている。

「アランとケビンが――、二人が見つからないんだ。ジェイクの話だと、ケビンは二日前から不在だったらしい。アランは避難する直前に、ケビンを捜しに行くって言って出ていったらしい」

パトリシアは立ち上がって、ウィルを抱きしめた。

アランは避難する直前まで近くにいたのだ。建物一つ残されていない、爆撃の跡地で見つからない。それがどういうことなのか、誰にでも分かる。

「俺は気づいてやれなかった。ケビンがいなかったことにも、二人が困ってたことにも。映画撮影に気を取られてて、あの子たちのことを忘れてたんだ」

ウィルはパトリシアの腕の中で泣いた。

＊＊＊

――撮影再開が決まった。日程、撮影現場が決まり次第、追って連絡する――

ボリスがノームからの手紙を受け取ったのは爆撃から一ヵ月経ったころ、日本の釧路《くしろ》で夕飯を食べているときだった。知らない男から渡された手紙、と言うよりはただの紙切れだが、には短いメッセージだけ記されていた。

レッドワンを手に入れたボリスは、ジリノフスキーとの取引を無事に終わらせられると思っていた。だが、ジリノフスキーから追加の仕事を依頼された。世界中のイコンを収集しているコレクターがいるらしく、いくつか手に入れて来いというのだ。断ることはできなかった。

ノームは未だに本気で俳優を目指しているようだった。

「足を洗いたいが、タドリーニが邪魔になる。潰すのは簡単だが、できればもう人を殺したくない」

ノームがそう言いだしたときには思わず笑ってしまった。やつはすでに別人になってしまった。

ジェスローの地下室に残されていたタドリーニの殺しの記録をノームに渡すことにした。あれを警察に差し出せば、タドリーニ家の幹部を牢屋《ろうや》にぶち込める。それで過去を清算できるわけではないが、少なくとも数年の猶予は生まれるだろう。

これ以上、ノームに義理立てすることもない。ジリノフスキーと違って逃げきれない相手ではない。

そう思っていたボリスだったが、それから二週間後に香港《ホンコン》で二通目の手紙を受け取ることとなった。

——撮影は十二月一日、キャリアンで再開することになった。来なかったら殺す——

「人殺しはやめたんじゃなかったのかよ」

ボリスは一人ほくそ笑んだ。やはりノームからは逃げられないようだ。

撮影開始までに、香港のマフィアと交渉をまとめるのは不可能だ。

厄介な相手を刺激したくないと思っていたが、どうやら力業で乗り切るしかないらしい。

脚の怪我も癒《い》えたことだし、なによりそのほうが性にあっている。

ボリスは手紙を破り捨て、そのまま香港マフィアの本拠地に向かった。

＊＊＊

冬の光が乾いた大地を照らす。初めて袖を通した制服を穏やかな風が揺らした。

「良いじゃないか、似合ってるぞ、リッチー」コリンズ巡査が後ろからリッチーの肩を叩いた。

「どうかな。あんまり堅苦しいのは苦手だ」リッチーは不満をもらしたが、内心では悪くないと思っていた。

自分の知っているジェスローが消え、多くの住人はキャリアンに引っ越した。多くのことが変わった。多くの人が変わった。爆撃によって失ったものは計り知れないが、それによって受けた恩恵も少なくなかった。ジェスローの住人が軍から支給された補償金は、高速道路建設による立ち退きのものとは比べ物にならないほどの金額だった。もちろん、それが口止め料でもあることは暗黙の了解だった。

ジェスローでの爆撃は大きな話題になった。メディアがこぞって取り上げ、国内で知らない人はいないほどの注目度だった。

ジェスローは高速道路建設が決まっており、そこに目をつけたのが映画監督のエリック・ブラッドだった。彼は住民から賛同をとりつけ、映画撮影のロケ地にジェスローを選んだ。そしてネリス空軍基地のキャスパー大佐、ネバダ州道路局のミラー氏、さらに都市計画担当のペティート氏と話し合いを重ねた。軍事演習、道路建設、映画撮影の三つの目的のため、ジェスローで爆撃が行われたのだ。空軍と州からそのような発表がなされた後で、その報告を疑うようなものはいなかった。

一部のＵＦＯ愛好家たちが、これはＵＦＯとの接触を隠すための嘘だと騒ぎ立てた。ノーマン・キャシディ、ポール・ウォルデン共著の『ジェスロー・レポート』では、政府の報告と、実際の爆撃前の状況との徹底的な比較が行われた。政府による報告の矛盾点を指摘し、さらに爆撃前に目撃された「牛をレイプしていた巨大な異星人：キャトル・バイオレーター」についても考察を載せた。これはＵＦＯ関連の書籍としては異例の大ヒットとなった。

とはいえ、陰謀論を信じる者は少数で、一般的にはこうした話題は映画への期待を高めただけだった。

ダーケスト・チェンバーは情けない勘違いによる誤爆という事実をもみ消し、エリックは爆撃のリアルな映像を手に入れ、住人は十分な補償を得た。誰にとっても望んだ以上の幕引きである。

「じゃあ、行くぞ。最初の仕事だ」

コリンズが運転する車の助手席から、リッチーはキャリアンの町を眺めた。どのブロックもよく見知った町だが、パトカーから見る景色はまったく違った。

警察官の心得を熱心に話しているコリンズには最低限の注意だけ向け、適当に返事をする。それよりも、新しく見えてきた町の姿にリッチーは驚きと興奮を覚えていた。

小さな子供たちの手を引いて歩いている女性、危険な運転をするバイカー、通りのそこここで見かける浮浪者。それらは自分が守るべき者たちなのだ。

ホフマン署長とコリンズ巡査だけが、ジェスローに集まった軍に抵抗した。自分たちの町を守るためだ。結局のところ、彼らにできることはほとんどなかったものの、彼らがいなければ、住人を避難させることはできなかったはずだ。あのときの二人の姿を見ていたからこそ、キャリアン署で働くことにしたのだ。

もちろん、ヘル・パトロールのフレッドも重要な役割を果たした。だが、彼らは兵器を手に入れたい、暴れたいという自分勝手な動機で動いただけだ。

「そら、もうすぐ着くぞ」コリンズは町はずれの倉庫前で車を停めた。

倉庫前には見慣れた顔が集まっていた。あのとき、オショネシー家の地下室で一緒にぎゅうぎゅう詰めにされた、かつてのジェスローの住人たちだ。

コリンズと一緒に車を降りて、住民たちに挨拶をしながら倉庫の中に入っていく。

中にはパイプ椅子がずらりと並べられていた。

「なんだか事件の臭いがするな。無許可の映画撮影なんてやってないよな？」

コリンズが言うと、周りから苦笑が漏れた。

「んなわけないだろ。もう懲《こ》りたよ。許可をとってるから、あんたたちが来たんだろ？」

監督椅子に座ったエリックがめんどうくさそうに言った。エリックの隣にいたホフマン署長がコリンズとリッチーに手をあげて軽く挨拶した。

「どうだ？　今回は問題なく撮影できそうか？」署長がエリックに訊ねた。

「どうだかな。大丈夫だと思うが、まだ役者が一人とエキストラが来てない。それ以外は大丈夫だ」

エリックがそう言った次の瞬間、倉庫の外から轟音が聞こえてきた。ヘル・パトロールの連中が来たのだ。彼らは映画にエキストラ出演することになった。ゾンビに襲われたマイルズたちを、映画のラストでストーム・ブリンガー壱号・弐号が町の外に助け出す。それはエリックの希望で、フレッドたちも快諾した。

「噂をすれば、だ」

エリックが倉庫の外に向かったので、コリンズとリッチーもついて行った。

「なんだ、これは！」

エリックは映画に登場させる予定のストーム・ブリンガー二台が、派手な塗装になっているのを見て嘆いた。以前は鉄板をそのまま車に取り付けていただけだったが、赤と黄色にペイントされているだけでなく、車体の側面にはヘル・パトロールと大きく書いてある。

「なんだ、ってことはないだろ？　せっかく映画に出すんだから、カッコよく仕上げて来たんだぜ」フレッドは誇らしげにストーム・ブリンガーを眺めた。

「まぁ、映画はモノクロだから派手な色は無視できるか……」エリックが装甲車の周りをぐるりと歩いて点検した。

「それより、あの坊主は来てんのかよ?」

フレッドが言うと、アランが倉庫の中から走って来た。

「フレッド! 待ってたよ!」

「おう、坊主。元気にしてたか? どうだ、ストーム・ブリンガーはカッコいいだろ?」

フレッドがアランの頭をポンと叩いて言った。

「うん、すごくカッコいい。俺も大きくなったら乗れる?」

「ああ、乗りたかったら譲ってやるよ。そのときにはオンボロもいいところだろうがな」

爆撃の直前、ジェスローを出ようとしていたフレッドとアイゼンスタッドはケビンとアランを見つけた。爆炎で焼かれる寸前の彼らを助けられたのは、奇跡と言っていい。

「ねえ、フレッド。俺もヘル・パトロールの仲間に入れてくれる?」

フレッドは尊敬のまなざしで見つめられ、少し困ったようにあたりを見回した。署長、コリンズ、リッチーも二人のやり取りを温かい目で見ている。

フレッドは倉庫から歩いてくるケビンたちに気が付いた。アランの弟のジェイクを抱きかかえ、奥さんと一緒にいるケビンは幸せそうに見えた。

「ヘル・パトロールの仲間になりたい? それはどうかな?」

フレッドはアランと目線をあわせるためにその場にしゃがみ込んだ。

「俺たちは居場所のないゴロツキどもの集団さ。お前には大切な家族がいるだろ? 国のために戦った英雄の親父さんに、美人の母ちゃん、それに大事な弟だ」

「フレッドはゴロツキなんかじゃないだろ？　俺と父さんを救ってくれた英雄じゃん！」

「俺は英雄じゃない。自分勝手なゴロツキさ。俺がお前を助けたのは、お前のためじゃない。俺のためだ。お前はちゃんと勉強して、ちゃんと働くんだ。そんで、立派な大人になれ。金持ちになったら、そのときは俺のところに戻ってきてカッコいい車の一台でも買ってくれよ。俺はお前の命の恩人だからな。分かったか？」

「分かった。俺、金持ちになってフレッドにいっぱい車を買ってあげるよ！」

「それでいい。さあ、父ちゃんのところに戻りな」

フレッドがアランの背中をポンと叩くと、少年は父親のもとに走って行った。

フレッドは「これでいいだろ？」と言わんばかりの視線を署長に向けて、肩をすくめた。


エリックと署長、コリンズが話している間、リッチーは周りの住人たちの様子を見て回った。倉庫の周りを歩きながら、遠巻きに観察していると、誰もが皆、不思議なほど楽しそうにしている。ほんの数ヵ月前に町を失った人たちとは思えなかった。彼らが話しているのはジェスローの昔話だ。失ったものの価値を認め合っているのだろうか。

「リッチー」

後ろから声をかけられ、リッチーは振り向いた。ジーンズに茶色のブラウスを着たジェシカがそこにいた。

「ジェシカ！　久しぶりだね。大学はどうしたの？」

彼女に会えた喜びを悟られないように、さりげない口調で言った。

ジェシカの瞳は吸い込まれそうなほどきれいな青だ。

「休んで来ちゃった。お父さんが来いってうるさかったから」彼女は笑った。

「さっき皆でリッチーのことを話してたみたいよ。凄いよね。だって、署長とコリンズ巡査とリッチーがいなかったら、ここにいる人たちは全員死んでたんだよ」

「俺は何もしてないよ」リッチーは俯いた。

謙遜《けんそん》ではない。実際、自分にできたことなんて何もない。むしろ、ジェスローの電話線を切った張本人なのだ。

「でも町を守りたくて動いてくれたんでしょ。それだけでも凄いと思う」

「そう言ってもらえると嬉しいよ」

リッチーが照れ隠しに視線を逸らすと、バズが近づいてくるのが見えた。軽く舌打ちをしたが、衝突は避けられなかった。バズはこちらを睨んでいる。

「おいリッチー、誰の許可を得て俺の娘に口をきいてるんだ?」

「パパ、そんな言い方しないでよ。リッチーと私が友達なのは覚えてるでしょ?」

「このゴロツキと別れることが大学進学の条件だったことも覚えてるさ」

「もう、そんなこと言わないでよ。リッチーは町を救った英雄でしょ? それに今はキャリアン署の警察官なのよ」

「知ったことじゃないね。警察官になろうが、ゴロツキはゴロツキのままさ」

バズはジェシカの肩に無理やり腕を回して、リッチーから離そうとした。どうしても二人が一緒にいるのが許せないらしい。殴ってやりたいが、自分はもう警官なのだ。自分勝手な感情はコントロールしないと、これから仕事をやっていけない、とリッチーは思った。

「おい、リッチー。どうした、そんな怖い顔して。勤務初日から何かやらかしたか?」

リッチーに声をかけたのはホフマン署長だった。

「いいえ、そんなことは。幼馴染のジェシカと、彼女の父親です」

「そうか、それはお邪魔だったな。初めまして。ホフマン署長です。うちの新人をよろしくお願いしますよ」署長がバズに話しかけると、バズの顔がみるみるうちに青ざめた。

「リッチーが町を救うために動いてくれた話は聞きましたか？　素晴らしい青年ですよ。正義感もガッツもある。私も彼には期待してるんですよ。これから目をかけてやりますから」

「署長が、この男に期待を？」バズは心なしか署長に怯えているようだった。

「ええ。自分の息子のように思ってますよ。あなたもこんな青年がお嬢さんの知り合いなら心強いでしょうね」

「ええ。そのとおりです……。ちょっと私はここで失礼します」バズはジェシカをその場に置いて、一人でそそくさと去って行った。

バズの態度の変化がおかしかったのか、ジェシカが笑った。それにつられてリッチーも声に出して笑った。

コリンズが自分を呼ぶ声が聞こえ、リッチーは振り返った。ジェシカに別れの挨拶をして、コリンズのもとに向かおうとしたとき、ジェシカに腕を摑まれた。

「待って。私、お父さんたちには明日帰るって言ってあるの。でも本当は明後日で、明日は一日予定を空けてるの。また会えないかな？」

「分かった。明日、勤務が終わったら会いに行く」

こういうことは慣れている、というように何気なく返したが、胸が高鳴った。

二人が見つめ合っていると、またしてもコリンズに呼ばれた。軽く手を振ってから、ジェシカと別れた。

「ようやく最後の一人が現れたらしい」

倉庫に入ってきたのは二メートルを超える大男だった。恐ろしい威圧感を覚え、リッチーは思わずすくみあがった。顔に生々しい傷痕が残っており、見ているだけで痛々しい。

「やっと来たか、ボリス。なんだ、その傷は？」ノームと呼ばれた俳優が言った。

「誰かさんに仕事を急《せ》かされましてね。危ない橋を渡らざるを得ませんでした」

「今回は足を引っ張るなよ」

ノームとボリスが睨み合うと、現場の空気が一気に変わった。突然の緊張感に、リッチーは困惑した。映画撮影とはこんなに殺伐《さつばつ》としたものなのだろうか。まるで西部劇にお決まりの決闘のシーンのような重苦しさだった。

「ノームってやつを見たか？　あいつがあのボストンバッグとコカインを見つけたやつだ」

コリンズがリッチーに耳打ちをした。タドリーニ家の犯罪を告発するようなメモと、証拠の拳銃が詰め込まれたバッグの話だ。過去数十年にわたる犯罪の証拠は、いくつもの迷宮入りしていた事件を一気に解決に導いた。

署長とコリンズ巡査は軍に抵抗した。爆撃が終わってからの軍は、周囲の者を懐柔しようと躍起になっており、二人には何の処罰もなかった。それどころか、ジェスローとの関係が不明な、マフィアの犯罪証拠が出てきたことでタドリーニ家の幹部たちがまとめて逮捕された。キャリアン署が始まって以来の手柄となった。

「どうもきな臭い。だからと言って、この件にはもう首を突っ込まないほうが良いだろう」コリンズが言った。

すぐ近くにいるマイルズはどう見ても俳優という華やかな雰囲気なのだが、ノームとボリスに関しては、表情に怪しい陰りがあるように見えた。

「よし！　撮影開始前に、ちょっと良いかな」

監督のエリックが両手をパンと叩いて、周りを黙らせた。

「前回の撮影は誰にも想像できない形で中断になった。普通だったら、それで終わりだ。でも、俺たちの映画は終わらない。ここにいる皆、大事な何かを失った。でも大丈夫だ。俺たちが、お前たちの町を撮影しておいたからな。ジェスローが消えても、映画は残る。国中の、いや、世界中の人がジェスローを見ることになる。これは凄いことじゃないか？」

エリックは一呼吸おいた。賛同を得られると思ったのだろうが、実際に町を失った者の悲しみは彼には分からないだろう。

「俺が最初に町を見たとき、正直ひどい町だと思ったよ。終わってるってね。クソ田舎のつまらない場所だと思ったよ。でも、町は生きてた。撮影中の町の活気は俺も覚えてる。こう言っちゃなんだが、今までの俺の仕事の中でも特別な思い出だ。これだけは言っておきたい。ありがとう。それじゃあ、次にトムからみんなに一言あるみたいだ」

トムがエリックの隣に立って話を始めた。

「エリック、ありがとう。俺たちはみんな大事なものを失った。だから、みんな同じ立場の者として理解しあう心を大切にしよう。俺が言いたいのは——」

「ふざけんな！　もう少しでみんな死んじまうところだったんだぞ！」バズが声を張り上げると、住人たちからブーイングの嵐が巻き起こった。

「うるせーよ、バズ！　助かったんだから良いだろ？　いつまでも文句垂れてんじゃねーよ」トムが罵声を返した。

「とにかく、俺が言いたいことはだな。これからみんな、ゼロからのスタートになるんだ。いつもパトリシアが言ってただろ？『今日が残りの人生の最初の日だ』って。その気持ちを忘れないようにしようってことだ。それと、あとはだな。俺はちょっと自己中なところがあったかもしれない。迷惑かけてごめんな」トムは不貞腐れた顔で言った。

「ごめんで済んだら警察なんていらないわよ！」今度はアリスが叫んだ。

「じゃあ、どうしろってんだよ！　お前ら、調子に乗ってると――」

トムのせいで悪くなった会場の空気を変えようと、ウィルが大声で叫んだ。

「今日が残りの人生の最初の日だ！」

「今日が残りの人生の最初の日だ！」

そしてパトリシアがそれに続き、周りの皆がそれにあわせて復唱した。

トムがしぶしぶ黙ったのを確認すると、エリックが咳ばらいをしてから話し始めた。

「じゃあ、撮影を再開するまえに、ショーンからみんなにプレゼントがある。みんな椅子に座ってくれ」

エリックがそう言うと、ショーンが映写機をセットした。エリックに促されて、その場の全員が椅子に腰を下ろすと、倉庫の照明が消され、壁に大きくフィルムが映し出された。

〈ジェスローの思い出に〉というメッセージの後で、マイルズとリンダが画面に大きく映された。

彼らはゾンビから逃げている。そこに現れたのはクーパー神父だった。彼がゾンビと戦う演技を始めると、ジェスローの住人たちが大きな声で笑い出した。

『諦めてはいけません。天は自ら助くる者を助く、と言います。すべてを失ったと思えるときでも、必ず希望はあるはずです』

クーパー神父のセリフは、まさに今会場にいる人たちのために言っているように感じられた。

「やっぱり撮っておいてよかっただろ？」とショーンがエリックに言うのが聞こえた。

そしてジェスローの町、人々が代わる代わる現れた。ゾンビのシーンが終わると、今度はずっと以前からショーンが撮り溜めていたフィルムが流された。

幼いナンシーと大叔母が教会で祈りを捧げている場面。町を走り回って遊ぶトムやウィル、レジーにバズ。バズとナンシーの結婚式ではケビンが皆の前でギターを弾いた。ジェシカの洗礼式を執り行うクーパー神父。サルーンの新装開店初日にはジェスローの全員が招かれた。そして、ベトナムに向かうケビンを見送るメイベルと二人の息子たち。

独立記念日の花火、クリスマスの雪景色、ハロウィーンの仮装と盥《たらい》の中のリンゴに齧りつく子供たち。そうした日常の寄せ集めの中に、ジェスローのすべてが詰まっていた。慎《つつ》ましく、特別なことなどなにもない、当たり前の奇跡。

町の思い出をつなぎ合わせたフィルムは二十分以上に及んだ。彼らは笑い、冗談を言い合い、そして涙を流した。

ジェスローの記録フィルムが終わると、拍手が沸き起こった。

「よし。じゃあ、これから撮影を開始するから、関係者以外は倉庫の外に出てくれ」

エリックの一言で町民の集会はお開きとなり、それぞれが新しい生活に向かって歩き出して行った。

「畜生、あいつら調子に乗りやがって。まるで俺が悪者みたいじゃねえか。だいたい、あいつらが俺を騙そうとしたのがことの発端だろ？　俺は被害者じゃねえか」

トムが隣にいたケイティに漏らした。

「今さら、どっちでもいいじゃないですか。それより、改稿作業の進捗はどうですか？」

「ああ、お陰様で良い調子だ。今月中には終わるよ」

「それが聞けて良かったです。次回作も期待してますよ。これからも一緒に最高の小説を書いていきましょうね！」ケイティは嬉しそうに言った。

ケイティは今回の件でダンから認められ、トムの正式なエージェントとなった。

「いや、これが終わったら少し休みたいかな。ちょっと今回は頑張りすぎたからな。死ぬ気でやったからさ」

「何を弱気なこと言ってんですか。エリックもこのゾンビ映画が終わったら『悪人』シリーズの続編を撮るって言ってるんですから、本を売るなら急がないと。今が絶好のチャンスですから」

「いや、そんなこと言われてもなぁ。君も分かるだろ、文学は芸術だから。気合でなんとかなるもんじゃないんだよ」

「そんなこと言って。執筆が止まったら、また地下に閉じ込めますからね」

ケイティの言葉にトムは苦笑いした。

「もう地下室はごめんだよ」トムは降参だというように両手をあげた。

「大丈夫ですよ。私もお供しますから」

「そりゃあ頼りになるな。でもやっぱり勘弁してくれ。なんとかそうならないように頑張ってみるよ」

トムはケイティから逃げるようにその場を離れた。そして倉庫の出口で手を振っているメグとエリーのもとに歩いて行った。

須藤古都離（すどう・ことり）
1987年、神奈川県生まれ。青山学院大学卒業。
2022年「ゴリラ裁判の日」で第64回メフィスト賞受賞。
他の著書に『無限の月』がある。

本書は書き下ろしです

ゾンビがいた季節《きせつ》

2025年4月14日　第一刷発行

著　者　須藤古都離《すどうことり》

発行者　篠木和久

発行所　株式会社　講談社
〒112-8001 東京都文京区音羽2-12-21
電話　出版　03-5395-3506
　　　販売　03-5395-5817
　　　業務　03-5395-3615

装　幀　杉田優美（G×complex）

写　真　Theo Gosselin

地　図　芦刈 将

本文データ制作　講談社デジタル製作

印刷所　株式会社KPSプロダクツ

製本所　株式会社国宝社

KODANSHA

定価はカバーに表示してあります。

ISBN978-4-06-536800-8 N.D.C.913 383p 19cm